단호함에 대하여

단호함에 대하여

정병헌 산문집

역락

흥겨운 봄이 온다네

春雨細不滴	봄비 가늘어 내리는 방울 보이지 않더니
夜中微有聲	밤이 되니 작으나마 소리를 내고 있네.
雪盡南溪漲	눈 녹아 없어지면 남쪽 시내 넘치리니
多少草芽生	그 많은 풀들도 싹이 돋아나겠지.

옷깃에 이슬처럼 내리는 가는 비이지만, 긴 겨울 얼게 했던 시내를 녹이고 콸콸거리며 물결을 이루어 나간다. 세상은 그런 것이다. 새 세상의 도래는 필연적으로 지난 시대를 밀어내는 것이다. 조용하게 이루어지는 것처럼 보이지만, 그것은 굉음을 내며 밀어닥친다. 포은 정몽주의 〈춘흥春興〉은 그런 모습을 잔잔하게 보여주고 있다. 나의 호인 남계(南溪)가 들어 있어 더 익숙하게 다가오는 이 시처럼, 나는 지난 해 8월, 오랜 교수의 생활을 끝냈다.

지나고 보니 큰 과오 저지르지 않은 것 같아 다행이다. 그렇지만 당연히 큰 업적을 이루지도 못했다. 그저 주어진 틀 안에서 그 울타리 벗어나지 않으면서 주어진 삶을 누려왔을 뿐이다. 큰 일 없어 다행이지만, 또 생각하면 일 해 보라 공간과 시간 주었는데, 이룬 일 별로 없어 미안하다. 단단한 기본을 바탕으로 단호하게 살고 싶었던 것이다. 다만 그렇게 살지 못한 삶도 또 이 세계를 이루는 하나의 모습일 것으로 생각하여 그렇게 살아온 이야기를 책으로 엮었다. 주어진 환경에서 써야만 했던 글, 생각을 적은 글들로 이루어진 것들이다. 그런 나의 삶을 변명하기는 했지만, 항상 목표는 '단호함' 그 자체였다. 그런 나의 생각을 담아 이 책의 제목을 "단호함에 대하여"로 정하였다.

여자대학에서 오래 근무하다 보니, 많은 사람들은 꽃밭에서 사니 좋겠다고 하였다. 그때마다 나는 꽃을 즐기러 온 사람이 아니라, 잘 가꾸기 위해 사는 사람이라고 했다. 힘은 들었지만 그러나 젊고 예쁜 학생들과의 생활이 퍽 즐거웠다. 그런 점에서는 다른 사람들의 부러움이 이유 있는 것으로 생각되기도 한다. 남녀공학에서 보낸 시기도 10년이니, 미래를 담당하는 젊은이들이야 남과 여를 가릴 것 없이 모두 아름다운 꽃이 아니겠는가.

거창하게 새로운 이론 펼친 것도 아니고 나갈 길 환하게 밝힌 것도 아니지만, 그래도 나의 지나온 삶의 궤적이 세상을 이루는 하나의 모습이라고 보아주기 바란다. 더불어 고민하고 생각을 키워가는, 그래서 작지만 스스로를 아름답다고 생각하며 미래를 개척하고자 하는 젊은이들과 함께 하고 싶다.

지난 시간을 정리하면서 고마웠던 많은 분들을 생각하였다. 알게 모르게 폐를 끼치거나 상처를 입힌 사람들도 있었을 것이다. 이제 정년 후의 삶은 마음을 열어 조금이라도 도움을 주는 생활의 연속이었으면 좋겠다고 생각한다. 그래야 다음 어느 날, 지난 삶을 정리하면서 지금 후회했던 일들을 후회하지는 않을 테니 말이다. 그런 의미에서 새로운 출발이 더욱 소중하게 느껴진다.

항상 나의 감추어진 모습을 보면서 감싸주었던 아내와 딸들에게 무한한 감사의 마음을 전한다. '가화만사성家和萬事成'이란 거창한 구호가 아니어도, 어느 한 걸음 사랑 없이 이루어졌을까 싶다. 가족의 감쌈 속에서 퍽 행복했고, 이를 잘 기억하면서 살아갈 것이다. 도서출판 역락은 정년에 맞추어 낸 『한국문학의 만남과 성찰』에 이어 다시 이 책을 묶어주었다. 오랜 동안의 교유를 이렇게 책으로 만들어주신 이대현 대표님, 그리고 편집진에게 깊이 감사드린다.

차례

깊고 넓게 생각하기

설날 아침에

    설날은 세시歲時의 행사가 가장 많이 이루어지는 날이다. '세시'라는 말은 민속상 '무시無時', 혹은 '무시때'라는 어휘와 대비되는 개념으로 사용된다. 일정한 때가 없는 수시隨時를 무시라 하고, 명절이 아닌 날을 일반적으로 무시때라고 일컬었기 때문이다. 그러고 보면 모든 날은 24시간을 지녔다고 하여 동등한 의미를 갖는 것이 아니다. 그 중요성에 따라 같은 양의 시간을 가지는 모든 날들은 등급이 매겨지고 있는 것이다. 중요성을 가지는 날 중에서도 가장 최상의 위치에 있는 것이 설날이다. 그래서 세시라는 말은 그냥 설날의 의미로 사용되기도 한다. '세시걸미歲時乞米'에서의 세시는 그대로 설날, 또는 새해를 가리킨다.

    설날이 중요한 의미를 갖는 것은 이 날이 한 해가 가고, 또 한 해가 오는 분기점이 된다는 점 때문이다. 섣달그믐과 설날은 시간적으로 연속되지만, 사람들은 이를 인위적으로 구분하여 하나는 끝의 날로, 그리고 또 하나는 처음의 날로 규정하였다. 따라서 지난해의 오늘과 이 해의 오늘은 물리적으로는 동일한 날일지 모르지만, 심리적으로는 상당한 거리를 갖게 마련이다. 일 년이라는 긴 시간을 거친 나에게 그 두 날이 어찌 동일할 수 있겠는가? 이는 책을 읽기 전의 나와 그 뒤의 나, 긴 여행을 하기 전의 나와 그 후의 나, 인생을 살기 전의 나와 그 후의 내가 동일하지 않은 것과 같은 이치이다. 이 전前과 후後의 접점에 놓인 날인 설날을 맞아 지나간 날을 반성하고, 다시 오는 새날을 설계하는 것은 그러므로 시간의 구분 속에서 살아갈 수밖에 없는 우리 평범한 사람들의 당연한 도리일 것이다.

몇 년 전 설날 나는 이른 새벽에 일어나 불혹不惑의 나이에 접어드는 나 자신의 중량감을 생각하고, 지나간 날의 나와 앞으로의 나를 생각하였다. 허위허위 숨 가쁘게 살아온 지난날이 방황과 탐색의 시간이었다면, 이제는 그것의 정리와 견고화堅固化가 바로 불혹에 합당한 의미일 것이라는 생각이 들었다. 불혹은 이미 지혜를 전제한 것이기 때문이다. 그렇게 생각하니 앞으로의 나의 인생이 그렇게도 소중할 수 없었다. 지나간 세월의 바탕 위에서 건강하게 대상을 바라보고, 정리하기 위하여는 나의 신체적 건강도 고려하여야 한다는 생각은 당연한 것이었다. 그래서 나는 나로 하여금 이러한 사색의 시간으로 인도하였을 손가락 사이의 담배를 쳐다보았고, 그리고 20여 년 동안 나의 가장 가까운 곳에 놓여 있었던 '그것'을 끊었다.

그것은 얼마나 끈질기게 나의 신체와 맞붙어 나의 일부가 되었던가. 혹 잊고 머리맡에 놓아두지 않으면 불면不眠의 밤일 수밖에 없었던 그 암울한 터널. 지금 생각하면 흡연吸煙이라는 행위는 분명히 무엇인가를 하기 위한 출발이었지, 그 자체가 목적은 아니었다. 그런데 그것은 어느 사이 중요한 목표인 것처럼 나의 생활 한 가운데 놓여 있었고, 이 전도顚倒된 생활은 그렇게 설날을 기하여 다시 원래의 모습으로 돌아갔다. 그 과정이 험난한 것이기는 하였지만 그 날의 의미와 결정을 나는 지금도 소중히 지키고 있다. 그리고 이러한 접점의 날이 있음으로써 평범하게 살아가는 우리는 지난날의 인습因襲을 버리고, 바람직한 전통傳統을 이어가는 새로운 자아로의 탈바꿈이 가능한 것이라고 생각하고 있다.

이러한 정화淨化와 반성反省의 계기가 되는 날은 개인에게는 물론 단체나 조직에 있어서도 반드시 있어야 한다. 그러한 과정이 없을 때, 그 사회는 고여 있는 호수湖水요, 그리하여 썩어 악취惡臭를 풍길 수밖에 없다. 긴 날을 과거의 청산과 역사 바로 세우기에 몰두할 수밖에 없는 우리의 현실은 이와 같은 의미 있는 날을 만들지 못한 것에서도 그 이유를 찾을 수 있다. 결코, 여느 날과 같지 않은 설날과 같은 날, 우리가 우리 자신을 돌아보고, 역사적 존재로서의 의미를 자각했다면, 우리는 이렇게 요란한 청산 작업을 하지 않아도 되었을 것이기 때문이다. 이 암울과 혼돈이 이 한 번으로 끝나고, 기대와 설렘에 가득 찬 또 하나의 새 날이 오기를 나는 기다리고 있다.

오늘, 이날이 결코 지난해의 그 날이 아니고 새로운 날이기를, 활기찬 새 세대의 웃음이 가득한 교정에서 그들의 건강함과 활기를 충분히 인식하고 북돋울 수 있기를, 나아가 앞으로의 세대가 사는 내일은 원칙이 존중되고 변칙이 통박痛駁받는 그런 날이기를 ……. 선생은 그저 가르치고 연구하는 사람, 학생은 배우면서 미래를 준비하는 사람. 그렇게 멀고 추상적인 이념으로부터 우리가 살고 있는 이 근접한 삶의 현장으로 돌아오기. 이 엄연한 원칙 위에서 앞으로의 날이 이어가기를, 그러한 행동으로 가득 채워지기를. 그리고 이 모든 것의 기본이 되는 가장 중요한 것은 원칙을 추진할 수 있는 도덕적 무장을 갖출 것. 만약 그것이 없다면 우리의 미래는 한없이 왜소해질 것이기 때문. 이것이 새날의 아침, 공자의 '일신일일신우일신日新日日新又日新'과 관련지어 이루어진 생각의 편린片鱗들이다.

『청파문학』19, 숙명여자대학교 국어국문학과, 1996. 2. 10.

이 여름의 한낮

무더위가 계속되고 있다. 기상 관측 이래 최고의 무더위라고도 하고, 그래서 더위에 아까운 목숨을 잃는 경우도 언론에 보도되고 있다. 날씨만으로 무더운 것은 아니다. 희대稀代의 살인마가 붙잡혀 입만 열면 살해된 숫자가 늘어나고, 티브이에서는 살인자가 가리키는 대로 시신屍身이 묻혀 있는 곳을 따라잡기에 바쁘다. 마스크를 하고 모자를 눌러 쓴 범인의 모습이나 땀을 흘리며 현장을 검증하는 사람들이나, 참 보는 사람을 더욱 무덥게 하고 있다. 어련히 알아서 하는 일이겠지만, 쌓인 빚도 많다는데 파업을 하여 지하철 이용 승객을 볼모로 삼는 것도 무더위를 더해주는 데는 기가 막히게 일조一助를 하고 있다. 다행스럽게도 파업은 끝났지만, 콩나물시루처럼 승객을 가득 채운 열차가 어쩌다 역내에 들어오면 우르르 몰려 타면서 땀을 쏟아야 했던 모습은 참 기억조차 하기 싫은 장면이다.

상생相生의 정치를 하겠노라 입만 열면 떠들던 사람들도 죽기 살기로 이 더위의 불씨가 사라질까 봐 조바심을 내고 있다. 그 속에 들어 있는 사람들이야 당연하다고 하여 선택한 일이겠지만, 조금 떨어져 있는 나의 생각에는 참 부질없어 보인다. 나는 나의 생각을 '나의' 것이라고 하였다. 제발 자신의 것을 '우리'나 '국민'으로 확대하고 치장하지 말았으면 좋겠다. 모든 의무 다했다고 생각하는 나는 대한민국의 국민에서 제외된 것 같은 생각이 들 때가 많다. 인간관계라는 것은 본래 상대에 대한 배려와 인정으로서만 이루어지는 것이다. 자신의 것만이 모든 것이라고 생각하는 사람은 그래서 건전한 인간관계를 유지할 수 없는 치유 대상이라고 할 수 있다. 하물며 정치란 이런 인간관계에서 고도의 숙련된 기술을 요구하는 장場이 아닌가. 그래야 할 장소에서 이루어지는 모습은 그런데 현재와 같은 염천炎天의 더위 속에서는 참기 어려울 만큼 헉헉거리는 상황이다. 그들은 이열치열以熱治熱이 무엇인지 모르는 사람이 있을까 봐 온몸으로 보여주고 있는 것 같다. 그들은 자신은 물론 남까지 덥게 하면서 참 더운 여름을 보내고 있다.

이 더운 여름 나는 이틀간 부산과 울산을 다녀왔다. 아무 일 없이 평소 가보고 싶었던 곳을 찾아 나서는 홀가분함을 만끽할 수 있었다. 말만 들었고, 그냥 지나치기만 했던 자갈치시장에 들러 그 정취에 흠뻑 취하기도 했고, 새벽의 광안리 해변을 거닐기도 했다. 또 전공과 관련되면서도 가보지 못했던 울산의 처용암과 더 올라와 대왕암을 온전히 볼 수도 있었다. 항상 심심하지 않으냐며 안부를 묻기만 하고 정작 서로 바빠 호젓하게 이야기 나눌 수 없었던 지우知友와 사적인 자리를 만들어, 만나면서 더위는 어디론가 훌훌 사라져 버렸다. 더위가 정점을 이룬다는 초복初伏의 날인데도, 복국은 참 시원하기만 했다.

이렇게 내겐 언제부턴가 여름의 더위라는 것이 그렇게 큰 의미로 다가오지 않게 되었다. 50여 년 넘게 살면서 더위에도 익숙해졌고, 또 더위를 부채질하는 갖가지 행태에도 이제는 넌덜머리 날만큼 단련이 된 듯도 싶다. 사실 그런 망각과 적응이 있어 사람들은 오늘을 이겨내는지 모르지만, 나의 몸이 체질적으로 여름과 친밀하게 된 것은 아닌가 하는 생각이 들 때가 많다. 내 삶의 중요한 전환점이 이 여름과 관련되어 일어났기 때문이다. 태어난 것도 여름이었고, 또 참 어려웠던 군 생활도 여름에 시작했다. 훈련소와 공병학교에서 열심히 뛰면서도 여름은 썩 큰 극복의 대상이 아니었다. 그리고 결혼도 무더운 여름에 했고, 생각해 보면 중요한 직장의 이동도 새 학년이 시작되는 봄이 아니라 2학기로 일치되어 있다. 이렇게 인연이 깊다는 생각을 많이 갖게 되니, 퍽 다정한 친구처럼 내 옆에 여름은 놓여 있다. 그러고 보면 나는 그 더웠던 어린 시절의 여름이 그렇게 힘들었다는 기억이 없다.

상대적으로 겨울이 몸서리치게 추웠다는 기억은 많이 가지고 있다. 겨울마다 찾아왔던 동상凍傷, 그리고 손가락이 곱아 연필을 잡기 어려웠던 기억들. 물론 이 더위나 추위는 좀 과장된 것일 수도 있다. 참 큰 것으로 기억되는 길이 나이 들어 가보면 작은 골목길로 보이기도 하고, 굉장해 보였던 궁궐도 지금 보면 대단히 검소한 임금의 생활을 연상하게 하는 것처럼.

공자는 자신의 삶의 중요한 전기마다 핵심적인 말로 요약하였다. 학문에 뜻을 두고, 굳건히 자신의 갈 길을 확립하고, 주위의 유혹에서 벗어나고……. 살다 보면 현재의 내 선택보다 더 나아 보이는 것이 참 많기도 하다. 그래서 후회도 많고, 심하면 분노에 쌓여 씩씩거리기도 한다. 크게는 할 일이 많이 남은 것 같은데 죽음을 맞이하면서 느끼는 안타까움도 있을 것이고, 또 자게는 남이 알아주지 않아 속이 상하는 일도 있을 것이다.

주위에서 일어나는 분쟁들이 사실은 그 출발이 얼마나 사소한 것들인가! 세계대전이라도 일어날 큰일이란 우리 주위에 썩 많지 않은 것 같다. 역사상의 큰 전쟁들도 사실은 사소한 것으로부터 시작된 것들이었다. 그렇게 일이란 언제나 있는 것이고, 그래서 그 일은 잘 처리되기를 기다리는 것일 뿐이다. 그래서 숙련된 전문가에게 있어 일이란 그냥 앞에 닥치는 과정일 뿐이다.

그런데 이것이 풋내기 앞에 놓였을 때는 주체할 수 없을 만큼 큰 사단으로 변질되는 것이다. 그 풋내기의 일 처리를 보며 많은 사람은 얼마나 분노에 쌓일 것인가 그러나 기다리는 것이 좋다. 전문가도 그런 풋내기 시절을 겪어 이른 것이니까. 다만 풋내기는 스스로 자신의 할 일을 한정하는 지혜가 필요하다. 전문가에게 일을 맡기고 풋내기는 그것을 보며 전문가로 성숙해가는 것 – 이것은 제갈공명이 〈출사표〉에서 주장한 것이다. 풋내기인 후주後主 유선劉禪이 큰일을 하겠다고 나설까봐 공명은 퍽 근심스러웠던 것 같다.

우리의 교육은 결국 이렇게 자신을 알게 하는 것으로 귀일歸一되는 것이리라. 공자가 다른 길에 흔들리지 않고 자신의 가는 길이 하늘이 명한 바임을 확인한 것은 이런 교육의 결과를 얘기하는 것이고, 이는 종국에는 중심을 굳게 잡고 흔들리지 않는 삶을 살았다는 것을 말하는 것이기도 하다. 공자의 세세한 삶이 모두 이 요약과 일치될 수는 없겠지만, 이렇게 자신의 삶을 되돌아볼 수 있다는 것은 커다란 행운이 아닐 수 없다. 그런 흔들리지 않는 사람에게 있어 자연의 변화와 환경의 이동은 그리 큰 의미를 갖지 못할 것이다. 그런 사람이 되고자 한다.

어떤 선인先人처럼 무더위에 지쳐 있으면서 "이놈의 더위, 겨울에 보자." 할 수도 있다. 극복의 대상일 때, 그런 마음가짐은 극복할 수 없는 자신을 달래는 좋은 방법일 수 있다. 그러나 그런 오길랑 버리고 자연의 흐름에 맡기는 것이 더 유용하다. 그렇게 오기를 부리면 얼굴도 굳어지고 험상

굳게 변할 것이다. 여우의 신 포도처럼 어쩔 수 없는 선택일지 몰라도 그렇게 자신을 내어 맡기는 정도에 머무는 것이 좋을 것이다.

이 여름 몇 권의 좋은 책을 읽고자 한다. 그리고 또 맘에 맞는 사람과 마주 앉아 술을 기울이며 지나가는 말처럼 우리 주변을 얘기하고자 한다. 또 새 학기의 준비도 해야 하고, 그리고 가능하면 강의에 쫓겨 밀쳐두었던 논문도 마무리해야겠다. 그러고 보면 이 여름과 가을은 뭐 그리 큰 차이가 있는 것 같지 않다. 또 봄이나 겨울은 무슨 새삼스러운 것이 있을까. 참 재미없는 삶이고 사람이지만, 그것을 벗어나려고 노력하면 또 무더워질 것 같으니 이 길을 그냥 가야겠다.

교수신문 323호, 교수신문사, 2004. 8. 2.

사람답게 살아가기

타인他人과의 만남

〈구운몽〉의 양소유는 연화봉의 성진인 채로 지상에 내려왔다. 그의 의식은 성진이지만, 지상의 양 처사 집에 어린아이로 태어나는 것이다. 성진으로서는 새로운 세계로의 이행이 지난 세계의 종말로 인식하였을 것이다. 그래서 "사람 살려!"라고 외쳤을 것이다. 그러나 그 소리는 그저 "응아." 하는 어린아이의 고고성으로 변화된다. 그리고 이 세상의 사람들과 만나면서 지난 세계의 기억들은 점차 잊게 된다.

그는 새로운 세계를 살아가는 존재로 거듭나게 되는데, 이는 전적으로 그와 만나는 사람들과의 관계 속에서 이루어질 수 있었다. 그의 과거가 사라지고 새로운 현재가 전개된 것은 지난 과거의 사람들과의 만남이 아니라 현재의 사람들과의 만남이라는 이유 때문인 것이다. 타인인 사람들과의 만남으로부터 인간의 인간다움은 시작된다. 부모라는 타인을 통하여 우리는 이 세상과 관계를 맺고, 가족의 한 구성원으로 위치한다. 그 각각의 구성원은 서로 타인이면서 동시에 다른 가족과 변별되는 동질성을 공유하는 자신의 확대 개념이기도 하다. 가족을 통하여 우리는 한 사회의 제도와 규율을 배워간다. 사회화의 첫 과정인 가족과의 접촉을 통하여 각각의 인간은 인간에 대한 기본적 시각을 형성하는 것이다.

우리는 우리와 동질적이라고 믿는 가족 이외의 존재들과도 관계를 맺는다. 이들과의 접촉을 통하여 인간은 자신의 사회화 과정에 대한 검증을 받기도 하고, 또한 자신의 범위를 확대시켜 나가기도 한다. 가족이라는 혈연적 존재의 주관성을 벗어나 있다는 점에서 벗을 통한 자아의 확충은 대단히 중요한 의미를 갖게 된다. 각각의 주관이 충돌하면서 상호 간의 조화로운 질서를 획득하고, 이것은 그대로 보다 넓은 사회로 나아가는 준비 과정일 수 있기 때문이다.

인간은 타인과의 공존을 위하여 질서와 제도를 만드는 존재이다. 그리고 그 질서와 제도 속에 함몰되는 존재이기도 하다. 인간의 모든 문화는 결국 가치 있는 삶을 위하여 만들어진 것이다. 그런데 그 문화는 각각의 개인을 제약하고 구속하는 장벽으로 변모하기도 한다. 수많은 조직에 소속되면서 인간들은 스스로 자신을 그 제도와 이념의 노예로 전락시키기도 하는 것이다. 수직적 관계가 설정되고 지배와 복종의 관계가 이루어지는 이유의 일단이 여기에 있다.

이렇게 볼 때, 우리와 관계를 맺는 타인은 결코 타인으로 머물지 않는다는 것을 알게 된다. 관계를 맺는 순간, 그 타인과 우리는 끊임없는 상호 교섭을 통하여 그 벽을 허물고 있기 때문이다. 만남을 통하여 서로를 발전시키고 이끄는 긍정적인 관계는 말할 것도 없고, 서로를 견제하고 인간성의 신뢰를 의심하게 하는 부정적인 관계에서도 그 타인은 우리의 내면에 깊이 자리 잡고 우리 자신의 일부가 되어 우리를 변모시키는 것이다. 타인과의 만남에 대한 깊은 성찰이 전제되어야 하는 까닭이 여기에 있다.

우리는 타인과의 만남을 상하의 수직적 관계와 상호 대등한 위치에서의 수평적 관계로 구분하여 이해할 수 있다. 효孝나 충忠으로 설명되는 관계는 상식적인 차원에서 설명될 수 있는 관계가 아니다. 전통사회에서 충성은 충성할 만한 존재이기 때문에 충성하는 것은 아니었다. 또 효도할 만한 존재이기 때문에 효도하는 것도 아니었다. 그것은 설명이나 이유를 필요로 하지 않는 이념적 관계였던 것이다. 이에 반하여 벗과 교유하고, 삶의 반려로서 사랑하고 사랑받는 관계의 설정은 대체로 감성에 기초하여 이루어진다. 주변적인 제약이 있을 수도 있지만, 심정적으로는 대등한 인격체로서의 만남이 수평적 관계에서 나타나는 것이다.

만남을 통하여 우리는 변모하고 발전한다. 그리고 만남은 필연적으로 타인을 전제한다. 우리와 어쩔 수 없이 부딪치고 또 우리를 변모시키는 타인의 모습, 그리고 그 타인과의 만남을 위한 나의 자세에 대한 깊은 성찰이 전제될 때, 그 만남은 우리의 삶을 보다 풍요롭게 할 것이다.

이념과 사회, 그리고 사람들

사람들은 다른 사람과 어울려 살아가야 한다는 점에서 '사회적 동물'이라고 한다. 사람들은 혼자 태어난 것처럼, 그 사유나 행동의 방식이 각각 다를 수밖에 없다. 그것이 사람의 모습에 대한 올바른 인식이다. 어떤 시대, 어떤 사회의 사람들이 동일한 사고방식이나 행동을 취한다고 생각한다면, 그것은 이념 속에서나 가능한 일이다.

사람들은 공동의 일을 추진하고자 할 때는 인간으로서의 동질성을 강조한다. 그 동질성은 대체로 일정한 이념에서 출발하고, 또 그 이념을 구체화하는 작업을 수반하기 마련이다. 그 속에는 동일한 행동과 동일한 지향을 내포하게 된다. 이러한 일련의 사고 조작을 우리는 사회화라고 한다. 혼자 태어났지만, 결코 혼자가 아니라 같이 이 시대를 살아가는 집단의 한 개체로서 존재한다는 사실이 끊임없이 강조된다. 가족이나 사회, 그리고 국가가 강조되는 것은 그 대상이 되는 집단이 무엇이냐에 따라 결정되는 것일 뿐, 그 동질성을 강조한다는 점에서는 동일하다. 다른 가족이나 다른 사회, 그리고 다른 국가와는 다른 변별성을 드러냄으로써 공동체 의식을 강조하는 것이기 때문이다.

사람과 사람의 관계를 명확히 하고, 공동의 선善을 추구하는 현실적 행위의 표현이 정치이다. 따라서 정치는 개인과 개인의 관계를 결정하는 모든 행위의 총체를 의미하는 것이라고 할 수 있다. 정치가 인간 행위의 정상적 궤도에서 시작한다고 믿었던 동양적 전통은 여기에서 비롯된 것이라고 할 수 있다. 이렇게 생각했기 때문에 동양의 모든 사상은 정치적인 것과 연관되어 해석되었다. 역사상 이름을 남긴 모든 사람은 어떤 의미에서건 정치와 관련된 사람들이었다. 정치는 바로 사람의 사는 일에 대한 현실적 의사 표시였기 때문이다.

사람과 사람의 관계를 명확히 하고, 공동의 선을 추구하는 현실적 행위가 정치로 드러났다면, 이의 추상적 행위는 종교적인 모습으로 나타난다. 인간의 출생과 함께 비롯되는 인간 존재의 원초적 불안 해소에 기초하는 종교적 행위는 그러므로 인간이 사는 어느 곳에서나 당연히 나타나는 인간만의 고유한 사고 체계이다. 집단을 이루고 질서를 부여하는 행위는 다른 동물들의 경우에서도 목격될 수 있지만, 자신들을 뛰어넘는 초월적 존재를 신봉하는 신앙 행위는 인간 이외에서는 찾아보기 힘든 일이다.

초월적 존재는 왜 인간을 이 세상에 내보내는가? 그것은 인간이 이 세상에서 행하는 일을 통하여 추상抽象할 수밖에 없고, 결국 인간이 영위하는 다양한 문화 현상과 관련되는 것이었다. 인간과 문화의 발생은 초월적 존재가 향유하는 이상적 세계를 이 땅에 건설하기 위한 배려에서 비롯된 것으로 바꾸어 말할 수 있는 것이다. 그러나 이상적 세계가 현실 속에서 실현될 때, 그것은 이미 현실의 영역을 뛰어넘는다. 그리고 이러한 신앙적 사유체계는 우리의 경우 문장으로 남아있는 경우가 많지 않다. 그것은 민중의 생활 그 자체로서 존재할 뿐, 체계화된 종교 현상으로 완결되는 기회를 가지지 않았기 때문이다. 남아 있는 것은 외래 종교로서의 불교나 도교에 대한 인식이 대부분인데, 그러나 이러한 것이라 하더라도 우리의 사유 체계와 결합되어 표현되는 것이 일반적이다. 그 신앙 주체는 결국 이 토양에 사는 사람들이었기 때문에 외래적인 것은 토속적인 것으로 변용되어 수용되었던 것이다. 불교나 도교의 이념이 상당한 부분 우리의 모습을 드러내거나, 다분히 무속적인 요소를 가지게 된 까닭이 여기에 있다.

이러한 정치나 종교의 이념은 구체적인 현실 속에서 그 의미가 실현된다. 다양한 모습으로 살아가는 인간들의 행위 속에서 그것은 살아 있는 행동 원리로 되살아나는 것이다. 구체적인 인간 행위 속에서 종교와 정치가 추구하는 이념은 발견될 수 있었기 때문이다. 정치나 종교가 인간이 살아가는 여러 가지 모습들과 연관되어 설명된 까닭이 여기에 있다.

인간과 자연

인간은 자연에 소속되면서 동시에 자연에 대립되는 존재이기도 하다. 인간 현상이란 자연의 변화를 수반하면서 일어나는 것이고, 또 '인간적'이라는 말은 자연적인 것의 파괴와 동일한 의미로도 사용되는 것이다. 인간은 자신의 발전을 위하여 자연을 딛고, 자연을 의지하고, 드디어는 자연을 훼손하기까지 한다. 자연은 인간에게 있어 공기와 같은 존재라고 할 수 있다. 인간의 삶의 근원이 되면서 동시에 무한한 여유와 포용으로 인간의 이용을 받아들이는 것이 공기이고 자연이기 때문이다. 그러나 자연이나 공기를 인간에 종속된 존재로 파악하는 것은 인간의 황폐화로 귀결된다. 무한한 여유와 포용은 사실은 자연이나 공기의 속성이 아니었던 것이다. 그것 또한 일정한 질량과 구체적 현실로서의 의미를 가지는 존재이기 때문이다.

숨가쁘게 자신만의 길을 가다가 문득 자신을 둘러싸고 있는 주변을 쳐다보았을 때, 우리는 우리가 가고 있던 그 길이 얼마나 하찮은 것인가를 깨달을 때가 있다. 자신의 행위는 자연의 한 부분, 그것도 극히 미미微微한 부분의 것을 반복하고 있는 것은 아닌가? 또 자연과 비교할 때 인간의 행동이란 얼마나 의미 없는 일인가? 이러한 의문이 제기되면서 우리에게 공기처럼 말없이 있었던 자연은 갑자기 중요한 존재로 부상하게 된다. 중요한 존재는 사소한 것이 되고, 아무것도 아닌 것처럼 보였던 자연은 무거운 실체로 우리 앞에 서는 것이다.

자신의 행위와 의미가 덧없고 사소한 것이라는 인식은 그러나 인간의 성숙을 의미하는 것이기도 하다. 그 자체가 자신의 왜소함을 인정한 것이고, 그것은 자신과 대상을 평형적인 감각에서 바라보는 관점의 성숙을 의미하는 것이기 때문이다. 그러니 인간이 살아간다는 것은 자연으로부터 비롯되어, 자연을 벗어나고, 자연으로 돌아가는 과정에 다름 아닐 것이다. 이러한 과정의 인위적 학습이 여행旅行이라는 것으로 드러난다.

자연을 탐방探訪하고 그 진실을 발견하는 여행은 삶의 여정旅程과 연관된다. 출발을 위한 준비와 여행의 과정, 그리고 돌아온 뒤의 정리 등은 그대로 한 인간의 삶의 궤적을 닮고 있다. 인간의 삶이란 어떤 종착지를 향하는 긴 여정인 것이다. 충실한 준비를 하였거나 의미 없이 길을 나섰다 하더라도, 그 모두는 대상에 대한 진지한 성찰을 바탕으로 하고 있다. 그것은 또 하나의 삶을 인위적으로 재현하는 것이니까.

여행을 통하여 우리는 자신의 생각과 다른 또 하나의 세계가 있다는 것을 발견한다. 그 대상이 사람이기도 하고, 또 많은 부분은 자연이기도 하다. 자신의 생각과 다른 세계의 존재를 인식하고, 그것의 가치를 인정하는 것이야말로 우리가 추구하는 높은 가치이기도 하다. 각각의 존재는 자신의 존재 이유를 지니고 있다. 그리고 그것은 누구에 의하여서도 훼손될 수 없는 것이다. 자신이 존재하기 위하여는 자신과 마주하는 대상의 존재 이유도 인정하여야 하는 것이다. 이러한 인식에 도달했을 때, 그것은 바로 조화로운 삶의 현장이 된다. 이러한 인식의 도달이 바로 여행이라는 학습 과정을 통하여 습득되는 것이고, 여행의 의의를 여기에서 찾을 수 있다.

자신과의 대화

우리는 인간과 사회, 그리고 자연에 대한 깊이 있는 성찰을 통하여 지난 시대의 사람들이 지향하는 바에 대한 이해를 도모할 수 있다. 그러한 과정을 통하여 우리는 각각의 만남이 의미를 갖는 것도 결국은 대상과 만나는 주체의 마음가짐이 어떠한가에서 비롯된다는 사실을 발견할 수 있게 된다. 모든 귀결은 결국 나 자신으로 돌아오는 문제이고, 대상에 대한 이해와 함께 자신에 대한 반성과 도야陶冶의 중요성이 새삼 강조되는 까닭이 여기에 있다.

사람답게 산다는 것은 무엇을 의미하는가? 사람다운 사람은 어떤 사람을 가리키는가? 그것은 논리나 이념으로 해결될 일이 아니다. 그것은 실천으로 이루어지는 것이고, 결과로서 증명되는 일이기 때문이다. 아니 증명되는 일도 아니다. 그것은 판단할 수도 없는 일이고, 또 증명을 기대하여 사람다움이 실천되는 것도 아니기 때문이다. 그렇다면 사람다운 사람의 표지라고 할 금과옥조金科玉條는 어디에도 있을 것 같지 않다. 다만 남에게 해 끼치지 않고 겸손하게 살다 가는 것이 그저 사람다운 삶이 아니겠는가? 가장 존중되어야 할 인간의 덕목으로 공자가 '남에게 너그러움[恕]'을 말한 것도 이러한 의미일 것이다. 무엇인가 이 사회에 공헌할 수 있으리라는 환상, 존재 의의를 찾으려는 지속적인 노력, 이 모든 것이 사실은 자기 교만의 또 다른 표현이다. 자신의 존재 의의를 강조하면서 결과적으로는 타인의 존재 의의를 말살할 수도 있기 때문이다.

이 평범한 진리를 우리는 우리의 스승에게서 배웠고, 고전에서 배웠고, 또 자연에게서 배운다. 그러나 이는 앞에서 말한 바와 같이 실천의 문제이고, 또 자신의 문제이다. 우리를 둘러싸고 있는 모든 물상物象은 우리의 스승이 될 수 있는 것이고, 이것이 긍정적으로 작용하느냐 부정적으로 작용하느냐 하는 문제는 자기 자신에게 달린 것이다. 우리는 어김없이 찾아오는 계절의 변화를 보며 나태와 방종에서 벗어나는 교훈을 얻는다. 원숭이와 족제비의 지고한 자식 사랑을 보며 인간의 행위를 반성하기도 한다. 다만 자연이 그 자체의 모습으로 가르치는 이 엄정함을 우리가 받아들일 수 있도록 우리 자신이 노력하는 것이 필요할 것이다.

스승과 고전, 그리고 자연에게서 배운 것처럼, 우리도 다시 가르치는 존재가 된다. 우리가 얻은 것처럼 우리도 다시 누구에겐가 주어야 한다. 그것이 세상을 살아가는 공평한 이치이고 또 보람 있는 삶이다. 되도록 긍정적이고 발전 지향적인 가르침의 범위 속에 우리를 위치하게 하기 위하여 우리가 내실內實을 기하여야 함은 물론이다.

그러나 이와 함께 우리는 자신의 생각과 견해를 거짓 없이 진술하는 훈련도 필요하다. 대상과의 접촉은 대단히 한정된 범위에서 이루어지는데, 이러한 제약을 탈피할 수 있는 수단이 바로 문자 행위라고 할 수 있다. 우리가 수천 년 전의 선인과 대화를 할 수 있는 것은 바로 그들이 자신의 생각을 글로 남겨 놓았기 때문에 가능한 일이다.

그러나 글은 이러한 장점과 함께 글 스스로의 제약도 지니고 있다. 글을 쓴 주체와 그 글을 읽는 대상이 한 자리에 있지 않기 때문에 직접적인 대화의 통로는 사실상 막혀 있다. 이해를 구하기 위하여 의문을 제기할 수도 없다. 보조 설명을 할 수도 없다. 한 번 쓰이면 그 글은 자신의 생명력을 지니고 스스로의 길을 가는 것이다. 글이 정확하게 기술되어야 하는 까닭은 이에서도 명백하게 드러난다. 글에 대한 견해나 글을 쓰는 자세에 대한 선인들의 생각을 알아보는 것은 이러한 이유에서도 대단히 유익한 일이다.

단호^{斷乎}함에 대하여

단호함에 대하여

　단호함으로부터 오늘의 이야기를 시작하고자 한다. '단호함'의 '단'은 '끊는다'는 뜻이어서 그 말에서부터 섬뜩한 느낌을 주고 있다. 그리고 왠지 자신의 목숨을 내걸고 독립 투쟁에 나서는 듯 비장한 느낌을 준다. 최근의 한 드라마에서 주인공은 조국을 위하여 자신의 모든 것을 내거는 비장한 모습의 연속을 보여주었다. 그리고 도저히 살아 돌아올 것 같지 않은 상황을 이겨내고 불사신처럼 돌아와 자신을 기다리고 있는 연인에게 속삭였다. "그 어려운 걸 자꾸 해냅니다, 내가." 그의 지나온 여정과 이루어질 수 없는 일을 해낸 뒤에 던지는 말의 어투는 비장하였다. 그런 모습은 그의 선택이나 활동이 옳은 것인가 그른 것인가를 감히 따질 수 없는, 범접할 수 없는 위엄을 보여주었다. 그의 연인은 아무런 목소리도 내지 못하고 그의 말과 행동에 압도당할 수밖에 없는 초라한 모습을 보여주었다. 그럴 것이다. 그런 단호한 모습 앞에서 요모조모한 일에 휘둘릴 수밖에 없는, 하찮은 인간이 설 자리는 그 어디에도 없기 때문이다. 그야말로 사전에서 찾을 수 있는 '꽉 단정하여 흔들림 없이 엄격함'에 꽉 들어맞는 행동이었다. 우리는 알게 모르게 그런 압도당함을 흠모하고 있어 신화^{神話}는 계속 생성되는지도 모른다.

이 단호함의 기반은 무엇인가? 무엇이 그로 하여금 그런 단호함을 보여주게 하였을까? 그것은 그가 조잡한 일상을 뛰어넘을 수 있는 확고한 실력을 갖추었기 때문일 것이다. 인간이 만든 어느 위급한 상황일지라도 헤쳐나갈 수 있는 그의 꽉 찬 능력. 그것은 누구도 도달할 수 없는 영역이어서, 어정쩡하게 살아가는 대부분의 사람은 그런 상황을 마주하면서 주눅이 들고 자신의 한심함에 대하여 부끄러워할 수밖에 없다. 그래서 나도 저런 단호함에 걸맞은 모습을 보일 수 있기를 간절히 바라게 된다. 이른바 '슈퍼맨 콤플렉스'는 그렇게 우리의 나약함을 자극하고 있다.

이제는 노년이 된 전국적 지명도를 가졌던 한 국문학자, 그분의 젊었을 때 모습은 항상 단호함 그 자체였다. 어느 한 부분 틈을 보이지 않았고, 그래서 누구에게나 호통을 칠 수 있는 그분은 모든 사람의 외경畏敬의 대상이었다. 누구 앞에서나 자신이 갖춘 능력의 수월성을 자랑스럽게 보여주었고, 또 그것은 누구나 인정하는 것이어서 어느 자리에서건 떳떳하고 대단한 모습이었다. 그분이라고 지도교수가 없었겠는가? 그는 지도교수 앞에서도 대담하였다. 지도교수도 동행하였던 학회學會의 저녁 자리. 낮의 세미나가 대체로는 저녁의 모임인 술자리로 이어지면서 이야기와 친교로 채워지기 마련이다. 이런 자리를 통하여 낮의 활동에서는 채워질 수 없었던 학자들의 이면裏面의 모습을 자연스레 습득하기 마련이어서 그 나름대로 효용을 충분히 갖추고 있다고 우리는 생각하고 있었다. 그런데 이제 막 열기가 더해지는 시간 9시가 되자, 그분은 단호하게 일어나서 9시가 되었으니 가서 자겠다고 하였다. 자신은 그런 습관을 한 번도 어긴 일이 없다고 말하였다. 그래도 선생님도 계시는데 더 앉아 있기를 바라는 주위 사람들에게, 나에게도 지도교수가 되시는 노교수님은 "쟤는 본래 그러니 그대로의 규율을 지키게 해."라고 제지하셨다. 그분은 밤에 이루어지는 학문인의 생활 전승을 '시간 죽이기'로 생각하였지만, 그러나 자신의 확고한 신념을 우리에게까지 강요하지는 않았고, 그것만이라도 우리는 감지덕지할 뿐이었다. 그래서 그분이 학회장일 때에는 공식적인 밤의 행사는 9시에 끝나고, 다시 그분의 생각과는 다른 삶의 모습을 아쉬워하는 사람들에 의하여 2부의 행사가 다른 자리에서 열리곤 하였다. 그분은 학회장 하는 것도 시간 죽이는 일이라 하여 지도교수가 만든 학회의 회장만을 어쩔 수 없어 하며 마지못해 하였을 뿐이었다.

그분은 어디에서건 행동에 거침이 없었다. 얼마나 많은 독서와 사색이 그를 그렇게 만들었을지, 그의 비사교적인 모습을 못마땅해할지라도 그의 호한한 실력에 대하여는 누구나 인정을 하였기 때문에, 그래서 평생 공부만 알고 지내는 교수들 앞에서 공부해야 한다고 말하고, 실력을 갖추어야 한다고 말해도 끙끙거리며 그의 말을 경청하였다. 어떤 학술대회의 현장에서 발표 시간을 넘겨가면서까지 자신의 발표를 열심히 마무리했던 한 대학교수에게 그분은 단호한 모습으로 꾸짖었다. '시원찮은 내용으로 발표하면서, 시간까지 소비하고 있느냐, 여기 50여 명이 앉아 있으니 당신의 10분이 50명의 500분을 소모하고 말았다'는 요지였다. 어찌나 준엄한 모습으로 꾸짖었는지, 우리는 모두 잘못을 저지르다 선생님께 들킨 학동처럼 고개를 숙이고 한참이나 그의 설교를 감내할 수밖에 없었다. 대부분의 '한심한' 사람들은 열심히 준비한 내용이 다 전달되지 못하는 것이 아까워 예정된 시간을 넘기면서 속사포처럼 읽어나가는 발표자를 이해하고 있었다. 그리고 그가 발표한 내용을 꼼꼼하게 되짚어보고, 그와 토론할 거리를 찾기 위하여 노력하고 있었던 것이다. 그런데 그분은 그 짧은 시간에 발표 내용이 하찮은 것이라고 판단하고, 그래서 모인 사람들의 소중한 시간을 소모하였다고 평가하였던 것이다. 더구나 그 젊은 교수는 자신이 발표하고, 또 학회에 익숙해지게 하기 위하여 제자들까지 데리고 왔고, 그래서 학생들은 선생의 발표하는 모습을 존경스럽게 바라보고 있었다. 그런 상황을 알고 있었지만, 이는 그의 고려 사항이 될 수 없었다. 잘못을 저지르면 단호하게 벼락을 내리쳐서 숨을 끊어놓는 두려움의 신이라 할지라도, 그런 환경이라면 잠시 눈을 감아 주었을 텐데. 모든 사항을 자신의 판단대로 휘두를 수 있다는 것은 대단한 기반이 있기 때문에 가능했을 것이다. 그 단호한 모습이 엄청난 용력勇力으로 다가왔기에 우리는 모두 숨 막힐 듯한 그 상황을 조용히 인내하고 있었다. 우리는 모두 그러한 단호함이 자신의 실력과 기반의 단단함에서 비롯된다는 것을 알고 있었기 때문이다. 그래서 모두 그를 참 많이도 부러워하였다.

그분의 무용담武勇談은 소심하고 주눅이 들어 있는 우리에게, 아득하여 도달할 수 없는 설산雪山의 정상을 생각나게 하였다. 언젠가 그가 가르친 지도 학생 하나가 논문이 통과되어 고맙다는 뜻으로 사과 한 상자를 끙끙 메고 그의 연구실이 있는 3층까지 땀을 뻘뻘 흘리며 올라갔다. 연구실의 문을 열고 사과 상자를 내려놓는 제자에게 이것이 무엇이냐 물었고, 제자는 땀을 닦으며 사정을 얘기했을 것이다. 사과 상자나 들고 다니라고 내가 가르친 것이냐? 그는 버럭 고함을 치며 사과 상자를 발로 찼고, 그래서 사과는 낱알이 되어 계단으로 우르르 구르면서 떨어졌다고 한다. 이것은 참 드물게 참석했던 그의 밤 학회 현장에서 본인이 직접 말했다고 전해진다. 사람들은 모두 그의 거칠 것 없는 행동, 그 호한한 무용담에 주눅이 들었고, 그래서 그는 퍽 흡족해 하였다고 한다.

사람의 행동은 본받고 싶은 사람의 모습을 무의식적으로 따르게 마련이다. 그래서 어느 광고에선가 뒷짐 지고 가는 아빠의 뒤를 또 뒷짐 지고 따라가는 꼬마의 모습은, 그런 우리들의 일상을 보여주는 것이었다. 꽉 들어찬 그의 내면과 그의 거칠 것 없는 도저함을 흠모하는 많은 교수는 그래서 그의 주변에서 열심히 그의 말 하나하나, 행동 하나하나를 듣고 본받고자 하였다. 특히 그의 직계 제자들에게 있어 그는 하나의 거대한 산맥이었다. 아니 신神이었다.

　학문의 길로 들어선 나에게 있어서도 그는 당연히 흠모의 대상이었다. 그래서 꽉 찬 실력을 갖추고자 노력하였고, 그렇지 않은 사람들의 행동을 올바른 것으로 인정하지 않았다. 그 교수처럼 대단하지 않아 나는 나와 관계를 맺지 않은 사람들에게까지 그런 모습을 보일 수는 없었다. 그저 나의 말이 위력을 발휘할 수 있는 범위 안에서만 허용되는 것이었다. 단호한 모습으로 살아가야 한다고 말했고, 그렇게 살기 위하여 마땅히 실력을 갖추어야 한다고 요구하였다. 그래서 실력을 갖추지 않은 사람, 실력을 갖추려고 노력하지 않은 제자들에게 나는 단호하게 꾸짖었다. 그 교수의 무용담과 비교는 될 수 없었지만, 실력을 갖추지 못한 사람은 살아갈 가치마저 없는 것처럼 바라보았고, 아마도 그들은 그런 모습에서 내 마음을 눈치챘었을 것이다. 그와 같이 나는 다른 사람들의 처지를 판단하고 평가하였던 것이다.

　존경과 친밀의 마음을 함께 가지고 있는 외우畏友, 경인대학교의 박인기 교수는 언젠가 우리들의 놀이터인 홈페이지에 오늘 내가 발표하는 제목으로 글을 쓴 일이 있었다. 거기에서 그는 이 단호함이 사실은 충만된 '꽉 참'에서 비롯된 것이 아님을 다음과 같이 밝히고 있다.

단호함은 두려움을 가까스로 피해가려는 심리 기제의 일종이다. 단호함의 근원을 용기나 용감함이라고 생각하는 것은 피상적 관찰이다. 조금만 주의해서 보면 대부분의 단호함은 두려움에서 온다. 물론 진정한 단호함은 문제적 상황을 온몸으로 감당하겠다는 의연함에서 오는 것이라 할 수 있다. 그러나 이것 역시 두려움을 두려워하지 않으려는 강력한 자기최면의 일종일 수 있다.

단호함은 두려움과 더불어 조급함과도 손을 잡고 있다. 구태여 유보하지 않으려는 의지라고 할 수 있겠는데, 물러서지 않겠다는 의지와 결부하여 조급함을 정당화한다. 그 조급함을 따라가다 보면, 단호함에는 타자를 인정하지 않으려는 무의식이 개재되어 있음도 알 수 있다. 단호함은 상대에 대한 극단의 거부처럼 보이지만, 사실은 내가 나를 향해서 다그치는 행위로도 볼 수 있다. 그렇게 단순화시켜서 보면 단호함은 내가 나 자신을 걸고넘어지는 것, 즉 나 자신에 대한 반응 그 이상도 그 이하도 아니다.

그러고 보면, 내가 드러냈던 단호함은 결국 나 자신을 닦달하는 조바심의 또 다른 표현이었고, 이를 꿰뚫고 있는 사람에게 있어 나는 정신적 지체遲滯로 보여질 수 있었던 것이다. 단호하게 외치는 '결사반대'나 '죽음으로 지키고자 하는 맹서' 등은 그래서 자신을 이념이나 거대한 힘 속에 내몰고자 하는 자신이나, 아니면 또다른 외적外的 힘의 압력일 수 있다. 자신에게 향하는 단호함이 장엄함을 띠는 것이라면, 타인에게 향하는 단호함은 그래서 두려움과 조급함의 징표일 수 있는 것이다. 태극기 앞에서 자신의 죽음을 예견하며 사진을 찍었던 윤봉길 의사의 모습이 전자前者에 해당한다면, 지금도 숱하게 '군령여산軍令如山'의 이름으로 행해지는 상급자들의 언행들은 바로 그러한 조급함과 교만에서 비롯된 것일 수 있다. 앞에서 예를 든 군대 내의 단호함이 조금만 세심하게 살피면 금방 헛된 꾸밈이라는 것을 알 수 있게 되는 것도 바로 그런 이유에서이다. 왜냐하면, 죽음도 불사하는 필연이 그 기반에는 존재하고 있지 않기 때문이다.

부끄러움에 대하여

그런 점에서 나는 나의 젊었을 시절에 저질러졌던 행동을 많이 부끄러워한다. '부끄러움'은 인간이 인간다움을 상실하지 않았을 때에만 드러낼 수 있는 감정이다. 맹자孟子는 인간의 본성을 사단四端으로 설명하였는데 거기에 수오지심羞惡之心이 있다. '수'는 부끄러움, '오'는 미워함이다. 그래서 설명하자면 자신의 잘못에 대하여 부끄러워하고, 다른 사람의 악을 미워하는 것은 인간이 가진 본성本性이라는 것이다. 그리고 이것이 잘못과 악을 지칭한다는 점에서 의義를 드러내는 단서端緖가 된다고 하였다.

맹자는 다른 사람의 행동을 정확하게 판단하고 이에 대하여 칭찬하거나 준절하게 꾸짖기도 하였다. 다른 사람의 행동에 대하여 칭찬하는 것이야 크게 어려운 일이 아니니, 누구라도 쉽게 할 수 있는 일일 것이다. 물론 칭찬이 쉬운 일이 아니라는 것은 일상의 생활에서 쉽게 발견할 수 없다는 점에서 잘못된 것이라고 할 수 있다. 그러나 그것이 돈 드는 일도 아니요, 남에게 회한을 남기는 일도 아니요, 고래도 춤추게 한다는 것이니 생각하기에 따라서는 얼마나 쉬운 일인가.

그런데 준절하게 꾸짖는 것은 그 행위에 대한 명확한 설명이 뒤따라야 한다는 점, 그리고 질타叱咤의 대상과는 영원히 척을 질 수도 있다는 점에서 깊은 사고의 뒤에서야 이루어질 수 있는 일일 것이다. 그래서 남을 꾸짖는 것은 대단히 어려운 것이다. 그런데 맹자는 『맹자』 첫머리에서부터 준절하게 꾸짖는다. 그 대상도 자신의 호구糊口를 책임져 주는 제후諸侯인 것이다.

맹자가 양혜왕에게 보이니, 왕은 "선생님께서 천 리를 멀다 하지 않으시고 이렇게 오시니, 우리나라에 큰 이로움이 있겠습니다." 하고 말하였다. 그러자 맹자는 "왕께서는 하필 이利를 말씀하십니까? 오직 인仁과 의義가 있을 뿐입니다. 왕께서 어떻게 해야 이 나라를 이롭게 할까 하고 말씀하신다면, 대부들은 어떻게 하면 우리 집을 이롭게 할까 말할 것이고, 사서인士庶人들은 어떻게 해서 내 자신을 이롭게 할까 말할 것이니, 위아래 모두 서로 이익만 취하면 나라가 위태로워질 것입니다." 하고 말하였다.

옳은 말이다. 왕이 나라를 도道로써 다스리고자 한다면 맹자의 말처럼 해야 할 것이다. 이익을 취하는 것은 옳고 그름을 뛰어넘는 일이기 때문이다. 그렇지만 이런 도리를 알고는 있지만, 꾸지람은 그렇게 사람을 기분 좋게 하는 것이 아니다. 그래서 꾸짖을 수 있는 능력을 갖추었던 맹자도 결국은 그 꾸짖음 때문에 빈곤한 길로 들어서게 되었다. 맹자도 이럴진대, 어찌 남을 꾸짖는 것에 대하여 깊이 생각하지 않겠는가.

그런데도 우리는 어려운 꾸짖음을 너무도 쉽게 해내고, 또 그렇게도 쉬운 일인 칭찬에 대하여는 대단히 인색하다. 나의 짧은 삶에서도 남을 꾸짖는 일은 많았고, 칭찬하는 일은 그렇게 많지 않았다. 그 꾸짖음은 그리고 대부분 나의 교만과 조바심에서 비롯한 것이어서, 항상 그것을 생각하면 스스로를 부끄러워하게 된다. 고등학교 교사였던 시절, 그때는 학생을 훈육한다는 명목으로 체벌이 일상화되었다. 대학원을 다니면서 밤늦게까지 책을 읽거나 음주를 하며 피곤해진 몸으로 학생을 가르치다 보면 짜증이 나기도 하였다. 생활비를 마련하기 위하여 교사를 하면서, 학생들의 처지에서 가르치지 않았던 것이다. 교육은 나의 위치로 끌어올리는 것이 아니라, 그의 자리로 내려가서 그와 같이 올라오는 것이라는 것을 깨닫지 못하였다. 아니, 교육은 끌어 올리거나 내려가는 것이 아니다. 같은 사람으로서 지식의 위아래가 존재하는 것은 아닌 것이다. 그런데 감히 나의 위치로 올라오지 않는다 하여 두드리고 모욕을 주는 일이 다반사였다. 교만과 조급함이 체벌을 불렀다는 점에서, 이는 가당치 않은 '단호함'이었다.

32살에 교수가 되어 잘 가르치고 뛰어난 교수가 되겠다는 의욕이 충만했던 시절, 그때는 학생들이 저지르는 조금의 착오도 용서하지 않고 단호하게 응징하곤 했다. 나는 마치 그런 시절을 보내지 않았던 것처럼 기준에 미달했다는 이유로, 수강생의 반을 F 학점으로 휘둘렀던 만용蠻勇도 서슴지 않았다. 그래도 학생들은 나를 참 잘 이해해주었다. 오히려 나이 든 나는 기고만장하여 날뛰었고, 어린 학생들은 더 어른스럽게 나를 이해해 주었던 것이다. 오랜 기간이 지나 교수가 되고 대학에서 강의하는 제자들을 만났을 때, 잘 알아보지 못하는 나에게 다가와 나에게 배웠다는 말을 했을 때, 아, 어찌나 부끄러웠던지. 정말 그 시간을 되돌리고 싶었다. 지금도 스승의 은혜를 기리는 행사에 참석하는 것을 그렇게도 서먹서먹해 하는 것은 그런 과거의 업보가 있었기 때문이다. "선생님께 배웠습니다." 하는 말이 들리면 내게 하는 것인가 하여 섬뜩 놀라는 것도 그런 가슴 아픈 과거가 있었기 때문이다.

  그렇게 멋모르고 날뛰었던 것은 부끄러움을 지식으로만 알고, 가슴으로 느끼지 않았기 때문일 것이다. 가슴으로 느끼며 아파했던 윤동주는 많지 않은 그의 시 속에서 부끄러움을 참 많이도 얘기하였다.

죽는 날까지 하늘을 우러러
한 점 부끄럼이 없기를 〈서시〉

나는 나의 참회懺悔의 글을 한 줄에 줄이자. …
나는 또 한 줄의 참회록을 써야 한다.
- 그때 그 젊은 나이에
왜 그런 부끄런 고백을 했던가. 〈참회록〉

이브가 해산하는 수고를 다하면
무화과 잎사귀로 부끄런데를 가리고 〈또 태초의 아침〉

돌담을 더듬어 눈물 짓다
쳐다보면 하늘은 부끄럽게 푸릅니다. 〈길〉

따는 밤을 새워 우는 버레는
부끄러운 이름을 슬퍼하는 까닭입니다. 〈별 헤는 밤〉

내 그림자는 담배연기 그림자를 날리고
비둘기 한떼가 부끄러울 것도 없이 〈사랑스런 추억〉

인생은 살기 어렵다는데
시가 이렇게 쉽게 씌어지는 것은
부끄러운 일이다. 〈쉽게 씌어진 시〉

　　시집에 수록된 시는 모두 스물다섯의 나이 이전에 썼던 작품이다. 그 많지 않은 나이, 순수하게만 살아갔을 그에게는 왜 이렇게도 부끄러움이 많았던 것일까. 그렇다면 이 많은 나이의 우리는 온갖 부끄러움으로 범벅이 되었을 것이 아닌가. 윤동주의 원고를 고이 숨겨 우리에게 넘겨준 정병욱鄭炳昱과 그의 어머니 앞에서 나머지 한 부를 보관하지 못했던 선생은 참 많이도 부끄러웠을 것이다. 그러나 그는 한 번도 그 부끄러움을 얘기한 적이 없다. 그런 그의 모습은 바로 우리 모두의 자화상일 것이다.

　　김승옥은 〈무진기행〉을 이렇게 마무리하였다.

　　"나는 심한 부끄러움을 느꼈다."

　　그리고 윤오영도 이렇게 그의 〈부끄러움〉을 종결시켰다.

　　"그는 부끄러웠던 것이다."

임제林悌도 그의 〈무어별無語別〉에서 부끄러움을 다음과 같이 얘기하고 있다.

십오월계녀十五越溪女　　열다섯의 아름다운 아가씨

수인무어별羞人無語別　　다른 사람들이 부끄러워 말도 못하고 헤어지네.

귀래엄중문歸來掩重門　　돌아와 문을 굳게굳게 닫고

읍향이화월泣向梨花月　　배꽃처럼 휘황한 달을 보며 눈물짓네.

작품들 속의 부끄러움은 하나같이 벽에 걸린 자신의 속옷을 들켜 앞에 나서지 못하는 정도의 부끄러움이다. 이런 부끄러움을 느끼는 사람들이 있어, 우리는 그래도 세상 살 맛이 나는 것이 아닌가. 낙원에 열린 사과를 먹고 자신의 나신裸身임을 부끄러워했던 이브의 모습은 그래서 얼마나 사랑스러운 것인가.

이런 부끄러움은 이제 작품 속에서나 겨우 찾아볼 수 있는 화석化石이 된 것 같다. 그래도 부끄러움에 들어가려면 국민이 일하라 준 권한을 저 잘 나서 휘두르는 것으로 알고 감옥에 가면서도 너무도 당당하게 신문을 장식할 정도는 되어야 하고, 뻔뻔함의 대명사가 된 아줌마들의 그 뻔뻔스러움 정도는 되어야 하는 시대가 된 것이다. 그래서 박완서는 그 순수의 부끄러움을 〈부끄러움을 가르칩니다〉에서 새삼스럽게 환기喚起하고 있다. 윤동주라면 가슴을 치며 참회의 기도로 몇 날 며칠을 새웠을 그런 부끄러움을, 우리는 외면하면서 잘 살고 있다. 그런 시대가 되어 나도 자신의 부끄러움을 잊어버리고 너무도 뻔뻔하게 살아온 것이다.

되돌아보니 참 부끄럽기 이를 데 없다.

희망에 대하여

우리는 날마다 북한에 사는 주민들의 고달픈 삶을 접하고 있다. 새파랗게 젊은 지도자의 말 한마디로 속절없이 사라지는 노회한 정치가의 아픈 종말도 눈물 나게 하지만, 어리디어린 아이들이 누구인지도 모를 지도자의 위업을 소리 높이 질러대는 모습은 더욱 안쓰럽다. 북쪽의 사람들은 기질이 사납다고 하였는데, 강인했던 그 많은 고구려의 후예들은 왜 이렇게 속절없이 굴종하고 있는 것일까? 의문이 있을 수밖에 없었다.

그런데 어느 날 아우슈비츠의 유태인에 관한 글을 읽으면서, 북쪽의 사람들이 보이는 행동을 조금이나마 이해할 수 있었다. 수많은 유태인들은 자신들이 죽어갈 최후의 종착지라는 것을 알면서도 묵묵히 수용소로 들어갔다고 한다. 옷을 벗으라 하니 벗고, 신발을 벗으라 하니 또 그렇게 하였다. 그곳에는 그렇게 벗어놓은 옷과 신발들이 무더기로 쌓여 있다. 그들은 희망을 잃었던 것이다. 살아갈 희망이 없으니, 자신의 의지로 살아가는 길을 잃고, 묵묵히 지시를 따랐다는 것이다. 희망의 포기는 속절없이 삶을 지탱하고 있는 끈을 놓게 하는 것이었다.

일국의 대통령을 지낸 사람이, 그리고 대기업의 회장들이 검찰에 불려가 조사를 받고 나와 자살을 하여 사회에 큰 충격을 준 일이 있었다. 그래서는 안 된다 하였다. 자신의 비리非理를 낱낱이 해명하고 살아남아야 한다고 했다. 그래서 스스로 목숨을 끊은 그들이 비겁하다고까지 말하였다. 검찰이 그런 사람들에게 모진 행동을 하지는 않았을 것이다. 최대한의 예우를 갖추었다고 그들은 생각하였을 것이다. 그러나 그들은 최고의 정점을 지낸 사람들이 겪었을 수모와 부끄러움을 과소평가한 것이다. 서울의 세계를 겪은 사람에게 있어 '무진霧津'은 희망이 사라진 안개의 세계였던 것이다. 치매를 앓고 있던 전직 대법원장은 잠시 정신이 돌아오자 바깥 공기가 쐬고 싶다 하여 강으로 나갔고, 난간을 넘어 뛰어들어 자살을 선택하였다. 희망의 관점에서 보면 충분히 납득될 수 있는 것이었다. 북한 주민들이 이리하라 하면 이렇게 하고, 저리하라 하면 또 저렇게 하는 광기狂氣의 모습을 서슴없이 보이는 것도 이런 관점에서 설명이 가능할 것이다. 그들은 이생에서의 삶에서 아무런 희망을 볼 수 없었던 것이다. 희망, 꿈은 삶을 지탱하는 버팀목이라고 할 수 있다. 그래서 희망을 짓밟는 자는 같이 더불어 살 수 없는 존재가 된다. 히틀러가 영원히 악마의 표상으로 남아야 할 이유가 여기에 있는 것이다.

자신을 둘러싼 모든 사람, 환경에 대하여 너그러운 모습으로 다가갈 필요가 있다. 단호함은 자신을 다잡기 위하여 사용될 수 있는 단어로 한정해야 하는 것이다. 공자는 인생을 살아가면서 명심해야 할 것을 한 글자로 말하라 하니, 서恕를 선택하였다. 그래서 대상에 대하여 억눌린 생각을 버리고 초월하기를 바라는 선비의 정신으로 '서'가 중시된다. 그러나 나로서는 더 나아가 '손遜'으로 관점을 바꾸어야 한다고 생각한다. 용서란 나의 우월한 위치를 전제한 것이다. 하늘이 준 명덕明德을 회복하여 백성들을 새롭게 함으로써 천하를 이상향으로 바꾸고자 하는 유교의 치인治人 정신을 그 배경으로 하는 것이다. 박태원은 〈갑오농민전쟁〉에서 전봉준全琫準을 아이에게도 존댓말을 하는 사람으로 형상화하였다. 사람 하나하나가 하늘을 안고 사는데, 위아래가 있을 수 없다. 부모 잘 만나 다른 사람을 능멸하는 것만큼 불행한 일이 없다고 해야 할 것이다. 그는 하늘을 능멸한 것이니까. 하늘을 능멸하고 어떻게 빠져나가기를 바랄 것인가. 그래서 자신을 한없이 낮추는 '손遜'을 전가傳家의 보훈寶訓으로 삼을 필요가 있는 것이다. 그 속에서 항상 자신의 행동을 돌아보고 부끄러움 없는 삶을 도모할 수 있게 되기 때문이다.

꿈은 삶을 지탱하는 버팀목이다. 그리고 꿈은 꿈꾸는 자의 것이다. 꿈을 간직하고, 그 꿈이 반드시 이루어질 것이라고 꿈꾸는 자에게 있어, 꿈은 반드시 이루어진다. 여러분 모두 꿈을 잃지 않는 사람이 되었으면 좋겠다.

"꿈★은 이루어진다."

정년퇴임 고별강연, 숙명여자대학교 백주년기념관, 2016. 5. 17.

진정한 농담을 찾아서

한 토론회에서의 일이다. 앞서 이루어진 논의에 대하여 한 토론자는 "그렇게 말씀하시는 것은 마치 장님이 코끼리를 만지는 것과 같습니다."라고 하였다. 그러자 앞에 말했던 사람은 화를 벌컥 내며, "아니, 그럼 내가 장님이란 말이요?"라고 말했고, 그 토론회는 더 이상 생산적인 결과를 얻을 수 없었다. 장님과 코끼리의 우화寓話를 말한 사람은 억울했을 것이다. 그런 비유를 통하여 대상을 전체적으로 보아야 한다는 점을 말하고 싶었는데, 엉뚱하게 '장님'으로 논의가 변질되었기 때문이다. 또 나중에 화를 낸 사람도 속이 상했을 것이다. 그 우화의 속뜻을 몰라서가 아니라, 자신의 처방이 단편적이라는 상대방의 단정이 못마땅했기 때문이다.

그러나 먼저 장님과 코끼리의 우화를 거론한 사람은 다음의 세 가지 면에서 적절한 언어를 선택한 것이 아니다. 첫째는 이 우화가 단순히 대상을 전체로 보아야 한다는 것을 알려주는 것으로 이해한 것은 그야말로 이 우화를 자기 시각으로만 바라본 것이다. 이 우화의 진정한 속뜻은 우리가 모두 일부만을 바라보면서 전체를 본 것으로 착각하는 장님이라는 점에 있다. 그래서 항상 자신을 돌아보고 반성하기를 이 우화는 가르치고 있다. 둘째로 이 우화는 그 우화가 만들어졌던 시대의 가치관을 담고 있다는 점을 간과하였다는 점이다. 우리도 신체의 불구를 즐겨 웃음거리로 사용했던 때가 있었다. 그러나 지금은 그런 시대의 농담을 함부로 하지 않는다. 그 말을 듣는 장애인을 생각해서 스스로 조심해야 하기 때문이다. 농담의 상당 부분을 차지하였던 성적性的인 것이 사석에서까지 용인되지 않는 것도 같은 이유에서이다. 세 번째로는 상대방은 이 언어를 통하여 자신의 의사를 분명하게 전달할 수 있는 대상이 아니라는 점을 몰각했다는 점이다. 농담이나 비유는 상대적으로 높은 위치에 있는 사람이 사용하는 것이 일반적이다. 그래서 '어른 앞에서 농담하는' 것은 부정적인 의미로 받아들여진다.

국회의 답변에서 한 의원이 "우리 당이 집권하면 역사는 퇴보한다는 말을 했는데, 이처럼 오만하고 독선적인 말이 어디에 있는가?"라고 하자, 총리는 "그 당은 지하실에서 차떼기를 했다. 그런 정당을 좋은 당이라고 하나? 그럼 차떼기 안 했나?"라고 말하였다. 더 이상 국회의 논의는 지속되지 못하였다. 총리의 말을 들으면서 '십 년 묵은 체증이 내려가는 느낌'을 받았다는 사람들이 있었다. 총리는 백 보나 도망간 사람이 오십 보 도망간 사람을 비웃는 것과 같다고 생각했을 것이다. 그래서 통렬하게 자신의 억울한 생각을 직설적으로 토해냈다.

그러나 상대방은 국민이 그런 말 물어보라고 뽑아준 의원이다. 건전한 대화를 통하여 같이 국정을 논해야 할 동반자를 그렇게 직설적으로 몰아붙이는 것은 답변의 위치에 있는 사람의 취할 태도가 아니다. 더구나 그런 발언으로 국회의 파행이 계속되었는데, 의도적으로 파행을 노려 발언했다면, 이는 언어의 소통을 뛰어넘는 술수일 것이다. 어떻게 해야 했을까? 이런 정도의 농담을 했으면 어떨까? "미래의 세계가 도덕성을 강조한다는 점에서 저는 그래도 겨 묻은 정도의 우리가 더 낫지 않나 생각했습니다." 그런데 상대방이 "아니, 그럼 우리가 X이란 말이요?"라고 반응했다면, 그 파행의 책임은 총리가 아니라 상대방이 져야 했을 것이다.

한 신문에서 문화비평가의 '가상 인터뷰'를 연재한 일이 있었다. 말을 아끼고 말의 여파까지를 대단히 고려하는 래리 킹의 성격을 잘 보여주는 기사가 있었다. "한국이 영어 때문에 고통 받을 바엔 미국의 51번 째 주가 되는 것이 어떨까?" 상당히 민감한 질문인데, 아마 실제의 래리 킹도 그렇게 대답했을 것이다. "그 계획대로라면 버시바우(당시의 주한 미국대사)는 결국 직장을 잃게 되겠구나." 국가의 자존심까지 거론될 엄청난 문제를 그는 버시바우 개인의 직장 문제로 축소시켰다. 이것은 그렇게 웃고 넘어가야 할 상황이었고, 그래서 웃고 넘어갈 수 있었다.

임진왜란이 일어났다. 임금은 서울을 버리고 북쪽으로 몽진蒙塵을 가야 했다. 참담한 그 길은 칠흑같이 어두웠고, 비까지 오고 있었다. 얼마나 황망했겠는가? 비를 피하느라 궁녀들은 정신없이 달려가고, 임금이 탄 수레는 지체될 수밖에 없었다. 이항복은 한 궁녀를 불러 "그렇게 뛰어가면 앞에 내리는 비까지 맞지 않겠느냐?"라고 농담삼아 말하였다. 어디 그렇겠는가! 그러나 잠시 자신을 되돌아볼 여유가 생겼고, 궁녀들은 비를 맞으며 묵묵히 임금의 행차를 따랐다.

농담은 우리 언어사회에서 반드시 존재해야 하는 윤활유潤滑油와 같은 존재이다. 농담을 통하여 대상을 바라보는 여유를 갖게 되고, 또 자신을 성찰할 수 있는 계기를 갖게 되기 때문이다. 더구나 이 농담을 통하여 우리의 정신적 건강에 가장 좋은 웃음이 유발된다는 점을 생각하면, 농담이야말로 언어의 꽃이라 부를 수 있다. 그래서 과거와 현재는 물론이고 미래까지도 말을 통해 웃음을 전파하는 만담가漫談家는 영원히 계속될 것이다. 아까운 나이에 죽었던 한 방송인의 말처럼 웃음 속에 잠이 들 수 있다는 것은 참 행복한 일이다.

　　그러나 자신의 웃음을 위하여 다른 사람이나 집단을 피곤하게 하는 일이 우리 주위에는 너무 많다. 그 웃음이 자신만이 아니라 그것을 듣는 사람까지 웃음짓게 해야 진정한 웃음이다. 그런 웃음을 위해 우리는 그 농담이 초래하는 파장까지도 면밀하게 고려해야 한다. 그리고 그 농담이 이루어지는 현재의 상황만이 아니라, 시간과 공간을 달리하여 그대로 전달될 수 있다는 것까지도 고려해야 한다. 농담이 이루어지고 있는 현장에 없다고 하여 이슬람이나 여성에 대한 비하卑下의 농담을 하는 것은 독毒이 되어 다시 돌아온다. 그래서 대상과의 거리를 유지할 필요가 있다.

　　그런 거리와 여유를 위하여 우리가 해야 할 일은 무엇일까? 우리의 야구를 세계에 널리 알린 김인식 감독은 선수들이 야구만이 아니라 공부를 병행해야 한다고 했다. 이치로가 우리에게 비판 받는 것도 그 때문이라고 하였다. 그 공부가 반드시 학교의 졸업장만을 의미하는 것은 아니다. 풍부한 독서와 성찰을 통하여 다른 사람들과 더불어 살아갈 수 있는 교양인의 필요성을 그는 간파看破하고 있는 것 같다.

우리 문화에 대한 새로운 인식

중심문화와 주변문화

문학을 포함하는 모든 예술은 일 순간의 영감에 의하여 그 비밀을 드러내지 않는다. 심오한 철학도 언뜻 보아 파악되지 않는다. 만약 쉽게 파악되거나, 그것을 강요하는 것은 문화의 저급화를 부채질하는 것과 다름이 없는 일이다. 모든 학문이나 예술 등 문화 현상이 모두 그러하다. 그런데 유독 우리 자신의 문화인 경우, 그것은 쉽게 받아들여지기를 강요당한다. 우리의 고유문화에 대하여 우리는 접근하기 어렵다 하여 짜증을 내고, 이의 향유를 포기한다. 그리고 그러한 태도는 전혀 문제시되지 않는 것이 우리의 현실이다.

이것은 보다 깊게 생각해볼 필요가 있다. 문학의 경우로 한정하여 생각해 보자. 노벨 문학상 수상작의 경우, 그것은 아무리 어려워도 괜찮다. 그것은 이미 우리의 평가를 떠나 있는 것이니까. 만약 그것에 관하여 '재미없다'든지, '별 내용이 없다'든지 하는 것은 불경不敬이요, 무식의 폭로라고 생각한다. 이렇게 서양의 최고봉이라는 작품, 대개는 엄선된 작품이 우리가 접하였던 서양의 것들이다. 우리는 그것을 이해하기 위하여 세대를 이어 노력해 왔다. 그 결과 우리 사고의 틀은 서구의 것과 유사하거나 동일한 것으로 변화되었다. 그런 변화된 틀로 우리는 우리의 것을 판단하기도 한다.

사람들은 비판할지도 모른다. 예술이란 동서양을 막론하고 보편적인 현상이다, 그 보편적인 작품에 관한 이론이 서구에서 발달하였기 때문에, 우리의 작품을 이해하기 위하여 그것의 도입은 필요한 것이라고 주장한다. 이에 대한 대답은 '가치의 상대성'으로 설명될 수밖에 없다. 하나 덧붙인다면 그것은 가까운 길을 두고 멀리 돌아가는 일이다. 왜 옆에 있는 우리의 것을 먼저 연구하고, 그 바탕 위에서 서구의 것을 보지 않는가. 그렇지 않을 때, 우리는 언제나 중심 문화의 언저리를 맴도는 위성국의 위치에 머무를 것은 너무도 당연한 일이 아닌가.

근면한 한국인?

모든 학문이나 예술은 한순간의 접근에 의하여 그 비밀을 드러내지 않는다고 했다. 만약 그러한 것이 있다면, 그것은 상식의 세계이다. 그 비밀을 드러내는 작업을 하고자 할 때는, 그것이 드러날 때까지 끊임없이 접해야 한다. 작자만큼, 독자와 연구자도 작품의 이해에 정력을 쏟아야 하는 것이다. 베토벤의 교향곡을 일 순간에 듣고 환희에 떨며, 그 위대성을 느낀다는 것은 자기기만이요, 허세다. 그것을 제대로 음미하기 위하여는 그것이 이루어진 바탕을 탐구하고 끊임없는 귀의 훈련을 해야만 한다. 심각한 인생 탐구의 결과가 어떻게 한 슌가에 파악될 수 있겠는가.

그러므로 베토벤을 처음 들으며 하품이 난다는 것은 당연한 일이다. 그런데 그것을 우리는 드러내려 하지 않는다. 자신과 주위에 대한 자존심, 체면 때문인가. 그래서 항상 그와 같이하며 그것에 익숙해지려 노력한다. 그는 점점 흥미를 느끼게 될 것이다. 좋다. 흥미를 느끼는 것은 이미 출발의 지점에 선 것이니까. 그러나 예술은 흥미만으로 가능한 대상이 아니다. 그 속에 담긴 '심오한 고뇌와 인생의 표현'을 엿볼 수 있을 때, 그것은 대상을 변화시키려는 손길을 내보인다. 그래서 그는 더욱 열심히 그에 관한 전문가들의 이론을 읽고, 그의 전기를 읽고, 해설집을 읽을 것이다. 그는 베토벤을 '알기' 위하여 이러한 노력을 기울일 수밖에 다른 도리가 없는 것이다.

이렇게 훈련된 사람이 아프리카 원주민의 타악기에 얹혀 나오는 괴성怪聲을 들을 때, 그는 어떤 표정을 지을 것인가. 아마 얼굴을 찡그릴 것이다. 또는 잠잠히 교양 있는 몸짓으로 자신을 억제할 것이다. 그러나 자신이 베토벤을 위하여 하품을 참았듯이, 아프리카의 음악에 대하여도 마찬가지로 자신을 낮추는 몸짓을 취하는 것이 예의 바른 태도이다. 그런데 대부분의 사람은 그런 행동을 취하지 않는다. 미개한 민족이니까 어쩔 수 없다고 불평하기까지 한다.

이러한 논리는 어디에서 생기는 것일까. 베토벤에 관심을 기울이는 것은 할 만한 가치가 있는 일이고, 아프리카 원주민의 음악에 관심을 기울이는 것은 할 만한 일이 아닐까. 이러한 태도가 서구인의 경우라면 당연한 것인지도 모른다. 사람이란 환경의 제약을 받을 수밖에 없는 것이니까. 그러나 어떤 서구인들은 이 좁은 우물에서 벗어나, 세계인이 되려는 노력을 기울이기도 한다. 물론 그 나름의 한계는 있지만, 항상 남의 것을 자기들의 것과 같은 수준에 놓고, 그것을 이해하려는 태도를 가지려 한다. 문화의 우열優劣을 논하는 것만큼 허구적일 수 없다는 것을 그들은 알고 있기 때문이다.

그런데 서구인이 아닌 우리나라 사람의 경우, 많지 않지만 이러한 사람들을 가끔 본다. 서구 음악에 길들여진 결과, 우리의 것을 대단히 객관적인 대상으로 놓고 서구적 기준으로 평가하고 재단하는 것이다. 평가되는 대상은 영원히 평가받는 위치에 머무른다. 성인聖人의 자[尺]로 잴 때, 인간은 영원히 불완전한 존재일 수밖에 없는 것과 마찬가지이다. 서구 음악에 관하여 우리는 나면서부터 계속 그 주변을 벗어나지 못했다. 유행가 가락은 해서는 안 되는 것, 그러나 서구의 오페라 아리아나 가곡은 얼마나 칭예稱譽의 대상인가. 유행가를 부르는 자리에서 아리아를 부르는 멋스러운 모습을 보며 우리는 얼마나 주눅들며 움츠렸던가.

피아노와 기타의 선율은 우리의 것처럼 되어 버렸다. 아! 그 비싼 피아노가 거의 모든 가정에 필수품처럼 놓여서 자리를 차지하고. 그러나 분명한 것은 그에 길든 귀로는 장고, 가야금을 들을 수가 없다는 사실이다. 그것의 이해는 서구 음악에 길들기 위하여 투여된 시간만큼의 노력을 또한 필요로 하는 것이다. 그것이 우리의 것이기 때문에 그 기간은 보다 단축될 수 있겠지만, 그에 들어가려는 노력은 반드시 필요한 것이다. 그런데 그것이 없어도 우리는 교양인의 행세를 할 수 있다. 누구도 가야금 산조散調에 하품한다고 하여 멸시하지 않는다.

바로 이것이다. 서구 음악의 경우는 들어가려 애썼고, 우리 음악의 경우는 음악이 자기에게 들어오기를 요구하는 것이다. 어디에서 출발한 논리인가. 이러한 것이 사회의 보편적인 현상이라면, 그것은 그 사회의 '안정 측정기安定測定器'가 상실되었음을 의미한다. 이는 바꾸어 말하면 그 민족임을 포기한다는 말과 같다.

음악의 예를 들어 보았지만, 문학의 경우는 더욱 심하다. 괴테나 셰익스피어, 톨스토이를 읽기 위하여 우리는 얼마나 많은 노력을 기울였는

가. 거기에 부응하기 위하여 개인은 물론이고 사회까지 얼마나 많은 노력을 해 왔던가. 그 결과 한 개인은 그러한 분위기 속에서 미흡하나마 서구 문학의 토양과 비료를 조금씩 시혜施惠처럼 얻어 왔음을 부인할 수 없다.

그러한 안목으로 우리의 문학을 볼 때, 우리의 문학 현실은 한심을 극한 것이 아닐 수 없다. 이는 외국문학을 전공한 분들의 안목으로 볼 때, 더욱 분명하게 드러난다. 우리의 경우 얼마나 많은 시간을, 우리의 것이 우리의 고유한 것인가를 강조하여야 했던가. 고전문학은 중국의 것이 아니라는 것으로 학문을 시작하여야 했고, 현대문학은 서구문학의 이식移植만으로 이루어진 것이 아니라는 것을 증명하는 것이 문학 연구의 출발처럼 인식되었다.

도대체가 우리의 선인들은 왜 이리 형편없는가. 불평이 아니 나올 수 없다. 젊은 작가들은 서구 문학의 이론을 대개는 이해하고, 그것으로 무장하고 있다. 대학 1학년생이면 누구나 서구문학 이론의 소개서인 문학개론쯤은 읽었을 테니까. 그런 그들의 작가적 수준은 자신들의 말로는 본부인 서구를 압도할 정도라는 것이다. 가히 근면한 한국인이라는 찬사를 받아 마땅할 것이다.

진정한 문화인이란

그러나 우리가 우리로서 남기를 원하는 경우, 우리가 사는 공동체가 다른 누구의 것이 아니라 우리의 것이기를 원하는 경우, 우리는 우리 것에 대한 훈련을 하여야 한다. 근면한 한국인은 현재의 젊은이만이 아니다. 과거의 젊은이 – 우리의 선인도 그러했다. 우리가 형편없다고 불평하는 것이야말로 정말 우리의 토양과 비료로 커온 것이다. 뿌리는 무궁화이면서 위에 피는 꽃이 장미나 벚꽃이라면, 그것은 기형적인 식물일 뿐이다.

우리의 것을 읽자. 우리의 것을 배우자. 그것은 처음에는 힘든 일일 것이다. 서구 문학을 조금 아는 것도 힘이 들었다. 모든 일이 그러하니까. 그러나 참고 또 참으면, 그것은 흥미 있는 것으로 변할 것이다. 이 흥미가 생겼을 때, 우리는 우리의 이론을 찾으려 노력할 수 있을 것이다. 그리고 그것의 비밀을 밝히려 노력할 것이다. 이러한 태도야말로 진정 우리가 세계의 문화에 기여하는 일이다. 우리의 것에 접근할 수 있는 최적最適의 사람은 바로 우리일 수밖에 없다. 그러한 우리가 우리의 것을 포기하고 말살하는 것은 세계에 하나밖에 없는 소중한 문화를 없애는 행위와 같은 것이다. 그런 점에서 우리의 것에 대하여 애정을 보이고, 그에 접근하는 것은 바로 세계 문화를 풍요롭게 하는 일이다.

이러한 바탕 위에서 우리가 서구를 바라볼 때, 우리는 그것에 양귀신이라든가 딴따라, 미개인이라는 칭호를 붙이지 않을 것이다. 그것 또한 문화를 풍요롭게 하는 소중한 한 부분이니까. 문화를 파괴했던 사람들의 잘못을 다시 범하지는 말아야 하는 것이다. 우리는 100년을 참고 견디며 성숙해온 사람답게, 세계인의 모습으로 그들의 문화를 이해하려고 노력해야 한다. 세계인이란 각각의 문화가 지니는 다양성을 인정하고, 또 존중할 줄 아는 사람이기 때문이다.

The Necessity of research in Korean Literature,
The Chdnnam Tribune, 1986. 11. 1.

춘향의 생각과 선택

　춘향은 우리에게 매서운 열녀烈女로 인식되어 있다. 일생을 같이하기로 되어 있는 사람이 있는데, 그 사람에게 향하는 마음을 바꾸라는 요구를 받고 춘향은 죽음으로 항거하였다. 그러나 춘향이 죽음을 무릅쓰고 사랑의 약속을 지키려고 했던 것은 너무도 당연한 일이었다. 당시의 그 사회에서 충성이나 절개는 선택의 사항이 아니었다. 충성할 만하니 충성하고, 또 일생을 의탁할 만하니 남편을 위해 절개를 지키는 것은 더구나 아니었다. 겨우 열 살 먹은 철부지가 왕이 되어도 지존至尊으로 모시었고, 남편이 죽었어도 그를 위해 개가改嫁하지 않는 것이 당시의 요구되는 덕목이었다. 그래서 사랑하는 남편을 위해 죽음을 마다하지 않는 여성은 춘향 말고도 어디에서나 발견할 수 있는 일이었다.

　대부분의 이야기에서 춘향은 만나자마자 당일로 이 도령과 잠자리를 같이 한다. 그리고 이후 춘향과의 관계 속에서 이몽룡은 정신을 잃고 춘향에게 흠뻑 빠져든다. 그래서 공부하다가도 생각나 달려가고 싶은 여성, 그저 곁에만 있으면 세상이 모두 내 것인 양 뿌듯하게 만드는 여인. 춘향은 그렇게 요염한 여성으로 우리에게 인식되어 있다. 한없이 나긋나긋하고 깊어 푹 안기고 싶은 여자가 춘향인 것이다. 그러나 사랑하는 연인 앞에서 이런 정도의 애교를 부리고, 또 정인情人의 가슴을 설레게 하는 여인이 어디 춘향이만 있겠는가? 오히려 사랑하는 사람을 앞에 두고도 멀쑥하게 만들어 정 떨어지게 하는 여인이 있다면, 그야말로 참 한심한 사람이 아니겠는가.

더구나 이몽룡이 어떤 사람인가. 이몽룡은 춘향을 만나면서 춘향의 현실과 이상을 이해하고, 이것의 성취를 위해 자신의 모든 것을 바칠 수 있는 사람으로 변했다. 진정한 사랑이란 이렇게 서로를 변하게 만든다. 사랑 앞에서 고민하지 않고, 스쳐 가는 숱한 군중群衆의 하나처럼 아무런 변화가 일어나지 않는다면, 그것이 무슨 사랑이겠는가. 이몽룡은 그런 변화를 겪고, 한낱 천기賤妓인 춘향과의 약속을 지키고자 했던 사람이다. 이몽룡은 그런 사람이다. 어찌 이몽룡 앞에서 사랑스러운 여성이 되지 않겠는가. 어찌 아양과 교태를 떨지 않겠는가. 죽고 못 사는, 사랑하는 사람을 위해서라면, 그보다 더한 것도 얼마든지 할 수 있는 것이 우리들이다. 아양과 교태를 떨 수 있는 그런 사람이 없는 것이 안타까울 따름이다.

따라서 이 정도의 사실로 춘향의 아름다움을 말할 수는 없다. 그런 정도의 선택이야 우리 주위에 지천으로 널려 있다. 자신의 성취를 도와줄 수 있는 능력을 지니고 있고, 그리고 또 헌헌장부軒軒丈夫인 사람이라면, 그런 사람을 위해 무슨 짓인들 못 하겠는가. 우리 모두 그런 사람 만나기만 하면, 춘향보다 더 자신을 낮출 만반의 준비를 갖추고 있다.

그러나 이런 것만으로 춘향이 이루어져 있다면, 그를 형상화한 〈춘향전〉이 우리가 가장 애독하는 고전이 될 수는 없다. 기껏해야 한 가문家門을 일으킨 열녀 춘향, 그리고 미모를 지닌 춘향을 위하여 매년 춘향제春香祭가 열리는 남원南原으로 사람들이 몰려드는 것은, 그래서 참 부질없는 일이 될 것이다. 따라서 〈춘향전〉이 고전인 까닭은 춘향의 이러한 외면적인 현상에서 찾을 것도 아니고, 춘향이 신데렐라처럼 개인적 영달을 이루었다는 점에서 찾을 것은 더더욱 아니다. 〈춘향전〉이 고전인 까닭은 이 작품에서 형상화한 춘향이 위대한 선택을 하였고, 그 선택을 위해 자신의 온 생명을 걸었다는 데서 찾아야 한다. 그래야 우리의 선택은 그나마 가치를 지니게 된다.

춘향은 기생 월매의 딸이다. 퇴기退妓의 딸이건, 또는 대비 속신代婢贖身하였건, 이것이 춘향의 신분을 변화시키는 것은 아니다. 한번 기생은 영원한 기생이었다. 그래서 다른 종을 대신 넣고 기적妓籍에서 이름을 지우는 것은 위법違法이었다. 관장官長으로서는 돌봐주고 싶은 애틋한 여인도 있었을 것이다. 그래서 편법을 동원하여, 자유를 누리게 했던 일도 있었다. 그러나 이것도 법을 위반하는 것이었고, 그래서 언제든지 다시 기생으로 붙들려갈 수 있는 것이 당시의 현실이었다. 그것은 기생도 인간으로 보고자 하는 고매한 품성을 가진 소수의 지배층도 되돌릴 수 없는 일이었다. 하물며 기생 당사자로서는 상상도 할 수 없는 일인 것이다. 그래서 운명처럼 자신에게 부여된 굴레를 받아들였던 것이다.

그런데 춘향은 그 엄청난 절망 앞에서 분연히 일어섰다. 죽음으로써 자신에게 주어진 운명에 항거하였다. 춘향이처럼 이몽룡을 위하여 절개를 지키거나 요염한 모습으로 대하는 것은 누구나 할 수 있는 일이지만, 그러나 이러한 춘향의 순수한 열정과 항거는 아무나 흉내 낼 수 있는 것이 아니다. 그런 상황이 자신 앞에 놓인다면, 차라리 순종하고 기생으로서의 개인적인 안락을 추구하였을 것이다. 누구나 그럴 것이다. 그래서 일제하의 친일 행위는 우리에게 끊임없는 반면교사反面教師로서의 성격을 갖는 것이다.

춘향의 선택이 이몽룡이고, 변학도가 아니라는 정도의 인식에 머문다면, 그런 사람은 인류 생긴 이래 소중하게 가꾸어온 문화로서의 문학을, 문학으로 이해하지 못하는 사람이다. 〈춘향전〉의 겉만을 보고 '절개'나 '순종'만을 찾아낸다면, 그런 독서는 글자 아는 정도의 능력으로서도 충분하다. 우리가 사람을 대할 때, 호적등본이나 성적표만이 아니라, 기록으로서는 볼 수 없었던 사람됨에 집착하는 것처럼, 〈춘향전〉을 진실로 이해하고자 한다면 글로 다 기술할 수 없었던 춘향의 위대성을 찾아야 할 것이다. 그것이 〈춘향전〉을 만들어 우리에게 건네준 우리 선인들의 문화적 역량에 보답하는 길이다.

숙대신보 1040호, 숙명여자대학교, 2002. 6. 3.

우리의 음주와 실수에 대하여

　술 마시는 사람 중에 악한 사람이 없다는 말이 있다. 그 말은 어느 의미에서는 옳고, 또 어느 의미에서는 참 가당하지 않다. 술 마시고 행패 부리는 사람들이 얼마나 많은가? 또 술 때문에 자신을 망가뜨리다 못해 가족과 주변 사람들에게까지 손해를 끼치는 사람들이 얼마나 많은가. 그래서 술과 관련된 문인들의 기행奇行도 사실은 썩 바람직한 것으로 보이지는 않는다. 달과 관련되어 으레 등장하는 주선酒仙 이태백의 음주 행태도 정상적인 안목으로 본다면, 그게 어디 사람으로서 할 일이겠는가. 양반의 유흥 자리에 빠짐없이 등장하는 술과 여인들의 모습이 어찌 바람직한 것이겠는가.

　그러나 여기서는 음주로 인한 실수와 일상에서 일어나는 실수를 반성의 소재로 삼아 겸손해지는 이야기를 하고자 한다. 술을 마시되 적당히 마시면 약이 된다는 등의 교훈적 이야기야 일상적으로 듣는 것이니 말이다. 어느새 인생길의 벗이 된 우리 넷의 여행길은 상당한 정도의 음주가 뒤따른다. [서울대학교에서 근무한 우한용 교수, 경인대학교의 박인기 교수, 강릉원주대학교의 최병우 교수와 나는 1987년부터 지금까지 교과서 작업을 하면서 동도同道의 길을 걸어왔다. 그래서 우리 삶의 많은 부분은 상당한 정도 겹쳐 있는데, 나는 그것을 인생의 큰 행운으로 여기고 있다. 우리는 서로를 이름과 함께 호로 불렀는데, 우한용 교수는 우공于空, 박인기 교수는 석영夕影. 우리말로 '옛그리매'를 쓰기도 함, 최병우 교수는 석우石宇, 그리고 나는 남계南溪로 부른다. 이 호는 앞으로의 글에 자주 나온다.] 참 잘 어울렸다 싶게, 넷 중 어느 하나도 술에서 자유롭지 않다. 그래서 누구 하나 술 생각이 나면 우리 만나야지 하는 연락을 하고, 그러면 우리 이야기해 보아야지 하면서 음주의 자리를 만들곤 한다. 그 바쁘다는 사람들인데, 넷이 만나자 하면 왜 그리도 시간이 한가한지, 주룩 모이고, 그러노라면 우리의 자리에 술이 빠지지 않는다. 우리가 해낸 일의 결과물에서는 그래서 술 냄새가 나고, 또 술처럼 짙은 인생살이가 배어 있다.

　　세월이 지나가면서 우리가 마시는 술의 종류나 마시는 방식도 많은 변화를 거쳐 왔다. 처음 마실 때야 당연히 소주였지만, 나이가 들면서 우공은 포도주와 막걸리로 바뀌었고, 석영과 석우, 그리고 나는 가끔 이리저리 기웃거리긴 하지만 주력 품목은 맥주다. 우리가 마시는 술은 우리 넷의 출신이 부유한 것이 아니어서 감히 폭탄주니, 양주니 하는 것과는 처음부터 거리를 두었다. 같은 대학의 선후배로 만났으니, 청량대淸凉臺, [서울 용두동에 있는 공원으로, 서울대학교 사범대학이 관악캠퍼스로 옮기기 전에 있었다. 공원은 택지로 조성되어 없어졌지만, 뒤편의 선농단은 유적으로 보존되고 있다.]의 추억까지도 고스란히 공유하고 있어 서로의 술 마시는 기반이 같을 수밖에 없다. 그 뿌연 막걸리를 앞에 두고 비분과 강개를 쏟아내던 열기를 우리는 공유하고 있는 것이다. 추운 겨울의 바보주점과 성동역 옆 천변에 판자로 얼기설기 세워져 있던 막걸리 집에서 우리는 연탄불에 막걸리를 데워 마시며, 술과 인생을 익혀갔다. 다 마시고 나면 카바이트 가루가 주전자와 막걸리 잔 아래에 가득 쌓였고, 그와 함께 우리의 슬픔과 주정酒酊

도 하나 가득 쌓여 갔다. 통행금지 시간에 맞추지 못해 항상 허둥대는 술자리였지만, 그래도 여유가 있었던 것은 생활을 책임지는 사회인이 아니었기 때문이었을 것이다. 우공이 요즘도 가끔 막걸리를 찾는 것은 질이 좋아진 이유도 있겠지만, 그런 우리의 과거가 문득문득 생각나기 때문일 것이다. 우리의 위胃는 그렇게 힘들고 어려운 시절을 지나면서 단련이 되었는지도 모른다.

청량대에서 관악산으로 오고 보니 맨 먼저 바뀐 술 풍속이 바로 주종酒種의 변화였다. 서울 시내 곳곳에 흩어져 있던 대학들이 한 곳에 모이고 보니, 그들이 가지고 있던 풍속들이 융합하고 또 밀어내기를 하면서 관악산의 새 풍속을 만들어 갔기 때문이다. 대학에 들어와서야 여학생과 같은 교실에서 수업을 들었던 나는 그런 환경의 적응에 참 서툴렀다. 시골에서 올라왔으니 열심히 공부하겠노라 강의실 맨 앞에 자리를 잡고 있었는데, 옆자리에 앉은 여학생이 영 부담스러워 다시 맨 뒷자리로 옮겼던 것도 한두 번이 아니었다. 그래서 잘 해보겠노라는 결의는 없어지고, 그래서 기다리고 있었던 것이 군대 가는 일이었다. 그런데 복학하고 돌아온 관악산은 팔을 끼고 돌아다니는 짝들도 심심찮게 목격될 수 있을 만큼 변하였다. 그렇게 우리는 관악산의 모습에 감염되어 봉천동의 튀김집과 신림동의 순대집에서 막걸리를 버리고 소주를 벗하는 모습으로 바뀌었다.

지금의 우리가 마시는 주력 품목은 맥주다. 우공은 와인을 즐겨 찾기도 하지만, 그것은 프랑스에서 1년간 연구년을 보낸 뒤의 후유증일 뿐이라고 생각한다. 이렇게 된 이유는 우리의 생활 씀씀이가 넉넉해진 까닭도 있지만, 단연 우리를 지탱해주는 몸을 배려한 결과이다. 우리의 몸은 소주를 감당할 수 없을 만큼 나약해진 것이다. 소주를 마시고 난 다음 날을 버티기도 힘들었고, 무엇보다도 그 독한 잔을 목은 받아들이지 않았다. 당연히 정신을 자꾸 잃게 되고, 그것이 얼마나 가슴 쓰리게 하는 반성의 자료가 되는지는 모두가 잘 알고 있다. 반성할 일은 하지 말아야지, 명색이 가르치는 선생이면서 후회를 반복하는 것은 옳지 않아. 그래서 우리는 마음을 다잡고 다잡으면서도 음주와의 인연을 끊기보다는 우리의 몸과 조화를 할 수 있는 주종의 선택에 신경을 쓰게 된 것이다. 그마저도 '통풍'이니, '혈압'이니 하여 술자리에서 사이다를 마시는 경우도 생겨났다. 그래서 술 마시는 자리에서 공유하고 있는 우리의 불문율不文律은 결코 다른 사람의 술 마시는 방식에 대하여 간섭하지 않는 일이다. 와인과 소주와 맥주와 막걸리가 한 자리에 올라와도, 그것은 각각의 이유 있는 선택일 것이라는 합의가 전제되어 있다. 사이다를 선택하면 그 또한 그 몸의 요구인가보다 넘어간다.

석우는 일정 정도 마시게 되면 앉은 채로 깊은 잠에 빠지는 것이 예전의 술 마시는 방식이었다. 그러면 잠자고 있는 석우가 깰까 봐 말소리를 줄여가면서 다시 술자리에 돌아오는 시간을 기다리는 것이었다. 그런데 언제부턴가 석우의 그런 술 마시는 방식이 사라졌다. 이유가 무엇일까? 아마도 우리 넷의 막내로 살아오면서 선배 모시느라 강건해진 까닭도 있을 것이다. 그렇다면 그것은 대단히 긍정적인 일이지만, 그의 온몸은 종합병원 신세를 지어야 할 만큼 상해 있어, 중국에서 예정된 일정을 소화하지 못한 채 아픈 몸을 끌고 돌아와 우리를 놀라게 한 일도 있었다. 그래서 그가 술을 마시다 잠에 빠지지 않게 된 것은 아마도 우리의 술 마시는 시간이 퍽 줄어들었다는 점에서 찾는 것이 옳을 것이다.

밤을 새워 일하는 것도 우리는 퍽 절제하고 있다. 더구나 나는 노인

성 새벽형이어서 잠자는 시간을 확보하기 위해서는 일찍 잠들 수밖에 없다. 밤새워서 일을 진행할 수밖에 없는 상황에서 내가 가장 신경을 쓰는 부분도 바로 잠자는 시간의 확보 문제이다. 그래서 그런 자리의 책임자가 되는 경우는 다른 사람을 배려하는 척 결코 자정子正을 넘기지 않는 규칙을 만든다. 되도록 밤을 새워 일하는 자리에 가지 않으니, 일의 양이 적어진 행복도 같이 누리고 있다. 어쩌다 당하게 되는 경우에도 만사 제치고 자는데, 이 나이에 누구 눈치 보느라 이런 내 몸의 요구 하나 못 들어줄 것인가. 우리는 거의 비슷한 몸의 사이클을 가지고 있어 약간은 뻔뻔스러워졌고, 그래서 그런 뻔뻔스러움이 통할 수 있는 일을 하게 된 것에 늘 감사하고 있다.

"술에 장사가 없다." 하는데, 어찌 실수가 없을 것인가. 나는 모든 일에 스스로의 절제節制가 심한 편인데, 술에 대하여만은 그것이 통하지 않는다. 나는 이렇게 된 이유를 어렸을 때의 환경 때문이라고 둘러 붙이곤 한다. 어머니께서는 큰 집안 꾸리시느라 고생이 많으셨는데, 특히 봉제사奉祭祀 접빈객接賓客의 가장 중요한 요체要諦인 좋은 술 빚는 문제가 가장 힘든 일이셨다. 술 잘못 되면 숨을 제대로 쉬지 못할 정도로 온 집안의 기운이 내려가곤 했다. 할아버지와 아버지는 전혀 술을 들지 못하시니, 제사에 오신 친척 어른이나 손님들로부터 술 제대로 되었다는 말 나오지 않는 것이 술 제대로 빚지 못했다는 기준이 되었다. 그래서 어머니는 술밥 찔 때마다 머리에 똬리를 얹고 조왕신竈王神에게 술 잘 되게 해 주시라 비는 것이었다. 별로 일 저지르지 않아 두루 신뢰를 얻고 있던 나는 그래서 술만 되면 맨 먼저 어머니로부터 품평品評을 요구받곤 하였다. 잘 알지는 못하였지만, 야 잘 되었네요 하면 어머니는 아버지에게 얘가 잘되었다고 하네요 하였고, 아버지는 오신 손님에게 이번 술은 잘 되었다고 하네요 미리 말씀하시곤 하였다. 잘 되었다는데 부득부득 못 되었다 우기는 손님이 어디 있을 것인가, 그래서 나는 술 마시는 것으로 어머니의 수고를 덜어드리는 일을 할 수 있었다.

지금도 여전히 술을 빚고 계시는 어머니는 이제 나의 품평과 관계없이 전문가가 되시어, 누구나 그 술에 쏙 빠지게 되었다. 그런 과거의 전력이 있으니 나의 술 실수에 대하여는 대단히 관대하시어 건강을 생각해 조금만 줄이도록 해라 하는 정도로 넘어가는 것이 상례이다. 그럴 필요도 없어졌지만, 어머니는 지금도 술을 빚으면 잘 되었는지 품평하기를 요구하고 어떤 대답이 나올지 나의 말을 기다리신다. 그럼 당연히 너무 맛이 좋은데요 하고, 그러면 내가 술을 참 잘 만들지 하시며 흐뭇해하신다.

이러니 어떻게 나에게서 술이 떨어질 수 있겠는가. 욕심을 딴 데다 부리지 술 마시는 데만 부린다고 핀잔하던 아내도 드디어 내가 술 절제하는 것을 포기하고, 어머니께서 빚은 술을 보면 좋은 술인데 좀 마시지 할 정도가 되었다. 아내를 대신하여 이제는 큰딸이 나의 감시자가 되었다. 충분히 그럴 만하다 하여 나는 대를 이어가면서 눈치 보는 술을 마시고 있는데, 그 이유는 술을 마시면서 반복하는 나의 실수 때문이다. 열 가지 잘하다가 술 한 번 흠뻑 취하는 것으로 다 까먹는 것이다. 그래서 술 마시고 난 다음 날은 아, 지난밤에 무슨 실수를 했을까 걱정하면서 전전긍긍하는 일이 반복되곤 했다. 지금이야 음주의 시간도 줄었고, 양도 적어져 그런 일들이 많이 줄었지만, 술 마신 뒤의 실수에 대한 두려움은 항상 내 마음 저변에 남아 있다.

이런 나이기에 나는 다른 사람의 실수에 대하여 대단히 너그러운 편이다. 흠 많은 내가 누구를 그렇게 사생결단을 하면서 막아설 수 있는 가, 당연히 고집해야 할 일에 대하여도 나는 어느 순간 뒤로 물러서는 것이다. 강한 것처럼 시작하였다가 자세히 알면 알수록 그럴만하겠다 하면서 제풀에 쓰러지는 것이다. '어련히 알아서 그랬을까' 하는 것이 내가 요즘 자주 하는 말이다. 술은 그래서 나를 갉아먹는 적敵이면서 동시에 나를 가르치는 교사라고 할 수 있다.

우공은 몸이 워낙 강건하여 술에 지는 일은 없는 것처럼 보인다. 항상 술에 지고 마는 나로서는 그렇게 완벽하면 겸손할 수 있는 바탕도 없는 것이 아닌가 걱정할 정도이다. 그러나 그는 남들 이곳저곳 챙기고, 일에 푹 빠지는 성격 때문에 곧잘 실수를 하여 자신을 돌아보는 교사教師를 마련하고 있다. 한 번 실수하면 그 실수가 못 견디게 자신을 채찍질하는 것을 우리는 잘 경험하고 있다.

네 쌍의 부부가 중국 여행에서 돌아오는 길에 우공은 다음날 제자들이 집에 오기로 되어 있다면서 노신魯迅의 고향인 소흥紹興에서 커다란 술 한 단지를 샀다. 도수가 낮긴 하지만 소흥주는 중국의 명주로 알려져 있어 며칠간 우리의 입을 붙들어 두었었다. 우공은 그 맛을 제자들에게도 맛보게 하고 싶었던 것 같다. 그런 마음은 누구나 가질 수 있지만, 그 큰 항아리를 들고 오는 것은 아무나 할 수 있는 일은 아니다. 한 사람이 가지고 올 수 있는 술이 고작 한두 병인데, 값으로는 양주 한 병값에 턱없이 모자라지만 크기로는 상대가 될 수 없을 정도로 큰 항아리 하나를 들고 왔으니 공항의 담당 직원은 무척 고민했을 것이다. 우리는 이미 세관을 통과하여 그를 지켜보고 있는데, 우공은 열심히 사정을 설명한 후에야 무사히 밖으로 나올 수 있었다. 아마도 여행에서 돌아오면서 큰 술 항아리를 가지고 들어오는 일은 그것이 처음일 것이요, 또 다시는 일어나지 않을 것이다. 그런 제자 생각하는 마음이 있어 가져온 항아리를 풀어놓고 질펀해졌을 제자들과의 술자리는 퍽 따뜻했을 것이다.

한 일에 몰두하여 다른 일을 곧잘 잃고 마는 그의 성격이 실수를 불러오는 경우도 있었다. 마치 어린아이가 길 건너서 손짓하는 엄마를 바라보면서 차가 지나가는 것은 신경 쓰지 않아 사고를 내는 경우와 같아 우리를 조마조마하게 만드는 것이었다. 이탈리아를 여행하고 돌아오는 길에 우리는 프랑크푸르트에서 다른 비행기를 갈아타기 위하여 잠깐의 시간을 보내고 있었다. 항상 그렇듯이 맥주를 마시고, 우공은 지인知人에게 엽서를 썼다. 서울 가서 붙인다면 무슨 현장감이 있겠는가. 우공은 편지 붙인다고 어딘가로 갔고, 결국 그는 항공권도 없이 경유 허용 지역을 이탈하였다. 항공권은 분실을 우려하여 총기 있는 석우가 항상 모아서 간직하였기 때문에, 그는 다시 들어올 수 없게 된 것이다. 우리는 모든 입구를 돌아다니며 그를 찾았지만 허사였다. 비행기의 탑승 시간은 점점 다가오고, 우리는 그 짧은 시간에 얼마나 많은 고민을 해야 했겠는가. 우공이야 더 말할 필요가 없었을 것이다. 그런데 헐레벌떡 그는 출발 몇 분 전에 돌아왔다. 항공사에 이름을 대고 임시 항공권을 발급받아 들어올 수 있었다는 것이다. 그 실수가 있어 우공은 본래 가지고 있던 겸손의 의미를 더 핍진逼眞하게 성찰하였을 것이다.

그러나 우공의 편력은 여기에서 끝나지 않았다. 이번의 일은 무처럼 네 분의 아내들이 하나도 빠지지 않고 같이 가게 된 방콕의 왕궁에서 일어났다. 한겨울에 맞이하는 더위 속에서 우리는 퍽 지쳐 있었고, 그리고 황금으로 장식한 건물 속에서 우리의 눈은 너무 현란하였다. 인간의 일이란 어디까지 헤아릴 수 있는 것인가. 그늘 아래서 잠시 쉬고 있는데 우공과 부인께서 헐레벌떡 뛰어왔다. 사진 찍는 데 정신이 팔려 모든(?) 것이 들어 있는 가방을 분실하였다는 것이다. 그 속에는 여권도 들어 있는데! 각 곳으로 흩어져 찾았지만, 정신이 쏙 빠져버렸을 것은 물론이다. 그 북새통인 관광 명소에서 어떻게 찾을 수 있겠는가. 그런데 우공 부부는 배시시 웃으며 돌아왔다. 그의 어깨에는 잃었던 가방이 메어 있었다. 다행히 왕궁의 관리인이 가방을 수습하여 관리소로 가고 있었고, 그곳에서 그 안에 들어있는 것을 열심히 설명하여 찾을 수 있었다는 것이다. 아, 우리는 모두 가슴을 쓸어내며 한숨을 쉬었는데 우공의 가슴은 어찌나 졸아들었는지 그 이마에는 땀방울도 맺히지 않았다. 무사히 귀환한 가방을 위하여 우리는 그날 저녁 축배를 들었지만, 우리는 또 그 짧았던 순간에 참으로 길고 길었던 마음의 여행을 하였다. 초등학교 다니던 시절에 물에 빠져 허우적거리면서 나는 순간적으로 길지 않았지만 지난 생애 전체가 파노라마처럼 지나가고 있음을 알 수 있었다. 긴 생애를 기억하는 것은 그래서 많은 시간이 필요하지 않다는 것도 그때 깨달았던 것이다.

로고 4 [우리 넷을 함께 부를 때, logo4라 한다.] 의 네 명 중에 석영은 유일하게 장교 출신이다. 우공과 나는 또 공병학교 동문이기도 하는 인연을 가지고 있지만, 석우와 함께 자랑스러운 사병 출신인 것은 동일하다. 꼿꼿한 자세와 빈틈없는 일의 처리는 소대장을 거친 지휘관의 학습에서 결과한 것으로 생각한다. 조직적인 사고와 이를 실천에 옮기는 과정이 마치 도상 훈련과 같이 계획적이기 때문이다. 자애로운 마음으로 아우들을 건사하는 모습을 보면서 나는 전통시대의 대가족을 이끌었던 집안 어른을 연상하곤 한다. 존경을 받기 위하여 의도적으로 하는 일은 결코 아니지만, 석영은 자신을 희생하는 것이 습관이 되어 있었다. 아버지의 장례식을 마치고 장지로 향하기 위하여 버스에 오르기 전에 손님들에게 감사의 인사를 올리는 그의 모습은 나에게는 장엄함으로 다가오는 장면이었다. 마치 영화 〈닥터 지바고〉의 첫 장면에서 어린 지바고가 땅속의 관 위에 꽃을 던지는 모습에서 받았던 느낌과 같이 그것은 한 시대를 떠나보내는 아쉬움과 안타까움, 그리고 온갖 감정이 혼효混淆된 아련함을 주었다. 어머니의 글을 모아 두툼한 문집을 출판하여 헌정獻呈하는 모습에서도 우리는 그런 경이로움을 느꼈었다. 이런 일을 헤아릴 수 있는 것은 아내의 전폭적인 지지가 있어야 가능한 것인데, 석영은 그런 전폭적인 신뢰를 받을 수 있는 능력을 가지고 있는 것이다. 그것은 나에게 있어서는 세상 어느 것보다 가장 소중한 것이라는 생각을 가지고 있다.

그런 석영이기에 무슨 실수가 있을 것인가. 그러나 그렇지 않다. 석영은 본래 그랬지만, 근래 들어 더욱 사색적인 모습을 자주 보였다. 혹여 너무 절제하고 스스로를 추스르느라 나타난 행동 양식이 아닌가 할 정도로 그는 깊은 사색에 잠기고, 그래서 앞뒤의 일에 대하여 둔감해지는 일이 숙식을 같이하는 우리의 눈에 자주 포착되는 것이다. 이것이 석영의 경우에는 결코 나이 들어 생기는 건망증이 아니라고 우리는 확신하고 있다. 맨 처음 우리 넷이 중국의 연변과 백두산, 그리고 두만강에 갔을 때, 석영은 이러면 안 된다는 큰 교훈을 주기 위함인지 엄청난 비상을 걸었다. 처음 여권을 만들어 온 석우는 물론이고 해외여행 중에 여권의 가수가 얼마나 중요한 일인가는 우리 모두 깊이 헤아리고 있었던 일이다. 그런데 투먼을 갔다 돌아와서 석영은 여권이 없어졌다는 청천벽력과도 같은 소리를 하는 것이었다. 그것은 물이 말라 아무런 장비 없이도 건널 수 있는 두만강 건너편에 바로 우리의 이웃이 살고 있고, 또 그렇게 처절하게 싸워 원수처럼 으르렁댔던 과거에 대하여 깊이 빠졌던 상념의 결과였을 것이라 생각한다. 아무튼 비상이 걸려 우리는 새파랗게 질렸고, 이미 면식을 갖고 있는 영사에게까지 연락을 하여 만일의 사태에 대비하고 있었다. 여권을 놓아두고 왔을 것으로 추정되는 장소에 타고 다녔던 차를 다시 보내 찾아보게 하였지만, 그렇게 우리의 곁을 떠난 여권이 다시 돌아올 수 있다는 것을 믿은 사람은 아무도 없었다. 며칠 더 묵을 생각을 하면서 심란한 마음을 달래고 있는데, 상냥하게 안내하던 가이드가 여권을 가지고 다시 돌아왔다. 분실하였을 만한 곳이라 일러주었던 곳에 가서도 찾을 수 없었는데, 돌아와 청소를 하던 중에 발견하였다는 것이었다. 여러 가지 생각이 많이 들었지만, 그러나 이런 다행스러운 일이 어디 있을 것인가. 우리는 또 그날 저녁 취토록 자축의 술자리를 벌였지만, 석영은 두만강에서 보낸 것보다 더 오랜 사색의 시간을 가졌을 것이다. 이후 석우는 선배들 믿을 수 없다 하여 해외여행 중에는 여권을 수합하여 자신이 간수하기 시작했다. 우리는 석영 덕분에 여권의 간수라는 부담에서 벗어나 자유로운 관광을 할 수 있게 되었던 것이다.

유사한 사건은 아르키메데스의 고향인 시실리 섬의 시라쿠사에서 다시 일어났다. 전날 보았던 세제스타와 아그리젠토의 유적지에서 느꼈던 엄청난 충격은 누구나 가지고 있었지만, 석영은 누구보다도 더 깊은 마음속 저 멀리에서 그 충격을 음미하고 있었을 것이다. 시라쿠사의 해변에 조성된 길을 따라 내려오다 안내를 맡았던 다리오를 기다리면서 우리는 잠시 벤치에 앉아 휴식을 취하였다. 그리고 멀리 걸어와 차를 타고 출발하려고 하는데, 석영은 다급한 목소리로 여권을 넣어둔 손가방을 놓고 왔다는 것이었다. 아, 정신이 아득하였지만 생각할 여유가 없이 마구 달려갔다. 그때의 속력은 아마도 내 일생 중 가장 빠른 것이었을 것으로 생각한다. 하얗게 질려 그곳에 가서 돌아보니 노인 몇이서 우리에게 다가왔고, 그 중 한 사람의 손에는 놓고 왔던 가방이 들려 있었다. 이방인이 모여 있다가 간 자리에 놓여 있는 가방을 누군가가 가지고 갈 것 같아 우리가 돌아오기를 기다리고 있었다는 것이었다. 너무 감사한 마음에서 제대로 말도 하지 못하면서 사례를 하려고 하였지만, 그들은 손을 흔들면서 멀어져 갔다. 마치 도끼를 잃고 엉엉 우는 나무꾼 앞에 금도끼 은도끼와 쇠도끼를 차례로 들고 나왔던 노인처럼 나는 경이로운 마음으로 사라져가는 그들의 뒷모습을 바라만 볼 뿐이었다.

석우는 우리에게 아직 실수를 보여주지 않고 있다. 그러나 그가 실수하면 어찌 되겠는가. 그는 우리의 모든 것을 챙겨주는 최후의 보루인데. 그런 석우인지라 실수 많은 선배 학번들이라고 놀리면서 실수를 하지 않으려는 눈물겨운 노력을 하고 있다. 아마 그마저도 실수하게 된다면, 우리의 현역 생활은 끝나게 될지도 모른다. 그의 실수 없는 날들이 더 오래 지속되기를 염원할 뿐이다.

그러나 우리가 저질렀던 실수가 항상 해결될 수 있는 수준의 것이었다는 점은 우리가 누리고 있는 큰 행운이다. 그리고 해결할 수 있는 정도의 실수를 주어 끊임없이 우리가 가질 수 있는 자만自慢을 경계하도록 하는 누군가에게 항상 감사하고 있다. 조심, 조심하면서 살아가지만, 그래도 실수란 어김없이 우리의 곁으로 찾아든다. 그러나 실수가 나타났을 때, 그 실수가 우리의 앞에선 아무것도 아닐 수 있게 하는 능력을 우리는 지니고 있어 우리는 실수를 두려워하지는 않는다. 그래서 우리 옆에 실수는 점점 다가오기를 꺼리는지도 모른다. 우스운 얘기를 해도 웃지 않으면 웃기는 일이 부질없어지는 것처럼, 실수들이 우리 행동의 주변을 재미없는 장소로 생각했으면 좋겠다.

그러나 그럴 수 없는 것을 알기에 오히려 실수와 친근한 관계를 유지하는 것이 좋다는 생각을 갖게 되기도 한다. 우리가 저지르는 실수라는 것은 사실 얼마나 하찮은 일인가. 그 일을 크게 보면 한없이 큰 것이지만, 작게 보면 얼마나 인간다운 애교일 것인가. 우리는 그렇게 실수를 왜소한 것으로 만드는 현명함을 발휘하고 있다. 숱한 음주 자리에서 벌이는 나의 추태는 그들의 따뜻한 배려로 전혀 위용을 상실하였다. 또 헐레벌떡 해결하느라 고민하게 했던 실수들은 그 실수를 자축하는 술자리에서 이야기의 꽃을 피우는 장식품으로 바뀌었다.아마도 더 많은 실수가 우리의 곁으로 찾아들 것이다. 그러나 나는 그 실수가 우리와 우리의 관계를 더욱 풍성하게 하는 소중한 자산일 것이라고 생각한다. 음주 후의 어찌할 수 없이 밀려드는 추회追悔와 남의 손을 빌릴 수밖에 없었던 실수는 우리에게 더욱 겸손한 자세를 갖도록 요구하고 있기 때문이다. 공자가 말한 바대로, 겸손이란 인간이 가지는 가장 아름다운 덕목이다. 그래서 우리는 음주와 실수를 인간답게 만들어주는 고마운 교사로 여기고 있다. 항상 가깝게 두어 이제는 우리의 일부가 되어버린 듯한 그들에게 고마움을 느끼는 이유가 여기에 있다.

그곳의 생활과 삶

문학에서 현장이 가지는 의미

백호白湖 임제林悌는 황진이黃眞伊의 무덤을 지나면서 다음과 같은 시조를 읊었다.

> 청초靑草 우거진 골에 자는다 누었는다
> 홍안紅顔을 어디 두고 백골白骨만 묻혔나니
> 잔 잡아 권할 이 없으니 그를 설워 하노라

이 공간에서 임제는 황진이의 전 인생을 떠올렸을 것이다. 짧지만 열정적으로 살았던, 그러나 애처로운 모습으로 전통시대의 질곡桎梏을 헤쳐 나가던 황진이의 모습을. 그리고 자신의 시인적 재능을 드러내어 또다시 절창絶唱인 시조 한 수가 탄생하였다. 이렇게 되었을 때, 황진이의 무덤은 수많은 무덤의 하나가 아니다. 공동묘지에 있어, 그저 봉분 도렷이 올라 있는 일상의 무덤은 아닌 것이다. 그것은 황진이의 삶만큼이나 윤기 서려 있는 역사와 문화의 현장으로 탈바꿈하고 있다. 그리고 시인으로 하여금 또 다른 문학의 출현을 가능하게 한 생산적 공간으로 우리 앞에 서게 된다. 임제와 같은 시인이 아니라도, 황진이의 무덤을 지나면서 어찌 술 한 잔 따르고 싶은 욕망을 갖지 않겠는가. 그러면서 황진이의 애처로운 모습을 떠올리지 않겠는가. 거기에서는 황진이가 불현듯 나타나 또 이러한 노래를 부르기도 할 것이다.

산은 옛 산이로되 물은 옛 물이 아니로다

주야晝夜에 흐르니 옛 물이 있을 소냐

인걸人傑도 물과 같아서 가고 아니 오노매라

이러한 절창을 들으면서 허위허위 지나친다면, 그는 진정 문학의 향수享受와는 거리가 먼 사람이다. 아니 그것은 문학만의 문제가 아니다. 역사가 가지는 유장함에서 멀리 떨어져 있는 사람이다. 가고 온다는 것, 그리고 쉰다는 것의 의미를 인생이나 역사와 관련지으면서 깊이를 헤아려 볼 것을 황진이의 무덤은 화두話頭로 던지고 있기 때문이다. 그리고 임제는 이를 받아 황진이의 본질 속에 더 핍진逼眞하게 다가가고 있다. 임제로 하여금 깊이 있는 성찰이 가능하게 한 것은 바로 황진이와 관련된 공간이 있기 때문이었다.

이러한 현장이 있음으로써 우리는 역사와 문화의 풍요로움, 그리고 전통성을 확인할 수 있다. 따라서 그러한 현장을 보존하지 못하는 집단은 역사의 맥脈을 이을 수 있는 자격이 있다고 말할 수 없다. 외국의 침입을 받았을 때, 가장 비참한 일은 바로 그러한 역사의 현장이 흔적도 없이 사라지는 일이다. 그러니 침략자들은 의도적으로 그러한 인멸湮滅 작업을 추진하는 것이다. 일제日帝는 그렇게 광화문과 궁궐을 헐고, 그 현장에 총독부를 오만하게 건립하였다. 그러니 역사와 현장을 보존하는 것은 문화인일 수 있게 하는 필수적인 조건이라고 할 수 있다. 문화를 사랑한다고 하는 사람들의 가장 중요한 특성이 역사의 흔적을 잘 보존하는 데 있다는 점을 우리는 많은 여행의 현장에서 확인하곤 한다. 그리고 그것은 우리의 현실과 비교되면서 우리로 하여금 쓸쓸한 상념에 젖게 하곤 하는 것이다.

김시습金時習이 그렇게 오랫동안 반복하여 거닐었을 남원南原의 만복사는 그가 지은 〈만복사저포기萬福寺樗蒲記〉의 중요한 배경이다. 그러나 지금 그곳은 석등石燈 하나를 남긴 흔적으로만 남아 있다. 그리고 그 스산한 현장은 〈만복사저포기〉가 풍기는 쓸쓸한 정서를 가감加減없이 전하고 있다. 김시습 자신이 국외자로 주유周遊하면서, 결코 행복과는 거리가 먼 것 같은 생애를 보내지 않았던가. 그러니 그나마 좁혀진 채로나마 남겨진 그 터는 얼마나 우리에게 값진 존재인가. 그것이 어디 만복사 뿐이겠는가. 김시습의 유골遺骨은 충남 홍산鴻山의 무량사에 묻혀 있다. 절에 있으려니 화장하여 부도浮屠로 우리 앞에 서 있지만, 그러나 그 부도는 단순히 싸늘한 돌이 아니다. 그 돌은 김시습의 방랑과 아픔, 그리고 좌절로 각인되어 있어 이미 하나의 윤기 있는 생명체로 변모되었던 것이다. 더구나 무량사에 모셔진 김시습의 초상과 관련되면서 그 돌은 더욱 진한 깊이를 우리에게 던져 주고 있다. 그 초상을 보면서 우리는 아, 얼마나 싸늘하면서도 텅 빈 것 같은 김시습을 느끼는가. 천재란 저런 것일까. 그렇게 생각하도록 얇게 다물어진 입술, 그리고 싸늘하면서도 신경질적인 눈매 ― 그것은 바로 『금오신화』에서 등장했던 외로운 주인공들의 모습을 연상하게 하는 것이었다. 그러니 만복사의 터는, 그리고 무량사의 부도는 여느 공간과는 전혀 구별되는 특수한 공간으로 변모하는 것이다.

수로부인은 남편 순정공을 따라 경주에서 강릉으로 이어지는 긴 길을 가고 있었다. 그 길은 오른쪽으로는 바다를 끼고, 왼쪽으로 산이 둘러싼 환상적인 길이었다. 어느 지점에서 점심을 먹고, 그리고 수로부인은 산을 보았을 것이다. 그 산에는 흐드러지도록 예쁜 철쭉꽃이 피어 있었다. 수로부인은 저절로 탄성을 질렀을 것이다. 이 아름다움에 대한 탄성이 있어 〈헌화가獻花歌〉는 탄생하였다. 그리고 그 꽃과 함께 지금까지 어여쁜 자태로 우리 앞에 존재하고 있다. 그렇게 우리와 관계를 맺은 철쭉꽃이 어떻게 여느 꽃과 같을 수 있겠는가. 이것이 쌩 떽쥐베리가 말하는 '길들인다[tame]'는 의미이다.

장미꽃을 다시 가 봐라. 네 장미꽃 같은 것이 세상에 둘도 없다는 것을 알게 될 거다.

그렇다. 우리와 관계를 맺은 존재들은 이미 지천으로 널려 있는 보통명사가 아니다. 그것들은 고유명사로 변해서 우리와 관계를 맺고, 우리의 생활 속에 깊숙이 침투해 있는 것이다. 문학의 현장들은 이렇게 우리와 깊은 관계를 맺은 곳들이다. 그래서 그것은 여느 공간이 아닌 것이다. 이제 그 자취를 다시 더듬는 것은 그래서 이미 맺어 있었던 관계를 다시 확인하는 일이다. 세상일 바쁘다는 핑계로 저만큼 밀어 놓았던 우리의 내밀한 목소리를 다시 우리의 것으로 확인하는 일인 것이다. 문학의 깊이에 도달하기 위하여는 이렇게 오래전부터 친밀했던 공간을 찾을 수밖에 다른 방법이 없다. 모세가 밟고 가니, 그곳은 신성한 곳이라 하여 신을 벗고 공경을 표했던 그곳(『창세기』), 그리고 사복蛇福이 어머니의 시신屍身을 안고 갈라진 무덤의 틈으로 들어가 다시는 돌아오지 않던 그곳

『삼국유사』), 그곳이야말로 사실은 저 깊은 본질의 세계로 들어갈 수 있는 통로인 것을 우리는 문학의 현장에서 확인하게 될 것이다. 만약 그것이 쉬 이루어지지 않을 때, 우리는 다시 쌩 떽쥐베리의 다음 말을 기억하기로 하자.

"잘 있거라."

"잘 가라. 내 비밀을 일러줄게. 아주 간단한 거야. 잘 보려면 마음으로 보아야 한다. 가장 중요한 것은 눈에는 보이지 않는다."

"가장 중요한 것은 눈에는 보이지 않는다."

어린 왕자는 기억하기 위해서 되뇌었다.

전남 광양시 진월면 망덕리

이곳의 포구에는 문화재청 등록문화재 341호로 지정된 '정병욱 생가' 가 있다. 이 집은 정병욱의 부친이 양조장과 주택으로 같이 사용하기 위해 지은 건물이지만, 이것만으로 문화재 지정이 된 것은 아니다. 한국인이 가장 애송하는 시로 뽑힌 윤동주의 〈서시〉가 포함된『하늘과 바람과 별과 시』의 육필 원고가 일제의 암흑기, 이곳에 숨겨져 있었고, 그래서 우리에게 전해질 수 있었기 때문에 이 집은 소중한 우리의 문화 자산으로 여겨졌던 것이다.

윤동주는 자선 시집『하늘과 바람과 별과 시』를 3부 만들어 한 부는 자신이 가졌고, 나머지 두 부는 학부의 스승인 이양하와 후배인 정병욱에게 주었다고 한다. 본래 윤동주는 1941년 졸업 기념으로 연희 시대의 작품 18편을 묶어 시집을 발간하기 위해 스승을 찾아 그 방도를 찾았지만, 뜻을 이루지 못했다고 한다. 그러한 시가 일제의 눈에 거스를 것으로 생각했기 때문이었다. 그래서 육필 원고로 만족할 수밖에 없었고, 일본으로 건너가 옥중에서 죽음을 맞이했던 것이다.

윤동주가 검거된 반년 후 정병욱도 학병으로 끌려가게 되자, 정병욱은 어머니에게 윤동주의 시집 원고와 자신의 책과 노트를 소중하게 간수해 달라고 한다. 그리고 자신이나 윤동주가 돌아오지 않게 되면 광복 후 연희전문학교로 보내어 세상에 알려달라고 부탁을 하게 되는 것이다. 다행하게도 정병욱은 전선戰線에 투입되었다가 부상을 입어 후송되었고, 해방을 맞게 된다. 그리고 광복과 함께 북간도 용정에서 귀국한 윤동주의 가족을 통해서 윤동주가 1943년 일본 경찰에 체포되었고, 1945년 2월 후쿠오카 감옥에서 악형으로 세상을 떠났다는 충격적인 소식을 듣는다.

정병욱은 어머니에게 맡겨두었던 윤동주의 시집 원고를 받고, 여기에 자신과 윤동주의 가족들이 보관하고 있던 유작遺作들을 합하여 그의 3주기가 되는 1948년 1월 마침내 우리가 보는 『하늘과 바람과 별과 시』의 출간을 이루게 된다. 그의 어머니는 혹시 일제에게 들킬까 봐 망덕 포구에 있는 집의 부엌 마룻장을 뜯고 그 밑에 소중하게 감추어 두었다고 한다.

일제가 발악했던 식민지 말기, 언어의 정수인 시의 창작은 공개적으로 이루어질 수 없었다. 그러나 1946년 발간된 박목월과 조지훈, 박두진의 『청록집』과 식민지 시기 청년의 순수함과 열정, 그리고 저항의 표상인 『하늘과 바람과 별과 시』가 발간됨으로써 우리말을 사용할 수 없었던 시기에도 지속적으로 창작되었던 언어생활의 정수를 확인할 수 있다. 윤동주가 있음으로써 우리는 '부끄럽지 않고 슬프고 아름답기 한이 없는 시'를 갖게 되었던 것이다.

'호남湖南'이 있음에

'약무호남若無湖南'은 호남을 말하는 어느 곳에서나 즐겨 인용되는 이순신李舜臣의 말이다. '호남이 없었다면' 정도로 해석될 수 있는 이 말은, 그러나 호남이 아닌 어느 지역을 대입해도 괜찮을 것이라는 포용성을 그 기반으로 했을 때에만 그 의미를 갖는다. 즉 '기호畿湖가 없었다면', '관서關西가 없었다면', '영남嶺南이 없었다면' 등등과 하등 다른 것이 아니라는 인식 위에 섰을 때, 호남은 다른 여러 곳과 동등하게, 그리고 다른 곳을 '보듬으면서' 존재할 수 있게 되는 것이다. 만약 이 말을 다른 지역에 대한 배타성이나 우월성과 관련짓는다면, 이는 또 충무공의 진의를 저버리는 것이 될 것이다. 이는 대립적 시각의 확대이고, 결국은 나라의 분열을 초래할 것이기 때문이다.

호남문화연구소에 대한 바람을 충무공의 이 말로부터 시작하는 것은 바로 연구소의 국가적, 시대적 존재 이유를 현실의 포용과 미래의 비전에서 찾고자 하기 때문이다. 호남문화연구소는 단순히 호남에 있기 때문에 의미가 있는 것은 아니다. 호남에 있어 누구보다도 호남문화의 본질과 근접해 있고, 그러한 이점을 최대한 살려 전국적 여망에 부응하고자 하기 때문에 호남문화연구소는 연구소로서의 개별성과 전국성을 동시에 지니는 것이다. 그러나 여기에서보다 중점을 두어야 하는 것은 개별성일 것이라고 생각한다. 다른 모든 곳에서, 다른 누구라도 접근할 수 있는 대상을 이곳에서도 똑같이 연구한다면, 그것은 연구 자체로서는 의미가 있지만, 그것은 자신의 이점을 최대한 살린 것이라고는 할 수 없다. 언제든지 달려가 확인할 수 있는 지리적 근접성과, 자신의 혈관 속에 흐르고 있는 역사성 때문에 다른 어떤 주석註釋도 필요로 하지 않는 그 수월성을 살린 것이라고는 할 수 없기 때문이다.

　　언젠가 내가 근무하는 학교의 박물관을 특화시키는 계획에 참여한 일이 있었다. 규모가 작은 학교이고, 따라서 국립 중앙박물관을 목표로 하거나 지향을 할 수 없다는 전제에서 이야기는 출발하였다. 수장收藏장하는 품목으로 이것저것 다 구비하는 것은 우리로서는 할 수도 없을 뿐만 아니라, 그럴 필요도 없다는 생각이었다. 그래서 자연스럽게 여성과 관련되는 품목만으로 한정하자는 결론에 도달할 수 있었다. 그래서 "다른 것은 모르겠다. 그러나 여성과 관련되는 것은 그곳에 가야 한다."는 이미지를 가질 필요가 있다고 하였다. 그러나 그것은 생각만의 결론이었다. 모든 것은 여성과 관련된 것이었다. 어느 것 하나 여성과의 연관을 배제할 수 있는 논리를 찾을 수 없었다. 그래서 소박한 목표를 삼자고 하였다. 현재의 품목을 샅샅이 조사해서 이 중 가장 다양하고 의미 있는 품목이 무엇인지 확인하자고 하였다. 그래서 그 한 품목만으로 승부를 걸자고 하였다. 비녀도 좋고, 은장도도 좋고, 그래서 아깝지만 정한 품목이 아닌 것은 정해진 품목을 구입하기 위한 교환품으로 사용하자고 하였다. 어느 한 품목을 고스란히 이 박물관에서 가지고 있을 때, 그것은 나름대로의 존재 의의를 가질 것이라고 하였다. 물론 이러한 생각은 실천으로 옮겨지지 않았다. 이미 수집된 품목에 대한 애정과, 이 박물관에 보관하고자 기증한 사람들의 뜻을 중시해야 한다는 의견 때문이었다. 그러나 그러한 논의 과정 자체는 우리의 박물관에 대한 인식의 전환에 기능적으로 작용하였다.

　호남문화연구소는 일반적인 연구소가 갖추는 모든 것을 지향할 수도 있을 것이다. 그러나 그렇게 생각하는 것은 우리 모두의 헛된 망상을 좇는 것이다. 세상 어느 훌륭한 연구소도 자신의 특화된 이미지를 일반화하는 것이지, 일반화된 생각을 특화하는 것은 아니다. 그런 점에서 호남문화연구소는 인문과학연구소나 자연과학연구소와 비교할 때 대단히 행복한 위치에 있다. 다른 연구소로서는 너무 힘든 일인데, 호남문화연구소로서는 어떤 것이 손쉬운 일일까? 그것을 찾는 것이 아마도 연구소의 기획팀들이 고민해야 할 일이라고 생각한다. 다만 앞에서 든 박물관의 예에서처럼 호남의 문화 전반을 다 포괄하겠다는 욕망을 보인다면, 그것은 말은 특화된 것이지만, 실제로는 일반화라는 점을 기억해야 할 것이다.

　어떤 일이 이루어져야 하는 것일까? 오래전 호남문화연구소에서 추진하는 누정 현판 기록의 활자화 작업에 참여한 일이 있었다. 7~8년이 걸리는 장기 과제였는데, 나는 영광과 무안, 함평, 목포의 누정을 조사하는 1년의 과제를 수행하였다. 지금 생각하면 더 성실하고 정확하게 진행했어야 한다는 아쉬움을 가지고 있지만, 그러나 그 과제가 완료된 것을 보면서 바로 이런 일이야말로 호남문화연구소만이 할 수 있는 일, 그리고 전문성을 지닌 일이라는 생각이 들었다. 누정 조사가 진행되고 있는 동안에도 우리는 수도 없이 사라져 가는 많은 누정을 확인할 수 있었다. 아마 그때 조사되어 활자화된 것 중 더 많은 수의 누정이 지금은 또 사라졌을 것이다. 그나마 그때 활자화되어 이를 대상으로 하는 연구들이 논문집에 발표되는 것을 보며, 이런 일이야말로 호남문화연구소만이 할 수 있는 일, 그리고 호남문화연구소의 특화된 사업이라는 생각을 하고 있다. 이런 업적이 축적되면서, 후대의 천재적인 연구자는 호남 문화의 진수를 드러낼 수 있을 것이다. 이런 업적이 축적되지 않았을 때, 그것은 흔적도 없이 사라지는 누정처럼 영원한 삭막함과 허무만을 우리에게 던져줄 것이다. 전남의 누정 조사가 끝난 뒤, 그 외연을 넓히기 위하여 전북의 대표적인 누정까지 조사의 범위에 포함되었다. 그때 전북의 한 노학자는 호남문화연구소의 조사 작업에 대한 한없는 부러움을 우리에게 토로하곤 했었다.

일반적인 연구소의 통상적 활동도 계속되어야 한다. 오랜 연륜이 있어 호남문화연구소는 이를 성실하게 수행해 나갈 것이다. 그러나 이와 함께 이 연구소만이 할 수 있는 일, 이 연구소만의 특화된 사업이 차근차근 진행되어가기를 충심으로 바란다. 그 결과는 호남에서 끝나는 것이 아니라, 우리 인류 문화의 한 모습을 보여주는 데 기여할 것이다. 그래서 이 지역의 문화유산이 정성스레 정리되고 연구될 때, 그때 우리는 "호남이 아니었다면, 인류 문화가 어찌 존속할 수 있었겠는가?"라는 평가를 듣게 될 것이다.

전남대학교 호남문화연구소 설립 40주년 기념
『호문연소식』특집호, 호남문화연구소, 2003. 6.

전남대와 나의 아련한 청춘

광주光州, 그리고 전남대와의 인연

"광주는 반도의 서남쪽에 있다. 그리고 견훤은 이곳에 도읍을 정하고 후백제를 이끌었으며, 일제 강점기 비약적인 도시 발전을 이루었다. 전남권의 중심에 있어 각지를 연결하는 요지이고, 시가에 무등산이 있으며 그 이름을 딴 무등산수박이 있다."

아마도 광주에 대한 나의 지식은 이 정도였을 것이다. 초등학교, 중학교 때 배웠던 지리의 상식은 다른 도시와 다를 바 없이 상식적인 차원에 머물러 있었기 때문이다.

그런 광주가 나와 깊은 인연을 맺은 것은 대학 2학년을 마치고 군대를 가면서부터였다. 학교의 시위에 가담하고, 개전改悛의 정이 보이지 않는다 싶으면 군대로 끌고 갔고, 그리고 일부러 특과학교에 가서 고생하게 한 뒤, 자대에 배치하던 시대였다. 그래서 전주에서 6주의 훈련을 마치고, 전혀 엉뚱하게도 김해의 공병학교에 가서 크레인 운전을 12주 받은 뒤, 자대 배치받은 곳이 바로 광주의 상무대尙武臺였다. 당연히 전방의 야전공병대에 가야 하지만, 인원이 가득 차서 후방의 건설공병단에 보내졌으니 행운으로 알라는 말을 듣기도 하였다. 그렇게 1972년 늦은 가을 몇 명의 배치병들과 함께 상무대를 들어선 것이 바로 나와 광주가 맺은 첫 인연이었다. 이등병의 복색으로 무거운 행낭을 메고 들어선 광주는 당연한 일이겠지만 삭막하고 또 두렵기만 한 곳이었다.

그런 인연과 두려움은 1982년 가을, 전남대의 교수로 다시 찾아올 때에도 또 엄습해 왔다. 1980년의 항쟁을 서울에서 간접적으로 겪으며, 아무런 성과 없이 침묵을 강요당하는 광주는 무섭게 나를 짓눌렀던 것이다. 혹시 어려웠던 시절 보냈던 분들의 심기나 건드리지나 않을까 눈치 살피며, 같이 우울해 했던 것이 마주친 광주에서 내가 취할 수 있는 유일한 행동이었다. 지금도 다행스러운 것은 내가 음주에는 일가견이 있었다는 사실이다. 술 잘 마시는 것이야 자랑일 수 없지만, 나는 도도한 취기 속에서 같이 우울함을 공유하였다는 점에서 음주의 유용성을 실감하고 있었다. 이러한 취흥과 젊은 열기는 내가 32살의 나이로 교수직을 시작하였고, 그리고 41살의 성숙한 나이로 전남대를 떠날 때까지 나를 붙잡아 준 동반자였다. 인생의 가장 황금기인 30대를 나는 음주와 더불어 광주의 흥취, 그리고 맛에 빠져들 수 있었다.

교수님들의 기억

지금도 항상 고마운 마음을 가지고 있지만, 남경南畊경 박준규 선생님은 전남대와의 첫 만남을 참 도탑고 맛깔스럽게 장식해주신 분이었다. 객지의 외로움과 아직은 설익은 학문적 열정과 행동을 어루만져주셨기 때문이다. 학교에서 배운 부분과 사회에서 배운 부분으로 나의 행동이 이루어진다면, 나의 행동과 사고의 많은 부분은 아마도 선생님의 그것과 닮아 있을 것이다. 처음 부임하던 시기에는 인문대학과 사회대학이 분리되지 않아 인문사회대학으로 있었다. 그 속에서도 국어국문학과는 단연 수석학과이고, 중심이 되는 학과로서의 위상을 가지고 있었다. 그런 위상은 단순히 학과의 정체성만으로 이루어지는 것이 아니라, 학과를 구성하는 교수님들의 절대적인 카리스마가 있었기 때문인 것으로 이해된다.

당시에는 임경순 교수와 지춘상 교수, 그리고 박준규, 유우선, 이돈주, 손광은, 김춘섭, 박덕은 교수님으로 학과의 교수진이 구성되어 있었다. 그렇게 많지 않은 인원 속에서 나는 나대로의 정체성을 키워나갈 수 있었고, 어른들의 복된 혜택을 과분하게 받을 수 있었다. 하나같이 상대방에게 불쾌했던 기억을 남기지 않으려고 조심하셨던 행실을 나도 많이 본받을 수 있었기 때문이다.

막 갔을 때는 안 계셨지만, 이내 돌아와 학과의 든든한 바람막이가 되셨던 분이 송기숙 교수였다. 어려웠던 시절을 온몸으로 받아들였고, 그래서 교수로서는 감내하기 어려운 체험을 했던 분이었고, 그래서 샌님 같은 나로서는 참 저 하늘만큼이나 멀리 떨어져 있는 구호 민주화, 독재 타도, 투옥 등등을 실체로 보여주셨던 분이었다. 복직이 되지 않았을 때는 그래도 나를 만나주실 시간이 있어, 새벽까지 이어지는 통음痛飮과 담화談話로 그분이 가지고 있는 깊이와 아픔을 공유하곤 했다. 고통의 순간을 보내고 있을 때, 그 투쟁의 결실만을 따먹는 일에 대하여 그토록 분개하셨는데, 나 또한 그런 부류 속에 속한다는 사실을 깨닫기도 하였다. 그러나 그런 행운은 오래 계속되지 않았다. 모두에게 다행스러운 일이지만 복직이 되면서 워낙 분주한 나날이 기다리는 분이어서 한가한 나를 만나는 시간은 많이 허용되지 않았기 때문이다.

　지금도 그렇겠지만, 인문대학 국어국문과와 사범대학 국어교육과는 거의 모든 일을 같이 상의하고 운영하였다. 그래서 연배의 차이가 있어 어려운 국문과 교수보다는 국어과의 교수와 어울리는 일이 더 많았다. 특히 배해수 교수와 박양호 교수와의 음주를 통한 교유는 거의 각별한 사이였다. 먼 후일 다시 만났을 때, 두 분 다 건강의 문제로 술잔을 멀리 밀어놓는 것을 보며 시간의 흐름, 그리고 질풍노도의 청춘을 반추反芻하였다.

　음주만으로 이렇게 한정하여 말했지만, 그 긴 시간 술만 마셨겠는가. 음주는 필연적으로 대화를 불러왔고, 그래서 우리는 하룻밤 동안 높은 성을 몇 개나 쌓았다 허물기를 반복했다. 그리고 수많은 사람의 목숨을 끊었다 이었다 하는 전지전능을 연출하기도 하였다. 그 대면과 소통을 통하여 우리는 학과의 발전을 이야기하고, 온갖 문제를 도마 위에 놓고 해결책을 강구하기도 하였다.

　배해수 교수께서 다른 학교로 가신 뒤, 음주와 여유를 위하여 나는 오로지 박양호 교수를 따라다녔다. 베스트셀러의 소설을 가진 왕성한 현역 소설가여서 선생은 끊임없는 화수분처럼 경험과 해학과 달관을 얘기했고, 그런 모습을 신기한 듯 쳐다보고만 있으면 되었다. 그런 기억뿐만 아니라 엄청난 교통사고로 심신이 아팠을 때, 그는 내가 고통을 딛고 일어서는 버팀목이 되어주었고, 그것은 항상 나에게 그를 생각하게 하는 끈이 되었다.

　그러고 보면 내가 기억하는 30대에는 음주와 끈끈한 인간관계 속에서 윤택하고 여유롭게 보냈던 전남대학교가 가득하고 있다.

학생들과의 추억

처음 대하는 학생들의 모습은 퍽이나 투박스러운 옹기그릇과 같았다. 어렸을 적 보았던, 옹기그릇을 지게에 가득 싣고, 혹여나 떨어뜨릴까 봐 입은 굳게 다물고, 눈은 땅만을 지긋이 바라보던 새까만 얼굴의 고집스러움. 그런 모습과 대면하였다. 그들은 비리가 있다고 생각하는 교수의 연구실에서 물건을 꺼내 진열하고, 그 내용을 적시한 대자보를 펼쳐놓는 과격한 이미지로 나에게 다가왔다.

그러나 무슨 상관인가? 생각하면 참 거칠 것 없는 30대 초반의 겁 없는 교수였다. 큰소리 땅땅 치고, 학점은 10여 명을 F로 주고서도 대꾸도 하지 못하게 하고. 그런데도 학생들은 내 옆에 서서 알려주고, 또 토닥거려주고, 그래서 오히려 형님 같은 모습으로 나를 끌어갔었다.

처음 부임한 뒤, 학생들과 함께 갔던 지리산의 MT는 나와 학생들의 만남이 어떻게 전개될 것이라는 예감을 갖게 하였다. 지금은 학과의 중견 교수로 뛰어난 학문적 업적을 보여주고 있는 손희하 교수가 그때의 학과 조교였다. 교수와 학생의 사이에 위치한 조교의 엄청난 힘은 이미 알고 있었지만, 중간에 그렇게 훌륭한 조정자가 없었다면 학생들과의 정면충돌도 있었을 것이다. 더구나 나는 신경통으로 거의 발을 끌고 다니는 신세였으니.

학생들은 본래의 일정을 무시하고, 하루를 더 산속에 있는 것으로 조정하고자 하였다. 그때의 남학생들은 끙끙 그 무거운 짐을 들고 산에 오르고, 그리고 야영지에 도착하면 힘들여 텐트를 설치하고. 그러고선 끝이었다. 그때부턴 여학생들이 달려들어 식사 준비를 하고, 온갖 궂은일을 도맡는 것이었다. 남학생들은 텐트 친 뒤부턴 턱 하니 퍼질러 앉아 술 마시고, 그러다 식사 준비되었다고 하면 술과 술잔 들고 자리를 옮겨 식사하고, 식사가 끝나면 다시 술자리로 옮겨 앉고, 그러면 당연한 듯이 여학생들은 안주를 차려오고.

그런 모습에 익숙하지 않은 나로서는 이러한 모습이 퍽 신기하고, 또 성차별로 인식되어 분노가 치밀기도 했었다. 남녀의 역할 분담이라 생각하면 자연스럽게 넘어갈 수 있는 일이었지만, 그런 고정된 관념을 통하여 남녀를 '만들고' 있다는 생각이 들었다. 남자는 남자의 할 일이 있고, 여자는 여자의 할 일이 고정되어 있다는 식으로. 그래서 여학생 틈에 끼어 설거지를 하니, 남학생들은 당황하기도 했었을 것이다.

또 일정이 끝난 뒤에 강의를 들어야 하는 학생들이 있어 정해진 일정을 지키게 하는 것도 내 몫이라 생각하였다. 그래서 일정을 지킬 수밖에 없는 길로 선발대를 보내 멀찌감치 야영지를 정하게 하였다. 저녁의 술자리에선 당연히 항의가 잇달았고, 이를 조용하게 무마하는 일이 조교의 몫이었다. 지금이라면 더 너그러운 생각으로 일을 처리할 수 있었겠지만, 그때는 나대로 참 철이 없는 교수였을 뿐이다. 다시 태어나 가르치는 자리에 선다면 가장 소중한 학생들에게 최상의 겸손과 존경을 바치는 사람이 되어야 하겠다는 생각을 한 건 그렇게 오래된 일이 아니다. 그런 점에서 그때의 학생들에겐 정말 미안한 마음을 가지고 있다.

음주는 나의 오랜 벗이었다. 어머니는 집안의 제사나 명절이 있을 때마다 술이 잘 되지 않을까 하는 점이 가장 큰 걱정이었다. 기상이나 난방 등 열악한 술 제조 환경 때문에 신맛이 나기도 하고, 심지어는 쓴맛이라도 나는 날에는 온 집안이 냉랭해질 수밖에 없었다. 당연히 술이 잘 만들어지는 여부가 제사의 앞에서부터 뒤에 이르기까지 가장 큰 관심사였다. 사실 할아버지와 아버지는 술을 전혀 마시지 못하는 분들이었다. 그런 분들이 술이 잘 되었는가를 판단하는 근거는 제사에 참여하신 문중 어른들의 품평에 전혀 의지한 것이었다. 그래서 어머니는 조바심을 내며 술을 만들었고, 그리고 내게도 미리 술맛을 평가하게 하시는 것이었다. 어른들에게 큰 걱정 끼치지 않고 자랐기 때문에 할아버지나 아버지는 내게 무척 관대하셨고, 그래서 어린 나이임에도 나의 술맛 평가를 인정하고, 오신 어른들에게 쟤가 먹어보더니 괜찮다고 하더라는 말씀을 제사의 앞에 하시는 것이었다. 일부러 집안 분란 일으킬 필요 없는 어른들은 그래 잘 되었다 하면서 음복하고 돌아가시는 것이 그 시절 모습이었다.

그래서 나의 음주는 일종의 효도를 겸하여 어릴 때부터 습관이 되었고, 그래서 공식적으로 마시게 된 대학 입학 이후에는 주흥과 음주 후의 몽롱함을 즐기는 수준에 이르게 된 것이었다. 교수들과의 만남에서도 음주가 빠지는 일이 없었지만, 당연히 학생들과의 만남도 술을 매개로 한 끈끈한 대화가 연속되었다. 대학원생들과는 아예 야외 수업이라 하여 술을 안고 주변의 국문학 유적지를 찾아 음주를 즐기는 것이 흔히 이루어졌다. 고전문학의 현장답게 술과 연관되는 장소가 널려 있는 곳이 광주이다. 식영정과, 송강정, 면앙정과 같은 가사문학의 현장은 물론이고, 장성과 담양, 순천에 이르기까지 고전문학과 관련된 장소는 참으로 널리 산재해 있는 것이다. 그런 환경 속에서 젊은 시절을 보낸 것은 나로서는 엄청난 혜택이었음을 지금도 많이 생각하고 있다. 거나하게 취한 모습으로 귀가하고 집에 돌아와서까지 술자리는 연이어 있었으니, 지금 생각하면 아내도 그런 환경을 눈감아 주었던 것으로 보인다.

나이 마흔이 되는 설날 아침 일찍 일어나 새삼스레 '불혹不惑'의 나이를 맞이하는 나를 생각하게 되었다. 그믐날 밤 시골에 모인 형제들과 함께 밤새 음주와 끽연을 한 피폐해진 몸으로 무언가 새로운 일을 계획할 필요가 있다는 생각을 한 것이다. 몸에 해롭다는 음주와 끽연 중 하나를 끊자 하는 생각을 했고, 당연히 선택된 것은 끽연이었다. 일차적으로 음주는 더불어 하는 것이고, 끽연은 혼자 하는 것이라는 것이 결정의 근거였다. 그래서 어렵다는 금연을 결정하고, 이를 확실하게 실천하기 위하여 오히려 음주의 양은 더 늘어나기도 하였다. 금연을 위한 음주에 가족들도 동의하여 묵인해주었다. 이는 지금까지도 계속되는 것이니 나에 대한 약속은 잘 지키고 있는 셈이다. 금연을 결정하고 이를 지속하는 것이 독하다고 말하기도 하지만, 나에게 있어서는 음주의 매력이 더 큰 것이어서 별로 어려운 일이 아니었다.

금연 결정을 한 뒤 몇 달이 지나 이를 위협하는 시련이 있었다. 박준규 교수께서 학장으로 선임되신 뒤 학생과장으로 일해 달라는 말씀을 하셨다. 그런 보직과 일은 나에게 어울리지 않는다고 생각했지만, 따를 수밖에 없는 상황이었다. 학생들의 시위는 연례행사처럼 잇달아 있었고, 학생과장은 바로 이를 주도하는 학생회와의 대화 파트너였기 때문이다. 나와 어울리지 않는다고 생각한 것은 나만이 아니라 학생들도 마찬가지였던 것 같았다. 왜 선생님이 학생과장이냐고 볼멘소리를 직접 하기도 하였으니 말이다. 실제로 학생회의 성향이 무슨 계니, 어떤 이념이니 하는 것에 대하여 나는 전혀 문외한이었고, 이는 학생과장이 된 뒤에도 마찬가지였다. 그래서 어떤 일의 배후가 무슨 이념의 바탕이라는 것을 학생들은 나에게 가르쳐야 했고, 그런 사전 지식이 전혀 없는 나를 가르치느라 지친 모습을 보이는 것이 일쑤였다. 그런 시각에서는 너무도 당연한 일을, 전혀 바탕없이 새삼스럽게 접근하니 그들은 너무도 답답하였을 것이다. 그래서 학생회 간부들은 담배 피우고 싶은 마음이 굴뚝같았을 것이고, 논쟁의 과정에서 끽연을 허용해주지 않을까 내 눈치를 살폈지만, 나는 이런 일로 금연의 결심을 무너뜨릴 수 없다고 굳게 다짐하였다. 학생들은 별수 없이 밖에 나가 담배를 피우고 돌아오고, 그동안 자신들의 흥분을 잠재우곤 하였다. 나는 피면서 학생들은 내 앞에서 피지 말라고 할 수는 없었을 것이다.

대신 학생들과의 음주를 통하여 나는 더 많은 소통으로 진실에 접근할 수 있었다. 술에 취하여 학생들과 격의 없이 어울리고, 학생들의 관심사를 나의 것으로 공유하면서 학생회 간부들과의 관계는 단순히 사제관계를 뛰어넘기도 하였다. 취하여 실수하지 않을까 학생과의 조교로 임명된 국문과의 대학원생을 꼭 옆에 있게 하고, 혹여 실수의 조짐이라도 엿보이면 즉각 나를 제지해 달라고 부탁하였다. 실제로 나는 취하지 않았지만, 조교가 취했다고 하면 나는 서슴없이 그 말을 따르곤 했었다. 그런 대화의 결과 나타난 결론을 인문대 교수회의에 가서 보고하고 관철시키려고 하면 교수님들은 마치 학생회의 대표가 참석한 것 같다고 말씀하셨다. 그렇게 학생들과의 음주를 통한 교유는 그 당시는 물론이고 그때를 회상하는 지금도 항상 아련한 아름다움으로 남아 있다.

영원한 마음의 고향

전남대는 나의 왕성했던 30대를 흠뻑 빠뜨렸던 호수였다. 끊임없이 받아들이고 내보내며 썩지 않는 호수에서 나는 삶을 헤쳐나갈 수 있는 기운을 충전할 수 있었다. 상황의 중심에 있을 때는 그 대상의 실체나 고마움을 알 길이 없다. 이제 먼 거리를 두고 홀로 서니 새삼 전남대의 우뚝함이 보였다. 그래서 전남대라는 글자만 보면 무엇인가 달려가 볼 만큼 항상 나는 전남대와 국문과라는 보금자리에 둘러져 있다. 아무리 바빠도 그곳에서 부르면 만사 제치고 가야 하고, 또 그곳에서 감히 범접하지 못하는 웅혼함을 느끼곤 한다. 무등산의 산자락에 서려 있는 돌과 나만 알고 있던 난 밭에는 바위에 이끼가 끼어 고색이 창연할 것이고 또 난향이 가득할 것이다. 분주해져 나를 망실하거나 새 준비를 하게 될 때, 불현듯 찾아 힘을 얻는 그곳의 아름다움과 의연함이 더욱 빛을 발하게 될 것이다.

『전남대학교 국어국문학과 60년』 전남대학교 출판국, 2013. 1. 25.

출제장의 수험생들

수학능력시험이란 무엇인가

해마다 대학의 입학은 있고, 이들을 선발하는 시험도 또한 연례행사처럼 있다. 참 오랫동안 갈고 닦아온 역량을 어느 한 날 전국적으로 동시에 모여 측정하고, 이를 대학의 선발에 반영하는 제도가 현재의 수학능력시험이다. 그것은 모든 것을 초월하는 위치에 있다. 그런데도 거기에 대하여 어떤 문제의 제기나 의문도 품지 않는다. 그것에 대하여 의문을 품느니 차라리 그 정열을 시험의 좋은 점수 받는 데 바치는 것이 현명하다는 것을 누구나 아는 것처럼 보이기도 한다.

우리나라에서 대학이란 단순히 학문하는 곳 이상이다. 상아탑象牙塔만으로도 설명되지 않는다. 어느 대학교의 어느 학과를 나왔는가는 그 사람의 인생을 좌우한다고 해서 과언이 아니다. 이것이 옳은가 그른가는 별개의 문제이다. 이것은 분명한 현실이기 때문이다. 죽어라 공부했는데도, 그날 갑자기 복통腹痛이 난다면 그것은 어디 가서 만회挽回할 길이 없다.

어디 이런 일만 있는가? 우리 주위에는 줄 잘못 서서, 좀 미리 태어나서, 그리고 누구의 자식으로 태어나서, 더 나아가 어느 지역에서 태어났다는 이유로 얼마나 큰 피해를 천형天刑처럼 받고 살아야 하는가? 뇌물을 횡령하고, 부정하고, 이런 정신적 황량함이 얼마나 비일비재非一非再한가? 이런 일 앞에서도 우리는 그저 침묵하는 것이 예사이다.

그런데 전국적으로 동시에 실시되는 이 수험장에서만은 모든 것이 평등하다. 무서울 정도의 절대 평등이 실시되는 곳, 그러니 그까짓 배가 아파 시험을 못 봤다고 어디 가서 하소연할 수 있겠는가? 그런 사람은 한국에서 살기에는 너무 연약한 사람이라 하여 치지도외置之度外할 지도 모른다. 여기서는 시험 당일 아프면 자기 몸 관리 하나 못한 사람이라 하여 따돌림이나 당할지 모른다.

마음대로 아프지도 못하게 하는 시험. 그것만인가? 듣기 시험에 지장을 준다 하여 언어영역과 외국어 영역의 듣기 시간에는 비행기의 운행도 자제해야 한다. 수학능력시험이 맨 처음 실시되던 해에는 한 해에 두 번 시험을 보았다. 두 번 본 것 중에서 더 나은 것을 자기 점수로 할 수도 있고, 또 그 운명과 같은 시험일에 아차 하여 시험 보지 못한 학생에게 다시 기회를 준다는 이유였다. 대단히 합리적인 생각에서 출발한 것이었지만, 그것은 첫해만으로 끝났다. 두 시험의 수준을 같이 한다는 것은 거의 불가능한 일이었기 때문이다.

하여튼 첫해의 1회 시험은 한여름에 치러졌고, 그때 출제장소에 있던 사람들은 밖의 사정을 신문으로 보면서 야, 너무 한다 싶은 기사를 보았다. 그것은 듣기 시험에 방해가 된다 하여 나무의 매미를 쫓거나, 앉지 못하도록 살충제를 뿌린다는 보도였기 때문이다. 그러나 나중에 관심을 가지고 들어보니 정말로 매미 울음소리는 듣기 시험을 치를 수 없을 정도라는 것을 알게 되었다. 매미를 위해서도 시험이 11월로 고정된 것은 참 다행한 일이었다. 그렇게 대학의 입학과 관련되는 시험은 전 국민의 초미焦眉의 관심사인 것이다. 누구도 거기에서 예외가 될 수 없었고, 그러니 시험을 잘 보겠다는 노력 앞에서는 누구도 입을 다물 수밖에 없는 것이다.

출제장소의 명明과 암暗

이 엄청난 관심 속에서 치러지는 것이 수학능력시험인데, 이 시험의 핵심적인 것은 문제지問題紙이다. 수험생들은 결국 출제된 문제지를 잘 풀기 위하여 고사장에 나온 것이다. 그 문제지가 미리 알려진다면, 그것은 엄청난 재앙일 것이다. 실제로 수학능력시험의 전 형태인 학력고사의 마지막 해, 문제가 유출된 일이 있었다. 시험 보러 간 수험생들은 고사장 문에서 참 황당한 공고문을 접해야 했다. 사상 초유史上初有로 시험 일자가 연기되었던 것이다. 엄청난 국력이 낭비되는 순간이었고, 이것은 당연히 당시의 주무 장관까지도 물러나게 했다. 따라서 누구도 시험 당일까지 이 시험지를 대할 수 없도록 철저히 봉쇄된 것이다.

그런데 이 핵폭탄 같은 시험지를 항상 끼고 있고, 다듬는 사람들이 있다. 출제위원들이 바로 그들이다. 그럴 수밖에 없는 것이 그 문제지는 바로 출제위원이 제작하는 것이기 때문이다. 출제위원들은 한 달여를 출제 장소에 감금되어 있다. 정해진 영역 안에서야 마음껏 자유롭지만, 그 밖은 그저 쳐다보는 곳일 뿐이다. 그들에게 한없는 자유가 부여되는 것은 출제에 관한 사항뿐이다.

외부에서 오는 연락에 대하여 자신의 의사를 표현하는 것은 거의 봉쇄되어 있다. 사랑하는 아이의 생일에 축하한다고 전해달라는 쪽지를 몇 단계의 절차를 거쳐 전달하는 경우가 있다. 그리고 다시 몇 단계의 절차를 거쳐 전달된 것은 "전화 잘 받았다고 합니다."일 뿐이다. 친상親

喪일 경우만 겨우 외출이 되는데, 어찌할 것인가. 경찰관警察官의 입회 아래 나가서 누구와도 말을 못하고 그냥 절만 하고 돌아서야만 한다. 간호사도 같이 들어가 있어 간단한 건강 점검은 가능하지만, 간호사로 해결될 수 없다면 또 경찰관의 호송을 받으며 병원에 가기 마련이다. 속 모르는 사람들은 참 중죄인重罪人이라고 할 것이다. 어쩌다 아는 사람을 만나 그 사람은 자꾸 묻는데 아무 대답도 못 하니, 밖에 나와 보면 엄청난 죄 저질렀는가보다고 소문이 무성하게 나는 경우도 있다.

이 막혀 있는 장소에서의 즐거움이란 참 오랜만에 자연을 제대로 바라볼 수 있다는 점일 것이다. 시내에서 멀리 떨어진 외곽의 한 콘도가 출제 장소로 정해지면, 출제위원들은 창밖을 쳐다보며 10월의 산과 들, 그리고 11월의 산과 들이 변화하는 모습을 본다. 언제 자연을 그렇게 주의 깊게 바라볼 여유가 있었는가. 처음 들어갈 때는 이제 막 단풍으로 단장을 시작하는 모습이었는데, 참 자연은 오묘한 것이어서 하루하루 바뀌는 것이 바라보는 자에겐 참 신기할 정도로 잘 보이는 것이다. 그러다가 나올 때는 그 무성하던 잎을 다 떨구고 앙상한 가지만 남아 있는 산을 보게 마련이다. 심지어는 눈이 날리기도 한다. 이상하게도 시험일은 항상 춥다. 그래서 오후의 외국어 시험이 끝나면서 출제 장소를 빠져나오는 출제위원들은 준비해 간 두툼한 겨울옷을 입고 있기 마련이다. 한 달여 동안의 칩거이니 오랜 기간 외국을 갔다 오는 것처럼 커다란 가방을 끌면서.

출제위원은 누구인가

밖을 바라보되 전혀 자신의 의사를 표현할 수 없는 곳, 그곳을 출제위원들은 스스로의 발로 걸어 들어간다. 맨 먼저 출제위원장이 위촉된다. 누구나 보았을 것이다. 시험일 아침 1교시가 시작되면서 참 어울리지 않는 헐렁한 옷을 입고 티브이에 나와 이번의 출제는 어떻게 했다고, 그리고 어디에 중점을 두었다고, 그리고 출제위원들은 그 결과에 대하여 이런 예상을 하고 있다고 말하는 사람, 그래서 신문마다 어김없이 사진과 함께 현장에서의 후끈후끈한 소식을 맨 먼저 전할 수 있게 하는 사람, 맨 먼저 위촉되어 출제의 전 과정을 책임지고 그 긴 기간 동고동락同苦同樂하며 지냈다가 시험의 모든 것을 알고서도 유일하게 외부로의 출입이 허가된 사람, 그가 출제위원장이다. 그 기자 회견에 참석하기 위해서 출제 장소를 떠나는 것은 아직 시험이 시작되기 전인 새벽이다. 출제 장소의 모든 비밀을 알고 있기에, 그는 얼마나 핵폭탄과 같은 존재인가. 일찍 배웅하기 위해 깨어 있던 출제위원들은 위원장이 탄 차의 앞과 뒤에서 비상등을 켜고 경호하며 가던 경찰차의 뒷모습을 물끄러미 바라보곤 했다.

출제위원장은 각 영역 부위원장을 선택하고 연락한다. 그리고 부위원장들은 본격적으로 출제를 담당할 위원들의 섭외에 들어간다. 특별한 일이 없는 한, 한번 위촉되면 참 거절하지 못하는 것이 우리들의 성격인 것 같다. 얼마나 힘든 일이라는 것을 알면서도 자신이 선택되었다는 사실, 그리고 자신의 현재를 가능하게 한 사회에 기꺼이 봉사해야 한다는 책무 때문에 참 어려운 결정을 내리곤 한다. 그 연락 앞에서 잠시 고민을 해 보지만, 그것이 얼마나 힘든 것이라는 것, 그리고 한 달 동안 이 바쁜 현실에서 증발蒸發해야 한다는 것 다 알지만, 그러나 국가적인 일에 참여한다는 사명감 때문에 누군들 이를 거부하겠는가? 더구나 전국의 대학교수 중에 이에 합당한 사람으로 이미 사전 조사가 되어 있고 선택한 뒤에 연락하는 것이니, 이에서 자유롭기는 상당히 어려운 일이다. 그렇게 그들은 스스로의 결단에 의하여 지정 장소에 어김없이 도착하고, 그리고 다시는 나오지 못할 것 같은 문을 들어서는 것이다. 밖에서 무슨 일이 벌어질 것인가? 나 없이도 가정은 아무 일 없을 것인가? 많은 일이 있겠지만, 누구에게도 상의할 수 없는 고독한 결단을 내리고 그 문을 들어서는 것이다.

그러나 들어서는 것만으로 모든 것이 해결되는 것은 아니다. 정작 피를 말리는 작업이 시작되는 것은 출제로부터 시작된다. 엄청난 사명감으로 현장에 도착하였지만, 그리고 일상적으로 자기 분야와 관련되는 일과 접하고 있었지만, 그리고 수없이 가르치고 논문으로 써서 마치 손에 잘 맞는 도구 같았지만, 그러나 출제는 또 다른 것이었다. 인쇄에 소요되는 기간 등을 고려하여 들어가는 순간부터 바로 배당된 분야의 문제를 출제하느라 낑낑대며 밤을 꼬박 새워야 한다. 출제에 사용할 서적들을 산더미처럼 쌓아놓고. 누구 하나 자신의 역할을 대신하여 주지 않는다.

대학에서야 자신이 낸 문제에 대하여 얼마든지 다시 설명하고, 그리고 자신의 전공에 대하여 유권 해석을 할 수 있지만, 여기서는 전혀 그것이 통하지 않는다. 각 대학에서 모인 교수들 앞에서 각각의 출제위원들은 자신이 제작한 문제를 커다란 스크린 위에 띄어 놓는다. 스크린에 떠 있는 자신의 문제를 놓고 난상 토론이 벌어진다. 30여 개의 눈이 불을 켜고 조금의 티라도 찾아내려고 애를 쓴다. 문장의 오류야 바로 고칠 수 있지만, 기껏 골라 만들어 놓은 지문 자체가 안 되겠다 결론지어지면 어찌할 것인가? 만들어진 문제는 검토도 하지 않고 폐기될 수밖에. 이 지옥 같은 과정을 한 번쯤 거치는 것은 이 집단에 참례하는 신고식처럼 당연한 행사이다.

바라보는 사람들

바라보는 각각의 눈은 수험생의 눈이기도 하고, 상이용사의 눈이기도 하고, 그리고 장애인의 눈이기도 하다. 나아가 세계인의 눈이고, 여성의 눈이고, 종교인의 눈이고, 전공자의 눈이기도 하다. "이것은 수험생의 수준에 맞지 않는 글이다." "나라 위해 목숨을 바친 군인을 제대로 대접하지 않은 글이다." "장애인의 고통을 헤아리지 않았다." "국수주의적인 색채가 농후하다." "남녀평등에 위배된다." "특정 종교에 대한 폄하나 찬양이 드러난다." "오류인 내용이 들어 있다." 지문의 내용에 대하여 각각의 견제가 들어오면, 출제자는 "알았습니다." 하고 내릴 수밖에 없다. 거기에 대하여 더 설명하려고 하면, 당연히 튀어나오는 말, "수험장에 일일이 돌아다니면서 설명하겠습니까?" 어찌할 것인가? 분명한 것은 이 말들이 모두 출제자의 것이라는 점이다. 자신의 것도 그렇게 비판될 것을 뻔히 알면서, 참 용감하게 그들은 이리저리 문제점을 발견하느라 여념이 없다. 이런 과정을 거치기 때문에 완성된 문제는 사실 개인의 것이 아니다. 거기에 참여한 모두의 피와 땀의 결정체인 것이다.

인쇄의 기일이 잡혀 있어 마냥 출제만을 할 수는 없는데, 문제는 완성되지 않고, 참 미칠 것 같은 상황이 계속된다. 그러나 그렇게 고민할 여유도 없다. 긴 밤을 꼬박 새우며 스크린을 바라보고, 완성을 향해 나가야 하는 것이다. 그래서 참여한 모든 사람의 동의가 있어야, 그것은 문장을 다듬는 다음의 단계로 넘어간다. 다 지나갔다고 생각한 문제에 대하여 누군가가 다시 문제점을 제기하면 그것은 다시 스크린 위에 올려져야 한다. 차라리 처음에 내렸더라면 좋았을 것을. 거의 막판에 안 되겠다 하여 내리게 되면 누군들 차라리 어디로 사라지고 싶은 마음이 들지 않겠는가! 자신의 방에서 망연히 밖에 흐르는 강물을 바라보며 뛰어내리고 싶은 충동마저 느끼는 사람들도 있다. 다 큰 성인들이 훌쩍거리고 울 수는 없지만, 그리고 운다고 해결될 일도 아니지만, 참 답답한 일이 순간순간 계속되는 것이다. 그러니 모두는 인쇄소 넘어가기 전까지 문제를 들고 이리저리 재면서 다듬게 마련이다. 자신의 방에 가서도 잠 못 이루고, 다시 객관적인 위치에서 문제를 바라보고 또 바라본다. 그렇게 모두의 손을 거친 규정된 문제가 완성된다.

그것만으로 끝나는가? 2차에 걸쳐 직접 현장에서 수험생들을 가르치는 고등학교 선생님들이 짐을 싸고 합류하게 된다. 대학교수들이 언제 시중에 나온 문제지, 학습서를 본 일이 있는가? 선생님들은 기존의 학습서에 출제된 문제와 유사한 것은 없는지 검토하기 시작한다. 대체로 한정된 자료를 보며 출제할 때, 비슷한 문제를 내는 것은 당연한 일이 아니겠는가? 그래서 고생하여 만든 문제가 어느 문제집의 것과 비슷하다는 지적이 제기되는 것은 어쩌면 당연한 일인지도 모른다. 문제가 제기되면 다시 전원이 둘러앉아 교체할 것인가, 아니면 약간의 수정을 할 것인가를 결정해야 한다. 그 문제를 출제했던 위원은 다시 고통의 길로 들어선다. 언어영역의 경우 지문을 바꿔야 하는 경우두 있어서, 참 어려운 결단의 시간이기도 하다. 대체로는 출제 위원 자신이 내리겠노라 하고 그 문제를 다시 들고 가는 것이 일반적이다. 이렇게 낸 문제는 다시 처음부터 재검토가 이루어진다.

각 영역에서 이루어진 문제는 이제 최종적으로 전 영역의 출제 위원이 모인 자리에서 검토를 받는다. 각 영역의 부위원장은 모든 출제위원이 모인 자리에서 각각의 문제를 스크린에 올리고, 출제위원들의 질문에 대답한다. 그리고 여기서 많은 문제는 또 교체交替를 요구받는다. 다른 영역의 출제위원들은 너무 익숙한 것이라서 놓쳤던 부분을 잘도 지적한다. 외국어 영역, 사회영역, 과학영역, 그리고 수학영역의 위원들까지 참 얄밉게도 문제점을 지적하여 문제를 손질하게 한다. 그것이 고마워서 지적받은 영역에서는 지적한 영역에게 사례하겠노라 약속한다. 참 이 출제 기간 동안 공식적으로는 전혀 술을 마실 수 없으니, 다음을 기약할 수밖에 없다. 그렇게 해서 인쇄소에 넘길 최종본 문제지가 완성된다.

시험 없는 세상을 위하여

출제 장소에는 출제위원만 있는 것이 아니다. 출제 업무를 지원할 수많은 인원이 출제위원과 같이 감금되어 이 기간을 보내야 한다. 전산입력요원, 경비요원, 행정요원, 그리고 식사를 담당하는 분들까지 참 꼼짝없이 출제지에 운명을 걸고 영어囹圄의 나날을 보내는 것이다. 이들 모두의 바람은 좋은 문제가 탄생하여 아무 사고 없이 진행되는 것에 있을 뿐이다. 누구 하나의 삐끗한 잘못이 있으면, 모든 것은 와르르 무너지는 것이다. 이 긴 기간 엄청난 스트레스에 휘말려 모두는 신경이 다발다발 서게 마련이다. 조금만 손을 대도 금방 터지는 풍선처럼 모두의 정신 상태는 간 곳 모르게 솟아 있는 것이다. 아침마다 뛸 수 있도록 운동 장소도 마련하고, 간단한 운동 기구도 있어 이를 해소하고자 하지만, 결국 모든 것은 스스로의 문제일 것이다. 그야말로 수도승처럼 인내심을 발휘하고, 타인의 어려움을 헤아려 주면서 공동 생활을 영위하는 것이다.

전산요원들의 입력으로 최종 원안이 만들어지면, 이제 문제지는 출제위원의 손을 떠나 인쇄소로 간다. 자식을 떠나 보내는 부모의 마음이 이럴 것이다. 휴우 한숨 쉬며 홀가분하지만, 한편으로 혹 잘못이나 생기지 않을까 얼마나 걱정하겠는가? 최종적으로 인쇄소를 가서 확인하는 절차가 남아 있지만, 사실은 여기서 모든 것은 끝나기 때문이다. 그러니 보내고 나서도 잠 못 이루고 문제지를 들여다보는 것이다. 문제지를 태운 차량은 경찰의 호송을 받으며 어두운 밤길을 달릴 것이다. 누구도 거기에 따라가지 못하고, 이제 출제위원들은 출제 때문이 아니라 보안을 위하여 시험일까지 그 자리에서 꼼짝하지 않고 기다려야 하는 것이다.

시험은 누구나 치르기 싫어한다. 자신을 평가받는 것만큼 어려운 일이 없기 때문이다. 자신의 선택이 과연 올바른 것인지에 대하여 자신 있게 답할 사람은 어디에도 없을 것이다. 출제자의 의도를 알고, 그에 합당한 답을 한다는 것은 그야말로 자신의 총체적 경험을 바탕으로 이루어지는 일인 것이다. 불경스러운 일이지만, 그래서 예수께서도 '시험에 들지 말게' 해달라고 기도하지 않았던가! 이 어려운 시험을 출제하는 사람들은 그래서 농담처럼 전부 지옥에 갈 것이라고 했다. 지옥에 가서 어떤 형벌을 당할 것인가? 그 답은 만들어 두었다. 아마도 계속하여 시험을 보는 형벌을 당할 것이다.

그러니 시험이 없는 세상이 오면 참 좋을 것이다. 그러나 우리 인류의 역사상 시험은 처음부터 있었고, 지금도 있고, 그리고 인류가 이 지구상에 존재하는 한 영원히 있을 것이다. 선택과 배제의 원리는 영원한 것이니까. 사정이 이렇다면 시험의 출제라는 부담을 안아야 할 출제위원도 항상 있을 수밖에 없을 것이다. 공적인 일의 중요성을 알고, 자신의 그 소중한 사생활私生活을 스스럼없이 포기하는 사람들, 그리고 자신에게 부과된 사명감에 불타 잠 못 이루는 사람들이 있어, 시험은 그렇게 큰일 없이 지나가고 있다. 출제 장소 안에서 수험생보다 훨씬 더 긴 시험을 보는 출제위원들이 있어 그것은 가능한 것이었다. (필자는 오랫동안 대학의 입학과 관련된 시험의 출제위원을 역임하였고, 두 번의 대입수학능력시험 출제위원장을 맡은 일이 있었다.)

화장실이 깨끗한 학교

나는 요즘 '말'의 쏠쏠한 재미에 푹 빠져 있다. 매주 한 번 씩 발표와 토론의 강의가 있는데, 이 소규모의 학급 단위에서 학생들은 풍성한 말의 잔치를 벌이고 있기 때문이다. 학생들은 여러 가지로 세상을 바라보고, 현명한 해결책을 제시한다.

예전에 나는 학생들에게 어서 이만큼 오라 손짓하고, 그리고 오는 길이 서투르다, 왜 이리 더디냐 타박하는 일이 많았었다. 그런데 언제부턴가 내가 서 있는 위치가 학생들이 목표로 하는 지점이 아니라는 것을 알게 되면서, 나는 자신의 가는 길을 찾기 위해 의미 있는 방황을 하는 학생들에게 별로 할 말이 없어졌다. 나의 말도 또한 학생들이 선택할 수 있는 하나의 자료일 뿐이라는 것을 안 순간부터, 나는 나의 일을 학생들이 가공할 수 있는 자료로 선택해 주기를 바라는 입장으로 전환되었던 것이다.

전공 강의에서도 그랬다. 지식의 바다를 마음껏 항해하며 건져 올린 파드닥거리는 싱싱한 고기, 심해에서 오랫동안 머물던 듬직한 고기, 이 모두가 강의실에서 쏟아져 나왔다. 그것을 건져 올린 득의의 미소와 함께. 나는 그저 오늘은 바다의 고기를 얘기하자, 오늘은 산의 나무를 찾아보자, 얘기하면 그만이었다. 한없이 떠들고 열심히 노트에 적었던 예전의 강의 내용은, 아 시냇물을 헤엄치는 송사리와 같은 것이었다. 시냇물에 가두어두고, 나는 바다로 가는 학생들을 붙잡아 두었던 것이다.

전공 강의가 그러한데 하물며 자기의 현재를 정리하고, 미래를 꿈꾸는 발표의 시간에 내가 '가르칠' 내용이 무엇이겠는가! 나는 학생들의 비판과 꿈을 들으며, 고개를 끄덕거리면 되는 것이었다. 아니, 끄덕거릴 수밖에 없는 것이다. 그런 학생들의 모습을 바라보면서, 새삼 이 얼마나 무한한 가능성을 지닌 존재인가 하는 생각을 떠올리게 된다.

다니고 있는 학교를 후배들에게 소개해 보라는 과제를 발표하게 하는 시간이었다. 후배들에게 이 학교에 들어왔으면 좋겠다는 생각을 갖게 해보자는 발표였는데, 학생들은 참 상큼하기도 했다. 나라면 학교의 위치는 어떻고, 역사는 이러하고, 또 졸업생들은 어떻게 활동하고 ……. 그렇게 설명하느라 시간이 모자랐을 것이다.

그런데 학생들은 그런 설명에서 애초에 멀어져 있었다. 그중에 한 학생은 이런 말을 하였다.

"와보세요. 힘들었죠? 우리 학교는 화장실이 깨끗하답니다."

'깨끗한 화장실'은 고등학교를 거친 모든 여학생에게 쾌적한 환경을 환기시키는 이미지로 각인되어 있었다. 목표를 달성하느라, 경제적인 성장을 하느라, 어디 화장실까지 관심을 둘 여지가 있었는가? 그런 숨가쁜 질주가 그나마 현재의 우리 상태를 만들었던 것이고, 그래서 이 커다란 일을 했다고 자부하는 그 어른들의 고압적인 사고 앞에서 감히 이것 좀 고칩시다 하는 말을 할 수 없었던 것이다. 그렇기는 하지만, 편안한 안식의 배변排便은 얼마나 마음속 깊이 바라는 일이었겠는가? 그래서 학교의 화장실은 아예 이용하지 않고, 참고 참았다 집에 달려가는 일이 얼마나 많았겠는가.

그래서 그 말은 우리 학교가 황실皇室에서 설립한 유서 깊은 학교 …… 등등의 이념적 언사를 푹 뒤덮은 것으로 보였다. 오려는 학생들에게 떠오르는 이미지가 깨끗한 화장실을 가진 학교라는 사실은 얼마나 상큼한 일인가!

그런데도 나는 별수 없이 가르치는 선생이 되어, 한 마디 덧붙이는 것이 좋겠다고 했다.

"깨끗한 화장실과 같이 우리 학교는 학생들의 작은 일까지 배려하는 학교입니다."

그러나 말하는 순간, 나는 금방 후회했다. 그것은 상큼한 이미지의 언어를 다시 진부한 설명의 언어로 바꾸어 놓은 것이기에. 학생들에게 있어 화장실은 작은 일이 아니라, 전부일 수 있는 것이다.

숙명 역사상 처음으로 숙명 토론대회가 열린다. 순간순간 강의실에서 번뜩이던 이미지의 언어는 훈련의 과정을 거쳐 역동적으로 펼쳐질 것이다. 수와 힘으로 밀어붙였던 지난 세기는 이제 부드럽게 설득하는 21세기에 그 자리를 양보하고 있다. 이러한 시대의 변화를 예리하게 성찰하고, 준비하는 사람만이 새 시대의 주인공이 될 수 있다. 새 시대의 사람들은 지난 시대의 험악한 언어문화를 훌훌 딛고 일어서는 사람일 것이다. 강의실에서 벌어졌던 상큼한 언어문화의 주인공들이 공개적인 자리로 뛰쳐나오고, 그들이 벌이는 토론이야말로 바로 우리가 꿈꾸는 미래의 모습일 것이다. 그리고 해가 갈수록 세계를 변화시키는 부드러운 지도자가 축적될 것이다. 언어는 곧 생각의 표출이요, 그래서 사실은 세계 전체라는 명제는 여전히 유효하다. 이 대회에 대하여 부푼 기대를 갖는 이유이다.

숙대신보 1046호, 숙명여자대학교, 2002. 10. 21.

의사소통능력개발센터의 설립

숙명여대에 도움 될 만한 것 많이 보고 오세요

2000년 6월, 1학기가 끝나갈 무렵 나는 총장실에 갔다. 2학기부터 1년 간 미국의 Duke University에서 한국학 강의를 하기 위하여 떠나는 인사를 드리기 위해서였다. 학술진흥재단에서 선발된 이 일정에 다행히 학교의 연구년을 맞출 수 있어 개인으로서는 퍽 소중하고 보람찬 기간으로 생각하고 있었다. 여러 이야기 끝에 총장님은 "듀크대학교는 좋은 학교이니 우리 학교에 도움될 만한 것 많이 보고 오세요." 하고 말씀하셨다. 떠나는 모든 교수에게 항용 하는, 그냥 하신 말일 수도 있다. 세계를 넘나드는 연구년 교수들의 소중한 경험이 학교에 보탬이 된다면 얼마나 좋겠는가! 그러나 지나간 말이래도 그것은 나에겐 어느 정도의 압박이 되었다. 처음 떠나는 외국에서의 생활, 더구나 그 대학에서 한국문학을 가르치기 위하여 가기 때문에 준비하거나 각오를 해야 할 일이 한둘이 아니었기 때문이다. 그렇게 떠났다.

대학의 세미나에서 우연히 만난 분이 University of North Carolina의 Writing Center를 맡고 있는 Mz Kimberly였고, 그녀와 얘기하면서 생각난 것이 바로 총장님이 지나간 말처럼 던졌던 숙제였다. 돌아와 Homepage에 들어가 보고, UNC의 Writing Center가 대단히 앞서가는 곳이라는 것을 알게 되었다. 더 알기 위하여 센터를 방문하여 연구원들의 활동 상황도 직접 볼 수 있었다. 또 Duke도 이곳을 본떠 Writing Studio를 설립하는 단계라는 것도 알게 되었다. 미국에서 Writing Center는 전국적인 규모로 이루어지고 있었고, 그 Network의 중심에 National Writing Center가 놓여 있었다.

처음 만들어진 '작문능력개발센터'의 센터장을 맡게 된 것은 이런 과정이 있었기 때문으로 생각한다. 2002년 1월, 일본학과의 교수, 영문과의 교수, 국제관계대학원의 교수가 가는 일본의 대학 운영 관찰 모임에 합류하여, 대학의 미래에 대하여 고민하는 일본인들의 모습을 바라볼 수 있었다. 일본학과의 교수는 와세다 대학교에서 학위 과정을 마쳤기 때문에, 우리는 상당한 부분 그 교수가 안내하는 관점에서 바라보았다. 와세다와 케이오, 그리고 교토 대학교 등을 다니면서, 그들의 공동 관심사도 대학의 변화와 구조 조정이라는 것을 알 수 있었다. 변화하지 않으면 살아남지 못한다는 것은 생명 있는 모든 것의 필연적인 운명이었던 것이다. 그러나 커다란 부분에서는 그렇게 바라보았지만, 아마도 각각 자신의 또 다른 관점을 가지고 대상을 바라보았을 것이다.

나는 교양교육의 측면을 바라보고 있었다. 각각의 전공은 그 전공의 특색을 드러내는 방향으로 차별화하겠지만, 결국 한 대학교의 성격은 교양교육의 측면에서 드러날 수 있다고 보았기 때문이다. "그 학교 학생들은 이러이러한 공통점을 가지고 있다."고 했을 때, 그것은 전 학생들에게 부과하는 교양교육으로서만 형성될 수 있을 것이다. 그 학교들은 이런 점을 놓치지 않고 있었다. 미국에서 느꼈던 교양교육의 중요성을 그들도 세밀하게 구체화하고 있었던 것이다. 돌아와 전체적인 보고서와 함께, 우리는 각각의 관점에서 바라본 보고서를 작성하여 제출하기로 했다.

작문능력개발센터의 설립

얼마 안 있어 학교에서는 교양교육의 개편이 이루어지고 있었다. 지금까지 국어국문학과가 주관하던 필수과목 '국어'와 '국어작문'을 선택과목으로 전환하고, 별도의 '글쓰기와 읽기', '발표와 토론'을 필수과목으로 지정하여 집약적인 교육 기회를 부과한다는 계획이 발표되고 곧 실행되었다. 이것이 학교가 지향하는 리더십 함양과 직결되는 과목이기 때문에 교무처 내에 '작문능력개발센터'를 두고, 센터 소속의 초빙교수에 의해 밀도 있는 교육을 하겠다는 것이 학교의 방침이었다.

처음 만들어지는 기구이기 때문에, 존재하는 것은 리더십 함양을 위한 교과목의 충실한 운영이라는 비전이 있을 뿐, 아무런 밑그림 없이 출발할 수밖에 없었다. 센터장을 맡아달라는 말이 있어 피하고 싶은 자리였지만, 학교의 구성원으로서 학교와 학생에게 봉사할 수 있는 기회라고 생각하였다. 그리고 바로 초빙교수의 선발 과정에 참여하였다. 공고가 나가자 무려 오십여 명이 지원하였고, 논술고사 등을 거쳐 최종적으로 일곱 분을 모실 수 있었다. 이 일곱 분과 함께, 2월 한 달 동안 새 학기의 센터 운영에 대한 전반적 설계를 할 수 있었다. 단순히 강의 준비하는 것이 전부가 아니었다. 기구의 비전을 확립하고, 이를 실현할 수 있는 조직을 만들어야 하기 때문이다. 기구 신설에 대한 계획도 여기에서 만들어졌다. 학교에서는 전폭적으로 지원하였기 때문에, 우리에게 필요한 것은 아이디어와 추진하고자 하는 의지뿐이었다. 첫 작업으로 센터가 담당할 업무와 사업 내용을 확정하는 보고서를 작성하였다. 이 보고서를 통하여 앞으로 센터가 해야 할 사업을 구체화하고, 이를 실현할 수 있는 지원을 본부에 요청할 수 있었다.

여기에서 특히 강조하고자 하는 것은 본부의 전폭적인 지원이 센터의 정상적 운영을 가능하게 하였다는 점이다. 센터의 방향 설정과 사업 내용은 모두 총장에게 보고되었고, 그에 합당한 지원이 바로 이루어졌다. 우리의 아이디어와 노력이 부족했을 뿐, 적어도 일의 진행에 대한 지원의 부족은 없었다.

이 보고서에 따라, 바로 이어질 강의 운영에 대한 개요를 작성하였다. 우리가 동의한 것은 숙명의 모든 학생이 필수적으로 들어야 하는 '글쓰기와 읽기', '발표와 토론'을 통하여 숙명인의 분명한 색채를 형성하자는 것이었다. 어디에서건 "숙명인은 이러이러한 긍정적 공통점을 가지고 있다.", "숙명인은 말이나 행동에 있어 적극적이고 미래지향적인 공통점을 지니고 있다."라는 말을 듣게 되는 것을 소망하는 것이었고, 거기에 센터가 중요한 기여를 하자는 것이었다. 그렇게 하기 위하여 공동의 강의안을 마련하고, 동일한 강의 운영을 하기로 하였다. 교수 개인마다 강의안을 마련하고, 이를 발표 토론하여 최선의 강의안을 만들기로 하였다.

교재 없이 1학기의 강의가 이루어져야 하기 때문에, 매주 담당 교수들이 협의하여 강의안을 마련하고, 구체적인 강의 내용을 교환하기로 하였다. 더구나 초빙교수 외에도 각 과의 전임교수가 강의에 참여하기 때문에 동일한 강의 계획을 알려주어야 했다. 여기에서 논의된 내용에 따라, 하기 방학 중 '글쓰기와 읽기', '발표와 토론'의 교재를 제작하기로 하였다. 그렇게 2002년 3월 작문능력개발센터는 출발하였다. 그리고 모든 것이 예정대로 진행되었다. 두 권의 교재는 『글』과 『말』이라는 이름으로 2002년 8월 31일 출간되었다. 또한 1학기의 강의 대상은 900명에 한정되었기 때문에, 1학년 전체를 담당할 수 있도록 초빙교수 세 분을 더 모셨다. 그렇게 센터의 틀은 골격을 갖추었고, 이것은 센터 구성원의 헌신적인 노력과 학교의 적극적인 지원이 있어 가능한 일이었다.

의사소통능력개발센터로의 발전적 변화와 토론대회의 개최

2002년 9월 작문능력개발센터는 의사소통능력개발센터Sookmyung Communication Development Center, 약칭 CODE Center로 이름을 바꿨다. 숙명인의 언어생활 전반과 관련된 활동을 추진하기 위해서였다. 10인의 초빙교수로 새 진용을 갖춘 의사소통능력개발센터는 2학기에 야심적인 행사 하나를 계획하였다. '발표와 토론' 강의의 초점을 토론에 맞추고, 그 결과를 전 교생과 공유하기 위하여 '숙명토론대회'를 개최하자는 것이었다. 11월의 토론대회 개최를 목표로 하여 모든 계획이 수립되었고, 계획대로 모든 행사가 순조롭게 진행되었다.

"세상을 바꾸는 부드러운 힘, 토론으로부터 시작된다"를 표어로 내걸고 진행된 '제1회 숙명토론대회'는 현재 제기되고 있는 이슈들에 대해 적극적이고 책임감 있게 대처하며, 서로 다른 생각들을 교류함으로써 합리적인 대안을 탐색하며, 21세기가 요구하는 적극적인 리더십을 고취시키기 위하여 마련되었다. 차세대 여성 지도자를 육성하기 위해 열린 이 대회에는 휴학생을 제외한 재학생 모두가 참여하여 뜨거운 열기를 보여주었다.

10월 21일(월)에서 10월 28일(월)까지 접수된 토론 참가 신청은 참가 신청 동기를 포함한 신청서 및 "외모는 경쟁력이다"라는 1차 토론회의 주제에 대한 견해를 밝힌 논술서류를 제출하도록 하였으며, 사회자 신청도 해당하는 서류를 제출토록 하였다.

학년, 학과 제한 없이 3명이 한 팀이 되어 신청한 토론팀은 모두 95팀이었고, 사회자 신청은 16명일 정도로 학생들의 호응도가 높았다. 엄정한 서류 심사 과정을 거쳐 '1차 토론회' 대상 16팀이 선정되었고, 선정된 16팀은 각 팀의 추첨으로 찬/반과 상대팀이 선정되었다. 토너먼트 방식에 의

해 일주일 간격으로 진행되는 토론회는 11월 9일에 2차 토론회를 위한 8팀이 결정되었고, 2차 토론회는 "여성고용할당제, 확대되어야 한다"를 주제로 11월 16일 진행되어 3차 토론회에 나갈 4팀이 결정되었다. 3차 토론회에서는 "인터넷 유료화, 지금은 시기상조다"를 주제로 결선에 진출할 2팀을 선정하였다.

결선 토론회는 11월 29일(금) 오후 3시부터 6시까지 숙명여자대학교 사회교육관 1층 젬마홀에서 "사이버 공간, 성 평등 실현의 장이다"라는 주제로 진행되었다. 결선 심사위원은 외부 2인과 내부 2인으로 구성되었고, 토론이 끝난 뒤 바로 시상식이 이어졌다. 최우수상 1팀, 금상 1팀, 은상 2팀, 동상 4팀, 장려상 8팀, 최우수 사회자상 1명, 사회자 금상 1명, 사회자 은상 2명, 사회자 동상 4명, 우수토론 관람자 20명, 입상팀 지도교수 4명에게 그에 해당하는 상이 수여되었다.

'제 1회 숙명토론대회'의 시상 내역은 파격적으로 이루어졌다. 최우수상 1팀에는 330만원 해외 연수 지원금 포함 및 상패가, 금상 1팀에는 230만원 해외 연수 지원금 포함 및 상패, 은상 2팀에는 300만원 해외 연수 지원금 및 상패, 동상 4팀에는 120만원 격려금 및 상장, 장려상 8팀에는 120만원 도서 상품권 및 상장이 수여되었다.

사회자 최우수상 1명에는 50만원 해외 연수 지원금 및 상패, 사회자 금상 1명에는 25만원 격려금 및 상패, 사회자 은상 2명에는 30만원 격려금 및 상장, 사회자 동상 4명에는 20만원 도서 상품권 및 상장이 수여되었다. 또한 토론 문화의 확대를 위해 토론대회를 관람한 학생들에게 토론 평가서를 작성하게 하여, 선발된 우수 토론 관람자 20명에게 100만원 도서 상품권을 수여하였다. 입상팀 지도교수 4인에게도 해외 연수 지원금

이 수여되는 등, 다양하고 풍부한 시상이 마련되었다.

해외 연수팀 총 18명(최우수상팀 3명, 금상팀 3명, 은상팀 6명, 최우수 사회자 1명, 입상팀 지도교수 4명, 대외교류팀 직원 1명)은 2002년 12월 26일부터 12월 29일까지 중국 상해와 소주, 소흥, 항주의 문화와 리더십 관련 유적지를 답사하였다. 매년 해외 연수에 참여한 학생들은 '청聽'이라는 단체의 소속원이 되어 센터와 지속적인 관계를 유지하게 하였다.

토론대회의 성공적인 개최는 다른 대학교의 교육과정 개편에도 영향을 주었다. 그 결과 의사소통능력개발센터의 운영에 대한 문의가 계속되었고, 토론대회가 열릴 때는 여러 대학의 관계자가 참석하여 그 진행사항을 면밀하게 관찰하기도 하였다. 결과적으로 토론대회가 성공한 이유는 행사를 학생들의 강의와 연계시킴으로써 의욕을 높였다는 점과 학교 측의 절대적인 지원, 그리고 센터 소속 초빙교수들의 헌신적인 노력에서 찾을 수 있다. 이 토론대회는 숙명토론회에서 전국 여대생 토론대회, 나아가 세계 여대생 토론대회로 확대되어 나갈 것으로 생각한다. 이러한 미래를 대비하여 센터는 『토론대회 백서』를 발간하였다.

의사소통능력 향상을 위한 발전적 사고와 지평의 확대

2003년 3월 센터는 국가공직자적격성시험(PSAT)의 과목인 '언어논리력', '자료해석력', '상황판단력'의 강의를 센터의 중요 업무로 인식하고, 1차적으로 '언어와 논리' 강의를 개설하였다. 나아가 '자료와 해석', '상황과 판단'의 강의도 개설하여 국가고시를 준비하는 학생들의 요구를 충족시키고자 하였고, 교재를 개발하여 강의에 사용하고 있다.

토론대회가 '발표와 토론'의 연장선상에서 이루어지는 행사이기 때문에, '글쓰기와 읽기'와 관련된 행사로 '나의 삶, 나의 글'이라는 주제의 초청 강연을 년 3회 계속 행사로 개최하였다. 1차의 초청강사는 김남조 시인, 2차는 장명수 한국일보 이사, 그리고 3차는 소설가 오정희 선생, 4차는 이인호 명지대 석좌교수였다. 매번 강연회는 중강당의 좌석이 가득 찰 정도로 학생들의 열렬한 호응을 받는 행사로 자리를 잡고 있다.

교내의 행사와 업무뿐만 아니라 센터의 역량을 바탕으로 외부의 기관 연수에도 관심을 기울이고 있다. 2003년 6월 한국은행 임직원 대상 '토론능력 향상 프로그램'을 인천의 한국은행 연수원에서 개최하였고, 이후 지속적인 외부 연수를 담당하고 있다. 센터에서는 연수의 노하우를 매뉴얼로 제작하여 센터의 자산으로 축적하고 있다.

이제 의사소통능력개발센터는 성공적인 기구로 인식되고 있다. 학교 경영자의 비전 제시와 소속원의 협력으로 이루어진 이런 성가聲價를 계속 유지하기 위해 센터는 끊임없는 변화의 의지와 지속적인 노력을 해야 한다. 다른 학교가 따라오면 다시 저 멀리 앞서 있기 위하여 아이디어의 개발과 경험의 축적에 모든 노력을 경주해야 하는 것이다. 그런 의지가 있을 때, 그 성과는 한국 사회와 세계를 변화시키는 부드러운 숙명의 실체로 드러나게 될 것이다. (필자는 작문능력개발센터를 창립하고, 이후 의사소통능력센터의 초대 센터장을 맡아 기구의 정착에 노력하였다.)

『청파골 사람들』 2, 숙명여자대학교, 2005

춘향제春香祭와 관광 문화

　외부인의 시각에서 볼 때, 남원南原은 여러 가지의 특징을 지닌 도시로 존재할 것이다. 그들은 남원을 지리산 입구에 있는 백제 이래의 고도古都로, 또 만복사지萬福寺址와 만인의총萬人義塚이 있는 곳으로, 그리고 정유재란시의 접전지 등으로 기억할 것이다. 그러나 외부인에게 있어 이러한 사실 등은 남원에 대한 해박한 지식이 있을 때에만 기억되는 일이다. 그들에게 있어 남원은 춘향의 고을이요, 따라서 춘향과 이 도령의 애틋하고 정감 어린 사랑이 깃든 곳으로 먼저 떠오르는 것이다. 이것은 남원에게 있어 불행한 일도 또는 숨겨야 할 일도 아니다. 우리나라 도시 중에서 자신을 드러낼 수 있는 뚜렷한 징표를 지닌 도시는 그렇게 많지 않다. 그 징표라는 것도 대개는 공업도시라거나, 정치의 중심지라거나, 교통의 요지라고나 하는 등의 물질적인 것이 대부분이다.

　춘향이 살았던 곳, 춘향이 고난을 받았던 곳, 그래서 춘향의 사랑의 온정이 남아 있는 도시라는, 이 정신적이고 문화적인 의미의 징표를 가진 도시는 그렇게 흔한 것이 아니다. 이 흔하지 않은 문화 도시를 가꾸어 나가고, 현양顯揚시키는 의무가 이 고장 사람들뿐만 아니라, 우리 국민의 의무이기도 한 이유가 여기에 있다.

　춘향의 이야기인 〈춘향전〉은 신분이 낮은 여자와 신분이 높은 남자의 결연 과정을 그린 남녀이합형男女離合型의 소설이다. 남녀이합형의 소설은 남녀의 결연, 재결합의 과정에 간난艱難이 개재되는데, 〈춘향전〉은 그것이 신분으로 설정되었다는 점에서 신분의 갈등을 문제시한 남녀이합형의 소설이라고 할 수 있다. 남녀의 결연에 있어 신분이 문제 되는 이야기의 원형은 그 이전부터 존재하였다. 여자의 신분이 높고, 남자의 신분이 낮은 온달의 이야기, 서동의 이야기 등은 둘의 결연을 위하여 신분이 높은 여자를 신분이 낮은 남자가 있는 곳까지 불러와야만 이야기가 진행될 수 있다. 그래서 이러한 이야기를 출궁형出宮型이라고 한다. 이와 반대로 남자의 신분이 높고, 여자의 신분이 낮은 지리산 여인의 이야기나, 도미의 아내 이야기 등은 신분이 높은 왕이나 관장이 자신의 권력을 이용하여 백성의 여인을 탈취하려 한다는 점에서 관탈민녀형官奪民女型이라고 말한다.

〈춘향전〉은 남자의 신분이 높지만, 관탈민녀형과 바로 연관이 되지 않는다. 신분이 높은 남자로 이 도령과 변 사또의 두 인물이 존재하기 때문이다. 이 도령은 신분이 높지만, 빼앗는 존재가 아니다. 그는 신분이 낮은 춘향의 처지를 이해하고 그를 진정으로 사랑스러운 존재로 인식한다. 이에 반하여 변 사또는 자신의 권세를 이용하여 춘향을 억압하고 핍박한다. 이 도령은 젊은 인물이고, 변 사또는 나이 든 인물이다. 젊은 이 도령은 같은 양반이지만 나이 든 변 사또를 실력으로 징치하고, 자신의 이상을 실현시킨다. 그의 이상은 바로 만인이 평등한 사회의 건설이며, 깨어 있지 못한 이 도령으로 하여금 이러한 자각을 하게 한 인물이 바로 춘향이다. 여기에 진정한 춘향의 아름다움과 근대성이 있다. 수많은 고전의 인물이 있지만, 춘향만큼 모든 국민의 사랑과 공감을 받은 인물이 없다는 이유도 여기에서 찾을 수 있는 것이다.

또 하나 춘향이 우리 모두의 가슴 속에 살아있는 이유는 춘향이 전통적인 유가儒家 관념을 설명하기 위하여 만들어진 존재가 아니기 때문이다. 춘향이 열녀라는 점만을 강조하면, 춘향은 대단히 화석화된 존재, 가까이하기 어려운 근엄한 인물로 변한다. 춘향은 결코 관념 속의 굳어 있는 존재가 아니라, 우리와 똑같이 현실을 아파하고 진정으로 현실을 살아가는 존재이다. 사랑하는 임과 만났을 때 노골적인 성애를 표현하기도 하고, 사랑하는 임이 떠나고자 하였을 때 발악하는 모습을 보이기도 한다. 사랑하는 임을 위하여 죽음을 무릅쓰는 생생하게 살아 있는 인물이다. 그는 우리에게 소설의 주인공으로 존재하는 것이 아니라, 우리의 곁에서 우리에게 꿈을 주고, 넘어지는 우리를 붙잡아 주는 아름다운 여인으로 서 있는 것이다.

춘향은 본래 〈춘향전〉이라는 소설의 주인공으로서 사람들에게 알려지지 않고, 〈춘향가〉라는 판소리로 전승되었던 인물이다. 판소리는 고정화된 완결된 형태가 아니라, 현장에서 소리판으로 재현될 때마다 가변되는 유동적인 성질을 지닌 미완결의 존재 양상을 보이는 예술 형태이다. 이를 판소리의 개방성이라고 하는데, 이러한 이유에서 판소리에 등장하는 인물은 굳어 있는 고정의 인물이 아니라, 현장의 향유자의 요구에 따라 그 모습이 변화될 수밖에 없다. 이를 다른 말로 한다면 살아 숨 쉬는 인물의 표현이라고 할 수 있다. 오랫 동안 향유자의 요구를 수용하며 변화되어 왔던 춘향은 우리와 너무도 닮은 모습으로, 그리하여 우리에게 전혀 낯설지 않은 살아 숨 쉬는 인물로 존재하게 된 것이다. 따라서 춘향의 얼을 기리고 오늘에 되살리기 위하여 시작된 춘향제의 가장 근본적인 입지점은 바로 살아 있는 춘향에 바탕을 두고 전개되어야 한다는 점에 있다.

춘향제는 금년에 60회의 행사를 치름으로써 지나온 기간을 회고하고, 앞으로의 도약을 다짐할 때가 되었다. 물론 지금까지의 행사를 통하여 충분한 경험과 기술의 축적이 이루어졌다고 볼 수 있다. 춘향제를 이루는 각각의 행사들이 저마다 자신의 역사를 지니게 되었고, 그 결과 춘향제의 역사라는 하나의 문화가 형성된 것 또한 사실이다. 그러나 우리는 〈춘향전〉에서 성장하는 세대인 춘향과 이 도령이, 지나간 세대인 변 사또를 징치하고 역사의 주인공이 되었던 깊은 의미를 되새겨 보아야 한다. 고인 물은 썩게 마련이다. 자신의 세계에 안주하면서 변화하는 시대에 적응하지 못할 때, 그것은 역사의 낙오자가 된다는 사실을 〈춘향전〉은 또한 가르치고 있다. 지금까지의 춘향제가 과감하게 자신의 모습을 객관화시키고, 자신을 변화시키려는 의지를 보여야 하는 까닭이 여기에 있다.

춘향제는 이미 사라져 버린 역사적 인물로서의 춘향을 기리는 행사가 아니라, 우리 시대에도 살아 숨 쉬며 우리에게 끊임없는 교훈을 던져 주는 춘향과의 대화의 장소이다. 춘향과 마주하고 춘향을 재현하는 의식이 춘향제의 주된 행사가 되어야 하는 것이다. 현재의 춘향제 행사는 크게 ①축제 행사 ②춘향 관련 행사 ③민속 행사 ④기타 부대 행사로 이루어져 있다. 아마도 춘향제의 핵심적인 행사는 춘향 관련 행사가 되리라고 생각한다. 춘향 묘墓의 참배, 춘향 제사, 춘향 일생의 재현 시가행진, 기념식, 춘향 선발, 춘향 당선자의 시가 행렬 등이 이 속에 포함되어 있기 때문이다.

이 모든 행사는 당연히 춘향제의 의식 속에 포함되어야 한다. 다만 각각의 행사들이 저마다의 독립성을 지니고 성글게 결합되어 있을 때, 그것은 살아 있는 행사가 되지 못하리라고 생각한다. 춘향 관련 행사가 긴밀한 연속성을 지니면서 하나의 흐름을 지녀야 하겠고, 나아가 그 외의 모든 행사와도 긴밀한 관련을 맺으면서 진행될 수 있어야만 하나의 행사로서의 춘향제는 이루어질 수 있는 것이다. 이를 위하여는 이 모든 행사를 일관하여 진행시키는 연출적 노력이 반드시 필요하리라고 생각한다. 꽃 몇 송이를 아무렇게나 꽂는 것과 꽃꽂이 전문가의 손이 거친 뒤의 모습을 비교하는 것으로 이는 설명이 가능하다. 이러한 축제의 행사가 전문적인 연출에 의하여 성공적인 모습으로 이루어진 것을 우리는 서울 올림픽의 개막, 폐막 행사와 올림픽을 전후한 문화 행사 등을 통하여 충분히 볼 수 있었다. 또 가까이는 조선 통신사의 일본에 대한 문화 전수의 모습을 재현한 축제문화진흥회의 행사도 이러한 전문적인 연출의 결과로 우리의 문화 역량을 일본에 자랑한 것이 될 것이다.

현대는 전문가의 시대이다. 더 이상 주먹구구식의 안방 연출은 통하지 않는 시대이다. 지방에서 이루어진 것이라 하여 애교로 보아 주는 것도 아니다. 그것은 예산의 낭비로 지탄받을 뿐이다. 따라서 환갑을 맞는 춘향제도 이러한 전문적 연출의 도움을 받아 기존의 행사를 살리면서 발전적 도약을 할 수 있는 계기를 이루어야 한다고 생각한다. 이렇게 될 때, 춘향제는 하나의 모범적인 문화 행사로 정착되어 후세에 물려줄 수 있는 또 하나의 축제 문화로 정착할 수 있을 것이다.

다음으로 오늘 다시 생각해 보고자 하는 것은 춘향제의 경제성에 관한 것이다. 춘향제는 남원 주민들로 하여금 지역에 대한 자긍심과 사랑을 심어준다는 점에서 충분히 그 존재 의의를 다하고 있다. 이 말은 춘향제를 치르는 데 소요되는 경비가 이 고장 주민의 화합과 결속을 도모한다는 점에서 효율적으로 사용되고 있다는 점을 지적하는 말이다. 이러한 의미도 없이 사용되어 경비가 낭비되는 예를 우리는 수없이 보았기 때문에 하는 말이다. 춘향제는 그러한 예에서 당연히 제외되는 것이지만, 보다 기대하는 것은 춘향제를 통한 경제성의 극대화를 기할 수는 없는가 하는 점이다. 말하자면 이 고장 사람들 만의 잔치나 축제로 끝나지 말고, 온 국민, 나아가서는 세계인들이 이 춘향제를 맞추어 남원에 옴으로써, 춘향제의 효과를 배가倍加하자는 것이다.

우리 국민은 전통적으로 외지에서 온 손님을 정성스레 모시는 것을 사람의 당연한 도리로 인식하고 있다. 물론 정도에 맞는 접대는 올바른 인간관계를 형성하는 데 대단히 유익한 일이라고 생각한다. 그러나 이것이 정도를 지나치면 그것은 자신의 얼마 없는 유산을 텅 비게 하는 결과를 초래할 것은 명약관화한 일이다. 실제로 돈이 많은 외국인들은 한국에 오면서 우리의 거대한 문화유산과 자연을 무료로 관람하는 일이 빈번하다. 오히려 접대를 받으면서 그것을 구경한다. 여행자들에게 있어서 우리나라는 천국으로 인식되고 있는 것이다.

그러나 문화유산과 자연, 그리고 축제는 돈을 벌어들이는 하나의 자원으로 인식하여야 한다. 눈에 보이지 않는 주민의 결속도 물론 중요하지만, 구체적으로 외지인들이 춘향제로 인하여 이 고을 남원에 돈을 뿌리고 갈 수 있어야 하는 것이다. 외지인들이 돈을 뿌려도 아깝지 않을 만큼, 춘향제가 알차게 진행되고 유기적인 관련을 맺어야 하는 이유가 여기에 있다. 변모된 춘향제의 모습, 그리고 남원의 관광 소개가 대대적으로 이루어져 매년 사월 초파일이면 춘향을 생각하고, 남원에 가야만 된다는 의식을 국민의 마음속에 심어 주어야 한다. 문화부는 매달마다 문화적인 인물을 선정하여 그달의 인물로 정하고, 대대적인 행사를 벌이고 있다. 당연히 춘향제가 열리는 달은 춘향의 달로 설정되도록 노력해야 한다. 그래서 춘향제가 명실상부한 전국적인 행사로 정착되고, 외국인을 위한 관광 안내에 남원과 춘향이 중요한 위치를 차지하도록 하여야 한다.

　이러한 미래의 청사진이 펼쳐지는 계기가 바로 환갑이 되는 내년의 춘향제이다. 이때를 당하여 전국의 대학, 대학원에서 〈춘향전〉을 공부하는 국문학과 학생들을 불러 모으고, 춘향과 관련되는 전국적인 학술 행사를 계획해 보는 것도 바람직하다고 생각한다. 춘향제가 알차고 살아있는 행사로 치러질 때, 그들은 숙박비를 내고, 열띤 토론을 벌이면서 귀중한 시간을 이곳 남원에서 보낸 것을 영원한 추억으로 간직하게 될 것이다.

　결국 춘향제라는 문화 행사를 관광 문화로 승화시키는 문제는 어떤 개인이나 한 단체의 힘이 아니라 이곳 모든 주민들이 행사의 주인이라는 의식으로 행사를 치를 때 이루어질 수 있을 것이다. 이러한 의식의 결집 위에서 춘향제는 살아 있는 축제, 남원 주민에게 문화적인 것만이 아닌, 생활 그 자체로서의 축제로 정립될 것이다.

회갑맞이 춘향제를 위한 대토론회, 춘향문화선양회, 남원시청 희의실, 1990. 12. 27.

여정의 길목

목포는 한국의 나폴리이다

'로고4'는 유럽의 해외 발표에 참석하기로 하였다.[서울대학교의 우한용 교수, 경인교육대학교의 박인기 교수, 강릉원주대학교의 최병우 교수와 나는 1987년부터 고등학교 교과서를 집필하면서 팀을 이루어 지금까지 끈끈한 우정을 이어오고 있다. 우리는 모임의 이름을 로고 4라 하였고, 아내와 함께 여행을 가거나 만나게 될 때는 로고 8이라 불렀다. 우리는 각각 자신들의 호를 가지고 있는데, 우한용 교수는 우공于空, 박인기 교수는 석영昔影, 최병우 교수는 석우石宇, 그리고 나는 남계南溪라고 부른다. 이 책에 실린 몇 편 글은 우리가 갔던 여행을 소재로 하여 쓴 글이다.] 나폴리대학교의 산탄젤로 교수와 친분을 맺고 있었던 우공은 그 거칠 것 없이 밀어대는 성격으로 우리의 이탈리아 행을 이미 확정하고 있었다. 각각의 논문 발표 준비를 하고, 그리고 인천공항에서 만났다. 프랑스에서 공부하던 아내를 만나기 위해 프랑스에서 한 달 정도 머물렀던 것은 1987년의 일이니, 20여 년이 지나서야 나는 다시 유럽의 땅을 밟게 된다는 설렘도 가지고 있었다. 특히 이번에는 유럽 문화의 한 축을 이루고 있는 이탈리아를 자세히 들여다보자는 계획도 있으니, 어찌 설레지 않겠는가. 괴테는 아니지만, 이탈리아의 햇볕 아래서 우리는 더 많은 세뇌를 당할 것이라고 기약하고 있었다. 경유지인 프랑크푸르트 공항에는 역시 이탈리아 여행의 폼으로 앉아 있는 괴테의 조각상이 맥주집에 장식되어 있었고, 그래서 우리는 그 집에서 다시 괴테가 되고자 했다. 그곳에 도착하기 전에 우리는 벌써 남국의 정취에 취하고 있었던 것이다.

로마에서 머물기로 한 민박집의 안내자는 어김없이 레오나르도 공항의 출구에서 기다리고 있었다. 조금의 순간도 아쉬워 우리는 새벽 일어나자마자 로마의 모습을 담기 위하여 시내로 나갔다. 이미 50을 훌쩍 넘어버린 사람들이라서 아침 일찍 일어나는 것쯤이야 문제 될 것이 없었다. 오벨리스크와 지오바니 성당은 아침 식사 전에 이렇게 볼 수 있었다. 콜로세움과 아우구스투스의 개선문은 광장과 동상의 도시인 로마를 더욱 빛나게 하고 있었다. 인파를 따라 흘러가듯 보아야만 했던 바티칸의 유물은 그 양이나 규모가 잠깐의 관람을 허용하는 것은 아니었다. 나중에 다시 와서 차분히 보리라 했지만, 그런 기회는 다시 오지 않을 것이다. 오래 전 루브르에서도 그런 생각을 했지만, 그런 생각은 실제로 이루어지지 않았으니까. 인생이란 그런 것이다. 중요한 것은 뒤로 미루고, 그러면서 하찮은 일로 시간을 메우다가 그렇게 이 세상을 떠나는 것이다. 그래서 오히려 하찮은 것이야말로 우리의 진정한 동반자인지 모른다. 그렇게 우리는 로마를 일별一瞥하였다. 로마는 우리를 참 한심한 사람들이라고 하였을 것이다.

학회가 열리는 나폴리는 기차로 갔다. 기차에 오르면서 절약하겠노라 준비했던 맥주는 턱없이 부족했다. 더구나 병따개를 준비하지 않아 잠시 망설였지만, 이런 정도를 해결하지 못할까. 몇 가지의 방법을 동원하면서 맥주병을 따는 모습이 그들에게는 신기했던 모양이다. 호기심 어린 눈으로 우리의 행동을 지켜보는 것이었다. 준비했던 여덟 병은 순식간에 바닥났고, 우리는 승무원이 밀고 다니면서 파는 캔 맥주로 욕구를 충족할 수 있었다. 아마도 그들은 횡재라고 생각했을 것이다. 그들이야 맥주 한 병을 놓고 야금야금 감질나게 마시는데, 우리는 꿀떡꿀떡 퍼부었으니 말이다. 결국, 그들이 가지고 있는 맥주를 바닥내고서야 우리의 술 욕심은 머물 수 있었다.

　나폴리의 밤을 즐기기 위하여 우리는 도보로 바닷가로 나갔다. 길을 물어물어 베테렐로 항에서 우리가 아는 대로의 이탈리아 가곡을 불렀는데, 노래야 석영의 솜씨를 따라갈 사람이 어디 있겠는가. 그 맛깔스러운 태와 윤기 나는 성음에 우리는 모두 그저 감탄만 할 뿐이었다. 우리는 나폴리에 대한 사랑과 호의를 담아 〈돌아오라 소렌토로〉와 〈산타 루치아〉를 훗훗한 밤공기에 실어 떠나보냈다. 그리고 또다시 아침, 우리는 나폴리의 밤을 과도하게 즐겼지만, 이를 노인성으로 극복하고 새벽처럼 일어났다. 언젠가 현대를 창업한 정주영 씨가 자신은 하루 세 시간 정도씩만 잔다고 하여 그럴 리가 있느냐고 했는데, 충분히 그럴 수 있는 일이라고 생각하였다. 다만 낮에 꾸벅꾸벅 조는 일이야 어쩔 수 있겠는가. 우리는 그렇게 아침 식사 전에 가리발디 광장을 돌아보고, 나폴리의 역사를 담고 있는 박물관은 학회가 끝난 뒤에 들러보자고 하였다.

　학회가 열리는 곳은 나폴리 항 곁에 있는 작고 예쁜 렉스 호텔이었다. 다른 참가자들은 어제 그곳에 도착하여 하루 숙박을 하였지만, 우리는 이곳에서의 공식적인 행사에 참석하고, 발표회가 열리는 비코 에쿠언스에 가기로 하였다. 공식적인 행사가 열리고 있는 나폴리의 동양학 대학은 아침부터 상당히 소란스러웠다. 마침 대통령이 이곳을 방문한다 하여 예포를 쏘는 등 축제 분위기가 고조되고 있었기 때문이다. 나만 가면 이렇게 소란을 떨면서 환영을 한단 말이야, 이러지 말라고 했는데. 우리는 이런 농담을 하면서 행사장에서 사람들과 인사를 나누었다. 나폴리 대학교의 산탄젤로 교수와 볼로냐 대학의 로베르토 카테리나 교수의 주제 발표가 끝난 다음 우리는 비코 에쿠언스의 절벽 위에 있는 비코 오리엔테 호텔로 자리를 옮겼다. 나폴리 만灣을 돌아 폼페이를 지나고, 소렌토 조금 못 미쳐 있는 이곳은 천혜의 관광지였다. 바라보는 모습도 그러하였지만, 그 안에 들어가서 본 모습은 더욱 우리를 황홀하게 하였다. 이곳에서 우리는 꿈같은 이틀을 보내게 되어 있는 것이다.

비코 에쿠언스의 학회는 그야말로 환상적이었다. 카프리 섬과 소렌토가 보이는 해변의 호텔에 앉아 학자들의 열띤 발표를 듣는 것은 그 자체가 하나의 신선한 충격이었다. 영국과 독일, 프랑스, 중국, 필리핀과 인도네시아에서 온 각국의 학자들은 문학 속에 내재된 정서의 보편성과 특수성을 체계화하고 있었다. 우리의 발표도 고전문학과 현대문학에 걸쳐 순조롭게 이루어졌고, 이탈리아 본토에서 맛보는 맛의 향연도 우리를 매혹하게 했다. 그리고 학회가 끝나는 날, 고별을 겸하여 이루어진 오찬장에서 우리는 한국인의 풍류적인 모습을 마음껏 그들에게 보여줄 수 있었다. 우공은 어느새 모임을 이끄는 사회자가 되어 이탈리아 교수의 칸초네, 독일 교수의 슈베르트, 인도네시아 교수의 민요, 미국 교수의 민요와 나의 '사랑가'를 들추어내고 있었다. 만찬장에 불려온 악사는 아코디언의 선율 속에 이탈리아 가곡을 멋들어지게 선사하였는데, 여기에서도 석영의 노래 솜씨가 더욱 빛을 발하였다. 그의 이탈리아어와 석영의 한국어가 같은 멜로디에 얹혀 동서의 감미로운 화합을 이루었던 것이다.

나폴리는 세계의 삼대 미항이라고 알고 있었다. 그러나 태양 아래 드러나 있는 나폴리는 그렇게 아름다운 것은 아니었다. 새똥과 먼지로 덮여 있었고, 거리는 전체적으로 어수선한 느낌을 주었다. 그러나 그곳이 왜 미항인가는 나폴리를 멀리 하면서 알 수 있었다. 자질구레한 것들은 다 감추어지고, 점점 그 황홀한 자태를 드러내는 항구의 조망은 과연 이곳이 왜 〈산타 루치아〉의 고장인가를 여실히 느끼게 해주고 있었다. 산 마르티노 성당은 나지막한 산 위에 있었는데, 이곳에서 나폴리 시내를 전체적으로 내려다볼 수 있었다. 바다와 산과 사람들이 조화를 이루며 가꾸어 놓은 정원과 같다는 생각을 한 것도 여기에서 내려다본 느낌이었다. 나중에 다시 안 것이지만, 항구를 떠나 시칠리아를 향하면서 바라본 나폴리와 또다시 나폴리로 들어오는 배에서 바라본 나폴리는 이곳이 왜 삼대 미항의 하나인지를 뚜렷하게 각인시키고 있었다. 항구를 빠져나갈 때의 부드러운 활강滑降과 항구로 들어갈 때의 그 환영하는 듯한 손짓을 우리는 볼 수 있었다.

언젠가 나는 〈목포와 나폴리〉라는 제목의 글을 쓴 일이 있었다. 한 지방 신문의 기자가 목포를 설명하면서 "목포는 한국의 나폴리이다."라는 문장을 썼었고, 그래서 나는 이것이야말로 그 사람이 가지고 있는 서구 지향적 사고를 무의식적으로 표출한 것이라고 하였다. 우리는 이런 식의 문장을 아무렇지 않게 쓰는 일이 많다. 신재효申在孝를 가리켜 어떤 연구자는 '한국의 셰익스피어'라고 했고, 이상李箱은 '럭비풋볼 같은 호박'이라는 표현을 썼다. 여기에서 나폴리나 셰익스피어, 그리고 럭비풋볼은 목포와 신재효, 호박과 같은 '추상적이고 알려지지 않은' 원관념을 설명하기 위하여 선택된 '구체적이고 잘 알려진' 보조관념이라고 할 수 있다. 그러나 목포에 거주하고 있는 기자에게 있어 목포는 그런 원관념이 아니고, 또 나폴리는 그런 보조관념이 아니다. 이상에게 있어서도 호박은 지천으로 가까이 널려 있는 식물이지만, 그러나 나폴리나 셰익스피어, 그리고 럭비풋볼

이 없으면 인식되지 않는 가공의 존재일 뿐인 것이다. 그래서 이상은 항상 자신을 지부에 근무하는 상사원으로 인식할 수밖에 없었고, 그래서 본부에 거주하고 싶은 욕망이 그의 문학적 표현에 가득할 수밖에 없었다.

그런 우리의 의식체계와 언어표현에 대한 사고의 편린을 쓴 일이 있었는데, 나 또한 나폴리라고는 가본 일이 없으면서 그 글을 썼음은 물론이다. 그러나 이제 나폴리에서 숙박하고 학자들과 교유를 하였다 하여 이런 나의 행동이 정당성을 획득하는 것은 아니다. 나는 나폴에서 영원한 이방인이고, 나아가 어디에서건 잠깐 왔다 가는 여행객일 뿐인 것이다. 이태백이 〈춘야연도리원서春夜宴桃李園序〉에서 "부천지자夫天地者 만물지역여萬物之逆旅 광음자光陰者 백대지과객百代之過客 : 대저 이 세계란 만물이 잠깐 쉬었다 가는 여관이요, 시간이란 백대를 가야 하는 나그네와 같은 것이다"라 하였음이 실감 나지 않을 수 없다. 그렇게 우리는 이 땅을 스쳐 지나가는 방랑자로서의 모습을 지니고 있을 뿐이다. 그토록 열망하였던 나폴리는 나에게 이런 깨달음을 주었고, 아직도 나의 가슴을 울렁이게 하는 그 '무엇'으로 남아 있다.

『예향』7, 광주일보사, 1991. 7.

가장 높은 곳에서의 긴 생일

2005년 우리는 처음으로 유럽 여행의 장도를 열었다. 이번의 여행도 당연히 일 좋아하는 우공의 제안으로부터 비롯되었다. 나폴리 대학교의 산탄젤로 교수가 이런저런 일로 우공과 관계를 맺었는데, 그가 주관하는 정서학회에 우리가 참여하기를 요청하였고, 우공은 이를 적극적으로 밀어붙였던 것이다. 어떤 요구가 있다 하여 그리하겠다 하며 응답하는 것이 그렇게 쉬운 일은 아니다. 우리의 나이가 얼마인가? 이리저리 깊이 생각하고, 또 재보고 그렇게 하여 늙은이답게 오래오래 시간을 보내면서 결정하는 것이 상례이다. 더구나 외국 학회에서의 발표란 그리 쉽게 결정할 수 있는 것이 아니라는 생각도 들었다. 그러나 개인적으로는 그렇게 하여 참 신중한 사람들로 알려져 있지만, 대체로 우리 넷과 관여되는 일이란 어느 하나가 제안하면 "어련히 생각하여 말을 꺼낸 것이겠는가!" 하며 우선 긍정부터 해놓고 시작하는 것이 관례였다. 지금까지도 그랬고, 또 앞으로도 그러할 것은 분명하다. 나이가 들어가면서 사고나 생활의 변화에는 더 익숙해지지 않을 테니까.

그래서 다른 것 생각할 것 없이 그러자 하면서 마침 다른 일로 서울에 온 산탄젤로 교수를 덜컥 만난 것이었다. 성북동에는 이태준이 살던 집이 아담한 찻집으로 변하여 사람을 맞이하고 있다. 거기에서 만난 산탄젤로는 잘 생긴 이탈리아 늙은이의 수더분한 풍모를 지니고 있었다. 40대 이후의 얼굴에 대하여 자신이 책임져야 한다는 말에 나는 별로 찬성을 하지 않는다. 참으로 성스러운 삶을 사는 사람들이지만, 선천적으로 고약스러운 인상을 가진 사람들은 예상외로 많기 때문이다. 매혹적인 눈매와 수려한 외모를 가진 사람들의 그 고약한 자기 우월감에 넌더리를 내는 일도 우리는 얼마나 많이 겪는가. 그래서 첫인상으로 사람을 평가하는 것이 얼마나 못된 자기기만인지는 이미 세상을 살면서 터득했던 것이다. 눈동자만 보아도 안다는 말에도 미혹迷惑되지 않아야 한다는 것을 이미 많은 경험을 통하여 알고 있다. 그런 경험에도 불구하고 우리는 첫인상을 쉽사리 떨쳐버리지 못한다. 이성異性의 경우에도 한번 보고 반하는 것이지, 오래 지켜보면서 물에 옷이 젖어가듯 빠져드는 것은 흔한 일이 아니다. 그리고 그런 기다림도 사실은 첫인상의 잔영殘影이 남아 있어 가능한 것이다.

주어진 첫인상이 그 뒤에도 상대에게 지속되기를 기대하면서 나의 삶을 보낸다면, 그것도 유익한 일이 될 것이다. 또 상대편에 대한 첫인상이 그 뒤에도 지속되는 것을 보는 것은 퍽 유쾌한 일이다. 산탄젤로의 첫인상은 그렇게 퍽 수더분하고 교양 있는 모습으로 다가왔고, 그것이 지금까지 지속되고 있어 우리는 유쾌한 기억을 떠올리면서 그를 얘기한다. 신을 벗고 방에 들어가 발을 개고 앉아야 하는 자리에서 그는 얼마나 불편했을까? 그가 발을 이리저리 바꾸어가면서 주무르는 모습을 보면서 나는 두루미와 여우의 초대 장면을 연상하였다. 멋모르고 이미 예약을 마친 상태인지라, 우리는 다시 막걸리가 있고 판소리가 있는 인사동의 한옥으로 그를 모시고 갔다. 우리로서는 그가 한국의 정취를 듬뿍 맛보는 것이 좋겠다 싶어 깊이 배려한 결과였다. 그러나 나중에 알고 보니 그의 부인이 한국인이었고, 따라서 그로서는 집안에서부터 이미 한국적인 것에 익숙한 모습이었다고 한다. 더구나 중국 문학 전공인 그는 중국의 답사 중에 한국도 자주 들러 이미 한국의 정취에 깊숙이 들어와 있었던 것이다. 그런 내면을 굳이 드러내지 않고, 그는 묵묵히 우리와의 만남을 즐거워하였다. 헌법재판소 건너편에 있는 남원집에서 그는 채수정 명창의 판소리와 우리들의 흥얼대는 소리, 그리고 막걸리의 뿌연 정감에 흥겨운 모습으로 박자를 맞춰주었다. 박자를 맞춘다는 것, 분위기에 자신을 집어넣는 것이 얼마나 어려운 것인가는 세상 살면서 이미 터득한 진리이다. 그래서 산탄젤로의 모습은 더욱 우아한 인상으로 깊이 남아 있다.

그가 한국어를 하지 못하고, 우리는 이탈리아어를 할 줄 모르니, 서투른 영어로의 소통이 있을 뿐이었다. 가장 부지런한 우공은 벌써부터 분발하여 이탈리아어를 배웠기에, 간간히 필요한 말들을 전하였다. 그것이 뒤에 이탈리아를 여행했을 때, 얼마나 유용하게 사용되었는지 모른다. 프랑스로의 연구년을 가기 위하여 프랑스어 배우고, 또 그리스로의 연구년을 계획하면서 그리스어 배우는 우공의 그 바지런함은 참 못 말릴 지경이다. 그런 바지런함을 우리는 선천적인 것이라 치부하면서 당연한 것으로 여기지만, 얼마나 많은 노력이 투여되는지는 잘 알고 있다. 다만 그것을 짐짓 표현하지 않고 있을 뿐이지. 그렇게 한국에서의 만남을 통하여 우리의 이탈리아행은 실천 단계로 접어들었다. 발표할 내용을 정리하고, 이를 영역하는 작업, 그리고 돈 마련하는 일을 상의하느라 우리는 참 많이도 만났다. 교과서 제작하느라 만났던 그 조급함은 없어지고, 대신 상당한 정도의 여유가 우리가 나이 먹은 만큼이나 펼쳐질 수 있었다.

그렇게 모든 준비를 마치고 김포공항을 떠나 경유지인 프랑크푸르트로 향하였다. 우리는 언제부터인가 재정을 책임지는 석우의 손짓에 따라 이리 오라 하면 오고, 저리 가라 하면 또 가는 참 순한 학동으로 변하였다. 몇 시에 공항 어느 곳으로 모이세요. 그러면 우리는 그 시간, 그 자리에 서 있는 것이다. 나는 참 말을 잘 듣는 축에 들어가고, 이리저리 일거리 찾느라 바쁜 우공은 항상 좀 느린 모습으로 달려오곤 했다. 그러고 보면 우공은 소설을 쓰기 때문인지 모르지만, 틈만 나면 노트를 꺼내 들고 적는 것이 일상적이다. 그래서 어느 곳 여행하고 오면 듬뿍 그에 대한 소회를 홈페이지에 올려놓는 것이었다. 그리고 다시 그 체험을 소설로 만들어 내니, 그는 여행 하나하나가 다 일거리가 되는 셈이었다. 그래서 우리야 그냥 여행일 뿐이지만, 우공은 나중의 일거리와 연관되니 한 번이라도 더 술을 사야 한다고 했고, 그래서 우공은 없는 돈을 끌어내어 술을 사곤 하였다.

하여간 지독히도 기록하기를 좋아하는 우공이기에 비행기에 앉아서도 그의 손에서는 노트가 떨어지지 않았다. 또 워낙 사진 찍기를 좋아하여 위험한 지역까지도 마다하지 않고 나아가 사진을 찍는데, 나는 참 남기길 좋아하는 사람이다 싶게 그를 바라본다. 아마도 그에게 있어 사진과 관련되는 경비의 지출이 만만치 않을 것으로 본다. 사진을 찍어 일일이 사람 수대로 현상하여 나누어주고 있으니, 아마도 집에서 그 사진기에 대한 잔소리는 퍽도 들을 것이라 생각한다.

다음으로 적기를 좋아하는 사람은 단연 석우라고 할 수 있다. 그런데 이는 ㄱ가 감당해야 할 부분이기도 하다. 언제부턴가 우리의 모임 뒤에는 꼭 석우가 회의 내용을 정리하여 메일로 다시 보내 주었기에, 우리는 그 정리된 내용에 따라 행동을 하게 되었기 때문이다. 대체로 만남 뒤에는 음주의 자리가 계속되었기에, 회의 내용은 전혀 우리의 기억에 남아 있지 않은 경우가 많았다. 그래서 석우의 정리는 우리의 일을 해 나가는 데 있어 필수적인 과정이 되었던 것이다. 구소련 시기에 최고의 권력자가 가지는 직함이 서기장이었는데, 이는 서기 모임의 대표라는 뜻일 것이다. 회의를 정리하고 그 내용을 집행하는 데 있어, 서기의 역할은 막강한 것이니 서기장이 최고의 권력자가 되는 것은 당연하다고 생각했었다. 조선의 역사에서 사관史官을 두어 실록을 남긴 것도 후대의 역사를 위한 것이 아닌가 싶다. 석우 또한 사진에 일가견을 가지고 있어 그의 손에서도 항상 사진기가 떨어지지 않는다. 그래서 우공과 석우는 사진기를 담는 가방을 따로 들고 다녀야 했다. 그만큼 그들은 보약도 먹고 음식도 먹어 체력을 유지해야 할 텐데, 먹는 것은 거의 비슷하니 대단히 경제적인 에너지 사용이라고 할 것이다.

　기록이 필요하다는 것을 우리 모두 잘 알고 있으면서도 나는 가장 이 기록이라는 것과 거리가 멀다. 석영도 근래 수첩을 마련하여 꼬박꼬박 내용을 정리하기 시작했으니, 기록의 대열에 참여했다고 할 수 있다. 그런데도 나는 영 이 대열에 들어가지 못하고 있다. 천성적으로 게으른 것은 아닌데, 참 오래전부터 나는 남기는 것의 부질없음을 변명의 거리로 삼고 있다. 대단한 사람들이야 입었던 옷 하나까지 박물관에 보관하지만, 평범한 일반인은 상여 나가 무덤에 묻히면서 다 살라버리고 오는 것이 아닌가. 그것이 자식들에게는 얼마나 안타까운 일일까 싶어 죽기 전에 자신의 것을 스스로 태우고 가는 사람들도 많다. 그럴 것이라면 미리 남길 것을 만들지도 말자, 나 죽은 뒤의 모습을 깨끗하게 정리하자는 생각도 사실은 기록을 남기지 않는 행위의 내면에 들어 있다고 할 수 있다. 이런 집착이 싫어 애완용 동물 키우기를 죽어라 싫어하고, 그래서 아이들과 끊임없이 다투기도 한다. 또 분재나 꽃꽂이도 자연의 상태에서 떼어 내 인공적인 것으로 전환한 것이라 생각하여 썩 좋아하지 않는데, 이 모두가 다 내 게으름을 합리화하는 것이라 할 것이다.

비행기 저편의 좌석에 앉아 있는 우공과 석영은 누군가에게 보낼 엽서를 열심히 쓰고 있다. 그것을 보면서 석우와 나는 여행지에서의 편지란 무엇인가라는 얘기를 나누었다. 여행지에서까지 생각하고 있는 모습을 절실하게 보여주는 문화 행위라는 것, 그리고 알뜰하게 챙기는 가족 사랑의 극치라는 말도 오갔다. 그리고 또 하나, 나 이곳 갔다 왔다는 현장감을 전하는 쾌감도 그 속에 있을 것이라는 얘기를 나누었다. 문화란 일정 정도 자기 쾌락을 동반하는 것이니까 그런 얘기도 가능할 것 같다.

오랜 비행이 지루했던지, 석우는 장거리 여행하는 것은 정말 지겹다고 했다. 나는 지겨워? 배 터지는 소리 한다. 그렇게 하고 싶은 사람 많아! 하면서 놀렸다. 좀 지겹지 않게 해줄까? 그리고서 나는 오늘이 내 56년 되는 생일이라고 했다. 이 높은 곳에서 또 시간대를 거슬러 가고 있으니, 나는 정말 긴 생일을 보내고 있는 것이었다. 수많은 사람이 살고 있지만, 이렇게 높은 곳에서 긴 생일을 보내는 사람은 그렇게 쉽게 찾지 못할 것이라고, 그래서 배 터지는 소리는 하지 말자고 했다. 가만히 있을 석우인가. 우공과 상의하더니, 승무원에게 부탁하여 포도주를 얻어 와 생일을 축하해 주었다. 좀 지나 승무원들이 다가와 둘러싸더니 멋진 생일 축하 노래를 불러주는 것이었다. 비행기에서 제공하는 맥주로 이미 불그레해진 나는 아무래도 기슴이 뭉클해졌다. 복된 삶을 누리게 해준 모든 사람에게 감사하고, 그것에 보답하는 삶이 앞에 펼쳐지기를 빌었다. 그렇게 나의 긴 생일은 지나가고 있었다.

처음 여권 만드는 거예요?

우리 '로고 4'가 뭉친 것은 1987년, 고등학교의 문학 교과서를 집필하면서부터였다. 전남대학교에 떨어져 있어 서울의 일이란 모르고 그냥 한가한 교수로서의 일만 했던 것인데, 그 작업에 참여하라는 권유를 받았던 것이다. 나이 들면서 동업으로 뭉쳐야 생각이나 행동의 틀이 공유될 수 있다면, 나는 40이 되기 전에 이런 공감의 영역에 들 수 있는 행운을 얻게 된 것이다. 본래 우공과 석영은 절친한 동기라 서로 쳐다만 봐도 무슨 고민 있나 아는 처지이고, 또 석우는 마냥 선배 잘 모시는 후배로 정평이 있어, 이미 많은 공력을 쌓아 왔던 사이였다. 거기에 내가 들어간 것은 그래서 퍽 우연이었을 것이고, 나로서는 대단한 행운이 아닐 수 없었다.

지금 생각해도 그들의 논의 속에서 어떻게 내가 선택되었을까, 세상에 우연이란 없지 않은가, 로고 4를 만들기 위한 오랜 인연이 있어 이루어진 일이라 생각한다. 살다 보니 세상일이란 그런 것이라 생각했다. 어떤 사람을 어느 한 자리에 쓰기 위하여 그 많던 사람들이 착착 스스로 물러나 주고, 그 들어갈 사람을 위하여 굳게 닫혀 있던 문이 하나하나 열려 그 사람 쓸 수밖에 없도록 만들어지는 오묘한 일이 참 많은 것이 우리 사는 모습이라는 생각을 나이 들며 더 많이 하게 된다. "딱 죽을 길로만 찾아간다."거나, "다른 사람에겐 보이지 않는 길도 될 사람에겐 대도大道처럼 환하게 보인다."는 말은 흔히 우리가 듣는 말이다. 그렇게 나는 이 네 명의 일원이 되어 그들이 해왔던 억척스러운 일의 한 귀퉁이를 맡게 되었다.

우공은 전북대에 있었고, 석영은 청주교대, 석우는 강릉대, 그리고 나는 전남대에 있어, 우리는 주말의 시간을 내어 서울에 모였고, 일을 몰아쳐 끝낼 수밖에 없었다. 뱅뱅 사거리 주변의 숱한 여관과 교육문화회관에서 밤을 지새웠고, 새벽이 되어 포장마차에 들러 우동을 말아 먹어도 원기 충천했었다. 석우는 별 차이도 없는데 후배라는 이유로 지금까지도 재정을 책임지고 있다. 참 미안한 마음이고, 그래서 많은 모임에서 미리 확보한 술로는 충족이 되지 않아 조달하기 위해 밖으로 나가면 같은 학번인 우공과 석영은 남겨두고 바로 위인 내가 같이 가는 일이 많았다. 요즘은 나이가 들면서 밤샘 작업하는 일이 드물어져 이런 즐거움도 없어졌지만, 어울려 술 마시고 이런 일 저런 일 논의하느라 밤늦게 만나는 일은 여전하다. 주로 불러내는 것은 우공이었지만, 가끔은 석영도 나는 못 부를 줄 아느냐면서 불러낸다. 또 나나 석우도 심심하지 않아요 하면서 불러내면 그 바쁘다는 사람들이 뭐가 바쁘냐는 듯 우루루 모이곤 한다. 서로가 하는 전공들이 약간씩은 달라 넷이 모이면 못할 것 없다는 기개로 일을 치러왔고, 그래서 지금까지도 환상의 모임이라는 시샘과 부러움의 대상으로 사람들은 말하기도 한다.

그렇게 우리는 서로 얼크러 설크러져 뒹구는 일도 참 많았다. 너무 바쁜데 일은 잘 풀리지 않았을 때, 훌쩍 서울을 떠나 서해 귀퉁이로 달려가 횟감에 소주 기울이기도 하여 '망중한忙中閑'이란 무엇인가를 직접 체험해 보기도 하였다. 또 일을 한답시고 강릉의 석우에게 달려가고, 또 우리가 아니면 누가 챙기랴 하면서 일연―然의 인각사와 물이 줄어 바닷길이 열리는 제부도를 가기도 하였다. 그렇게 다니기 시작한 우리의 여행은 종국에는 해외로까지 확대되었는데, 그것은 2000년 봄 연변대학교와의 인연으로부터 시작되었다.

각각 한몫을 하는 넷이 모여 있으니, 서로 물어오는 일들이 우리를 압도해도 마냥 소화할 수 있는 체력을 아직은 가지고 있었다. 그중에서도 가장 왕성한 정력을 가진 우공의 일감 물어오기에 우리는 그냥 손을 들 수밖에. 어련히 알아서 이런 일 제안했겠느냐 싶어, 한 사람이 제안하면 대체로 통과되는 것이 우리 넷의 일 하는 스타일인데, 이는 지금도 그대로 통용되고 있다. 우공이 절친하게 지내던 연변대학교의 김병민 총장이 학교의 중요한 직위를 맡게 되어 축하 겸, 또 학문적 교유도 할 겸 연변을 가기로 했던 것이 우리가 함께 해외로 여행한 첫걸음이었던 것이다. 그 이전에 한 출판사에서 30여권으로 된 한국 대표문학전집을 엮었던 일이 있어 그 전집도 챙기고, 또 우리가 만든 각자의 책들도 수집하여 큼직한 선물 보따리를 만들어 연변을 가기로 하였다. 또 가는 김에 당연히 들러야 할 코스인 백두산과 두만강도 함께 관광하기로 하였다.

사실 나는 그해 여름 학기부터 미국 노스캐롤라이나에 있는 듀크 대학에서 한국학 강의 교수를 맡기로 하였던 터였다. 10여 년 같이 진흙길, 모랫길 함께 거닐던 로고 4에서 로고 1이 멀리 떨어지게 된 것을 아쉬워하는 뜻도 나는 가지고 있었다. 나만이 아니라 남은 그들도 하나가 오랫동안 떨어지는 것을 기념하기 위해 무언가를 해야만 한다고 생각한 듯하였다. 그래서 이게 웬일이냐 싶게 일은 척척 진행될 수 있었다. 나로서도 잠깐잠깐 해외로 여행한 일은 있었지만, 50이 되는 나이에 1년을 넘게 외국에서 생활하러! 가는 길이 그렇게 마음 편안하기만 한 것은 아니었다. 더구나 좋은 기회라 싶어 초등학교 6학년인 막내도 같이 데리고 갈 계획이어서 그 부담은 간단치 않은 것이었다. 그런 부담도 덜고 또 오랫동안의 헤어짐을 아쉬워하는 마음에서 나는 그렇게 미국에서 생활할 준비를 대충 마치고 생애 최초로 연변과 백두산, 그리고 두만강을 만날 준비를 하고 있었다.

그때 알게 된 것은 석우가 생애 최초로 해외 여행길에 나선다는 것이었다. 40대 후반까지 그는 다른 나라는 물론이고 제주도도 가보지 않았다는 것이었다. 참 신기한 일이었다. 해외 물 한 번 마셔보지 않았던 사람이 어찌 그렇게 해외에는 밝아 세계의 공기를 호흡하였는지. 그의 글과 말에는 종횡무진 폭넓은 경험과 연륜이 배어 있었기 때문이다. 그래서 처음으로 타보는 비행기 속에서 석우는 자못 비장한 모습이었다.

구청에 가서 여권을 신청하는데, 담당하는 아가씨는 너무 의아해하였다고 한다. 아니 국립대학교의 교수가 아직까지 여권이 없었다는 말이예요? 처음 만드는 거예요? 해외를 한 번도 나가시지 않은 거예요? 담당자는 신기해서 이렇게 말하였을 텐데, 유리창 안에 앉아 있는 담당자는 마이크에 대고 말하는 것이어서 로비에 모인 모든 사람들이 다 들을 수 있었다고 한다. 조금은 부끄러웠다고 한다. 그랬을 것이다. 그때 힘들게 만든 여권으로 우리는 보기 어렵다는 천지를 환하게 내려다볼 수 있었고, 두만강에 서서 건너편의 북한을 바라볼 수 있었다.

몇 년 지나지 않아 석우는 중국을 자기 집처럼 드나들고 있다. 연변의 사람들도 하지 않았던 그쪽 작가에 관한 연구 결과를 단행본으로 묶어내고, 또 연변대학의 교수들과 호형호제呼兄呼弟하는 돈독한 관계를 지속하고 있다. 그뿐인가? 은혼식을 기념하기 위해 동부인하여 유럽을 가고, 몇 년 지나 다시 우리 모두 그곳을 찾아가 같은 음식점에서 식사를 하기도 하였다. 그래서 우리가 가는 여행에서 항상 충실한 가이드로서의 소임을 다하고 있다. 지금의 석우에게서는 처음 여권을 발급받았을 때의 부끄러움을 찾아볼 수 없다. 세계인이 되어 모든 일을 주선하고 있으니까.

　세상일이란 그런 것 같다. 잘 꾸려져 너무도 완벽해 보이는 일의 첫머리에는 그렇게 수줍고 부끄러워하는 순박함이 있는 것이다. 풋내기로서 지내는 기간은 모든 숙련자의 경험 속에 반드시 존재하기 때문이다. 물 흐르듯 유려한 석우의 현재이지만, 처음 여권을 만들면서 가졌던 소박한 수줍음은 지금까지도 술 마시는 자리에서의 단골 안주가 되고 있다.

　"외국에 처음 나가는 거예요?"

브레라 미술관의 어머니와 아들

　　세 번째로 가는 이탈리아 여행은 이제 한결 여유롭다. 갈 곳 미리 준비하는 우공이나 석우도 이제는 전문가 수준이어서 미안한 마음 느끼지 않아도 괜찮을 정도인 것이다. 이번에는 밀라노를 거쳐 학술 발표회장인 크레모나로 가고, 다시 베네차와 로마, 피렌체를 돌아보는, 그야말로 이탈리아 여행의 진수眞髓를 체험하기로 계획되어 있었다. 워낙 젊어서부터 애늙은이가 되어서인지 가슴이 뛰는 일은 별로 없었지만, 책과 영화로만 보았던 이곳을 직접 찾아보는 것은 또 다른 내 사고의 영역을 넓히는 일이라 생각이 되었다. 우리의 중세가 가슴 막혀 있었던 것과 마찬가지의 답답함을 거기에서도 체험할 수 있을 것인가. 사람이 사라지고 제도와 이념으로 세계를 둘러쌌던 그 막막함이, 그곳이라 하여 다를 것은 없을 것이라는 예감을 가지고 있었다.

　　프랑크푸르트를 거쳐 밀라노 공항에 도착한 것은 거의 밤 10시가 되어서였다. 그런데 우리를 맞기로 하였던 민박집 안내자는 기어코 우리를 밀라노 중앙역까지 버스를 타고 오라는 것이었다. 물어물어 버스를 타고 역에 내려 그의 차를 기다렸으나 허사였다. 한참이 지난 뒤에 어떤 자그마한 사내가 터덜터덜 걸어와서 우리를 힐끗힐끗 쳐다보며 탐색하더니, 우리가 맞느냐고 물어보는 것이었다. 그는 두만강 훈춘 출신의 조선족이었는데, 차도 없이 그리고 이탈리아어도 모른 채로(!) 밀라노에서 '독도 하우스'라는 민박집을 운영하고 있었다. 그는 이곳에 와서 죽어라 일하여 번 돈을 훈춘의 가족에게 보내고, 절약 절약하면서 살아가고 있는 것이었다. 민박을 운영하는 사람이 어찌 이렇듯 사람을 불편하게 할까 생각했던 처음의 불만은 사라지고, 그가 한없이 안쓰러워 보였다. 연변에 거주하는 동포들을 보면서 느꼈던 다양한 살림살이를 여기서도 또다시 떠올릴 수밖에 없었다. 누군가의 한 번 선택이 얼마나 수많은 사람의 미래를 뒤바꾸어 놓는 것인가. 독립투사와 친일파를 선조로 두었던 사람들의 인생 역전과 가족을 위해 자신을 기꺼이 희생하는 삶 등이 주마등처럼 스쳐 갔다. 그는 자신과 마찬가지로 우리에게 표도 없이 전차를 타라고 하였다. 표 사는 방법을 알 리 없는 우리는 시집간 새색시처럼 그의 말을 따라야 했다. 세상에, 밀라노까지 가서 우리는 무임승차를 하였던 것이다.

자정도 넘어 잠이 들었지만, 우리는 5시에 어김없이 깨어나 주변을 산책하였다. 생피오레 공원에는 미끈하게 자란 전나무와 마로니에가 우리를 압도하였다. 갑자기 쏟아지는 소나기를 우리는 큰 나무 밑에서 피하고 있어야 했다. 곳곳이 과거의 흔적으로 가득 차 있는 곳, 밀라노는 다른 역사 도시와 마찬가지로 과거와 현재가 혼합되어 있었다. 우리의 서울이나 경주처럼 역사를 현재 저편에 밀어두고 추레하게 만들지 않는 것이 본받을 만한 미덕이라 생각했다. 과거의 모든 것은 현재를 위해 존재한다고 생각하는 오만함이 거기에는 없었다. 과거는 현재에도 자신의 자랑스러웠던 추억을 뽐내고 있었던 것이다. 서울의 궁궐과 경주의 능들이 각각의 기능을 상실하고 덩그러니 놓여 있는 것과 얼마나 비교되는 것인가.

밀라노가 패션의 도시이니, 그것을 자랑하는 거리를 가보지 않을 수 없었다. 이른바 명품으로 장식된 진열장은 그것들을 좋아하는 사람이나 그런 사람들을 현혹하는 사람들에게야 대단히 의미 있는 것이겠지만, 우리는 그저 스쳐 지나갈 뿐이었다. 브레라 미술관에 도착하였다. 평소 미술품 감상에 일가견을 가지고 있는 우공은 이곳에 오기 전부터 가야 할 곳으로 점찍어 두었다고 한다. 그의 설명을 듣고 나서 바라보는 오랜 역사의 그림들은 새로운 빛을 발산하고 있었다. 하나하나가 다 대단한 의미를 가지고 있을 작품들인데, 르네상스를 대표하는 화가들은 빼곡하게 진열된 속에서 우리의 발길을 붙들기 위하여 도열하고 있었다. 죽어가는 예수와 그를 바라보는 주위의 시선이 절묘하게 조화를 이룬 작품들이 소장된 것은 이 미술관만의 장점이라는 우공의 설명을 듣고 보니, 정말 그런 그림들이 많았다. 화가들이 바라보고 있는 시선과 포인트를 비교할 수도 있다는 점에서 흥미로운 진열이었다.

그렇게 옛 작품을 소장하고 있는 박물관은 나름대로의 특징을 갖는 것이 필요하다는 생각은 예전부터 가지고 있었다. 내가 근무하는 숙명여자대학교의 박물관은 여자대학의 성격을 잘 드러낼 수 있는 감각을 가지고 있다. 이 박물관이 다른 커다란 박물관과 비교하여 어떤 경쟁력을 가질 수 있을 것인가, 이것이 논의된 적이 있었다. 일반적으로 갖추어야 할 보편적 수장품을 박물관이라면 당연히 갖추어야 할 것이다. 그러나 적은 예산과 협소한 공간이 이를 허용하지 않았다. 그래서 여성과 관련된 것만으로 이곳을 채우자는 의견이 나왔지만, 그러나 세상 어느 것도 여성과 관련되지 않는 것은 없다. 그 말은 하나 마나 한 얘기인 것이다. 그래서 비녀나, 인두, 다리미와 같은 여성의 생활용품만으로 공간을 채워 '여성 생활용품 박물관'을 목표로 하자는 제안을 하였다. 다른 것은 몰라도 인두나 비녀를 연구한다면, 그곳에 갈 수밖에 없도록 특화하자는 생각이었던 것이다. 그렇게 하자면 과감하게 고가의 수장품을 필요한 생활용품과 바꿀 수 있는 용기를 가져야 하는 것이었다. 영원히 전시하겠다는 약속을 담보로 하여 기증된 품목이 많아서 이런 제안은 채택되지 않았다. 그러나 각각의 공간은 자신만의 의미가 있어야 한다는 생각은 지금도 변함이 없다. 그것이 어찌 박물관만이겠는가. 각 사람도 또한 사람이 갖는 보편성과 함께 자기만의 향기와 색깔을 지니고 있을 필요는 항상 있는 것이다.

　　사람들이 예수의 죽음과 관련되는 보편성에 몰려 있을 때, 나는 훌훌 지나쳐 한 그림 앞에 머물렀다. 왜 그랬는지 강렬하게 나를 붙드는 것이 그 그림 속에 들어 있었다. 그것은 보타니(Pompeo Botani : 1708~1787)의 유화 작품인 〈요셉, 사가랴, 엘리사벳, 어린 요한과 함께 한 성 모자〉라는 작품으로 본래는 밀라노 성당에 있었던 것이라고 한다. 그림 한 중앙에는 아기 예수를 안은 마리아가 앉아 있고, 양편으로 요셉과 사가랴가 서 있으며, 천장에는 천사들이 내려다보고 있다. 그리고 마리아가 앉아 있는 계단 밑에는 엘리사벳이 어린 요한에게 예수를 향하여 손짓하며 무언가를 말하고 있는 모습이 담겨 있는 것이다. 모든 시선은 정 중앙에 서 있는 예수에게 집중되어 있는데, 예수는 축도하듯이 요한을 향하여 손을 펴고 있고, 요한은 어머니의 지시에 따라(?) 예수를 향하여 손을 모으고 있었다.

　　보타니는 다른 전거典據가 있어 이러한 모습의 그림을 구상하였는지 모른다. 현재 우리가 접하는 성경에는 두 가족이 같이 모여 있는 구절이 없기 때문이다. 예수를 잉태한 마리아가 엘리사벳을 방문하였을 때, 엘리사벳은 '성령으로 충만하여' 다음과 같이 소리쳤다.

그대는 여자들 가운데서 복을 받고, 그대의 태 속에 있는 열매도 복을 받았습니다. 내 주의 어머니께서 내게 오시다니, 이것이 어찌 된 일입니까? 보십시오. 그대의 문안하는 말이 내 귀에 들려왔을 때, 내 태 속에 있는 아기가 기뻐서 뛰놀았습니다. 주께서 하신 말씀이 이루어질 줄 믿은 여자는 행복합니다. (누가복음 1장 41절~45절)

이런 장면이 전제되어 있기 때문에, 이런 가족끼리의 만남은 충분히 예견될 수 있는 것이기는 하다. 보타니는 그런 가능성을 상정하였고, 예수와 그의 앞길을 닦았던 요한의 어릴 적 만남을 불후의 명작으로 탄생시켰을 것으로 생각할 수 있다.

신약新約에 이르러 '특정의 선택'과 '사람 사이의 위계성'을 벗어났다는 점에서, 기독교는 보편 신앙으로 탈바꿈할 수 있는 가능성을 보여 주었다. 그 이전에는 선택된 집단과 그렇지 않은 집단 사이의 끝없는 쟁투가 있었고, 선택된 집단의 하느님은 진두지휘하여 그렇지 않은 집단을 강력하게 응징하였다. 그러니 끝없는 저주와 보복이 뒤따를 수밖에 없었다. 사람과 사람 사이에도 위계가 분명히 정해져, 종적인 질서가 확고하게 자리 잡았다. 이미 세워진 장자권은 서슴없이 '뜻'에 의하여 뒤바뀌기도 하였다. 여기에서의 하느님은 그야말로 그 뜻을 헤아릴 수 없는 두려운 존재였던 것이다. 예수가 '하늘에 계신 아버지'라고 불렀지만, 그것은 인간 세계의 한없이 자애로운 아버지와는 거리가 먼 것이었다. 아버지이면서 동시에 그는 '주인'이었다. 세상에 어느 아들이 아버지를 '주인'이라 하며, 자신을 '종'이라고 하겠는가? 그런 비정상이 존재하는 한 구약舊約은 그들만의 것일 수밖에 없었던 것이다.

신약은 그래서 새로운 세계의 출현이었다. 예수는 저주와 분노의 하느님을 '악한 사람에게나 선한 사람에게나, 똑같이 해를 떠오르게 하시고, 의로운 사람에게나 불의한 사람에게나, 똑같이 비를 내려주시는' 분으로 바꾸었다. 종국에는 "너희 가운데서 아들이 빵을 달라고 하는데 돌을 줄 사람이 어디 있으며, 생선을 달라고 하는데 뱀을 줄 사람이 어디에 있겠느냐?" 하여 부성애를 하느님에게까지 적용하였다. 이렇게 되면서 하느님은 인간이 전제되는 따뜻한 존재로 변모할 수 있었던 것이다. 이 앞에서 모든 종족은 저주와 보복에서 벗어날 수 있었고, 또 사람들은 차별에서 벗어날 수 있었다.

이 그림의 초점은 아기 예수와 아기 요한의 역학적 관계에 놓여 있다. 아래를 보고 있어 눈동자는 보이지 않지만 우리는 당연히 자애로운 예수의 모습을 상상하게 된다. 그리고 예수를 바라보는 아기 요한은 경건과 흠뻑 담긴 사랑의 모습을 지니고 있을 것으로 상상한다. 종교적인 문제는 항상 인간관계의 틀에서 벗어나기 때문이다. 그래서 '복종하고 싶은데 복종하는 것은 아름다운 자유보다도 달콤하고', 그런 복종이야말로 굴종이 아니라 진정한 '나의 행복'이라고 외치는 것이다. 아기 요한에게 예수를 가리키며 무언가 설명하고 있는 엘리사벳은 바로 이러한 종교의 원리를 설명하고 있는 것인지도 모른다.

그러나 환한 색감으로 이루어진 마리아와 어두운 채색으로 이루어져 있는 엘리사벳을 대칭 시킨 것은 종교를 지나치게 의식한 작가의 작위作爲라는 생각이 들었다. 엘리사벳의 그 구부러진 손길과 달싹거리는 입술은 한없이 초라한 모습이었고, 그것이 내 가슴을 찡하게 퉁겨주었다. 이미 설정되어 있는 관계, 천하의 보옥과도 바꿀 수 없는 소중한 아들에게 복종을 가르치는 어머니의 마음이 내 가슴을 아리게 했기 때문이다. 궁중의 법도가 민간의 모범이 되는 것처럼, 성 가정의 질서는 인간관계 속에서 이루어져야 하는 질서의 모범이 될 수밖에 없다. 중세의 그 엄격한 신분 체계를 확립하였던 사람들은 예수가 그렇게 강조했던 불평등과 위계의 파괴를 용납할 수 없었다. 질서라는 이름으로 많은 사람을 착취하고 노예로 부렸던 사람들은 가차 없이 징벌하는 무서운 하느님과 저 위에 놓여 있어 감히 우러러볼 수밖에 없는 예수가 훨씬 편했던 것이다. 대단히 합리적인 사고를 바탕으로 하여 개역한 『표준 새 번역 성서』마저도 요한과 예수의 대화를 다음과 같이 질서지웠다.

> 그 때에 예수께서 요한에게 세례를 받으시려고, 갈릴리를 떠나 요단강으로 요한을 찾아오셨다. 그러나 요한은 '내가 선생님께 세례를 받아야 할 터인데, 선생님께서 내게 오셨습니까?' 하고 말하면서 말렸다. 예수께서 대답하셨다. "지금은 그렇게 하도록 하여라. 이렇게 하여 우리가 모든 의를 이루는 것이 옳다." 그제서야 요한이 허락하였다. (마태복음 213~215)

경어법의 사용은 한국어가 가지는 중요한 특징이라고 할 수 있다. 모든 문화는 우열이 없는 것이지만, 그러나 나는 이 경어법이 우리의 사고를 경직시키는데 일정 정도 영향을 끼쳤다고 생각한다. 말은 그 사람일 수 있는 깃이다. 그래시 나는 결혼식에서 주례사 할 때마다 서로 존댓말을 사용하라고 권유한다. 존댓말을 사용함으로써 가정은 사람을 공경하는 학습 장소가 될 수 있기 때문이다. "이것이 무엇입니까?"는 "이게 뭐야!" 하는 것보다 말이 길어지고, 그래서 더 생각할 수 있는 여유를 갖게 하는 효과도 아울러 갖는다. 나이가 훨씬 어린 이몽룡이 나이 많은 방자에게 "이 애 방자야 오늘 술은 상하동락하여 연치 찾아 먹을 테니 너희 둘 중에 누가 나이를 더 먹었느냐?" 하고, 방자는 "도련님 말씀이 그러하옵시면 아마도 저 후배사령이 낫살이나 더한 듯하나이다." 하는 대화는 이제 더 이상 존재할 수 없다.

그런데도 그런 시대를 꿈꾸는 사람은 우리 주위에 수없이 많다. 남을 턱없이 깔보고, 가난한 사람을 예전 양반이 종 취급하듯 하는 사람들. 그리고 여자는 무슨 큰 죄를 지어 태어난 것처럼 폄하하는 사람들이 도처에 널려 있는 것이다. 예수의 어법과 요한의 어법은 달라야 한다고 생각하여 구별한 『표준 새 번역 성격』의 번역자가 가지고 있는 사고 체계도 이 그림 속에서 이루어진 관계의 설정과 다를 바가 없을 것이다. 이미 캄캄했던 중세의 터널은 저 멀리 지나와 버렸는데도 말이다.

신분제는 미친 짓이다

2007년 12월 우리는 태국의 방콕을 여행하였다. 이번에는 모두 아내와 함께 가는 것이어서 숙소나 음식에 있어 우리만 다니던 때와는 격을 달리하자고 하였다. 평생 눈치 보아야 하는 사람들이니, 이런 때 돈을 아끼면 바보 소리 들을 것이라 했고, 이에는 모두 동의하였다. 실제로 해외로 여행하였을 때, 네 부부가 하나도 빠지지 않은 것은 이번이 처음이었다. 그리고 방콕을 택한 것은 유난히 추위를 싫어하는 나의 강력한 제안 때문이었다. 언젠가 12월에 중국의 상해와 항주, 소주를 여행한 일이 있었는데, 살인적인 추위여서 버스 밖을 나가지 못했었다. 그들에게는 별로 추운 일이 아닌 것처럼 보였지만, 제비가 겨울철에 가는 강남이 아니었다. 그래서 되도록이면 겨울에는 여행을 가지 말자, 가더라도 따뜻한 곳으로 가자는 것이 내 주장이다.

방콕은 세계인들이 많이 찾는 관광대국이라고 한다. 그러나 방콕의 수완나품 국제공항에 들어서면서부터 그런 관광대국으로서의 이미지는 상당한 정두 사라졌다 수속이 너무 더뎌 다리가 아플 지경이었고, 그래서 추운 계절에 갑자기 열대의 나라에 도착한 우리는 쉬 피곤해질 수밖에 없었다. 이는 우리가 현대식으로 개조된 인천공항에 너무 익숙해졌기 때문이 아닌가 생각했다. 그 비좁던 김포공항에서 우리는 얼마나 하염

없이 기다리고 또 가슴 아파했던가. 특히 일본 여행 뒤에 김포공항을 빠져 나올 때, 오사카의 간사이공항과 비교되었던 그 후줄근했던 모습들을 잊을 수 없다. 그리고 보이지 않는 곳까지 세심하게 손이 갔던 일본의 모습과 비교하여 김포공항의 외관은 우리의 자존심을 퍽이나 해쳤던 기억이 난다. 중국은 보는 곳까지 지저분하고, 한국은 보이는 곳만 깨끗하고, 일본은 보이지 않는 곳까지 깨끗하다는 말을 듣곤 하였다. 그런데 올림픽을 준비하는 북경도 엄청난 모습으로 변모하고 있고, 인천공항 앞에서 우리는 퍽 자유스럽게 되었다. 그러니 수완나품 공항도 조금 후는 다시 세련된 모습으로 관광객을 맞이할 수 있을 것이다. 그래서 짐짓 여유를 부리면서 조금은 세련되지 않은 모습으로 우리를 맞이하는 것도 괜찮겠지, 더 좋은 일이 우리를 기다리겠지, 마음을 다잡으면서 우리는 방콕의 정겨운 모습을 찾아보기로 하였다.

부서진 유적지는 대부분이 버마의 침공으로 생긴 흔적이라고 하였다. 같은 불교 국가이면서 불교 사원에까지 침략의 모습은 흉물스럽게 남아 있었다. 그래서 그들에게는 버 마치 우리에게 있어 일본과 같은 나라라는 생각이 들었다. 지난날의 역사에서 당한 수모와 파괴의 흔적은 아무리 세월이 가도 사라지지 않을 것이다. 가까이 있는 나라이니 서로 교역량도 많고 인적 왕래도 빈번해졌지만, 과거의 피맺힌 기억은 가슴 깊은 화해를 턱 가로막고 있는 것이다. 경복궁 안에는 일인들이 명성황후를 시해했던 장소의 표지가 있다. 그 앞에 아이를 데리고 나온 어른들이 이 장소를 설명할 때는 예외 없이 '일본 놈들이~' 하는 것이었다. 그 장소는 후세에게 한일 간의 과거와 현재, 그리고 미래를 전수하는 역사 교육의 현장이 되고 있는 것이다. 피맺힌 과거를 잊어버리고 방탕한 현재를 사는 것에 대한 교훈도 거기에서는 찾아볼 수 있다. 그나마 이런 기억들도 우리나라가 독립국이 되었기에 가능한 것이니, 외세에서의 독립이란 얼마나 필요한 것인가. 폐허인 상태로 흉물스럽게 놓인 유적지의 모습은 태국의 사람들에게 다시없는 역사 교과서로 인식되는 것 같았다.

우리라면 그 파괴의 흔적을 없애고 파괴 이전의 상태로 복원한다 하겠지만, 그들은 아직 여력이 없는 것인지 아니면 그냥 두어 역사적 교훈으로 삼고자 하는 것인지, 그냥 흉물스러운 채로 그 상처를 드러내고 있었다. 그러나 현재의 왕궁이나 왕실의 재산인 자연은 화려하고 장엄하기 그지없었다. 시내 곳곳에 이제는 나이가 들어 퍽 인자한 모습의 할아버지인 국왕의 초상화가 세워져 있어, 이 나라의 현재를 잘 알려주고 있었다. 수십여 년을 상징적인 존재로 군림하고 있는 입헌군주제의 왕은 국민의 사랑을 흠뻑 받고 있다 하였다. 그래서 왕에 대한 불경스러운 태도는 태국 국민에게는 보이지 않아야 한다고 하였다. 그러나 이런 국민의 태도를 단순히 왕에 대한 존경으로만 생각할 수 있을까? 우리도 우리의 자존심을 건드리는 외국인의 언사에 대하여 불쾌감을 느끼는 경우가 얼마든지 있다. 그런 비판적 상황은 곧 우리의 가슴 아픈 상처이기 때문에도 속이 상하는 것이다. 그래서 그들에게 있어 왕은 그들의 현재가 가지는 역사적 잔해일지 모른다는 생각이 들었다.

우리 역사에서 영명한 군주로 알려진 세종이나 정조와 같은 분을 알 때마다 나는 아, 이분들이 더 개혁적이고 발전적인 모습을 보였다면 하는 아쉬움을 갖곤 한다. 백성을 사랑하는 자애로운 마음으로 통치했던 그들은 분명 폭군들과 비교하여 존경받아 마땅한 존재일 것이다. 그러나 그들이 사랑하는 백성은 누구인가? 또 사랑하는 모습은 구체적으로 어떻게 표출되었는가? 그들의 백성 속에 종이나 여성은 포함되지 않았다. 그 가당찮은 신분제로 사람을 이리저리 얽어매놓고, 그들은 사람을 사람으로 대접하지 않았던 것이다. 그 엄청난 권력을 가진 절대 군주가 사람은 다 평등한 것이다, 그래서 능력에 따라 국가에 봉사하는 것이 진정 나라의 발전을 위하는 것이라고 생각하였다면, 그래서 개혁의 면모를 보였다면, 이 나라의 모습은 어떻게 변화하였을 것인가?

그들의 눈에는 사람이면서 사람일 수 없었던 다수의 피지배계급의 곤궁함이 보이지 않았다. 아니면 아예 보지 않으려고 외면을 하였다. 역적의 자손이라 하여 어제까지도 친했던 친구의 아들을 죽이고, 그 아내와 여식들을 종으로 거두어들여 사람 이하의 대접을 하는 것에 아무런 죄의식도 표현하지 않았던 것이 호의호식했던 사람들의 모습이었다. 그리고 절대군주인 그들은 그것을 용인하면서 자신들의 권력을 지속시켰던 것이다. 첩에게서 낳은 자신의 딸을 자기와 비슷한 연배의 친구에게 선물처럼 선사했던 것이 조선조의 양반들이었다. 부성애나 자식 사랑은 여기에 간여할 틈이 없던 것이다. 그들로 하여금 사람답지 못한 생활을 하면서도 전혀 인간이 가져야 할 수치를 느끼지 않게 했던 것이 바로 절대 군주가 아닌가.

체제 속에서 특권을 누리는 존재들에게 스스로 누리고 있는 가당찮은 기득권을 포기하라는 것은 전혀 씨알도 먹히지 않는 얘기다. 그것은 자신의 후계자를 찾아 전국을 돌고, 그래서 마땅한 능력을 갖춘 자에게 자신의 왕위를 물려주는 요순시대에나 가능한 이야기인 것이다. 요순시대란 전혀 현실에서 이루어지지 않는 것이기에, 우리의 상상 속에 존재하는 신화로만 남아 있다. 불쌍한 사람들에게 시선을 돌리게 하기 위하여는 결국 그들이 죽어 없어져야 가능하였다. 프랑스 혁명과 같이 그들은 기어코 단두

대의 칼날에 죽임을 당하고서야 역사 속으로 사라질 수 있었던 것이다.

아. 세종대왕이 그런 인간 평등에 대해 한마디 언급하였다면, 우리의 역사는 얼마나 신나는 모습으로 변하였을 것인가. 그랬다면 세종대왕은 〈홍길동전〉의 시대 배경으로 등장하지 않았을 것이다. 홍길동에게 농락당하고, 드디어는 병조판서를 제수하라 하여 속수무책으로 임명할 수밖에 없었던 임금으로 등장하지 않았을 것이다. 또 '숙종대왕 즉위 초에~' 이루어지는 〈춘향전〉의 참 한심했던 과거를 장식했던 기생의 사랑 얘기도 숙종대왕이 신분제도의 말도 되지 않는 모습에 대한 자각과 실천이 있었다면 없어도 괜찮았을 것이다. 그러나 이것은 부질없는 역사에 대한 푸념일 뿐이다. 중세의 조선이란 이 신분제로 유지되었고, 그래서 잘난 과거의 양반 사대부란 요즘 사람들의 시각에서 본다면 하나같이 인간적 패악을 저지른 못된 망나니일 것이기 때문이다. 아, '망나니'라는 말도 쓰지 말 것이다. 그들은 그나마 사회가 요구하는 직업을 가지고 있었고, 그것을 충실하게 집행한 존재들이기 때문이다. 어떻게 그들을, 손 하나 까닥하지 않고 신분이라는 제도와 조상 덕으로 놀고먹었던 얼치기들과 비교할 수 있는 것인가.

그런데 인간이 평등하다는 것을 깨달은 근대가 훨씬 지난 이 대명천지에도 신분으로 그냥 먹고사는 존재가 있으니, 그것이 바로 이 시대의 왕과 그들 가족이라고 할 수 있다. 입헌군주제이니 괜찮고, 또 국민들의 존경을 받고 있으니 괜찮은 것은 아니다. 그건 과거의 제도를 방패 삼아 국민에게 구걸하는 치욕이 될 것이라는 생각이 들었다. 왕의 자식이요, 가족이라는 이유로 광대한 영역을 자신의 소유로 삼고, 떵떵거리는 생활을 누리는 것은 정말 수치인 것이다. 이미 다른 나라에서는 선거에 의하여 고등학교를 졸업한 사람, 그리고 사해를 누볐던 상인도 국가의 원수가 되고 있다. 또 능력을 인정받아 남편의 뒤를 이어 대통령이 되겠다고 국민에게 호소하는 여성들도 있다.

그래서 이 시대에는 얼마든지 자신의 기득권을 벗어던지고, 능력으로 살 수 있는 제도로 바꾸자고 말할 수 있어야 하지 않을까? 그것이 진정 백성들에게 존경받는 지도자의 자세일 것이다. 지도자의 결단에 의하여 시대가 바뀌게 되었을 때, 국민은 가슴을 짓누르고 있었던 응어리를 던질 수 있을 것이고, 국가는 엄청난 일을 해낸 자랑스러운 동력을 갖게 될 것이다. 조금은 불편한 생활을 감내하면서, 그 대신 엄청난 자유와 명예를 얻고, 국민은 자랑스러운 군주를 가졌던 자존심을 만끽하게 될 것이다. 앞에 통치했던 사람들보다는 더 존경받는 군주라 하여, 정사에 관여하지 않는다 하여 책임을 벗어나는 것은 아니다. 아무 일도 하지 않는 존재에게 그 많은 토지와 재화를 제공할 필요가 없을 것이기 때문이다. 길가를 장식하고 있는 왕의 초상화는 그래서 자신의 구린 구석을 감추고자 하는 인간의 보편적 타락상을 전시하고 있는 것 같았다. 과거에도 용납될 수 없는 것이지만, 현재는 더구나 용인할 수 없는 죄악일 것이기 때문이다.

이런 내 심보 때문에 "너나 잘하세요." 하면서 입 다물고 있으라는 소리도 듣지만, 그래도 이런 비판과 자기 파괴는 반드시 필요하다고 생각한다. 그래야 나는 나 자신이 비판했던 것과 같은 잘못의 길에 들어서지 않을 것이기 때문이다. 혹여 선생인 내가 나 자신에게는 관대하면서 학생들에게는 지나치게 혹독한 기준을 들이대지는 않는가. '아니, 학생인 주제에' 하면서 학생을 종 부리듯 대하지는 않았는가. 자식이나 아내 된 것이 무슨 큰 죄인이나 되는 것처럼 함부로 대하지는 않았는가. 시대와 공간과 사람에 대한 비판의 끝자락에는 항상 이런 자신에 대한 성찰이 따르기에 나는 아직도 '비분강개'하는 못된 버릇을 버리지 못하고 있다.

언젠가 〈결혼은 미친 짓이다〉라는 영화를 본 일이 있었다. 그 영화는 결혼이라는 제도가 어떻게 결혼 이전과 다른 모습으로 사람을 얽어매는가를 보여주고 있었다. 딸로 태어나 자신의 성취를 위하여 노력하다가 결혼을 분수령으로 새로운 고민에 빠지게 되는 일이 얼마나 많은가. 고전소설 〈홍계월전〉에는 능력이 출중한 남장 여인을 지극 정성으로 모시다가, 여성인 것이 드러나 자신의 아내가 되자 거드름을 피우며 아내를 구박하는 못난 남성이 등장한다. 이런 남성이 어디 하나이겠는가? 아마 대부분의 남성이란 이런 것이 당연한 듯 여성을 대하고 있을 것이다. 그래서 결혼은 그렇게 대한 남성이나 그런 대접을 받는 여성에게나, 사람을 사람 아닌 존재로 변하게 하는 것이어서 '미친 짓'이 된다. 그러나 어쩌랴! 인류가 생긴 이래 남성과 여성이 결합하여 종족 보존을 이루어나가는 최선의 제도로 결판난 것이 결혼인 것을. 그러니 서로의 반성과 배려 속에서 이 제도가 가지는 결함을 보완하여야 하지 않겠는가.

그러나 신분제도가 최선의 제도가 아니라, 버려야 할 인습이라는 것은 이미 증명되었다. 버려야 할 정도가 아니라, 과거 신분제도의 혜택으로 누렸던 영화榮華를 언급하는 것마저도 죄악이 되는 것이다. 왜냐하면, 그런 제도를 통하여 다른 사람을 사람으로 만들지 않았으니까. 그런데도 많은 종을 거느리며 부귀영화를 누렸던 조상을 자랑스럽게 추억하고, 또 현재도 그 제도 속에서 자신이 그렇게 누릴 수 있도록 해달라고 구걸하고 있는 것이 신분제도일 것이다.

왕가의 결혼이 어떠하고, 또 아이 하나 낳는 것이 큰 기사거리나 되는 것처럼 세계의 신문을 장식하는 것은 동물원의 희귀동물이 귀한 새끼 낳았다는 것과 무엇이 다를까. 그래서 신분제도는 그 혜택을 누리는 사람들이 재빨리 털어버려야 할 '미친 짓'이다.

이력서履歷書에 대하여

"호랑이는 죽어서 가죽을 남기고, 사람은 죽어서 이름을 남긴다."

그러니 어쩌란 말인가? 이는 이름을 잘 지어야 한다는 작명가의 말이 아니다. 그것은 무언가 인류에 기여하는 인물이 되어 후세에도 그 이름이 기억되어야 한다는 의미로 되새겨진다. 즐겨 청운의 뜻을 품은 젊은이에게 이 말이 강조되는 것을 보아서도 그렇다.

어떤 행사에 가보면 그 사람의 약력을 참 세세하게도 낭독하는 경우가 있다. 듣다 보면 이것이 무슨 약력略歷인가, 전력全歷이지 하고 짜증을 낼 정도로 그 경력은 장황하게 이어진다. 그것은 경력의 주인공이 아니면 결코 작성할 수 없을 정도로 꼼꼼하게 이루어져 있어, 얼마나 그 경력 관리와 작성에 힘을 기울였는가를 짐작하게 한다. 그래서 어이쿠 참 고생도 했네 하면서 웃음거리로 삼기도 한다.

그러나 이것 또한 다시 생각해 보면 자신의 경력을 잘 유지하기 위하여 항상 처신을 조심하였다는 증거가 되는 것이니, 생각해보면 참 가상한 일이기도 하다. 멋대로 자신의 경력을 만들어 가며 돌출적인 삶을 영위하는 사람과 비교하여 그는 다른 사람을 의식하며 살았다는 장점 하나라도 더 갖고 있기 때문이다. 이로 보면 우리 모두 자신의 경력을 꼼꼼하게 관리할 일이다. 더 나아가 그 경력이 자신에게는, 그리고 사회와 국가에는 무슨 의미가 있는가까지도 꼼꼼하게 의식하고 기록한다면 더할 수 없는 자신의 수양 거리가 되리라고 생각한다.

지나온 이력이 아무리 시시콜콜한 것까지를 망라하였다 하더라도, 그것은 결국 약력일 수밖에 없다. 전 생애를 그대로 복원하는 것은 불가능한 일이고, 그래서 결국은 그 상황에 맞는 이력으로 자신을 드러낼 수밖에 없기 때문이다. 문학사가 항상 다시 쓰여져야 하는 것처럼, 이력도 항상 달라질 수밖에 없다. 따라서 이곳에서는 이렇게 자신을 말하고, 또 다른 자리에서는 저렇게 말한다고 하여 그 사람을 비웃지 말 것이다.

상황에 맞게 자신을 드러내는 가장 전형적인 양식이 이력서이다. 이력서라는 것은 그렇게 길지 않으면서도 그것을 읽는 대상에게 효과적으로 자신을 광고하는 수단이라고 할 수 있다. 따라서 이력서를 작성할 때는 왜 이 서류를 작성하는가에 대한 성찰이 전제되어야 한다. 마치 전기문이, 필요한 것은 자세하고 꼼꼼하게 기록하고[詳] 그렇지 않은 것은 과감하게 줄이거나 생략하는 것[節]처럼, 이력서도 결국은 자신을 상대방에게 효과적으로 전달하기 위하여 그 자신의 내면적인 형식을 갖는 것이라고 생각한다.

어떻게 자신을 선전할까 하는 문제는 그 작성자에게 맡기기로 하고, 여기서는 그 제목과 관련된 에피소드를 소개하기로 한다.

지금에 이르기까지 나는 수없이 많은 이력서를 작성하였다. 직장을 갖거나 옮길 때마다, 그리고 수시로 요구할 때마다 나는 꾸벅꾸벅 그것을 작성하여 제출하였다. 특히 어떤 직장에 채용되기를 원할 때의 이력서는 많은 공을 들여가면서 작성을 했다. 다른 때는 아예 미리 만들어 놓은 이력서를 복사해 제출하기도 하지만, 이런 경우는 그 자체가 채용에 결정적인 흠이 되지 않을까 노심초사하여 작성할 수밖에 없는 것이다.

금년에 강의 교수로 미국의 대학을 오면서 나는 최초로 영문 이력서를 작성해야 했다. 강의할 대학에서 나의 이력서를 요구하였기 때문이다. 국내에서 소용되는 이력서는 모두 한글로 작성되었기 때문에 별 생각 없이 작성하고 제출하였지만, 영문 이력서라! 그것은 제목부터 참 나를 곤혹스럽게 했다. 결국 한영사전을 갖다 놓고, 이미 한글로 완성된 이력을 번역해야만 했다.

자, 첫머리의 '이력서'를 무엇으로 번역할까? 자그마한 한영사전에는 그것이 'Personal History'로 기록되어 있었다. 우리의 '이력서'가 모두 이력서로 통일되어 있기 때문에 아무 생각 없이 나는 그 첫머리에 Personal History라고 큼직하게 썼다. 그리고 우리의 것처럼 왼쪽에는 사진 붙일 만한 공간을 놓아두고, 성명과 주소, 생년월일을 쓰고, 그다음에는 본격적으로 나의 학력과 경력을 정성스레 옮겨 놓았다. 그냥 보내기에는 나의 영어 번역 능력을 자신할 수 없어, 같은 학교의 영문과 교수에게 교정을 부탁하는 것이 좋겠다고 생각했다. 평소 잘 알고 있는 젊은 교수는 참 어렵게 오랫동안 작성한 나의 이력서를 쓱 한번 보더니, 당장에 몇 줄 고쳐주는 것이었다.

아아, 영어란 미국에서 생활할 도구인데, 그것을 갖지 못한 사람이란 마치 말을 사용할 줄 모르는 사람과 같은 것이었다. 내 돈 내고 내가 사는 데야 아무런 지장 없겠지만, 그곳의 생활 속에 내가 들어가기 위해서는 엄청난 장애障碍가 있을 것이라는 생각이 강하게 든 것도 이때였다. 하여간 고맙게도 그는 나의 이력서를 고쳐 주었는데, 그때 가장 인상 깊었던 것은 'Personal History'라는 것은 촌스러운 표현이고, 보다 세련된 표현을 하기 위해서는 'Resume'를 써야 한다는 것이었다. 정말 좀 큰 사전을 찾아보니, 이 두 단어가 같이 쓰여 있었다. 이 나라는 참 별것까지 구별해서 쓰는구나 하고 생각할 수밖에.

본래 언어의 다양성은 그 언어가 가리키는 문화의 발달과 병행하기 마련이다. 선박에 대한 관심이 많은 곳은 그 부분 부분의 명칭을 가지는 것이지만, 그렇지 않은 사람에게는 다만 배, 또는 선박일 뿐이다. 이를 군함과 구축함, 항공모함, 순양함, 어뢰정 …… 하고 구별하는 것이야 그 구별하는 사람에게는 대단히 필요해서 한 것이겠지만, 일반 범인이야 그것이 무슨 의미가 있겠는가. 언어란 것이 본래 그런 것인데, 자신이 잘 알고 있는 어떤 특정한 분야의 언어 현상을 모른다고 하여 참 무식한 사람이라고 비웃는 것이 얼마나 속절없는 일인가. 하여튼 이력서를 이렇게 구별하여 쓰는 것을 보니 우리보다 더 자신의 이력을 드러내는 문화가 다양한가보다 생각하였다.

그런데 이것은 또 고쳐져야 했다. 난생처음 외국에서의 생활, 더구나 강의를 해야 하니 얼마나 외국어의 부담이 있겠는가? 아침마다 회화를 배우러 학원에 가고, 또 원어민인 같은 학교의 선생을 연구실에 모셔 배우느라 비싼 돈 들여야만 했다. 그래서 작성된 이력서를 최종적으로 그 원어민에게 보여주고 OK를 기다렸다. 그런데 이 사람, 맨 먼저 제목부터 시비하는 것이었다. 너는 무엇하러 그 대학에를 가느냐? 또 이 서류는 채용을 위한 것이냐? 나는 그 대학에 서류를 내고, 그 채용 결정의 하회下回를 기다리는 사람이 아니었다. 이미 학술진흥재단에서 선정은 완료되었고, 그래서 단순히 내가 어떤 사람인가를 알려 주는 양식일 뿐이었다. 그럴 경우, 그 제목은 'Resume'이 아니라고 그는 말하였다.

그것은 'Curriculum Vitae'로 고쳐져야 했다. 그리고 우리와는 달리 자신을 알리는 것이 대단히 보편화된 사회이기 때문에, 학회 활동과 논문, 그리고 경력의 직책까지를 빽빽하게 쓰라는 것이었다. 그곳은 우리와 같이 간결하고 소박한 것을 미덕으로 여기는 사회가 아닌 것 같았다. 그래서 우리가 보면 참 낯간지러울 정도의 소소한 것까지도 쓰는 것이 좋다는 것이었다. 그리고, 그것은 미국의 대학에 와서 확인된 사실이기도 했다. 나의 이력은 장황하게 관련되는 사람들에게 전달되었고, 그래서 대학 신문에 어떤 전공자가 오게 된다는 것이 공시되었기 때문이다.

　　왜 영문과 교수는 'Resume'을 생각하였을까? 아마도 외국에서 공부한 그 교수는 채용을 위해 수많은 이력서를 작성하였을 것이다. 그럴 때의 그는 당연히 'Resume'을 쓰는 것이 옳다. 그러나 그들과 대등한 위치에서 내가 이런 사람이라는 것을 알리기 위한 이력서를 작성해야 할 경우는 당연히 'Curriculum Vitae'로 써야 한다. 잘못하면 이력서 쓴 당사자를 지원자로 오해할 수도 있기 때문이다.

　　이런 일을 보면서, 나는 각 나라가 지니는 문화의 다양성에 대한 구체적인 시각을 갖게 되었다. 이전에도 물론 상대주의적 시각이라든가, 또는 Mallinopski를 들어 문화의 다양성에 대한 관념적 지식을 갖기는 하였다. 그러나 한 현상에 대하여 서로 다른 코드가 존재하고, 그것은 나름대로 대단히 중요한 인류의 지혜라는 생각을 하게 된 것은 이런 구체적 생활과 접하면서부터이다.

　　이곳에서 생활하면서 나는 얼굴 찌푸리지 않고 다른 인종의 사람들을 접하는 사람이야말로 진정한 국제인일 것이라고 생각하게 되었다. 속으로야 별생각 다하겠지만, 자신이 어떤 의미에서건 우위에 섰다 하여 오만하고 방자하게 상대방을 대하는 사람은 아무리 수많은 외국을 다녔다 하더라도 결코 국제인일 수 없기 때문이다. 우리는 같은 땅덩어리 속에서 볶고 지지며 살도록 운명지어져 있는 사람들이다. 무엇 잘났다고 우쭐대고 다른 사람을 무시한다면, 그 사람은 국제인까지 말할 것이 아니다. 그는 한국인으로서의 자격도 갖추지 못했기 때문이다.

환상의 드라이브 코스

미국 동남부의 명승지로 즐겨 찾는 곳에 Great Smoky Mountains가 있다. 나는 이 절경을 안고 있는 North Carolina에서 1년을 보낼 수 있는 행운을 가진 일이 있었다. 그들은 온갖 수사를 동원하여 그 자태를 찬미하고, 또 회원제를 운영하면서 엄청난 관광자원인 양 호들갑을 떨기도 한다. 우리 시각으로 보면 별것 아니겠지 하는데도, 워낙 평지에 조성된 삼림만 보던 미국인들로서는 그야말로 산으로 이루어져 있는 삼림에 대하여 독특한 느낌을 갖는 것 같았다. 그리고 또 예의 과장이겠지 하는 생각도 가지고 있었다. 그런데 실제로 가보니 너무 광대한 숲과 잘 닦여진 인공이 얄미운 느낌이 들 정도로 잘 조화되어 있었다. 설악산과 내장산의 단풍을 많이 얘기하지만, 단풍 시절에 가본 Asheville의 산록은 너무도 장관이었다. 온 산이 붉게 타오르고, 코발트 빛 하늘은 왜 그리도 넓게만 보이는지. 우리의 것이 아기자기한 맛을 준다면, 이곳의 느낌은 하여튼 크다는 것 외에 다른 생각을 갖게 하지 않았다. 이 망연함이라니.

또 서 속 깊이까지 너무도 징연하게 질 가꾸어진 모습이 침 부럽기만 했다. 깊숙한 곳에 놓인 쓰레기통이 어김없이 정돈된 것을 보면서, 그들의 직업의식이나 책임감도 또한 얘기할 수밖에 없었다. 언젠가 Tokyo의 호텔에 비치된 전등에는 어김없이 베터리가 잘 충전되어 있었다. 공교롭게도 마침 그 호텔에서 보는 TV에서 우리나라의 고속도로에 놓여 있는 비상 전화가 사실은 거의 고장이었다는 뉴스를 보았을 때의 그 씁쓸함을 나는 잊지 못하고 있다. 그런 마음은 여기서 다시 모락모락 피어오르고 있었다. 그래서 너무도 잘 관리된 그런 곳에서 우리는 함부로 침도 뱉을 수 없었다. 곳곳에서 만나는 관리자들의 친절한 설명도 자꾸 우리의 모습과 비교되었다.

우리의 도로 중에는 아름다운 자연과 잘 어울려 만들어진 곳이 많이 있다. 나는 그런 곳을 '환상의 드라이브 코스'라 명명하고, 주위 사람들에게도 그 아름다움을 느낄 수 있도록 권하곤 하였다. 맨 먼저 꼽는 것은 설악산에서 경주로 내려가는 동해안의 도로이다. 이 도로는 올라가도 좋고, 내려가도 좋다. 아무리 보아도 싫증이 나지 않는 아기자기한 산과 바다를 양쪽에 끼고 달리는 맛이란, 정말 현장이 아니면 느끼지 못하는 맛이다. 『삼국유사』에는 아름다운 수로부인과 그 남편인 순정공이 임지인 강릉에 올라가다 겪게 되는 몇 가지 일이 기록되어 있는데, 그들이 지나간 곳이 바로 이 도로이니 아주 유서가 깊은 곳이라 할 수 있다. 산 위에 피어 있는 철쭉꽃을 보면서 아름다운 수로부인은 그 꽃을 '가져올' 자 있느냐고 하였다. 이때 그것은 폭력을 수반하는 꺾는 행위가 아니다. 나는 수로부인의 행위가 자연으로부터의 약탈이 아니라, 자연에의 몰입이기 때문에 부정적 의미로의 번역은 옳지 않다고 생각한다. '꺾어올 자' 있느냐고 번역하는 것은 자연과 마주하는 조심스러운 이 상황에서는 너무 돌출된 행동으로 읽히는 것이다. 수로부인의 말에 따라 한 노인이 그 꽃을 바치며 '수줍게' 〈헌화가〉를 불렀다. 이로 인하여 그 꽃은 지금의 우리에게까지 아름다움의 표상으로 각인되어 있다. 아름다움은 아름다운 자에게만 인식되는 현상이다. 아름다움을 바라보며 감탄할 줄 아는 수로부인이야말로 얼마나 아름다운 존재인가. 어떤 국문학자가 역사상 가장 아름다운 여인으로 수로부인을 꼽았는데, 아주 적절한 지적이라고 생각한다. 그 이름이 '물길[水路]'임도 같이 고려하면, 그 인간적 뇌쇄와 예술적 향훈은 더해진다. 이곳을 사랑하는 가족이나 연인, 우인友人과 달린다면, 그 즐거움은 더욱 금상첨화가 될 것이다.

대학을 다니던 시절, 어디 우리가 한가로운 여유를 즐겼겠는가? 그러나 가끔 우리는 먼지 풀풀 나는 교외로 나가 지쳤던 심신을 달래곤 했다. 그때 버스를 타고 가면서 가장 기억에 남았던 곳이 경춘가도京春街道이다. 기차를 타고 가면서 느꼈던 금속성의 빤지르르함과는 달리 흙과 자갈이 주는 기묘한 충격을 우리는 은근히 즐기곤 했다. 우리의 눈으로 아슴푸레하게 들어오던 젖줄 같은 계곡의 물줄기와 산자락은 오랜만에 우리를 도시라는 분위기에서 멀리 떨어져 나가게 하였다. 교행하기 위하여 위에서 내려오는 차를 기다리는 모습도 퍽 정겨웠고, 한가로웠다. 지금은 잘 닦여진 포장도로로 바뀌었지만, 그 정취는 여전하다. 가다가 반드시 강촌의 휴게소에 들르는 것이 좋다. 구운 감자를 먹어도 좋고, 또는 커피 한 잔을 마셔도 참 좋다. 그러나 예술적으로 잘 가꾸어진 그 건물의 모퉁이에 서서 앞의 물과 산을 바라보는 것은 또 하나의 즐거움이다. 춘천에 가면 막국수를 먹을 수 있다는 기쁨도 이 도로를 부산하게 하는 이유의 하나이다. 그래서 막국수 생각이 나면 갑자기 집을 나서 이 경춘가도를 달려야 했다. 소양강 입구의 샘밭에 가면 아주 허름한 집이지만, 참 너무 나이 들어 호호할머니가 된 주인의 맛깔스러운 내음이 긴 피로를 덜게 하기도 한다. 그 할머니는 지금도 또한 막국수 국물의 간을 보고 있을 것이다.

아주 짧은 코스이지만, 광주에서는 즐겨 광주호에서 무등산을 돌아가는 길을 환상의 도로로 꼽았었다. 그래서 외지에서 온 사람에게는 망월동의 가슴 아리게 하던 사진의 충격보다도 먼저 이곳을 데려가곤 했었다. 나는 말없이 저 무등산이 바로 광주라고 설명하는 것이었다. 그 길은 소쇄원과 식영정과 환벽당으로부터 시작하여 충장공 사당을 지나고, 그리고는 드디어 무등산을 내려다보는 산 중턱으로 이어졌다. 다시 돌아서면 삿갓 모양의 비석이 서 있는데, 그건 또 유명한 삿갓시인 김병연을 기념하기 위한 것이었다. 김삿갓은 그 한 많은 생을 이곳에서 마감했으니, 그를 기념하는 비가 이곳에 세워진 것은 당연한 일이라고 생각한다. 하나하나 우리를 쉽게 지나치게 할 수 없는 자연이 지나가는 사람을 붙잡는 곳이었다. 이곳은 그래서 결코 빨리 다녀서는 안 되는 곳이었다.

아, 그리고 특히 나를 더 머뭇거리게 한 것은 새색시처럼 숨어 나를 빠끔히 쳐다보던 춘란이었다. 그는 매끄러운 자태로 하늘하늘 손짓하고, 때로는 하얀 망울을 금세 터뜨리며, '이래도' 하며 나를 붙드는 것이었다. 춘란의 꽃은 시도 때도 없이 그윽한 자태와 향기로 사람을 끌어들이고 있었다. 난 가꾸기를 고상한 취미로 삼는 사람이 많지만, 나는 모든 것은 자연 속에 그대로 있어야 한다는 주장을 지금도 버리지 않고 있다. 뒤틀렸으면 뒤틀린 대로 또는 건강한 모습이면 또 그대로 모두가 아름답기만 하기 때문이다. 더구나 이를 보기 위해 나는 찾아가지 않는가? 그 찾아감은 모든 대상에 대한 겸허함과 통할 것이라는 생각이 든다. 부르면 언제나 '예' 하고 대령하는 대상이란 그렇게 야생적인 아름다움을 갖출 수 없을 것이다. 언제 부를지 몰라 항상 단장을 하고 있어야 하기 때문이다. 이런 생각을 굳힌 것도 바로 무등산 산록의 자생 춘란이 일깨워준 것이었다. 혹시 훼손될까 두려워 나는 난을 취미로 삼는 사람에게는 이 장소를 알려주지 않았었는데, 지금도 나는 이를 잘한 결정으로 생각하고 있다.

미국인들에게 있어 유명한 환상의 코스가 바로 Great Smoky Mountains에 있는 Blue Ridge Parkway이다. 이 도로는 Virginia의 Shenandoah 국립공원으로부터 발원하여 North Carolina의 북벽을 지나 North Carolina와 Tennessee의 경계에 있는 인디언 정착촌에서 그 여정을 마치고 있다. 남부 Appalachian mountains가 이 길을 인도하고 있으니 그 아름다움은 이미 보장된 것이나 다름없다고 한다. 장장 469.1마일(약 750.6Km) 경부선 철도의 길이가 444. 3Km이니 그 길이가 얼마나 되는지 짐작할 수 있을 것이다. 이 도로는 1935년부터 닦여지기 시작하여, 그 최후의 노정인 Grandfather Mountain 부분은 1987년에야 완성되었는데, 지나가는 곳마다 아름다운 자연을 바라볼 수 있도록 전망대와 휴게소가 잘 조성되어 있다.

내가 갔던 늦가을에는 Blue Ridge가 탐스럽게 익어 있어서 그 맛도 즐길 수 있었고, Blue Ridge 따는 사람들과 정겨운 인사도 나눌 수 있어 더욱 좋았다. 산정에서 내려다보면 저 아래로는 맑은 물이 흐르고 있어, 한가하게 그 물에 발을 담그고 따온 Blue Ridge를 먹을 수 있다. 곳곳에 휴식을 취할 수 있는 공간은 항상 깨끗하게 닦여 있어 너무 인상적이었다. 그리고 다시 단풍이 들어 그곳에 갔을 때, 그곳은 온 산이 붉게 타오르고 있었다. 내장산의 그 다정하고 감미로운 단풍과는 무언지 분위기가 다른 모습이 눈앞에 펼쳐져 있었다. 그리고 왜 그렇게 하늘은 넓어 보이는지. 우리는 미국의 하늘은 더 넓은가 보다고 하면서 웃기도 했다. 이곳을 너무 좋아했던 한 영문학자는 틈만 나면 Asheville로 달려갔다고 하였는데, 충분히 그럴 만하다는 생각이 들었다. 워낙 North Carolina는 기후나 풍토가 우리의 자연과 상당한 정도 흡사하다. 그래서 북서부의 Washington에서 공부하던 환경학도는 박사 과정을 이곳 Duke로 바꾸었다고 했다. 그는 낙엽이 지기 전에 자기의 공부를 마쳐야 한다면서 열심히 Duke Forest를 누비고 있다. 〔필자는 2000년 8월부터 2001년 8월까지 한국학술진흥재단의 후원으로 North Carolina State에 있는 Duke University에서 한국학 강의를 한 일이 있다. 중학교 1학년인 딸과 같이 지냈는데, 미국 동부의 자연을 마음껏 바라볼 수 있었다.〕

저승에서는 무슨 증명서가 필요할까

　우리는 증명서의 시대에 살고 있다. 분명히 내가 있는데도 나는 의미가 없고, 증명서를 내야만 내가 인정된다. 참 어처구니없는 현실이지만, 우리는 그것이 어쩔 수 없다는 것을 잘 알고 있다. 그래서 말없이 나는 젖혀두고 증명서를 앞에 내밀곤 한다. 언제부터 우리는 증명서라는 것을 가지고 다녔을까? 나의 기억으로 지금의 초등학교인 국민학교에서는 학생증을 발급하지 않았던 것 같다. 그리고 중학교에 들어가자 교복의 착용과 함께, 일률적으로 담 앞에 서서 증명사진을 찍어 학생증에 붙였던 기억이 난다. 그러니 중학교는 나보다 증명서를 우선하는 시대로 들어서는 첫 관문이 된 셈이다.

　왜 초등학교에서는 증명서가 없고, 중학교에 들어가니 증명서가 생겼을까? 무슨 이유 때문일까? 크게 변한 것도 없는데. 그런데 지금 생각하니, 좀 불경不敬스러운 얘기지만 그것은 등록금과 관련된 것이 아니었나 생각한다. 등록금을 내면 냈노라, 학생증 뒤에 철인을 찍어 주던 것으로 보아. 그래서 등록금 납부를 증명하는 도장이 찍혀 있지 않으면, 그 학생증은 증명서로서의 자격을 갖지 못하였고, 그리고 등록금을 제때 내지 않으면 집으로 돌려보내 가져 오라 하고, 그래서 어렵게 등록금 갖다 내면 학생증에 꿍하고 도장을 찍어 주던 것으로 보아. 그것은 대학교까지 지속되었다. 매 학기 등록금 납부 영수증을 들고 가서 도장을 받아야 모든 학생으로서의 권리를 행사할 수 있었던 것이다. 이렇게 돈의 납입納入과 관련되는 증명서에는 학원 수강증과 같은 것도 있다. 다만 이것은 사진까지 붙이지는 않는 것이 일반적이다. 그건 또 그럴 필요가 있었을 테지만.

대학에 들어가기 전에 우리는 주민등록증이라는 것을 갖게 되었다. 기분 나쁘기는 지금도 마찬가지이지만, 새까만 색깔의 지문을 찍어 무슨 큰 벼슬 주듯이 나누어주었던 생각이 난다. 그리고 그때부터 우리는 주민등록증과 생사고락을 같이할 수밖에 없었다. 어디에서건 주민등록증이었다. 주민등록증을 복사해 오라거나, 아니면 동사무소에 가서 주민등록 등본을 떼어 가야 했다. 우리는 소중하게 주민등록증을 모셔야 했다. 혹시나 잃어버리면 '벌금'을 내고 수모를 당하며 파출소로 동사무소로 발품을 팔아야 했다. 그것이 없으면 나는 이곳의 주민일 수 없었다. 그래서 나는 없어지고, 오직 그 증명서의 권위 속에서 숨을 쉴 수밖에 없었다.

갑자기 증명서가 나에게서 사라졌던 때가 있었다. 전혀 증명서가 필요 없는 시대가 온 것이다. 머리를 깎고, 입영하면서 우리는 모든 증명서를 집에 두고 가야 했다. 그것이 아무런 힘을 발휘하지 못하는 구역으로 들어서니까. 그래서 우리는 이 모든 증명서 대신 자신을 확인시켜주는 인식표 하나만을 목에 걸고 지내야 했다. 그 인식표는 쇠로 되어 있어서 혹시 죽음이 오더라도 그 시신屍身이 누구인가를 증명해 줄 것이었다. 그것으로 다 된 줄 알았지만, 거기서도 또 다른 증명서는 발급되기 시작했다. 운전병이 되니 운전 면허증을 줬고, 연락병이 되니 연락병임을 확인하는 증명서를 만들어 줬다. 어느 순간을 지나자, 그 사회 또한 전에 지내던 사회와 마찬가지로 하나하나 증명서를 더해 주었던 것이다.

군대 생활을 마치면서 우리는 그 특별한 공간에서 지급 받았던 모든 것을 반납했다. 일상적 사회와는 다른 방식으로 상대방에게 경의를 표하는 경례도 반납했다. 그리고 이상하게 잘라서 말하는 군대식 말투도 반납했다. 계급 앞에서는 그 무엇도 통용될 수 없었던 사고방식도 물론 반납했다. 아, 그리고 심지어는 너무도 강요된 규칙적인 생활 때문에 부은 것처럼 부풀어 있었던 몸무게까지 다 반납하고, 우리는 다시 그 전의 사회로 돌아왔다. 또다시 우리는 사진을 붙인 학생증과 도서관 열람증을 들고 교정을 서성여야 했고, 또 밖에서는 경찰에게 항상 '소지'해야 했던 주민등록증을 끊임없이 보여주어야 했다.

　　직장을 갖게 되자, 우리는 또 그 직장을 다닌다는 증명서를 갖게 되었다. 강의를 나가니 강사증도 만들어 주었다. 운전 면허증이 여기에 첨가되고, 그래서 상황에 따라 우리는 이 증명서, 저 증명서를 바꾸어 가며 제시해야 했다. 그것 없으면 큰일 나는 것처럼 우리는 만들어 주는 증명서를 넙죽넙죽 받아 챙겨야 했다. 얼마나 많은 증명서가 내 인생 속에서 스쳐 갔을까? 나를 증명하기 위하여 이 몸은 아무 필요 없고, 그 많은 증명서가 참 애를 많이 쓰기도 했다. 그러다 보니 증명서가 없으면 무언가 불안하고, 허전해지기까지 했다. 모든 과정 다 마치고, 학교의 강의까지 그만두어 주민등록증만 하나 '달랑' 갖게 되었을 때, 그 말할 수 없는 허전함을 경험했던 사람도 많을 것이다.

　　난생 처음으로 외국에서 생활할 기회가 생겼다. 짧다면 짧은 1년이지만, 그러나 관광이 아니라 생활이기에 어쩔 수 없이 긴장되었던 것은 물론이다. 우선 장기 비자를 얻어야 한다는 점도 일반 관광과는 구별된다. 체재하는 대학에서 1년 이상의 기간이 소요된다는 서류를 보내와야 하고, 이를 바탕으로 대사관에 비자를 신청하게 된다. 이런 일을 가능하게 하려면 외국에서도 나를 증명할 수 있는 여권이라는 또 하나의 증명서를 갖추고 있어야 한다. 이제 다른 국가에 내가 나임을 증명하는 '증'이 있어야 하는 것이다. 외국 여행이 보편화된 요즈음은 누구나 여권을 가지고 있다. 그러나 '해외여행 자율화'라는 것이 있기 전까지만 해도 외국의 여행은 소수의 집단에게만 있는 일이어서, 그 여권이라는 것이 마치 특수 신분임을 드러내는 증표와도 같이 인식되기도 했다.

오랫동안 같이 연구하며 책을 쓰던 사람들[우리는 우리를 Logo 4라고 불렀다.]은 내가 떠나기에 앞서 같이 중국을 가기로 했다. 나를 오랫동안 볼 수 없다는 것도 고려하여. 아, 절친한 친우인 석우 선생은 그해 여름 [2000년 여름의 일이니 그는 거의 50이 가까운 나이였다.] 처음으로 여권을 만들었다. 당시는 교수가 여권 가지고 있는 것은 너무 보편적인 일이어서 우리는 모두 그가 처음으로 여권을 만들어야 한다는 것을 믿을 수 없었다. 여권과의 직원 또한 믿을 수 없었지만 처음 만든다는 사실을 확인했고, 그래서 "정말 그렇네요." 하면서 신기해했다고 한다. 그 소리가 마이크를 통하여 구청 민원실에 울려 퍼졌고, 그래서 석우는 조금은 부끄러웠다고 한다. 그 여권을 가지고 우리는 드넓은 중국을 다녔고, 독립군을 생각했고, 독립군의 후예를 생각했고, 그리고 고구려를 생각했다. 이것을 가능하게 한 것이 바로 여권이라는 증명서가 아니겠는가? 그래서 증명서는 인간보다 앞선다.

모든 수속을 마치고 미국에서의 1년을 보내기 위하여 비행기를 타게 되었을 때, 나를 증명할 수 있는 것은 오직 여권밖에 없었다. 그 하나밖에 없는 여권을 그래서 나는 소중한 신줏단지 받들 듯이 모셔야 했다. 미국이라는 나라에 살기 위하여 들어가는 사람에 대한 입국 심사는 보다 까다로운 것 같았다. 유일한 '증'을 이리저리 들춰보고, 그 속에 있는 비자를 살펴보고, 그리고 말 통하지 않는 어린애처럼 서 있는 나에게 몇 마디 공포의 질문을 하고. 이제 여기서는 여권만 있으면 되나 보다 했는데, 그게 아니었다. 도착하여 집을 계약하고, 전화를 가설하고, 케이블과 전기를 신청하는 등 기본적인 생활 모습을 갖출 때. 그들은 끊임없이 내게 사회안전번호Social Security Number를 요구했다. 심지어는 그것이 없으니, 아파트의 예치금을 내라고까지 하였다. 아이의 학교에 가도 요구하고, 근무하게 된 대학에서도 요구하고. 아마도 그것은 국가의 공식적인 인정을 의미하는 것 같았다. 그렇게 나는 또 하나의 증명을 갖게 되었다.

그러나 그것만으로 끝나는 것은 아니었다. 대학에서는 벽에 세워 놓고 범죄인처럼 사진을 찍어 또 하나의 증명서인 DUKE ID를 만들어 주었다. 대학의 일원이라는 것을 증명해 주는 것이었다. 그리고 그것은 책이나 비디오를 빌리고, 또 교내의 행사에 무료로 들어갈 수 있는 증명서로 사용되었고, 할인의 혜택도 그것이 있어야만 가능했다. 다니는 곳마다 그들은 내게 ID를 만들어 주었다. 그리고 큰 물건을 사거나 공공 기관에 가면 그들은 예외 없이 운전면허증을 요구했다. 그곳으로 가기 전 국제운전면허증을 만들었긴 했지만 거주했던 노우스 캐롤라이나 주는 2개월 이상의 거주자에게 자신의 주에서 발급하는 운전면허증을 갖기를 요구했다. 그래서 면허 시험장에 가서 필기시험과 주행시험을 보았다. 그 자리에서 그들은 사진을 찍고, 또 면허증을 만들어 주었다.

이제 나는 그곳에서 사는 데 필요한 증명서를 대충 갖춘 것 같았다. 그래서 내 지갑 속에는 서울에서처럼 또 다시 많은 증명서가 들어차게 되었다. 은행의 카드와 대학의 ID 두 개, 그리고 면허증이 항상 나를 증명하기 위하여 대비하였다. 마치 다 반납했던 열쇠를 또 다시 채워야 했던 것과 같았다. 비행기를 탈 때, 서울에서 사용하던 열쇠를 다 맡기고 나니, 나에게는 아무 열쇠도 없었다. 그러나 미국에서 살면서 내 열쇠 꾸러미에는 서울에서보다 더 많은 열쇠가 매달려 있었다. 자동차와 아파트, 그리고 우편함, 연구실의 키 등이 나를 무겁게 짓눌렀다.

어느 곳에 가건, 그곳의 관습대로 살아야 한다. 그러나 '증'에 관한 한 어느 세상이건 별로 다른 것이 없는 것 같다. 나는 어디로 사라지고, 증명서가 더 나인 것처럼 행세하는 것은 어느 곳이나 다 같기 때문이다. 나는 어디에서건 나보다 먼저 증명을 앞세운다. 그 증명이 없으면 그것이 증명하는 나는 사라지는 것 같았다. 이제 이런 정도의 여행이 아니라, 정말 미지의 여행을 떠나 저승에 도달한다면, 거기에서는 또 어떤 증명을 만들어야 하는 것일까? 어떤 '쯩'이 나를 증명해 줄까? 나는 거기에서도 또 여기에서처럼 각각의 상황에 맞는 증명서를 주저리주저리 나에게 만들어 줄 것으로 생각한다. 그리고 또 많은 열쇠를 몸에 걸치고 이곳저곳을 끼워 여느라 바쁠 것 같다. 세상 사는 것이 어디 이곳저곳 다를 게 있겠는가? 아니지. 그곳은 사는[生] 곳이 아니지. 그럼 어떤 곳일까? 그러나 사는 곳이 아니라도 역시 그곳의 주민임을 증명하는 '증'은 또 필요할 것이라고 생각한다. '증' 만드는 문화가 어디 하늘에서 뚝 떨어졌겠는가? 다 저승에서, 그리고 하느님에게서, 그리고 마음속에서 배운 것이겠지.

사
람
들
과
의

만
남

만남의 의미

　　인간은 자신 이외의 존재와 만나면서 자신을 형성하고, 또 변화시킨다. 태어나면서 자신의 의지와 관계없이 주어진 환경과 만나고, 또 주어진 시대와 만난다. 그 주어진 환경과 시대는 그 사람의 앞날을 예측하게 하는 객관적 존재로 자리잡게 된다. 환경과 시대는, 그 앞에서 인간들이 아무런 주장도 할 수 없을 만큼 그 위력이 엄청나기 때문이다. 그러나 보편적인 환경과 시대가 개별적인 것이 되기 위해서는 인간과의 만남이 필수적인 전제가 된다. 그 환경과 시대 속에 존재한 수많은 존재를 개별화시키는 것은 결국 그를 둘러싼 인간과의 관계에서 비롯되는 것이기 때문이다. 우리의 현재를 결정짓는 데 있어 사람과의 만남만큼 중요한 요인은 없다고 할 수 있는 것이다. 누구에게나 만남은 예외 없이 다가온다. 그러나 그 만남이 사람을 변화시키는 양상은 달라질 수밖에 없다. 다가오는 만남을 어떻게 받아들이고, 자기화할 수 있을 것인가? 이것은 그 만남과 마주하는 사람의 선택 사항이다.

율곡과 퇴계의 만남

율곡 이이(1536~1584)는 위대한 유학자요, 교육자이자 대정치가이다. 그는 사림파와 훈구파 간 세력 다툼의 소용돌이 속에서도 어느 한 곳으로 치우치지 않고 중용의 길을 걸어나갔다. 그리고 백성과 나라의 장래를 걱정하면서 밤낮으로 국사에 전념하다가 비교적 젊은 나이인 49세로 세상을 떠났다.

그런데 그가 살고 간 길은 이미 20세에 확립되었다. 인생의 목표와 행동할 바를 정리하였기 때문이다. 그의 나이 19세에 어머니인 신사임당이 돌아가셨는데, 어머니의 임종을 지켜보지 못한 이이의 슬픔과 참담함은 이루 말할 수 없었다. 파주 천현면 동문리 자운산에 어머니를 장사지내고 3년 상을 지낸 율곡은 삶과 죽음에 대한 회의를 떨쳐버리지 못하고 19세에는 금강산으로 입산하고 말았다. 금강산으로 구도의 길을 나설 때, 친구들에게 보낸 편지 속에서 율곡은 금강산 행을 호연지기浩然之氣를 쌓기 위함으로 전했는데, 호연지기란 도덕적으로 하등 부끄러운 점이 없어 어디를 가도 떳떳할 수 있는 당당한 기상을 말한다.

1년 만에 하산한 율곡은 전에 읽었던 『논어』등의 유교 경전을 다시 읽었다. 다시 읽으니 전에는 볼 수 없었던 행간의 모습이 찬연히 그를 손짓하며 부르고 있었다. 그래서 20세 되던 해 봄에는 외가인 오죽헌으로 돌아와, 앞으로 걸어나갈 인생의 이정표를 정립하고, 그 목표를 실천하기 위한 구체적인 방법을 세우고, 〈스스로 경계하는 글[自警文]〉을 지어 인생의 좌우명으로 삼았다. 그 내용에는 성현을 표준으로 삼아 자기완성을 지향하겠다는 큰 뜻이 담겨 있고, 그 이외에도 일상생활의 마음과 언행, 그리고 공부에 대한 스스로의 다짐이 실려 있다. 그의 생애를 보면 〈자경문〉에서 기약한 것을 실천하고자 한 노력을 엿볼 수 있다. 이것은 율곡의 일생에서 커다란 삶의 전환을 의미하며, 그의 사상은 그 이후에 다방면으로 전개되며 더욱 깊고 정밀해졌으나, 가장 골자가 되는 기초는 이 시기에 확립되었다.

23세가 되던 해 봄 율곡은 성주의 처가에서 강릉으로 가는 길에 예안禮安에 머물고 있던 58세의 퇴계 이황을 심방尋訪하였다. 2박 3일의 짧은 만남이었지만, 시간의 길고 짧음이 문제가 되지는 않는다. 이 만남에 대하여 퇴계는 이렇게 회고하고 있다.

일전에 서울에 사는 선비 이이가 성산으로부터 나를 찾아 왔었다. 비 때문에 사흘을 머물고 떠났는데, 그 사람됨이 밝고 쾌활하였다. 또한 기억하고 본 것이 많으며 더욱이 우리 학문에 큰 뜻을 두고 있으니 '후생이 가히 두려울 만하다'는 옛 성인의 말씀이 과연 옳구나 생각하였다. (『퇴계전서』 권 23, 서)

'아직 사회에서 인정받지도 못하였고, 이제 막 껍질을 깨고 나온 병아리처럼 어수룩한 상태'였던 율곡에게 퇴계는 '후생가외後生可畏'의 마음을 표하면서 학문의 발전을 같이 논의하였다. 최초로 이루어진 만남이었지만, 58세의 퇴계는 젊은 율곡의 뛰어난 재주를 한눈에 알아보았던 것이다. 그 뒤 두 사람은 계속해서 편지를 주고받았는데 퇴계는 율곡을 끊임없이 격려하며 학문적인 논의를 서슴지 않았고, 율곡은 퇴계를 평생의 스승으로 삼았다. 이 만남은 우리 유학의 발전을 가속화시키는 큰 계기가 되었던 것이다.

이동백과 김세종의 만남

김세종은 더 나은 세계로 비상하기 위해 판소리사의 전설적 존재인 송흥록을 찾아갔다. 그러나 송흥록은 그를 제자로 거두지 않고 오히려 자신이 연마한 문중門中의 소리를 더욱 발전시킬 것을 주문하였다.

"너희 김씨 집안 소리가 우리 송가 집안 소리만 못한 점이 무엇이냐. 돌아가서 너희 집안 소리를 배워라."

이 발언이 사제관계를 맺을 수 없다는 매몰찬 것이 아니라는 점은 둘이 다 알았을 것이다. 대가는 대가대로 자신의 발언이 판소리의 다양성을 위한 확산임을 보여주었고, 젊은 김세종은 또 대가의 충고를 자신을 심화하는 계기로 삼아 자신의 소리를 확충시켰기 때문이다. 그래서 김세종의 소리는 같은 동편에 속하되 또 하나의 다른 계통으로 분류될 수 있었다.

긴 세월이 지난 후 김세종은 대가 앞에서 자신의 능력을 평가받고 싶어 하는 젊은 연창자를 만나게 된다. 그가 송흥록을 만나 새로운 전기를 마련한 것처럼, 그 젊은 연창자도 그의 발언에 따라서는 희망과 실망이 교차할 수 있었을 것이다.

이동백이 김세종을 찾은 것은 약관 스무 살 때였다. 하늘을 찌를 만한 열정과 패기가 있었지만 마음은 조미조마했다. 공손히 찾아온 뜻을 아뢰었다.

"그러냐? 소리나 한번 해봐라."

이동백은 몸가짐을 바로하고 단가부터 낸 후 사생결단 〈춘향전〉 한 바탕을 불렀다. 첫 시험인 셈이다. '에라. 거 안 되겠다.' 한 마디면 명창의 꿈을 접어야 했다.

"허. 인제 명창 하나 나오게 됐다. 길이 바로 잡혔으니 꼭 그대로만 나가라."

김세종은 아주 좋아하며 이동백의 재질을 인정했다. 자신을 얻은 이동백은 얼마간 김세종의 지도를 받았고, 마침내 대성하였다. (배연형, 『한국의 소리를 깨우다』, 랜덤하우스, 2007, 116쪽)

이동백의 대성이 꼭 김세종의 이 발언에 의하여 이루어진 것은 아닐 것이다. 그러나 젊은 연창자의 미래를 축복하고, 대견하게 그 길을 지켜보는 대가의 풍모는 이동백의 나가는 길에 깊은 인상을 주었을 것이다.

릴케와 로댕의 만남

1902년은 시인 라이너 마리아 릴케의 생애에서 아주 중요한 해다. 조각가인 아내 클라라의 소개로 청년 시인 릴케가 근대 조각의 아버지로 불리는 오귀스트 로댕을 만난 해이기 때문이다. 이때 릴케의 나이 27세, 파리에서의 일이었다. 청년과 노인의 만남, 말하자면 천재와 천재가 자리를 같이하는 놀라운 자리며, 하늘이 마련한 축복의 자리였다. 시인 릴케와 로댕의 만남은 20세기 현대 예술사에서 하나의 기이한 인연이다. 왜냐하면, 시인 릴케와 조각가 로댕의 사이는 독일과 프랑스라는 국경을 넘어선 우정, 아니 우정 이상의 특이한 사이였기 때문이다. 릴케는 무엇보다도 창조자, 탐구자로 돋보이는 로댕이기에 찬탄한 나머지 스스로 사사하였다. 카타리나 키펜

베르크 여사는 이렇게 말하였다. "로댕은 릴케에게 깊고도, 내면으로부터 영향을 끼친 유일한 동시대인이다." 릴케가 작품을 제작해 가는 과정에서 정신에 따른 변화를 이룰 수 있었던 것도 다름 아닌 로댕의 덕택이었다.

로댕을 알게 되면서 비로소 릴케는 꿈의 세계를 벗어나 현실 세계로 발길을 옮기게 되고, 주관에 사로잡힌 감정세계에서 벗어나, 세계와 사물에 대한 경지를 뚜렷하게 꿰뚫어 보고 파악할 수 있었다. 다시 말하면 전날의 흐릿하기만 한 꿈의 세계를 버리고 사물의 본질로 파고 들어갈 수 있는 열쇠를 찾아낸 것이다. "일하게!" 이것이 언제나 릴케한테 들려준 로댕의 신조며 신념이었다. 예술가의 입장에서 보면 '일한다'는 것은 창조 활동을 뜻하는 것이고, 생生을 실현하는 길일뿐만 아니라, 생 바로 그 자체다. 로댕의 예술에서 밑바탕을 이루는 것은 손으로 하는 일에 있다고 릴케는 생각했다. (전광진, 『로댕』 범우사, 1990, 45~46쪽)

퀴리 부부의 만남

마리가 피에르 퀴리를 만난 것은 1894년 봄이었다. 이 만남은 폴란드의 물리학자인 코발스키 교수의 집에서 이루어졌다. 당시 서른다섯 살의 피에르 퀴리는 열아홉에 이과대학의 조교가 되었으며, 연구에만 몰두한 채 명예에는 관심이 없는 학자였다. 이미 그는 실험에 편리한 '퀴리 저울'과 자석에 관한 '퀴리 법칙'을 발견했으며, 형 자크 퀴리와 함께 '피에조 전기'를 발견하는 등 유럽에서는 존경받는 물리학 교수였다. 그는 실험으로 거칠어진 마리의 손을 보았다. 평생 과학 연구의 반려가 될 사람을 아내로 맞아야 한다고 생각해온 피에르 퀴리는 폴란드에서 유학 온 이 성실한 여학생이야말로 자신이 원하던 여성이라고 믿었다.

1891년 파리대학에 진학한 마리는 모든 번거로움에서 해방되어 학문에 전심전력할 수 있었다. 가난한 유학생의 생활, 세숫대야의 물이 얼 정도로 추운 방에서 빵과 코코아 한 잔으로 식사를 때우고 칠 층까지 석탄을 들어 올리는 고통도 학문의 기쁨에 비하면 아무것도 아니었다.

두 사람의 결혼은 1895년 7월에 아주 조촐하게 치러졌다. 형식을 싫어한 두 사람의 결혼식에는 결혼반지의 교환도 없었다. 마리는 예복도 입지 않았다. 그들의 신혼살림은 식탁과 침대, 서재에 있는 책장과 낡은 책상, 의자 두 개가 전부였다. 마리는 "가구를 갖춰 놓으면 집안일에 시간을 너무 빼앗긴다."고 말했다. (박석분, 『역사를 만든 20인 세계의 여성들』, 도서출판 새날, 2000, 153~154쪽)

자신과의 만남

"이렇게 살았다면 과거를 돌아보며 후회하는 일들이 좀 줄어들지 않았을까?" 누구나 한 번 쯤 이런 생각을 가져보았을 것이다. 다시 시작하라 해도 또 그렇게 자로 잰 듯이 이루어지지는 않겠지만, 모범적인 사람들의 생애를 생각하면서 그들을 변화시킨 만남의 계기를 만들어보고자 하는 것도 그리 큰 잘못은 아닐 것이다. 그러나 모든 만남이 바람직한 것만으로 이루어지지는 않는다는 것을 인식할 필요가 있다. 어떤 만남으로 인하여 한 인생의 파탄이 일어나기도 하고, 또 돌이킬 수 없는 극단적인 선택이 이루어지기도 하는 것이다. '근묵자흑近墨者黑'이나 "까마귀 노는 골에 백로야 가지 마라", "향 싼 종이에서는 향내가 나고, 생선 싼 종이에서는 비린내가 난다." 등은 이런 만남을 경계하기 위하여 만들어진 말이라고 할 수 있다.

　다른 사람과의 만남에 있어 우리는 항상 만남의 대상인 타인의 사람됨을 얘기하지만, 사실은 그보다는 자신의 사람됨이 더 먼저일지 모른다. 그 만남을 받아들이는 자신의 그릇이 어떤가에 따라 그 만남은 형체를 달리할 것이기 때문이다. 항아리라면 항아리 모양으로 받을 것이고, 요강의 형체면 또 요강의 모습으로 받아들일 것이다. 작은 그릇이면 작은 만큼, 큰 그릇이면 또 그에 합당한 큰 것을 받아들이는 것이다. 공자가 '삼인행三人行 필유아사必有我師'라고 말한 본의本意도 여기에 있을 것이다. 시도 때도 없이 이루어지는 다양한 만남이 어떻게 전개될 것인가는 결국 대상과 만나는 주체의 마음가짐이 어떠한가에서 비롯된다고 할 수 있다. 그러니 자신이 먼저 사람다움을 실현하고자 하는 욕구를 강하게 가져야 하는 것이다.

　공자는 '사람다운 사람'으로 인仁을 실천하는 군자君子를 설정하였는데, 인仁의 실천은 결국 '사람답게 산다는 것'을 의미한다. 그러나 '사람답게 산다는 것', '사람다운 사람'이 의미하는 바는 사실 논리로써 규명될 수 있는 일이 아니다. 그것은 인생의 과정에서 수반되는 실천으로 이루어지는 것이어서 섣불리 판단할 수 없는 일이기 때문이다. 더구나 제시할 수 있는 판단의 기준을 명확하게 정립하는 것도 생각처럼 쉬운 일은 아니다. 설사 그 기준이 만들어져 정립된다고 해두, 사람이란 그 기준에 적합한 삶을 기대하여 사람다움을 실천하는 것 같지는 않다. 그렇게 보면 사람다운 사람의 표지標識라고 할 금과옥조金科玉條 또한 똑 부러지게 있을 것 같지 않다. 다만 남에게 해 끼치지 않고 겸손하게 살다 가는 것이 그저 사람다운 삶이 아니겠는가?

　　이처럼 다른 사람과의 만남에 앞서 자신과의 진지한 만남이 전제되었을 때, 다른 사람과의 유의미한 만남은 성취될 수 있다. 자신을 가장 잘 아는 존재는 어느 누구도 아니고 바로 자기 자신이다. 따라서 내면에 감추어진 또 하나의 나와 마주하여, 진지하게 자신의 과거와 현재, 그리고 미래의 모습에 대하여 대화를 할 필요가 있다. 그런 뒤에 우리는 삶의 궤적을 뒤바꿀 수 있는 기적적인 만남을 기대해야 할 것이다.

전병만 외, 『더불어 함께 가는 길』, 잉글리쉬무무, 2015.

해암海巖 선생님의 '선생님' 생각

　1969년, 용두동의 캠퍼스는 퍽 따뜻했다. 그저 고만고만한 크기 속에서 선후배가 어울려 청량대淸涼臺를 거닐고 토론을 벌였으며, 또 성동역 옆의 개천 위로 죽 늘어서 있던 판자집과 바보주점의, 마시고 나면 카바이트 가루 수북이 쌓이던 막걸리의 냄새도 퍽 정겨웠다. 입대하기 전까지의 2년간은 분주한 야유회와 모임으로 서로를 익히고 미래를 펼쳐나가는 데 그리 짧은 기간이 아니었다. 그런 만남이 있어 청량대의 동산은 항상 아련하게 남아있고, 그때의 사람들은 퍽 정겨운 모습으로 각인되어 있다.

　1975년 복학하면서 휑하니 컸던 관악 캠퍼스에 적응하기 어려웠던 것도 그런 아담한 사이즈의 청량대에 익숙했던 까닭이었을 것이다. 우리만이 차지하던 공간은 새로운 문화에 익숙해진 젊은 세대들로 가득 차 또 다른 활기를 불어 넣어주고 있었다. 복학한 몇 사람들과 봉천동의 튀김집으로 몰려가 소주를 기울인 것도 그런 주류에서 벗어나 있었기 때문일 것이다. 술의 종류도 그러했다. 막걸리를 데워 마시던 그 시절과 달리 이곳에서는 당연한 듯이 소주와 맥주가 준비되었다. 이곳에서도 어김없이 국어과의 야유회는 있었고, 거기에서는 또 어김없이 막걸리가 돌았던 것이 그나마 위안거리일 수 있었다.

　새로 조성되는 캠퍼스의 황량함과 콘크리트 내음 속에서도 반가웠던 것은 그런 추억거리와 선생님들이 그 시절과 현재를 이어주고 있었다는 점이었다. 이미 연포 이하윤 선생님은 청량대에서 정년을 하시어 고별 강연회를 들을 수 없었지만, 해암 선생님은 관악산에서의 정년으로 대학생활의 여운을 즐길 수 있게 해주셨다. 청량대에서 해암 선생님은 다만 입학시험의 면접장에서, 그리고 야유회와 과우들 모두의 모습을 담는 촬영장에서 만나 뵈었을 뿐이었다. 그런데 강의실에서 뵐 수 있게 된 것은 관악산이었으니, 해암 선생님은 청량대와 관악산을 잇는 튼튼한 연결 고리로 기억되는 것이다. [지금은 시대의 요구에 따라 '한국고전문학교육학회'로 이름을 바꾸었지만, 고전문학을 연구하는 국어과 선후배들의 학회 모임은 청량대와 관악산의 소중한 인연을 기억하기 위하여 '청관고전문학회'로 출발하였다.]

선생과 제자야 강의실에서 만나든 그렇지 않든 사제관계인 것이지만, 학문의 계승은 어쩔 수 없이 강의를 통하여 이루어지는 것일 수밖에 없다. 그래서 해암 선생님의 강의에 참가하고, 그 해맑으신 얼굴과 마주한 것은 진정한 사제의 관계를 갖게 한 소중한 기회였다. 어느 선전에선가 뒷짐을 지고 가는 아빠의 뒤를 어린 아들이 마찬가지의 모습으로 따라가는 모습을 본 적이 있다. 그렇게 과거의 것은 미래로 연결되어 그 흔적을 남기게 된다. 알게 모르게 선생님의 강의하시던 여러 모습은 지금의 내 모습 속에 남아 있을 것으로 생각한다.

교재로 사용하셨던 『고가요주석』을 들춰보면 처음부터 끝까지 빼곡하게 선생님의 말씀이 적혀 있다. 관악산에 와서 휴강하는 일이 적어졌다고는 하지만, 그래도 한 학기 동안 그 두툼한 교재 한 권을 끝내기는 쉽지 않았을 것이다. 그래서 선생님의 강의는 항상 차분하고 정확하게 진행되었다는 것으로 기억하고 있다. 시험이 끝나면 어김없이 채점하셔서 본인에게 돌려주시고, 결과에 불만이 있으면 이의를 제기하라고 하셨다. 이의를 제기하는 학생은 별로 없었지만, 이의異意를 제기하는 학생에게 왜 그런 점수를 주었는지를 하나하나 설명해 주시곤 하셨다. 그렇게 정확한 모습으로 선생님은 나에게 남아 있다.

아, 같이 강의를 들었던 선배 한 분이 있었다. 여러 경로를 통하다가 늦게야 후배들과 강의를 같이 들었던 그 선배는 퍽 화합을 강조한 분이었다. 그래서 우리는 즐겨 선배와 술집에 앉아 인생에 관한 경험을 듣곤 했었다. "너 그렇게 하면 죽어 초상날 때, 상여 메줄 사람 하나 없게 된다."는 말을 선배는 참 많이 했었다. 선생님의 강의를 그 선배와 같이 들었고, 그래서 선배는 시험지를 들고 나가 선생님께 하소연을 하였다. 말하자면 채점의 결과에 대한 이의가 아니라, 선처를 호소하는 수준이었다. 졸업이 한 학기 남아 있는데 이 과목에서 학점을 받지 못하면 졸업이 어렵다, 그리고 성의껏 이렇게 많은 양을 썼지 않느냐, 대충 그런 내용으로 기억하고 있다. 그렇게 기억하는 이유는 그렇게 말씀드리겠노라, 그러면 인자하신 분이니까 융통성을 발휘해 주실 것이다, 이렇게 사전에 우리에게 말했기 때문이다.

선배의 말을 들으시고 답안지를 이렇게 저렇게 보시는 동안, 10동에 있던 강의실은 쥐죽은 듯 고요했다. 수많은 제자의 시선 앞에서 아마도 많이 생각을 하셨을 것이다. 그리고 최종적으로 우리는 그런 말을 듣고 보니 이 점수는 너무 박하다는 느낌이 든다, 그리고 충분히 성의도 보일 만큼의 양도 갖추었다, 그래서 몇 점을 더 올려줄 수 있겠다, 대충 이런 내용의 선생님 말씀을 들을 수 있었다. 그러나 몇 점 올린 것이 학점 이수와는 아무런 상관도 없어, 그 선배는 졸업을 한 학기 늦춰야 했다. 50점에서 약간 모자랐던 점수가 50점을 약간 상회하는 점수로 바뀌었을 뿐이기 때문이다.

언젠가 선생님께서는 학생들에게 선생님이 채점하시는 기준을 명쾌하게 설명해 주셨다. 가장 낮은 점수를 주는 것은 선생님의 강의는 참석도 하지 않고, 시험 기간이 되어 선생님의 이론과는 다른 서적을 읽고 그 내용을 적은 답안지라고 하셨다. 강의를 통하여 선생과 마주하지 않고 어떻게 학통이 형성될 수 있겠느냐는 말씀이셨다. 평균 점수를 받는 경우는 선생님의 강의를 충실하게 듣고, 그 내용을 자기화하여 잘 정리한 답안지라고 하셨다. 그래서 강의 시간 중에 설명하신 내용을 이해하지 못해 질문하는 학생을 흐뭇하게 바라보시곤 하셨다. 최고의 점수는 선생님의 강의 내용을 바탕으로 선생님과 다른 주장을 펴는 이론을 비판함으로써 결과적으로 선생님의 이론이 맞다는 것으로 귀결된 내용의 답안지에 주신다고 하셨다. 그 전부터도 말씀하신 것이니, 그런 최고의 답안을 작성한 제자가 있었는지는 모른다. 나야 항상 선생님의 강의 내용을 따라가기에 바빴고, 그리고 다른 서적들을 볼 수 있는 여러 가지 여유를 갖지 못했었다. 그렇게 말씀하시는 선생님을 보며 우리는 선생님의 국어학 이론이 제자들에 의하여 확대되고 재생산되어 국어학이라는 학문의 기반을 쌓은 분으로 기억되기를 바라는 선생님의 속내를 드러낸 것이라고 말했던 기억이 난다. 사범대의 국어교육과이기에 갖는 여러 장점이 있지만, 이런 점에서는 퍽 쓸쓸하셨을 것이라는 생각이 그래서 들었었다.

선생님께서는 "선생님은 말이야." 하신 것처럼 스스로를 '선생님'으로 부르셨다. 신입생들이 선생님을 '교수님'으로 부르느냐, 아니면 '선생님'으로 부르느냐고 여쭈었을 때, 단연코 '선생님'이라 하는 것이 좋다고 하셨다. 선생님이라는 사실을 자랑스럽게 생각하셨고, 그에 합당한 선생님이 되고자 정도를 벗어나지 않으셨던 분으로 기억된다. 그래서 오랫동안 '선생님'의 일을 하는 동안, 그랬던 선생님의 모습만을 떠올리는 것만으로도 나는 상당한 '선생님'이 될 수 있겠다는 생각을 했었다. 그러나 아직도 나는 나 자신을 '선생님'으로 부르는 것에 서툴다. 제자들이 따를 수 있는 이론을 갖추지 못하였으니 당연한 것으로 생각한다. 아마도 더 선생님을 많이 떠올리고, 걸음을 따라 해보고, 느릿느릿하지만 열정적이셨던 말씨를 오랫동안 흉내 내본다면 떳떳하게 '선생님'으로 부르라 할 수 있을까?

서울대학교 사범대학 국어교육과 동문회, 『스승의 향기』, 한국문화사, 2007.

선운사禪雲寺의 동백과 귀거래식당

나이 많은 제자 이름 함부로 부르기 어렵다 하여, 도남陶南 조윤제趙潤濟 선생님께서 지어주신 아호가 성산城山이라고 하셨다. 집 뒤에 자그마한 성城이 있다 하자, 잘 됐다며 그것을 인연으로 호를 갖게 되었다는 말씀을 들었을 때, 그리고 그 호를 사용하신 뒤에 댁의 앞길이 훤하게 뚫려 성산대교로 통하는 성산대로가 되었다는 말씀을 하셨을 때, 장덕순 선생님은 참 어린아이와 같은 모습을 하셨다. 처음 뵈었을 때 왠지 까마득한 어른으로 보였지만, 지근에서 모시면서 느낀 것은 점점 천진스러운 모습으로 변해 보였다. 지금 생각해도 그것은 참 신기한 일이다.

대학원의 입학과 함께 뵈었던 선생님은 백영白影 정병욱 선생님이 프랑스로 연구년을 가시면서 지도교수 없어 텅 비었던 기간을 아주 큰 품으로 안아주셨다. 일일이 청주로, 전주로, 그리고 종국에는 광주로 참 많이도 제자의 자리 잡는 것을 위해 긴 여행을 마다하지 않으셨다. 선생님을 모시고 여행했던 그 기간이 참 그립다.

선생님께서는 제자들과 여행 다니시는 것을 참 좋아하셨다. 그 결과가 『한국문학의 연원과 현장』, 『문학의 산실 누정을 찾아서 I』로 나타나기도 했지만, 그러나 그것은 워낙 막힌 곳 없이 글을 쓰시는 선생님의 글솜씨 덕분이지, 본래 어떤 목적을 지니고 여행을 좋아하신 것은 아니었다. 어떤 목적이 있었다면 누정이나 국문학과 관련된 사적으로 여행지가 제한되었을 텐데, 꼭 그것은 아니었기 때문이다. 그래서 나는 직장이 있는 호남의 여러 곳을 모시고 다닐 수 있는 행운을 얻었지만, 그중에 가장 많이 들르신 곳은 역시 선운사였다. 봄이 오는 길목이거나, 한여름, 그리고 단풍이 짙은 가을이나 하얀 눈이 소복이 쌓인 겨울 등 선운사의 사계四季는 항상 우리들의 발길을 기다리고 있었다.

어느 때 빠지기도 했지만, 우리의 여행은 선생님과 두 분의 다정한 벗[이강로 선생님과 이경선 선생님]이 함께 하는 것이 대부분이었다. 인생 역정 다 지나신 분들답게 서로의 여유를 인정하며 도란도란 지나시는 모습은 지금 생각해도 퍽 도타운 것이었다. 아마도 가장 어리다고 생각했던 이경선 선생님의 행동에 대해 웃음으로 질책하시던 모습 또한 하나의 아련한 모습으로 남아 있다. 선생님이 선운사로 오신다 하면, 전주에서는 정하영 선생이 달려오고, 대전에서는 김균태 선생이 달려오고, 그리고 광주에서는 내가 올라가고, 그래서 사진 속에는 이 여섯이 단골처럼 찍혀 있다. 거기에 가끔 김상태 선생과 정상균 선생이 합석하기도 했지만, 아마도 이 여섯은 선운사의 사계를 선생님과의 인연 속에서 오래오래 기억하게 될 것이다.

밤이면 또 당연히 벌어졌던 것이 고스톱판이어서, 선생님은 제자들과의 돈내기(?) 삼매경에 빠지기 일쑤였다. 아, 죄송스럽게도 선생님 죽으세요, 싸셨네요, 피박이네요 하면 이놈들 봐라 하셨고, 특히 선생님의 가려운 곳 잘 알아서 챙기는 건 항상 정하영 선생의 몫이었다. 넓은 방에서 같이 이불 펴고 누워 있으면 선운사의 밤은 더욱 깊어가는 것이었다.

지금은 선운사의 여관촌이 절의 일주문에서 멀리 떨어져 있지만, 예전에는 절 입구에 바짝 붙어서 식당과 여관이 있었다. 지금도 그 여관촌의 중심을 차지하고 있는 동백장 여관이 항상 우리들의 숙소였고, 그 앞에 참 허르스름한 '귀거래식당'이 있었다. 동백장 여관이야 그렇다 하지만, 귀거래 식당이 우리에게 더욱 각별하게 다가온 것은 그 집의 보살님이 정성스레 선생님을 챙겨주신 까닭이었다. 당연히 식당은 그곳으로 정하였고, 그러면 별로 돈도 많이 쓰지 않는 우리를 위해 보살님은 참 성의껏 산에서 누릴 수 있는 신선한 맛을 만들어 주시곤 했다. 퍽 오랫동안 그 보살님은 서울에 계신 선생님께 드리라면서 잘 비벼 만든 작설차를 챙겨주시곤 했다. 먼 뒤에 다시 찾아가 보니 선운사 앞은 다 정리되어 동백장은 호텔의 위용을 과시하고 있었고, 귀거래식당은 선운사에서 멀리 떨어진 국도 입구의, 대학생들을 위한 엠티촌 한구석으로 옮겨 있었다. 물론 그 보살님의 정갈한 음식 맛도 볼 수 없었고, 대학생들이 밥하느라 떠드는 소리만이 가득했었다. 아마 그 보살님도 선생님과 함께 추사 김정희 선생의 글씨가 선명한 비석 앞에서 같이 찍었던 사진을 보며 선생님을 추억하였으리라 생각한다. 선생님이 그러하신 것처럼 그 보살님도 지금은 이 세상에 없겠지만.

선운사의 사계를 오롯이 함께할 수 있었기 때문에, 선운사의 단풍과 하얀 눈도 우리의 눈과 손을 참 시리게 했다. 언뜻언뜻 지나며 하신 어린 시절의 추억을 들으면서 우리는 선생님이 저 멀리 계신 것이 아니라 우리 가까이에서 도란도란 속삭여주는 가까운 이웃처럼 느끼곤 했다. 특히 정하영 선생이 있어 우리는 상당한 부분 그냥 듣기만 해도 괜찮았다. 언젠가 광주에서 직행버스를 타고 선생님과 둘이서 고창으로 간 일이 있었다. 넘어가는 길이 2시간 남짓이었지만, 선생님을 즐겁게 하긴 역부족이어서 선생님께서는 야, 나 눈 좀 붙이겠다 하셨고, 나도 저도 자겠습니다, 참 재미없게 지나갔었다. 〈방등산가〉의 여인이 한심하다 여겼을 그녀의 남편만큼이나 나는 작아져서 그 두 시간을 퍽 길게 느낄 수밖에 없었다. 고창에 도착하니 대전에서 전주에서 이미 모두 내려와 있었고, 그래서 휴우 한숨 쉬며 인계합니다, 하였지만, 그건 인계도 아니었다. 한 일이 없었는데. 그래서 우리는 지금도 시들지 않은 정하영 선생의 구수한 입담을 좋아한다.

또 하나 우리들의 모임에는 항상 술이 있었지만, 선생님께서는 그래도 너희들은 행복한 줄 알아라, 나는 소주밖에 안 마시니 돈이 얼마나 들겠니 하셨고, 그래서 생각해보면 우리는 선생님 모시는데 별로 돈을 들이지 않았다는 생각이 든다. 억지로라도 부드럽고 고급인 술을 권했더라면 더 오래 우리들의 곁에 계셨을까? 지금도 우리는 식사를 하면 반주를 습관처럼 하는데, 꼭 그것이 선생님에게서 배운 것은 아니지만 하여튼 우리의 습관이 되었다. 어떤 티브이 광고에서 아이가 아빠처럼 뒷짐을 지고 아빠를 따라가는 모습을 본 적이 있었는데, 우리는 알게 모르게 선생님의 모습을 참 많이 본받고 있다.

선운사이니 당연히 서정주의 시비詩碑 앞에서 머무를 수밖에. 그러나 우리는 그 앞에서 한 장의 사진도 찍을 수 없었다. 아마도 기억할 것이다. 선생님과 백사白史 전광용 선생님과 백영, 그리고 일모一茅 정한모 선생님들 모두 친일親日한 문인들에 대하여 혐오스러운 반응을 보이셨던 것을. 그래서 가끔은, 정말 가끔은 술을 드시고 비판받아 마땅한 분들에 대한 푸념을 하신 적도 있었다. 거기에는 우리가 대단하다 생각했던 분들도 포함되어, 아 그런 면이 있을 수 있구나 깨우쳤던 일들도 많았다. 이제 지나고 보니 선생님의 세계를 보는 기준과 지향을 조금은 알 수 있을 것 같다. 그렇게 안다는 것은 금방 이루어지지 않는가 보다.

선생님께서는 광주에 많이 오셨다. 박사학위논문 심사를 위해, 그리고 선운사 오시는 길에 들러 가시느라. 그런 기회가 쉽지 않아 선생님께 전남대학교의 특강을 부탁드린 일도 있었다. 참 다정도 하시지, 일일이 이미 자리 다잡은 제자의 선배 교수들에게 인사 차리시는 것을 보면서, 제자 보내는 것은 정말 딸 둔 아버지의 심정일까 하는 생각이 들었다. 고마운 마음과 미안한 마음, 그리고 아, 이는 행동을 통하여 가르치시는 것이다 하는 생각은 퍽 나중에야 가질 수 있었다.

그때 선생님의 거칠 것 없는 모습을 볼 수 있었다. 특강 중의 일이었다. 고전 속의 사람 살아가는 모습을 설명하시면서, 그 예로 광덕의 〈원왕생가〉를 드셨다. 친구인 엄장은 광덕이 입적하고 같이 살자 하였고, 그날 저녁 광덕의 아내는 엄장의 동침 요구를 거절하였다. 그런데, 아마 그날 월경 때였나 보지, 대부분의 청중이 여학생들이 아니었다 해도 참 얼마나 놀랄 일인가. 아 그것도 선생님이니까 신라인의 인간미를 설명하는 좋은 예로 지나갈 수 있었다.

그리고 백호 임제를 아는가? 임제의 묘소는 나주와 목포를 잇는 고속화도로의 저 높은 산 위에 있다. 임 씨들의 선산에서 떨어져 홀로 유택을 잡은 임제를 우리는 그냥 가문에서 인정받지 못한 결과일 것이라고만 생각했다. 그런데 특강에서는 언제 그 생각을 하셨는지 모른다. 여자 좋아하는 분이니, 저 아래 큰길에 지나가는 여자 보느라 홀로 높은 곳에 무덤이 있는 것이라 하셨다. 임제 집안의 선산 입구에는 세워진 석물石物에 '임을산[林乙山]'이라는 글씨가 새겨져 있었다. 아마도 임 씨 문중의 선산인가보다 했는데, 같이 계시던 이강로 선생님은 그것이 '이불뫼'의 이두식 표기라 하셨다. 이불을 펴 놓은 듯이 명당이 한 곳에 모여 있으니, 촌수寸數의 가림 없이 그 이불 속에 모셨다는 것이다. 그러고 보니 거기에는 시아버지와 며느리, 손자들이 한꺼번에 몰려 있었다. 임제는 그 속에도 끼지 못하고, 멀리 따로 떨어져 있었다. 기대하던 인물의 도중하차가 속상했는지, 문중에서는 그리 박대하였다고 한다. 그러나 지금은 누가 그 문중의 묘소를 찾겠는가? 전국의 국문학과 관련된 사람들이 임제만 찾으니, 지금은 묘소로 올라가는 입구에 주차장을 마련할 정도로 잘 단장하여 그 문중을 더 빛내고 있다. 선생님들을 모시고 다니면서 우리는 책이 아니라 말로 인생의 경륜과 해박한 지식을 전수받을 수 있었다.

지역적인 문제로 선생님을 모실 수 있었던 영광은 주로 호남에 한정될 수밖에 없었다. 광주호를 끼고 돌면 식영정과 소쇄원, 환벽정이 있고, 충장공 김덕령의 생가와 이장하여 새로 가꾼 충장사가 놓여 있다. 송강정과 면앙정, 그리고 취가정 등이 정말 병풍처럼 둘러 있는 곳, 이곳이 바로 선생님의 쓰신 책『문학의 산실 누정을 찾아서 I』의 배경이 되었다. 선생님께서는 다음에 II, III의 속편을 쓰시고자 했지만, 그것으로 끝났다. 정하영 선생이나 내가 근무지를 서울로 옮긴 까닭도 있지만, 선생님의 건강이 뒷받침되지 못한 것이 더 큰 이유였다.

선생님을 모시고 돌아다니면서 찍은 사진 속에서 선생님은 꾸불꾸불 새겨진 지팡이를 들고 계신다 1987년 여름 프랑스와 네덜란드에 긴 일이 있었는데, 네덜란드의 한 상점에서 고풍스러우면서도 가벼운 지팡이가 눈에 들어왔다. 항상 지팡이를 들고 다니시던 선생님의 모습이 생각났고, 그래서 그 지팡이는 선생님의 손에까지 오게 되었다. 가끔가끔 멀리

서 온 지팡이를 지인들에게 자랑하시던 선생님이 기억이 새롭다

성산 장덕순 선생 10주기 추모문집 『성산 장덕순 선생』,
간행위원회 편, 2006. 8. 20.

두 주먹 불끈 쥐고

지난 것은 모두 아름다워 보인다. 아마도 고난의 것, 아픔의 것은 기억의 저편으로 잠기고, 아름다운 것, 가치 있다고 생각하는 것만이 기억의 윗편으로 부상하는 것일까. 과거의 것을 아름답게만 생각하는 이런 망각이 있기에 우리의 삶은 또 그렇게 유지되는 것이라는 생각을 하기도 한다.

그러나 과연 그러한가? 과거의 것은 모두 그렇게 아름답게 채색되어 있는 것인가? 그것은 좀 구별되어야 할 것 같다. 배움의 시절, 그래서 아직은 완성된 정형의 시기가 아니었을 때, 그 모든 것은 완성을 향한 과정이기에 아름다워 보이는 것이 아닐까? 이미 정형화된 시기의 것들은 이상하게도 아름다운 것만으로 점철되는 것은 아닌 것 같다. 이성과의 만남이 결혼으로 귀결되었을 때, 그 외의 숱한 만남은 왜 그렇게도 진한 보랏빛으로 치장되는 것일까? 사실은 그렇지 않은 것인데, 그렇게도 환상처럼 떠오르는 것이다. 그러나 아, 결혼 후에 그 실체와 만났을 때, 그것은 얼마나 추회追悔의 대상으로 남는 것인가! 그러니 과거는 다만 과정으로서의 의미를 지니는 것으로 한정되어야 한다는 것이 나의 생각이다.

특히 직업에 관한 한 나의 보랏빛 과거는 상당히 일찍 끝났다. 재학 중에 군 복무를 하였다고는 하지만, 학부를 마치고 바로 고등학교의 교사로 부임하였기 때문이다. 임시교사였지만, 그 많은 시간을 학생들과 부대끼며 나의 정체성을 확인하려는 고난의 시간이 사실은 별 준비도 되어 있지 않은 나에게 밀어닥쳤다. 공식적인 경험이라곤 학부 시절의 그 고된 연속으로 기억되던 교생 실습 - 교사란 정말 도전해 볼 가치가 있는 것이라는 다짐을 하게 하였던 고된 국민학교와 중학교의 실습 - 이 전부인데. 그나마 사명감을 가지게 한 것이 그 실습 기간이긴 하였지만, 그것은 또 실제의 교사 기간은 아니지 않는가. 그러나 지금도 나는 모든 실습이란 엄하고 혹독해야 한다고 생각한다. 그러한 고통과 번민이 충분히 가치 있는 일이라는 생각을 하게 할 수만 있다면.

더구나 대학원 과정과 겹친 생활이었기에, 끊임없는 대학원의 과제로 나의 하루는 그렇게 풍족한 것이 아니었다. 지금 생각하면 더 규모 있게 살 수도 있었을 텐데, 나의 짧은 시간을 학생들에게서 보상받으려는 것은 얼마나 어리석은 일인가. 수업을 듣는 학생들에게 얼마나 많은 짜증과 부담을 주었는지, 생각하면 학생들은 나의 성숙하지 못함을 참아주었는지도 모른다. 선생으로서의 여유는 고사하고, 인간으로서 지녀야 할 덕목마저도 소홀히 하였다는 죄책감은 사실 그 기간이 끝난 뒤 계속 나를 따라다니던 업보와 같은 것이었다. 자신의 노력으로 극복될 수 있었던 것인데도 조급하여 매를 들고, 말로 몰아치고 ……. 생각하면 얼마나 부끄러운 나날이었던가!

그러나 그것 또한 하나의 과정이었기에, 그런 것까지도 열정적인 삶의 한 기간으로 치부하며 자위하곤 한다. 그 치졸함을 위무慰撫할 수 있는 복판에는 한 선배 교사의 족적이 있었기에, 그마저도 가능한 것이었다. 내가 처음 그 학교의 교무실에서 인사를 드렸을 때, 그는 나를 예리한 눈빛으로 노려보고 있었다. 그의 눈빛을 따라 나는 교정에 비치는 하늘의 파란 물감 속을 헤엄쳤고, 당연히 그가 이끄는 무리에 합류할 수밖에 없었다. 그를 중심으로 한 일당들은 많은 시간을 학교 부근의 술집에서 토론으로 보냈고, 그리고 영어 교사였던 그의 신혼집에서 그때의 약한 몸으로는 견디기 어려웠던 독한 양주를 퍼마시고 곯아떨어지는 일이 비일비재했다. 일당을 책임지며 그는 대장으로 군림하고 있었다. 나와는 10여 세를 격한 선배 교사였지만, 그는 우리보다 더 젊었고, 또 젊게 행동하였다. 그는 결혼도 불혹의 나이에 가까워서야 하였으니, 실제로 젊을 수밖에 없는 상황이기도 하였다.

우리는 자연스럽게 다른 무리와 자신들을 구별시켰고, 또 그것은 무언가 관습과 타성으로만 접근하였던 학교 당국의 행정에서 볼 때는 신선한 충격이기도 하였다. 주로 교장 선생님은 우리를 편들었고, 교감 선생님과 학생주임 선생님은 또 얼마나 우리를 못마땅해하였는지. 밤늦게까지 술을 마시고, 또 열띤 이야기가 오가고, 그래서 우리는 학교 주변에 있던 술집의 참 귀한 고객이었다. 또 수업 없는 날 아침엔 늦기도 하고, 결근도 하여 규칙적인 생활로 모범을 보여야 한다고 생각했던 선생님들에겐 그야말로 천방지축 날뛰는 망아지로 보였음 직하다. 나중에 들은 얘기지만, 좀 주의를 주라는 말에 교장 선생님께서는 밤늦게까지 교재 공부하다 보면 늦을 수도 있는 것 아니냐 하셨다고 한다. 그래서 가끔은 결근해야 교재 준비 열심히 한 교사일 수 있겠다는 말도 퍼지게 되었다. 교장 선생님은 얼마 전 돌아가셨는데, 나쁘게 보면 한없이 질책할 수 있는 우리에게 잘 울타리 되어 주셨다. 그리고 더한 것은 아, 대장과 미스 유의 결혼식에서 주례를 서 주셨다는 점이다. 미스 유는 대장이 그녀에게 부르는 호칭이어서 단순히 당신을 가리키는 말인 줄 알았지만, 그녀의 성이 또 류 씨였다. 왜 독일에서도 가까운 사이에선 두Du라고 하지 않는가? 그렇게 상당히도 가까웠던 그녀와 대장 사이에는 벌써 대학에 다니는 아들과 딸이 있다. 그런데도 그들은 아직 유와 당신 사이를 오가며 철없는 모습을 보이고 있다.

　대장으로 군림하던 그의 모습은 나의 기억 속에 많이 남아 있다. 때로는 우리의 비판을 받으며, 또 때로는 대장의 권위를 인정받을 수 있는 당연한 모습으로. 그 중 하나는 웃기게도 그가 담임을 맡았던 고3의 한 교실에서 급훈을 보았을 때였다. 가운데 태극기가 있고, 왼쪽에는 교훈이 있고, 오른쪽에는 급훈이 있지 않은가. 그 급훈에는 '두 주먹 불끈 쥐고'라는 글이 선명하게 쓰여 있었다. 그 급훈 같지도 않은 글을 보면서 처음에는 웃음이 났지만, 그것이 그 시대를 살아가야만 했던 우리의 처절한 외침이라는 점을 알고는 괜히 눈물이 글썽거렸던 기억을 잊을 수 없다. '두 주먹 불끈 쥐지' 않고서는 우리가 어떻게 그 힘든 시절을 보낼 수 있었겠는가. 지방에서 올라온 가난한 군상들 – 유일하게 미군 작업복 사다 염색하여 사철 입던 참 추웠던 시절. 누구 하나 예외 없던 아픔 속에서 살아남을 수 있었던 것은 그런 독함 말고 무엇이 있었겠는가. 이런 아픔이 있었기에, 우리는 일당 중 하나의 문제가 있으면, 같이 해결하느라 깊은 밤을 보내고 그리고는 미친 듯 취하여 운동장을 포효하며 질주하곤 하였었다. 지금 생각하면 이것이 꼭 공후인箜篌引 설화에서 물에 빠져들었던 머리 하얀 늙은이와 왜 그리 닮았던가. 붙잡을 수 없는 무언가에 홀린 듯 우리는 그냥 질주하곤 하였었다. 그 아픔을 '두 주먹 불끈 쥐고'는 가슴을 후비면서 환기시켜 주었던 것이다.

　일당들은 방학이면 으레 설악을 등반하였었다. 추운 겨울이거나, 아니면 더운 여름이거나, 대장은 의연히 앞장서고, 우리는 그 뒤를 줄줄 따라가면서 자신이 일당의 하나임을 확인하곤 하였다. 남교리에서 시작하여 십

이선녀탕의 막탕, 그리고 대승령과 귀때기청봉, 소청을 지나 드디어는 대청의 정상에 우뚝 설 때까지 우리는 그의 지시 하나하나에 얼마나 순종하였던가. 이틀 정도 물이 없는 기간을 지나며 그의 허락 없이는 물 한 번 제대로 머금지 못했던 숨 막힘. 그것은 사고를 예방해야 하는 대장의 책무이기도 했을 것이다.

어느 해 그런데, 지금은 홍익대에 있는 선배와 나는 어쩔 수 없는 반항을 했고, 그것 때문에 우리는 산행의 종착지인 화진포의 밤을 꼬박 새며 서로의 잘못을 밝히는 논쟁을 벌여야 했다. 그것은 대청에서 내려와 민가의 술집과 만나는 휘운각에서의 의견 충돌 때문이었다. 오랫동안 산속에서 지내던 우리는 사람과 맞부딪치는 이 장소에서 술로 목을 적시고 싶었고, 대장은 내려가는 길이 험하니 더 참자는 것이었다. 술을 마시는 우리를 두고 대장은 떠났고, 우리는 그들을 찾으려 허둥대야만 했다. 그런데 그렇게 힘들게 일행을 찾았을 때, 대장은 비선대 가까운 곳에서 시원하게 물에 몸을 담그고 있었다. 아, 그 배신감이란. 사실은 소소한 문제였지만, 그것은 점점 큰 문제로 번져 갔다. 우리 사는 일에 무슨 3차대전 일어날 큰 일이 있겠는가. 작은 일이 점점 큰 일로 비화되는 것 아니겠는가. 일당을 책임지는 대장으로서의 포용력이 거론되었고, 그리고 우리는 이제 그렇게 '두 주먹 불끈 쥐고' 사는 시대를 지속해서는 안 된다는 것을 분명히 확인하여야 했다. 나의 눈에는 자신을 버티게 했던 굳센 이념이 무너지는 아픔을 대장은 건지지 못하는 것 같아 보였다. 그러나 어쩌랴. 그런 각박한 인식은 사라져야 하는 것을. 그 사건 이후 나는 더 이상 나의 방식대로 강요하던 것을 멈추었다. 학생에 대한 체벌도 버려야 할 것으로 생각했고, 나는 그 이전의 나와는 많이도 달라졌다는 느낌을 지울 수가 없었다.

학생들과의 만남이 전제될 때, 나의 지난 생활과 이념이 강요되지 않아야 한다는 사실은 그렇게 나에게 각인되었다. 지금은 방송대에 있는 대장도 벌써 '두 주먹 불끈 주고' 뛰어야 했던 아픈 시절은 멀리 보냈을 것이다. 그 아픔은 우리의 것이어야 할 뿐, 후세들은 우리처럼 그렇게 살지는 말아야 하기 때문이다. 그들은 구김살 없이 환한 길을 넉넉하게 나아갔으면 하는 것이 우리의 마음이고, 더 바란다면 우리는 여러 가지 이유에서 하지 못했던 것이지만 넉넉한 마음으로 자신보다 못한 사람들을 끌어안고 더불어 살 수 있는 여유를 가졌으면 ……. 이제 정말 '두 주먹 불끈 쥐고' 이를 앙다무는 시절은 다시 오지 않아야 할 것이다.

오랜 시절 지난 뒤, 우리는 우리만이 아니라 옆에 딸린 예쁜 아내, 그리고 우리의 세대를 물려주고 싶지 않은 사랑하는 아이들과 함께 만날 수 있었다. 이제 우리에게 그 험난한 설악의 능선 주행은 현재의 일이 될 수 없었다. 우리는 부부들이 모여 근교의 작으마한 야산을 오르고, 그리고는 소주 한 잔으로 과거를 회상해야 했다. 우리 누구에게서도 두 주먹 불끈 쥔 모습은 발견되지 않았다. 그렇지만 어느 순간 대장의 눈만은 처음 교무실에서 나를 맞이했던 것처럼 하늘을 향해 시원하게 열려 있었다.

서울대 국어교육과 동문회, 『가던 길 멈추고 서서』, 빛샘, 1999.

어느 여름날, 그리고 정규선 선생님

지금은 웅장한 교문校門으로 모습을 바꾸었지만, 얼마 전까지만 해도 아담하고 소박한 모습의 교문을 들어서면, 다보탑과 석가탑을 지나 불국사 대웅전에 오르는 듯 소담한 석계石階가 놓여 있었다. 마치 오랜 역사와 풍치를 보여주는 듯 잠깐씩은 사색에 잠기게 하던 곳, 그래서 왠지 아련한 추억에 빠져들게 하던 곳 - 그래서 그곳은 항상 나로 하여금 숙명淑明의 과거와 현재를 생각하게 하는 끈이기도 하였다. 그것은 오래 전, 숙명의 축제에 불리어 가서 두근거리고 가슴 졸이던 아련한 추억에 젖어 들게 하던 과거를 생각하게 하고, 또 그것은 오랜 세월이 지나도록 남들 다 멀리 갔는데, 전통의 모습 그대로를 지킨다는 것이 어떠하여야 하는가를 상징적으로 보여주었기 때문이다.

1970년의 여름, 지금은 너무도 흔한 것이어서 아무런 흥취도 없는 것이지만, 이른바 축제 파트너로 부름 받고 또 금남禁男의 지역에 들어가 포크댄스에 참여하는 것은 얼마나 가슴 설레는 일이었던가? 나의 여성에 대한 고루함을 깨뜨려야 하겠다는 생각도, 얌전할 뿐이라고 생각했던 여대생들의 탈춤 공연을 본 뒤부터였다. 언제 우리가 여성에 대하여 배우고 알 수 있는 기회가 있었던가. 조금 지나 군대에 가고 다시는 숙명과 마주할 기회가 없었지만, 많은 세월이 흘러 이 학교의 교수가 된 것도 어쩌면 이러한 인연의 축적이 아니겠는가?

　1991년의 여름 나는 자그마한 교문을 들어서면서 대체로는 다소곳하고 또 조금은 당돌할 것 같은 숙명의 모습을 생각하고 있었다. 나는 어느새 불혹不惑, 얼마만큼은 과거를 생각할 나이의 중년으로 변해 있었다. 그리고 20년 전 그때 느꼈던 숙명의 모습과 현재 내가 바라보는 숙명의 모습은 분명 달라져야 할 것이라는 당위當爲까지도 생각하면서 그 교문을 들어서고 있었다. 그런데 시간은 잠깐 머무르고 있었다. 자그마한 캠퍼스는 시간의 흐름을 용납하지 않는 듯, 블랙홀의 거대한 덩어리였다. 여러 과정을 거쳐 총장님과의 면접을 앞에 두면서 내가 느낀 것은 이렇게 변화를 거부하는 듯, 전통의 든든함에 무게를 둔 숙명의 모습이었다. 죄는 듯, 천천히 올라가던 승강기의 상승감도 또한 이러한 나의 생각을 뒷받침하고 있었다.

　그 교정의 짜인 모습과 학생들의 '요조숙녀적인 모습'들도 또한 시간의 흐름을 거부하는 듯한 모습으로 나에게는 비쳤다. 좋은 남편을 만나 정상적 가정을 이루는 것은 대단히 중요하고 필요한 일이다. 그러나 그것이 대학의 본질과 어떤 연관을 갖는 것인가. 현모양처의 교육에 나는 어떻게, 또 얼마나 기여할 수 있을까. 그리고 이것은 10여 년 동안 남학생들과의 분방한 생활, 노도怒濤의 생활에 익숙한 나에게는 대단히 적응하기 어려운 미래일 것이라는 생각도 들었다. 나무도 묘목苗木일 때 옮겨 심어야 잘 자랄 수 있다는 생각이 든 것도 이러한 이유에서였다. 다른 곳에 오랫동안 뿌리박고 살다가 새로운 토양에 적응한다는 것이 생각하면 얼마나 어려운 일이겠는가. 그러나 이런 생각도 들었다. 이 나이에 이르러 새로운 환경에 적응하기 위해서는 얼마나 많은 노력이 필요하겠는가. 그것은 또 사람으로 하여금 얼마나 활기와 생명력을 갖게 하는 일이겠는가. 총장실의 문을 들어서면서까지 이런저런 생각으로 나는 상당히 무거운 마음을 지니고 있었다.

아마 보통 날이었으면 그냥 시원한 남방차림이었겠지만, 나는 양복을 입고 땀을 흘리고 있었다. 역사의 중압감과 현모양처는 또 얼마나 사람을 덥게 하는 것인가. 그런데 중후하고 인자한 모습의 총장님과 마주하면서 그 더위는 서서히 사라지고 있었다. 숙명의 과거를 짚어보고 또 그 현재와 미래를 기획하는 말씀 속에서 이미 상투적인 현모양처는 사라지고 있었다. 대학이 무엇을 하여야 하는 곳인가. 나는 안도감과 그리고 서늘한 안정감으로 나의 중심을 자리 잡을 수 있었다. 나는 지금까지 나를 투여하였던 대로 또 열심히 국가의 동량棟梁을 길러내기만 하면 되는 것이었다.

짧은 만남이었지만 그것은 지금까지의 나를 버티게 하는 큰 힘이 되고 있다. 그리고 처음의 말씀대로 함께 이 학교에 부임한 교수들과의 만남이나, 또 몇 사람들과의 작은 모임에 참석하여 학교의 미래를 위한 제언을 경청하는 모습을 보면서, 숙명의 미래는 결코 어둡지 않을 것이라는 생각도 또 할 수 있었다. 숙명의 전통이란 사실 이제는 없어진 돌계단이나 건물에서 나타나는 것이 아니고, 바로 이러한 지도자의 정신의 내림에서 이루어지는 것이 아니겠는가. 지금도 교수회의에서, 또 교정에서 선생님을 뵐 때마다, 나는 그 무더웠던 여름날 체험했던 서늘한 기분에 사로잡히곤 한다. 그리고 20여 년 전 축제의 날에 느꼈던 여대생들의 발랄함과 무한한 비상을 생각한다. 요즈음 나는 그것이 가끔은 지치곤 하는 나를 붙드는 큰 힘이라는 생각을 하고 있다.

정규선 교수님 회갑기념문집인 『큰 산 큰 바다시네』, 기념문집 준비위원회, 1996.

모옌莫言과의 만남

중국에 최초의 노벨문학상을 안겨준 모옌을 만나고, 인연을 맺은 것은 전혀 우연한 일로부터 비롯되었다. 1987년 고등학교 『문학』 교과서를 집필하면서 맺은 서울대학교의 우한용 교수, 경인교육대학교의 박인기 교수, 강릉원주대학교의 최병우 교수, 그리고 나는 지금까지 남들이 부러워하는 모임을 계속하고 있다. 넷 다 자기 분야에서 활발하게 활동하다 보니 나름대로의 교제 범위가 넓은데, 우리는 상당 부분 그 범위를 공유하면서 지냈다. 그러다 보니 같이 어울려 지내는 시간과 공간이 한없이 많아질 수밖에 없었다.

가장 연배도 높고 활동 범위도 광범한 사람은 우한용 교수였다. 소설을 쓰고, 시를 쓰고, 그리고 문학교육을 담당하는 우공(우한용 교수의 호)은 그 활동 범위에 걸맞게 다양한 방면의 사람들과 인연을 맺고 있었던 것이다. 우리는 어떤 한 사람이 이걸 하자 하면 우선은 반대 없이 그러자 하는 나름대로의 규칙을 지키고 있었다. 그러니 우리는 어떤 제안을 할 때면 거절하지 못한다는 것을 생각하고, 자신의 의견을 조심스럽게 드러냈던 것이다. 우공이 우리 같이 만나 인연을 맺자 한 사람이 바로 중국의 소설가 모옌이었다. 영화 〈붉은 수수밭〉을 감명 깊게 보았던 터라, 우리는 두말없이 이를 받아들였고, 어느 정도 흥분된 감정까지도 가질 수 있었다.

모옌이 노벨문학상을 받은 것은 2012년의 일인데, 우리가 서로 자리를 같이한 것은 2005년 5월 2일이었다. 그는 별로 술을 하지 않지만, 토속적인 자리가 좋다 하여 헌법재판소 건너의 허름한 두붓집에서 막걸리를 기울이며 오랜 시간을 같이할 수 있었다. 참석한 사람은 모옌과 우리 넷, 모옌의 작품을 번역하여 한국에 소개하고 있는 박명애 선생, 그리고 국악인 채수정 선생이었다. 박명애 선생은 모옌의 작품 대부분을 한국어로 번역하여 소개해주었다. 그리고 채수정 선생은 판소리 인간문화재인 박송희 선생 문하에서 공부하였기 때문에 나와는 오랜 만남을 지속하고 있었다.

　　우리는 술을 기울이면서 모옌의 젊은 시절 이야기를 들었고, 그 생활이 우리의 것과는 상당히 차이를 가지고 있다는 것을 절감하고 있었다. 그러나 세상은 그렇게 같은 것은 하나도 없다는 것을 우리 모두는 잘 알고 있었다. 그래서 같은 시기를 살고 있지만 다른 환경 속에서 나름대로의 성실한 삶을 영위한다는 점에서 깊은 공감대에 빠져들 수 있었다. 우리는 그가 처했던 어려움과 헤쳐나간 노력을 충분히 이해할 수 있었기 때문이다. 또 채 선생이 있어 우리는 판소리의 세계에 빠져들 수 있었다. 공자는 아들에게 시를 배우지 않으면 말할 수 없다 하였는데, 음악이 없으면 어울릴 수 없다는 것도 진실임을 알았다. 음악은 언어의 해석 없이 우리의 마음을 연결해줄 수 있기 때문이다.

　　같이 사진을 찍으면서 우리는 서로의 상시로운 미래를 축원하였다. 혹시 아는가! 모옌이 노벨상 받은 것이 그때 우리들의 축원 덕분인지를. 세상은, 그리고 미래는 누구나 알 수 없는 일이어서 항상 조심하고 너그럽게 살 일이다. 모옌은 이별에 앞서 우리 모두에게 그날의 인상을 간략하게 표현한 시구를 써주었다. 그가 나에게 써준 글귀는 '도리만천하桃李滿天下'였다. 아마도 채 선생의 북 반주에 맞추어 부른 〈사랑가〉의 모습을 염두에 둔 것이리라. 그는 부담 없었던 그 날을 오래 기억할 것이라 하였다.

우리 모두는 다시 모옌과 만날 기회가 있었다. 세계 문학자 대회에 모옌이 초청되어 왔기 때문이다. 올 때마다 모옌의 위상은 더 높아지고 있었다. 그래서 이번에는 여러 명의 일행과 같이 저녁 식사를 같이하는 것으로 만족해야 했다. 그러나 우리는 지난날 같이 지냈던 저녁을 생각하며 반갑게 서로의 안부와 건강을 걱정했다. 다른 사람들과 함께 하는 식사 자리였고, 그리고 통역이 필요했기 때문에 우리의 사적인 대화는 처음의 안부 이외에는 지속되지 않았다. 그리고 후일을 기약하며 헤어졌다.

나는 다시 아시아 아프리카 문학자 대회가 열리는 전주에서 그와 만났다. 그와의 안부 인사가 끝나면서 그는 초청된 인사로서 특강을 했고, 나는 객석에서 그의 이야기를 들었다. 그는 여전히 삶의 중요한 순간을 형상화하는 것이 작가의 사명이라고 했다. 그것이야말로 작가의 소중한 의무이고, 사회에 기여하는 것이라고 했다. 이 짧은 만남 뒤에 모옌과 개인적으로 만나는 일은 없어졌다. 2012년 그가 노벨문학상을 수상하면서 그는 우리와 사적인 만남을 지속할 수 없는 공적인 인물로 변했기 때문이다. 그가 한국을 오는 기회도 있었지만, 우리는 그의 바쁜 공식적인 활동을 고려하여 연락하는 것도 삼가야 했다. 그렇게 그와의 만남은 다시 이어지지 못했다.

나는 요즘 삶이 꿈과 같다는 평범한 말을 참 실감 있게 받아들이고 있다. 이태백이 '뜬구름과 같은 삶이 꿈과 같으니浮生若夢'라 하였지만, 이런 생각은 어찌 이태백뿐이겠는가. 명창 박록주 선생이 죽기 전에 가사를 쓰고, 그의 제자인 박송희 선생이 곡을 붙인 〈인생 백 년〉은 "인생 백 년 꿈과 같네."로 시작하고 있다. 사람들은 삶의 덧없음을 꿈과 같다고 즐겨 표현하였던 것이다. 그러나 나는 65세의 정년을 넘어서면서도 삶의 덧없음을 깨닫기에는 아직 이르지 못한 것 같다. 그저 꿈 자체와 우리의 삶이 퍽 일치한다는 생각만이 부쩍 더 드는 것이다. 젊은 시절이야 꿈은 희망이고 가야 할 목표로 인식되었지만, 이런 정도의 나이가 되니 꿈은 무언가 어슴푸레한 것, 그렇게 가물가물하다 사라지는 것이었다. 그런 꿈과 같이 지나온 삶도 토막토막져서 존재하다가 사라지는 것이었다.

없어 못 살 것 같던 친구나 연인 사이가 그저 속절없이 먼 존재가 되고, 그러다가 나와는 아무런 관계없는 사이가 되고, 그러다가 언제부턴가는 그와 내가 아는 사이였다는 것도 잊게 되는 것을 요즈음 많이 느끼고 있다. 젊었을 때는 바삐 사느라 그랬다 하지만, 나이 들어서는 시간의 흐름이 과거를 잊게 만드는 것으로 보였다. 그렇게 이 세상을 하직하면서 다른 세상에 가서는 이 세상에서 있었던 일 다 잊고, 처음인 듯이 새롭게 살아가는 것은 아닌지 모르겠다. 〈구운몽〉의 성진이 양소유로 다시 태어나 처음에는 성진으로서의 생활을 토막토막 기억하다가, 모든 것 다 잊고 양소유로서의 삶을 성실하게 살아가는 것처럼. 숱한 인연들이 우리 곁을 스쳐 지나가지만, 정년을 맞이하여 새삼스레 짐을 정리하면서 모옌과의 즐거웠던 하룻밤을 기억하게 하는 사진과 그가 써 준 시구를 보며 인연이라는 것, 세월의 흐름이라는 것을 새삼 느껴볼 수 있었다.

책을 읽읍시다

『삼국유사』 읽기
〈구운몽〉으로 풀어보는 수수께끼
〈상록수〉의 만남과 전통
머리말 모음
서평 모음

『삼국유사三國遺事』 읽기

왜『삼국유사』인가

　과거의 사람들이 영위한 삶의 모습에 대하여 지금의 우리 기준을 들이대고, 이에 따라 비판하는 것은 옳으면서 또 그르다. 과거는 보다 나은 미래의 건설을 위하여 초석이 되어야 할 비판의 대상이라는 점에서, 과거를 효율적으로 사용하는 사람이나 집단에게 즐겨 비판을 허용한다. 그러나 과거는 과거의 생활 그 자체로서 존재하는 또 하나의 시간과 공간이다. 사람들은 그 상황 속에서 그에 걸맞은 사고와 생활을 영위하였다. 우리가 이 시대가 부과하는 제도와 법률 속에서 살아가듯이, 그들도 그 시대가 요구하는 방식에 따라 생활하였던 것이다. 따라서 전혀 다른 기준으로 과거의 삶을 비판하는 것은 그들로서는 전혀 예기하지 못했던 일이라고 할 수 있다.

　과거의 생활이 어떻게 이루어졌는가 알기 위하여 우리는 역사서를 펼쳐볼 것이다. 실록實錄은 객관적인 위치의 사관史官을 두어 정치의 중심에서 일어난 일을 꼼꼼하게 적었다는 점에서 세계사에 유례가 없는 일이다. 따라서 조선조의 정치 중심지에서 일어난 일을 우리는 상세하게 재구할 수 있는 것처럼 보인다. 또한, 후대에 기록된 것이라고는 하지만,『고려사』나『삼국사기』가 있어 고려와 삼국시대의 역사에 대한 조망을 할 수 있다. 그러나 기본적으로 역사서는 삶에 대한 추상적 인식을 기록한 것이다. 따라서 거기에는 집필자의 역사 인식에 따라 제시된 객관적 사실만이 나열된 것이다. 역사 속에서 살아 숨쉬는 민중의 삶을 살펴볼 수 없는 이유가 여기에 있다.

『삼국유사』는 기존의 역사서가 가지고 있는 서술적 태도를 거부하면서 출발하였다. 실제 일어난 일만을 기록하지 않고, 상상 속에 존재하는 영역까지도 역사의 소중한 기록이라고 생각하였다. 그래서 일연은 자신이 편찬한 책의 제목을 '역사 사史'라 하지 않고 '일 사事'라 하였다. '일'이라고 이름을 붙이니, 실제로 일어난 일뿐만 아니라 생각한 일, 들은 일, 읽은 일 등 모두를 기록할 수 있었다. 그래서 『삼국유사』를 읽으면서 우리는 선인들의 구체적인 삶의 모습과 살아 있는 사고를 접할 수 있다.

『삼국유사』에 나타난 일연의 생각

일연은 고려 말 경상도 경산에서 태어났다. 22세에 승과에 합격하였고, 44세에는 정림사의 주지가 되어 공인으로서의 모습을 선보였다. 또한 왕명에 의하여 청도의 운문사에 거주하였고, 이후 국사로 책봉되었으며, 인각사에서 84세를 일기로 입적하여 보각普覺이라는 시호를 받았기에 우리는 그를 '보각국사 일연'으로 부르고 있다. 이러한 생애는 그 자체로서 중요한 불교사적 의미를 갖는 것이지만, 『삼국유사』의 편찬이 있어 일연은 불교의 승려라는 위치를 벗어나고 있다. 일연이 보여주었던 불교적 생애는 그와 동일하거나 더 우러러볼 만한 행적을 남긴 고매한 분들이 더 있을 것이기 때문이다.

일연과 같은 위치에 있었던 사람은 많이 있었지만, 일연이 있었기에 『삼국유사』는 가능했다. 일연은 왜 『삼국유사』를 편찬할 생각을 했던 것일까? 그 이유를 우선 『삼국유사』〈기이편〉 서두에서 찾아볼 수 있다. 그는 〈기이편〉을 모든 편의 첫머리에 실으면서, "삼국의 시조가 모두 신비스럽고 기이한 데서 나온 것이 어찌 괴이하다 하겠는가?"라고 하였다. 이는 상도常道를 벗어난 것에 대하여는 말하지 않는다는 공자의 말에 근거를 두고 삼국의 역사에서 신이한 일을 제거한 『삼국사기』의 기술태도를 비판한 것으로 보인다. 거의 같은 시대에 이규보도 김부식이 동명왕에 관한 신화적 기록을 생략한 것에 대하여 비판하였다. 그는 동명왕의 이야기가 환幻이 아니고 성聖이며 귀鬼가 아니고 신神이라 하면서, "동명왕의 일은 실로 나라를 창시한 신기한 사적이니 이것을 기술하지 않으면 후인들이 장차 어떻게 볼 것인가?"라고 하였다. 일연은 김부식을 명시적으로 언급하지 않았지만, 상상력의 소산인 설화를 인멸하는 것에 대하여 강한 거부감을 보이고 있는 것이다. 이러한 일연의 생각에 의하여 우리는 앙상한 역사의 줄기를 풍성하게 하는 피와 살을 접할 수 있게 되었다.

　역사서의 기술은 실제 일어난 일에 기반하여 이루어진다. 그러나 실제 일어난 일도 보는 사람에 따라 달리 보일 수밖에 없다. 사건의 동기를 보면서 평가하는 것은 사건의 과정이나 결과를 고려하면서 평가하는 것과 다를 수밖에 없는 것이다. 일연은 기록물이 표면적으로 이루어진 사건만이 아니라, 사건 속에 감추어진 사람들의 내면까지 같이 보여주어야 한다고 생각하였다. 그런데 이것은 역사가 목표하는 바와는 다른 문학의 지향이라고 할 수 있다. 문학은 결과가 아니라 과정의 구체적 제시를 통하여 독자와 함께 해결을 도모하는 문화이기 때문이다. 『삼국유사』가 중요한 역사서이면서 동시에 국문학의 보고로 인식되는 까닭이 여기에 있는 것이다. 이로써 삼국의 기록은 살과 피가 갖추어진 구체적 생활사로 재구될 수 있었다.

『삼국유사』의 문화사적 의의

『삼국유사』는 우리의 선인들이 생각하고 겪었던 생생한 이야기를 기록하였다. 그래서 우리는 『삼국유사』를 읽으면서 과거는 물론이고 현재의 삶과 관련된 모든 문제의 본질을 생각하게 된다. 이 책이 역사와 문학의 성격을 아울러 가지고 있기에, 우리는 과거에 대한 추상적 인식과 구체적 감동을 받게 되는 것이다. 꼼꼼하게 이 책을 읽는 독자라면 일연의 이러한 의도를 간파하고 자신과 자신을 포함한 우리 민족의 삶에 대하여 진지한 고민을 하게 될 것이다.

『삼국유사』가 민족주의적 색채를 진하게 지니고 있다는 것은 〈기이편〉의 첫머리를 단군신화를 기록한 고조선으로부터 시작한 것에서 잘 드러난다. 환인桓因과 환웅桓雄을 연원으로 하는 단군과 고조선은 『삼국사기』에서는 찾아볼 수 없다. 일연은 우리 민족의 연원이 하느님인 환인으로부터 비롯된다는 긍지와 우리 민족의 시조로 단군을 내세움으로써, 고구려나 신라, 백제는 같이 어울려야 하는 공동체임을 드러내고 있다. 이러한 인식을 공유함으로써 그는 몽고의 병란으로 찢긴 민족적 동질성을 강조하고자 했던 것으로 보인다.

일연은 불교의 승려였고, 또 경상도의 경산에서 태어났다. 이러한 이유로 『삼국유사』는 불교와 신라 중심의 이야기가 주류를 이루었다는 비판을 받기도 한다. 그러나 신라 중심의 서술은 그 시기상 어쩔 수 없는 일이라고 할 수 있다. 고구려나 백제가 멸망된 것은 너무 오래 전의 일이고, 따라서 참고할 수 있는 자료가 많이 남아 있지 않았기 때문이다. 불교를 중심으로 한 기술이라는 것도 당시의 주된 사유 방식이 불학佛學에 기반을 두고 있다는 점을 고려한다면 크게 탓할 것은 아니다. 신라와 불교 중심으로 이야기를 채록하면서도 일연은 사료史料에 충실하고자 하였고, 직접 현장을 답사하여 정확성을 기하고자 노력하였다. 황룡사의 구층탑에 대한 기술과 같이 자신이 직접 답사함으로써 얻을 수 있는 현장감은 도처에서 발견되고 있다. 또한, 기존의 역사서와 자신의 견해가 다를 경우에는 반드시 이를 구별하여 독자의 판단에 맡기는 태도를 취했다. 이러한 현장성과 정확성을 갖추고 있어 『삼국유사』는 우리의 미술사나 생활사를 복원하는 데 있어 소중한 자료가 될 수 있었다.

우리는 향가 14수를 기록한 책이라는 사실로 『삼국유사』를 기억하고 있다. 『삼국유사』가 없었다면, 우리는 신라인들의 도저한 문학적 깊이를 보여준 향가를 단순한 지식으로서만 알게 되었을 것이다. 마치 진성여왕 대에 편찬된 『삼대목三代目』이 그 이름으로서만 우리에게 남아 있는 것처럼······. 일연은 향찰문자로 기록된 향가와 그 향가가 나타난 배경설화를 같이 기록하여 향찰 해독의 길을 열어주었다. 또한, 〈풍요〉를 전하고 있는 양지사석良志使錫 조의 끝에 "재 마치니 법당 앞의 지팡이 한가롭고, / 고요한 몸가짐으로 향불 살피며 스스로 단향을 피우네. / 못다 읽은 불경 읽고 나니 할 일이 없어, / 부처님 모습 빚어 합장하고 쳐다보네."라는 찬시讚詩를 덧붙였는데, 이는 다른 모든 기록에서도 동일하게 기록되어 있어 일연의 예술가적 풍모를 잘 보여준다.

인각사에 있는 일연의 비碑에는 그가 저술한 수많은 책이 기록되어 있지만, 지금은 전하는 것이 거의 없고 그 비문에 기록되어 있지 않은 『삼국유사』가 남아 있어 그의 생각을 우리에게 전하고 있다. 아마도 그 당시 비문을 작성하던 사람들은 이 『삼국유사』의 가치를 대단하게 여기지 않았거나, 또는 『삼국유사』가 그때까지는 전체적인 틀을 갖추지 않았는지 모른다. 그러나 『삼국유사』만으로도 일연은 다른 어떤 것보다도 소중한 문화적 업적을 남긴 인물로 기억될 수 있을 것이다.

『삼국유사』와 교육

말을 물가로 끌고 갈 수는 있지만, 물을 먹일 수는 없다고 하였다. 왜 물을 먹어야 하는지에 대한 진지한 고민이 없어서일 것이다. 『삼국유사』에는 왜 과거가 중요한가, 그리고 과거는 바람직한 미래의 건설에 있어 어떤 역할을 하는가에 대한 구체적 고민이 담겨 있다. 『삼국유사』가 교육의 중요한 자료로 사용될 수 있는 이유는 이 책이 단순한 역사로서의 추상적 인식이 아니라, 문학적 상상력의 구체적 결과물이라는 점에 있다. 학생들로 하여금 풍부한 상상력의 구름을 타게 하고, 이를 통하여 새로운 미래를 설계할 수 있도록 하기 위해서도 『삼국유사』는 반드시 필요하다.

교육은 과거의 사유를 바탕으로 미래를 담당할 후세에게 시대를 열어가는 혜안慧眼을 갖게 하는 활동이라고 할 수 있다. 그렇게 하기 위하여 교사는 먼저 온고지신溫故知新의 자세를 가져야 한다. 과거에 대한 풍부한 경험과 사유를 통하여 학생들로 하여금 배우는 즐거움을 갖게 할 수 있기 때문이다.

이와 아울러 교사는 학생들과 함께 환상의 세계를 공유하는 눈높이를 가져야 할 것이다. 환상의 세계에서는 시간의 변화나 공간이 이동이 자연스럽게 이루어진다. 곰과 호랑이는 하느님에게 나아가 사람이 되기를 빌기도 한다. 또 동해의 용왕은 자신을 위하여 절을 세워준다는 임금에게 자신의 아들을 데려가도록 하기도 한다. 그렇게 하여 우리의 사유체계는 형성되었던 것이다. 교사는 학생들에게 그리스나 로마의 이야기가 아니라 우리의 땀과 열정이 담겨 있는 『삼국유사』의 이야기에서 우리만의 환상적 세계를 열어줄 수 있어야 한다. 풍부한 지식과 감성을 갖춘 지도자가 되고자 하는 교사로서 『삼국유사』와 진지하게 대면해야 하는 까닭이 여기에 있다.

『교사와 책』, 솔, 2008.

〈구운몽〉으로 풀어보는 수수께끼

　　고등학교에서 많은 문학 작품을 배웠지만, 대학에 입학한 뒤 그것들은 어느 순간 기억에서 사라지고 만다. 배운 기억은 나지만 그것은 의미를 상실한 채 지식의 편린으로만 남아있는 것이다. 그렇게 된 이유는 무엇일까? 아무래도 문학을 토막 내서 수험용이나 지식으로만 접근했던 것 때문이 아닐까 한다. 그러다 보니 작품이 아니라 작가와 작품 창작의 배경, 그리고 주제 중심의 '공부'가 될 수밖에 없었다. 그 결과 문학은 우리의 몸과 짝하지 못하고 필요했던 시간이 지나면 사라지게 되는 것이다. 따라서 문학의 향기가 '몸'에 스며든 경험을 가졌다면, 문학에 익숙했던 몸은 다시 감동을 통한 변화의 기운에 내맡기게 된다. 문학은 본래 지식을 통한 변화가 아니라 감동을 통한 변화를 추구하는 활동이기 때문이다. 그렇게 접근할 필요가 있다.

　　김만중의 〈구운몽〉은 참 많은 것을 우리에게 던져주고 있다. 〈구운몽〉은 우선 사람의 탄생을 저 멀리서 허위허위 달려와 이 세상으로 오는 여행으로 그리고 있다. 양소유는 저 먼 세상에 살던 성진이 팔선녀를 보며 잠시 사랑의 감정에 빠진 죄(?)를 지어 이곳으로 온 뒤 얻게 된 이름인 것이다. 그는 애교로 볼 수 있는 일탈의 현장을 떠나 더 큰 성장을 위하여 이 땅으로 여행을 온 것이다. 그 이름만 보더라도 소유少遊는 이 세상에 '잠시 놀러 온' 사람일 뿐, 그의 본 모습은 '참을 추구하는' 성진性眞인 것이다. 모든 사람은 이렇게 외면의 보여지는 모습과 내면의 감추어진 모습으로 이루어져 있다. 누군가가 이 세계를 향하여 툭 던져준 것이 우리 인생이라는 것은 얼마나 재미없는 일인가! 저절로 인간이 생겨났다고 하거나, 또는 하늘에서 내려온 벌레가 인간이 되었다거나 ……. 그렇다면 인간은 아무 흔적도 없이 사라지는 허무의 모습만을 기억하게 될 것이다. 같이 숨을 쉬고 도란도란 사랑을 나누었던 사람이 어찌 흙이나 나무와 같겠는가. 그래서 사람들은 자신을 둘러싸고 있는 사람이 다른 세상에서의 인연을 소중하게 여겨 찾아온 것으로 생각하게 된다. 그렇게 소중한 인연으로 맺어졌던 존재임을 알게 되면 그들을 바라보는 우리의 눈은 감동으로 물기가 어리게 될 것이다.

〈구운몽〉의 사람들은 전생에서의 소중한 인연을 잊지 못하여 다시 만나고 사랑을 나눈다. 우리는 그들의 모습을 보며 우리의 삶도 결코 허투루 보낼 수 없는 것임을 체득하게 되는 것이다. 양소유의 일생은 여덟 여자를 찾아 자신의 여인으로 만드는 호색好色의 삶이라고 볼 수도 있다. 그래서 많은 여성을 거느리고 부러울 것 없는 삶을 살고자 했던 남성상을 그린 것으로 생각할 수 있다. 그러나 '여덟 여자를 거느리는' 모습을 행복하다고 생각하는 사람은 그렇게 많지 않을 것이다. 그것은 평등한 삶이 아니기 때문이다. 문학이 그런 불평등을 용인하기 위한 것이라면, 그런 문학은 어디에 쓸 것인가. 평생 어머니의 이미지를 가슴에 안고 살았던 김만중인데 왜 '여덟' 여인을 한 남성과 인연을 맺게 하였을까? 작품은 그렇게 독자에게 수수께끼를 던지고 있다.

수수께끼는 '묻고 답하는 구조'로 이루어져 있다. 묻기만 하고 대답을 생략해 버린다면, 그것은 수수께끼가 아닌 것이다. 여기에 대한 응답은 오로지 독자만이 할 수 있다. 이를 통하여 작품은 완성되기 때문이다. 원뿔은 위에서 보면 가운데 점이 찍힌 원이요, 옆에서 보면 삼각형이다. 보는 위치에 따라 그렇게 보이기 때문에, 원이나 삼각형이라고 대답하는 것이 잘못은 아니다. 코끼리를 만지는 장님처럼 서슴없이 대롱이고, 벽이고, 기둥이라고 대답하면 되는 것이다. 그러니 자신을 가지고 질문에 응답하는 소통의 체험을 하기 바란다. 여러분은 어떻게 대답할 것인가.

이런 질문에 나름대로의 응답을 하는 것이야말로 작품을 자신의 삶에 적용하는 일이다. 이렇게 하면서 그 작품은 우리 몸의 일부가 된다. 그렇게 몸과 하나 되는 체험을 하게 되면, 왜 진채봉이 양소유가 만나는 처음이자 마지막의 여인이 되는가를 생각할 수 있게 된다. 또한 자신들의 정체성을 드러내는 여인들의 모습을 보면서, 공직의 길에 나설 수 없었던 조선의 여인들, 그리고 이 시대의 불평등에도 시선을 돌릴 수 있게 된다. 이처럼 문학은 '상상력'을 기르고, 이를 자기화하게 한다. 구전口傳의 수수께끼는 당대의 이야기가 아니라는 점에서 퍼즐보다 흥미롭고 정교하다. 그만큼 우리를 허상으로 이루어진 현실에서 벗어나 깊고 그윽한 세계로 들어가게 한다. 이 가을, 〈구운몽〉을 꺼내 자신의 것으로 만들어보기 바란다.

숙대신문 1228호, 2011. 11. 14.

〈상록수〉의 만남과 전통

　〈상록수〉는 작가 심훈의 인생을 결산하는 작품이었다. 이 작품은 동아일보 창간 15주년을 기념하는 현상 모집에 당선된 것이었고, 여기에서 받은 원고료의 일부는 '상록학원'의 설립으로 충당되었다. 이 사건은 지극히 어려운 살림에도 불구하고 그의 미래 지향적인 성향을 잘 보여주는 것이었다. 자신이 태어나고 삶의 태반을 보냈던 서울을 떠나 낯선 농촌 현장에 거처를 마련하고, 후세를 교육하기 위한 학교를 설립한다는 것이 누구에게나 가능한 것은 아니다. 더구나 경제적으로 대단히 궁핍한 상황 속에서. 이러한 인식은 또한 〈상록수〉 전편을 관류하고 있는 정신이다.

　유려한 문장과 함께 식민지 치하의 궁핍한 사회상을 잘 보여주고 있는 〈상록수〉는 국민 생산의 대부분을 차지하고 있는 피폐한 농촌으로의 투신을 도모하는 십자군 전사戰士와 같은 이상과 좌절, 그리고 사랑을 파노라마적으로 그려주고 있다. 따라서 이 작품의 배경인 한곡리나 청석골은 고유명사이면서 동시에 일제 식민 치하의 암울한 농촌을 가리키는 보통명사로 기능하고 있다. 지식인으로서 삶의 터전이 황폐해져 가는 것을 방치할 수 없다는 소명 의식을 바탕으로 하는 이 작품은 한곡리와 청석골의 두 전사의 우정과 활동, 그리고 사랑을 날줄과 씨줄로 하면서 강력한 메시지를 발송하고 있다. 그것은 바로 삭막해진 터전의 복구와 갈기갈기 찢어진 민족 공동체의 복원이라고 할 수 있다.

이 작품에 드러난 주인공들은 대단히 낭만적이고 이상을 지향하는 인물이다. 이러한 인물들은 이미 고전소설의 영웅에서 드러나 있어 우리에겐 낯설지 않은 모습이라고 할 수 있다. 동혁의 모습은 지도자의 외모에 합당하도록 우람한 모습으로 형상화되어 있고, 영신 또한 강렬한 소명 의식을 지닌 전사이면서 동시에 여성으로서의 미모를 갖추고 있어 애틋한 사랑을 불러일으키는 존재로 그려지고 있다.

기골이 장대한 고농 학생이 뭇 사람이 쏘는 시선을 한 몸에 받으며 뚜벅뚜벅 걸어 나오자 우레같은 박수소리가 강당을 떠나갈 듯이 일어났다. 박동혁이라고 불린 학생은 연단에 올라서기를 사양하고 앞줄에 가 두 다리를 떡 버티고 섰다. 빗질도 아니 한 듯한 올백으로 넘긴 머리며 숱하게 난 눈썹 밑에 부리부리한 두 눈동자에는 여러 사람을 억누르는 위엄이 떠돈다.

얼굴에 두드러진 특징이 없어도 청중을 둘러보는 두 눈동자는 인텔리 지식 계급 여성다운 이지가 샛별처럼 빛난다.

당연히 결합할 수밖에 없는 두 청춘남녀가 사랑에 빠졌으나, 숱한 장애가 닥치고 이를 극복해 가는 로맨스의 전형적 구조와 이상적인 남녀의 모습은 어김없이 〈상록수〉에서 반복되고 있는 것이다. 장애와 극복의 과정을 작가는 만남으로 형상화하고 있는데, 이는 모두 다섯 번으로 이루어져 있다.

첫 만남은 신문사 주최의 학생 계몽 운동 대원 위로 다과회의 첫 번째 연사와 마지막 연사로 등장하면서 이루어진다. 여기에서 두 사람은 숙명인 듯한 교감을 느꼈고, 이후 조금도 변하지 않는 강한 인연을 지속한다. 둘 사이의 관계가 신뢰에 기반하고 있고, 환경에 의한 방해는 두 사람의 사랑을 더 결속시킨다는 점에서 이는 김시습의『금오신화』형상화 방식과 유사하다. 인간성에 대한 믿음을 바탕에 두고 있기 때문에 사랑하는 사람들은 삶과 죽음의 경계까지도 넘나들고 있다. 〈만복사저포기〉의 양생이 그러하고, 또 〈이생규장전〉의 이생이 그러하다. 그들은 한번 맺은 인연을 소중하게 지속시키고 있는 것이다. 이러한 낭만적 속성이 〈상록수〉에도 그대로 반복되어 있어, 우리는 두 사람과 오래전부터 알고 있었던 것과 같은 친밀감을 느끼게 되는 것이다.

　　두 번째의 만남은 백현경이라는 지도자의 집에서 이루어졌다. 첫 만남은 무의도적인 것이었지만, 두 번째의 만남은 채영신의 초대에 의한 것이었다. 두 사람의 인연을 맺는 데 있어 여성의 주도적 역할은 앞에서 언급한『금오신화』에서도 동일하게 드러난다. 〈이생규장전〉의 최랑은 스스럼없이 이생을 자신의 거처로 불러들인다. 이러한 모습이 전혀 부도덕한 것으로 보이지 않는 것은 그들의 만남이 이미 예정되어 있었기 때문이다. 만약 주위의 눈을 의식하여 그 소중한 만남이 이루어지지 않는다면 그것이야말로 오히려 부도덕한 일로 인식되는 것이다. 사랑하고 결합하기로 되어 있는 인물을 두고 어떻게 다른 사람과 인연을 맺겠는가. 여성들은 이러한 사고의 과정을 거쳐 과단성 있는 행동을 보여주고 있다. 이 의도적 만남을 통하여 그들은 자신들의 생각을 행동으로 옮기는 결단을 하게 된다. 일은 이렇게 만남을 통하여 이루어지는 것이다.

　　세 번째의 만남은 한곡리의 농촌 활동 현장에서 이루어진다. 두 번째의 만남에서 그러했지만, 이 만남 또한 여성의 주도로 이루어진다. 영신은 스스럼없이 남성에게 가고, 그리고 둘의 사이는 약혼자의 관계로 발전한다. 이를 통하여 농촌 활동에 매진하는 계기를 마련한다는 점에서 여성의 주도는 중요한 의미를 갖는다. 열정을 가지고 사업에 투신하는 여성이지만, 사랑하는 사람 앞에서는 한없이 사랑스러운 모습으로 애틋하게 나서는 모습을 보이고 있다. 이러한 양면을 가진 것이 인생 아니겠는가. 춘향이 바로 그러하다. 변학도 앞에서 그렇게 차갑고 도저한 모습을 보였지만, 이 도령 앞에서는 어떤가. 그저 없어 못 사는 듯 그 앞을 서성이는 사랑스러운 여인이 아닌가. 바로 이러한 양면을 지니고 있기 때문에 그의 일도, 그리고 열정도 더 사랑스러운 모습으로 포장되고 있다. 영신의 모습에서 표독스러운 투사의 모습을 느낄 수 없는 것은 바로 이러한 이유 때문이다.

네 번째의 만남은 여성의 활동 장소에서 이루어진다. 그리고 병원에서의 휴식을 통하여 그들은 자신들의 활동에 대한 반성과 함께 정신적 승화를 도모한다. 여기에서 여성은 전사로서의 모습 못지 않게 가냘파 보호할 수밖에 없는 애련한 이미지를 물씬 풍기고 있다.

영신은 수술한 뒤로 마음이 어려져서 애상적인 감정에 지배를 받는 것은 물론 한 가지 까다로운 습관이 생겼다. 그것은 동혁이가 곁에 있지 않으면 긴긴밤에 잠을 이루지 못하는 것이다. 신앙심도 있거니와 여자로는 보기 드물게 중심이 튼튼한 사람이언만, 난산을 하고 난 산모의 같이 곁에 사람이 없으면 허수해서 못 견디어 한다. 어느 때는 도깨비나 보는 것처럼 손을 내두르며 헛소리를 더럭더럭 할 때가 있다. 그러면 문병을 온 부인들이 성경을 읽고 찬송가를 불러서 들려주고 하건만 귀에 들어가지 않는 듯, "동혁 씨 어디 갔어? 동혁 씨!" 하고 사랑하는 사람만 찾는다.

사랑에 목말라 하는 여인의 모습을 통하여 굳센 활동의 뒤에 감추어진 영신의 인간적 면모가 잘 드러나고 있다. 이러한 시각도 고전 소설의 전통에서 비롯된 것임은 말할 것이 없다. 여성영웅들은 전장을 활보하고 호령하다, 자신의 임무가 끝나면 지극히 현숙한 아내의 자리로 스스럼없이 돌아섰기 때문이다. 이 슈퍼 우맨적 지향은 그러나 엄격한 의미에서 여성적 발상이 될 수는 없다. 이는 엄청난 여성의 잠재력을 의미하면서 동시에 남성의 영역에 뛰어들어 활동하는 것이 여성으로는 불가능하다는 인식 또한 드러내고 있기 때문이다.

다섯 번째의 만남이 경찰서 유치장 면회실에서 이루어진 것은 작품 자체로나 작가의 삶과 관련되거나 대단히 상징적이다. 최후의 만남이 경찰서 유치장을 장소로 택하면서, 두 사람의 미래, 결국은 두 사람이 소속된 공동체의 미래에 대한 안타까움과 불안정함이 예감되기 때문이다. 어떤 의미에서건 지금까지의 만남은 미래에 대한 희망과 용기를 불어넣는 자발적 의도를 지니고 있었다. 그러나 유치장에서의 만남은 부자유스러운 몸과 병든 몸의 만남이다. 그리고 폐쇄적 공간에서 타인의 감시까지 받으면서 이루어졌다. 이제 그들의 활동은 그들만의 것이 아니라 사회적 감시의 대상으로 변모하였음을 의미하고, 이는 식민지 상황을 살아가야 했던 작가의 현실 인식을 표현한 것으로 볼 수 있다. 결국, 모든 악의 원인은 질곡의 식민지적 상황이었던 것이다.

형사가 잠깐 돌아선 사이에 동혁은 영신의 손을 덥석 잡았다. 두 사람의 혈관이 마주 얽혀서 떨리는 듯한 악수를 하는 순간! "허어, 손이 이렇게 차서 ---." 동혁은 입속으로 부르짖고 다시 한번 가냘퍼진 영신의 손을 으스러지도록 쥐고 흔들다가, 두 번째 등을 밀려서 그 손을 뿌리치며 홱 돌아섰다. 유치장으로 통한 복도의 콘크리트 바닥에 영신의 눈물이 방울방울 떨어져서 돈짝만큼씩 번졌다.

그 만남 뒤에 그들은 다시 긴 분리의 시간을 가진다. 그리고 그것은 영원히 계속된다. 전혀 이루어지지 않은 그들의 사업과 목표를 뒤로 한 채, 영신은 죽음을 맞이하기 때문이다. 그것으로 모든 것은 끝난 것처럼 보인다. 그러나 소설의 세계는 결과로 말하는 것은 아니다. 그것은 그 결과가 초래된 과정을 통하여 결과에 대한 반추를 하게 하는 것이기 때문이다. 이 반추를 통하여 소설적 감동과 변화는 가능한 것이다. 단순히 그 씁쓸한 결과를 위하여 두 사람이 숨 가쁘게 달려온 것은 아니다. 바닷가에서의 만남과 포옹, 그리고 열변을 통하여 드러냈던 그들의 사업은 눈에 보이는 성과로 이어지지 않았다 하여 사라진 것은 아니다. 그것은 과정의 구현을 통하여 생생하게 존속하는 것이다. 이것이 현실적 삶과 소설적 삶의 차이이다. 따라서 이를 혼동한다면, 그것은 소설을 소설로 읽지 않은 것이라고 할 수 있다. 그리고 역설적으로 이야말로 문학의 위대성과 관련된다고 할 수 있다.

만남의 지속과 단절을 통하여 드러내고자 했던 것은 결국 자신들이 속한 공동체의 부흥을 위한 매진이라고 할 수 있다. 그리고 그러한 부흥은 현실에 대한 명확한 인식에서 출발한다는 것도 잘 보여주고 있다. 따라서 암울한 식민지 조선의 현실과, 이를 가만히 두면 영원히 치유할 수 없다는 작가의 의식이 〈상록수〉에 잘 드러나 있는 것이다. 이러한 인식의 습득은 단기간에 이루어진 것은 아니었다. 기미만세운동에 참여하여 투옥되고, 중국을 방랑했던 작가의 경력은 식민지 현실을 명확하게 인식할 수 있는 기반을 마련하게 하였던 것이다. 더구나 오랫동안의 신문 기자 생활이야말로 당대의 갖가지 모순과 문제를 객관적으로 검토할 수 있는 중요한 체험의 기간이었다. 도덕적 치열성을 확보할 수밖에 없는 이력과 경력을 그는 이미 소유하고 있었던 것이다.

그러나 〈상록수〉는 이러한 교훈성만으로 점철되어 있는 것은 아니다. 그들의 만남 자체가 전통적인 남녀의 사랑을 반복한 것처럼, 이에 합당하도록 작가의 낭만적인 언급이 또한 이 작품을 성급함과 조숙성에서 벗어나게 하고 있다. 자신의 일이 아무리 대단하더라도, 자신이 이를 드러내면 과장誇張으로 보이는 것이 상례이다. 개인적 성취의 길을 버리고 농촌 현장으로 뛰어든 그들의 모습이 전혀 과장되지 않은 모습으로 비치는 것은 바로 작가의 성숙한 자세 때문인 것이다. 다음과 같이 작가는 짐짓 팔짱을 끼고 작품의 진행을 차단하기까지 한다.

어젯밤 비만해도 보리에는 무던하다.
그만 갤 것이지 어이 이리 굳이 오노.
봄비는 차지다는데 질어 어이 왔는가.

비 맞은 나뭇가지 새 움이 뾰족뾰족.
잔디 속잎이 파릇파릇 윤이 난다.

자네도 그 비를 맞아서 정이 치〔寸〕나 자랐네.

이런 때 이런 경우에 동혁이가 시를 좋아하는 사람이었다면 〈비 맞고 찾아 온 벗에게〉라는 조운의 시조 두 장을 가만히 입 속으로 읊었으리라.

작가의 낭만적인 자세와 시 정신이 작중 인물인 동혁에게 전이되어 우락부락한 인상의 동혁은 대단히 세심한 정서를 지닌 인물로 변화하고 있는 것이다. 이런 점에서 작가의 참여는 이 작품에서 기능적인 효과를 보여주고 있다.

이 작품이 동아일보가 제창한 민중 계몽을 목표로 한 '브나로드' 운동의 구체적 실현을 위한 작품으로 당선되었다든가, 또는 동혁이나 영신이 당시의 구체적 인물을 모델로 하여 이루어졌다든가 하는 사실 등은 사실 이 작품을 이해하는 데 있어 본질적인 것은 아니다. 작가에게 있어 소재 차원의 것이란 세상 만물 모든 것이고, 그런 의미에서 그 구체적 인물이란 나뭇잎이나 바람보다는 더 이 작품과 관련을 맺는 존재일 뿐이다. 문학이란 현실을 기반으로 하되 결코 현실 자체가 아니고, 더구나 문학 속의 인물을 현실의 인물과 혼동하는 것은 문학이 원하는 바도 아니고, 또 문학에 접근하는 올바른 자세도 아니다. 구체적 사실과 연관 지을 때, 영신이나 동혁의 열정은 훨씬 사라지게 된다. 문학이란 결국 현실을 이상의 세계로 변모시키고자 하는 작가 정신의 표백일 것이기 때문에, 이상의 세계에 안주하는 인물을 다시 현실적 인물로 치환할 필요는 없는 것이다. 동혁과 영신은 이상을 향하여 나아가고 좌절을 체험하고, 그러나 주저앉지 않는 이상적 인물로 남아 있으면 되는 것이다.

『신재효 판소리사설의 연구』(평민사, 1986)

현재의 우리에게 있어 판소리는 어떠한 의미를 가지는가? 신재효가 판소리사에서 차지하는 위치는 어떤 것인가? 필자는 이러한 문제에 대하여 관심을 가지면서, 그 해명을 위한 연구를 진행하여 왔다.

판소리사에서 신재효가 차지하는 비중이 지대함은 잘 알려져 있는 사실이다. 그럼에도 불구하고 이 문제를 다시 검토하게 된 것은, 그간의 연구들이 신재효의 업적에 대하여 일관성 있게 진행되어 왔는가, 또 작품 전반을 연구 대상으로 삼아 왔다고 말할 수 있는가에 대한 의문 때문이었다.

이러한 반성 위에서 연구가 진행되었기 때문에 가능한 신재효의 자료를 망라하여 그 대상으로 삼고자 하였다. 그리고 이러한 자료를 보는 시각은 급격한 시대 변화, 서민의식 고양 등의 현상이 나타났던 상황을 의식하여 이원적인 세계의 대립과 조화라는 측면으로 설정하였다. 최소한의 이러한 기반 위에서 신재효의 사설에 대한 긍정이나 비판이 가능하다고 믿는다.

또한, 그 진행 과정에서, 필자는 신재효의 업적이나 생활에 대하여 가능한 한 선입관을 배제하고자 하였다. 선입관에 입각하여 대상을 바라볼 때, 그것은 보기를 희망하는 측면만을 보여줄 것이라고 생각하였기 때문이다. 한 작가나 작품의 긍정적인 또는 부정적인 측면은 지속적으로 우리에게 해결되어야 할 과제로 남게 된다. 좋든 싫든 애정을 가지고 바라보는 대상이 우리와 연관을 맺고 있으며, 같은 말을 사용하는 우리의 선인일 때, 이러한 작업은 직접적으로는 우리의 피와 살이 맞부딪치는 현장의 탐구가 될 것이다. 이러한 의미에서도 국문학 연구는 보람과 긍지를 가지게 하는 작업이다.

그러나 노력에 비하여 그 성과는 보잘것없고, 오히려 그의 보다 중요한 측면을 지나쳐 버리지는 않았는가 하는 두려움을 금할 수 없다. 여러분들의 꾸짖음과 채찍질을 기대할 뿐이다.

이 책은 필자의 학위 논문을 거의 수정 없이 엮어 놓은 것이다. 이 작은 결실을 위하여 사랑과 지도를 아끼지 않으신 성산 장덕순 선생님, 필자에게 이 분야의 연구에 대한 시야를 열어주신 고 백영 정병욱 선생님, 그리고 좋은 논문이 되도록 지도하여 주신 김진세, 강한영, 박준규, 서대석, 이용학 선생님과 그 밖의 여러 선생님에게 이 자리를 빌려 감사를 드린다. 항상 곁에서 많은 힘과 격려를 해주신 부모님, 아내와 딸 혜인에게, 그리고 예쁘게 책으로 꾸며주신 평민사의 이갑섭 사장님의 후의에 깊이 감사드린다.

1986. 3.

『판소리문학론』(새문사, 1993)

이미 알려진 바와 같이 판소리는 구비 전승의 예술 형태이다. 그것은 고착화固着化, 정태화靜態化를 본질적으로 거부하며 끊임없이 성숙하고 변화하여 왔다. 따라서 그에 대한 접근은 완성의 형태를 대하는 것과는 다른 각도에서 이루어져야 한다. 그러나 이것만이 진실은 아니다. 구비 전승되는 예술 형태는 가능성만을 추구하는 것이 아니라, 정태화도 아울러 추구하기 때문이다. 이러한 이유에서 그 접근은 이 양면성을 아우르는 방향에서 이루어져야 할 것이다. 현장성만을 강조할 때 그것은 개별성의 탐색으로, 정태성만을 강조할 때, 그것은 유형화, 도식화로 치닫게 되는 것이기 때문이다.

이러한 전제 위에서 우리는 판소리란 무엇인가라는 새삼스러울 수밖에 없는 질문을 제기하여야 한다고 생각한다. 판소리는 어떠한 길을 향하여 왔으며, 또 어떠한 길로 갈 것인가 하는 의문 또한 마찬가지이다. 그러나 이 제기된 의문의 해명 과정은 조심스럽게 이루어져야 할 것이다. 판소리는 어떤 단위의 공동체적 인식의 바탕 위에서 배태되고 성장한 것이다. 그런데 그 공동체적 인식은 조금의 바람으로도 그 불씨를 덮고 있는 재를 날려버리고, 앙상한 숯덩이만을 우리에게 드러내 보일지 모르기 때문이다. 아니 그 바탕을 이룬 공동체를 허무맹랑한 용어의 포로로 만들어 버릴지도 모른다.

대상에 대한 의무감과 두려움의 교차 속에서 이루어진 이 결과는 또 그러한 이유에서 상당한 정도 망설임과 판단 유보로 점철될 수밖에 없었다. 또한, 판소리의 연구 성과를 정리하고, 그 미래를 예견하는 방향으로의 탐색을 시도하였기 때문에, 기존의 연구는 필자의 문장 속에 용해시키고자 하였다. 이러한 태도가 바람직한지의 여부 또한 하나의 관심사이다.

이 책은 세 부분으로 이루어졌다. I편은 판소리의 형성과 변모의 과정을 정리한 것인데, 이러한 작업도 현재의 상황에서는 필요한 것이라고 생각하였다. II편은 기왕에 발표한 판소리에 관한 논문을 함께 모았다. 판소리에 관한 인식이 논문에 따라 다르게 나타난 것은 이러한 이유 때문이다. III편은 판소리와 관련된 행사에서 발표된 글이다. 지역성과 밀접한 관련을 맺고 있는 이 글을 여기에 사족처럼 덧붙인 것은 오랜 동안 동지적 유대 속에서 고민과 격려를 함께 나누었던 광주光州에서의 인연을 소중히 간직하고자 한 의도 때문이다. 자료로 송순섭 명창의 〈적벽가〉를 제시한 것도 이와 같은 이유에서이다. 판소리에 관한 지속적인 관심을 가능하게 하여준 그 기간과 공간, 그리고 그곳의 사람들에게 이 자리를 빌려 감사를 표한다. 여러 가지 이유에서 이 책은 완결을 짓기에는 부족함이 있다. 이 점 후일의 보완을 기약한다.

특별히 새문사의 독촉과 격려에 힘입었음도 밝히고자 한다.

1992. 9. 정병헌

『우리 고전 문선』 (심지, 1994 | 정병헌·이지영·최원오 엮음)

지금까지 고전으로 알려져 있는 우리 선인들의 저술은 당대의 가장 정통적이고, 규범적인 사상과 감정을 담고 있다. 내용의 문제에 있어서 뿐만 아니라, 그 저술들은 그 시대의 가장 전형적인 언어 전달 형태를 지니고 있다. 정통적인 내용을 전범典範이 될 수 있는 문장으로 표현한 것이 우리의 앞에 있는 고전 자료이다.

그러나 그 저술들은 대부분이 한자로 표기되어 있어서 우리가 쉽게 접근할 수 없을 뿐만 아니라, 설사 번역되어 현재의 글로 옮겨져 있다 하더라도 딱딱한 번역투의 글로 이루어진 것이 일반적이다. 당대의 가장 전범적인 문장이 현재의 우리에게는 접근하기 어려운 대상으로 변모되어 있는 것이다.

이러한 언어상의 문제는 그 정통적이고 규범적인 내용에 접근하는 것마저 차단하고 있다. 이러한 제 문제점을 타개하기 위해서는 전범이 되는 내용을 전아한 현재의 문장으로 드러내어야 한다. 그것이 고전을 고전으로 대접하는 것이고, 또한 고전의 현대화라는 우리 시대의 요구에 부응하는 것이 될 것이다.

우리 선인들의 사상과 정서를 이해하고, 그것을 오늘에 계승시키는 것이 오늘을 사는 우리의 사명이다. 이를 가능하게 하는 가장 지름길은 그들의 사고가 응축된 글에 부담없이 접근할 수 있는 여건을 마련하는 일이라고 생각한다. 이러한 이유에서 우리는 고사의 인용이나 어려운 한자어와 같이 우리 시대의 글로 표현하는 데 장애가 되는 부분은 과감히 생략하거나 쉬운 우리말로 바꾸었다. 이 책이 지향하는 바가 자료의 전달, 또는 고증과 같은 학문적 목적에 있지 않기 때문이다. 그러한 지향은 다른 쪽에서 이미 이루어지고 있는 일이다.

생각으로만 머무르던 우리의 바람이 실현될 수 있었던 것은 도서출판 심지의 우리 문화애 대한 깊이 있는 이해 때문이었다. 심지는 우리의 생각에 대해 전문가적 시각에서 조언을 하였고, 나아가 흔쾌히 출판에 동의하였다. 우리는 그들의 조언을 경청하고, 이를 자료의 수집과 정리 등에 반영하고자 하였다. 이와 같은 우리 문화에 대한 서로의 진지한 토의와 반성은, 앞으로 이루어질 우리의 모든 활동에 귀중한 경험으로 남게 될 것으로 믿는다.

우리는 고전 산문이 한자로 씌어진 탓에 이를 쉽게 대하기 힘든 일반 교양인들에게 이 책이 널리 읽히기를 바라는 마음을 우선 가지고 있다. 이를 위하여 여전히 우리 곁에 남아 맴도는 고전 산문들의 엄청난 자료를, 일정한 관점을 통해 선별하여 하나의 책으로 묶기로 하였다. 이렇게 하는 것이 곧 이들 좋은 글을 손쉽게 소개하는 효과적인 방법으로 생각되었기 때문이다.

여기서는 그 고전 자료를 네 가지의 주제로 구분하여 엮었다. 그리고 그 주제 분류의 타당성을 보이기 위하여 각 주제에 관한 일반적인 해설을 곁들였다. 또한 각각의 글 앞에는 작자의 약력을 소개하고 작품의 원제목과 수록된 문헌 이름, 그리고 작품의 중요한 특징을 아울러 밝혀 독자의 이해를 돕고자 하였다.

우리가 이렇게 수집하고 정리한 자료들은, 대학 입학 시험을 준비히는 수험생들에게도 유익할 것으로 믿는다. 이들이 선현(先賢)들의 지혜가 담긴 고전 산문을 대하기가 쉽지 않은데다, 이러한 욕구를 해소할 만한 책도 또한 시중에 그리 흔하지 않기 때문이다. 이 책에 수록된 글들은 읽는 이에게 진정한 삶을 되돌아 볼 수 있는 시간을 제공하고, 사물의 이치를 꼼꼼히 따질 수 있는 논리력과 함께 체계적인 분별력을 갖추는데 도움을 줄 것이다.

우리의 조그만 노력이 보다 많은 사람들에게 만족함을 주고, 마음을 살찌우는 계기가 되었으면 좋겠다. 사상 유례가 없는 무더위와 오랜 가뭄은 우리의 작업에도 끊임없는 노고를 요구하였다. 이 땅의 참된 백성들이 바라는 자연의 혜택이 있기를 빌면서, 폭염 속에서도 이 책의 완성을 위하여 노력을 아끼지 않은 도서출판 심지 여러분들과 함께 출간의 기쁨을 나누기로 한다.

1994년 8월
엮은 사람들

『한국 대표 고전소설』1

(도서출판 빛샘, 1998 | 우한용 · 박인기 · 정병헌 · 최병우 기획 · 연구)

꿈과 죽음과 사랑

동물원에 가본 일이 있는가? 한가로이 거니는 사슴, 즐거운 듯 뛰노는 작은 원숭이, 그리고 꿈같은 긴 꼬리를 세우고 고고하게 걸어가는 공작, 그러나 동물원에 그런 모습만 있는 것은 아니다. 사자는 굳은 창살에 갇혀, 다른 동물에 비하여는 그래도 넓은 공간 속에서 포효咆哮하고 있다. 더 가면, 아, 그렇게 슬픈 눈망울로 허공을 바라보는 침팬지를 만날 수 있을 것이다. 조금이라도 나이 든 사람이라면 그 아픈 모습에 서둘러 발길을 돌리게 될 것이다.

안타까운 듯이 으르렁거리는 모습, 허공을 쳐다보는 눈망울, 그리고 영원할 것 같은 반복의 쳇바퀴 돌림. 원숭이를 그리고 사자와 침팬지를 자신과 대치하여 성찰하는 계기를 갖는다면, 그는 분명 동물원 설립의 취지와는 다른 측면에서 동물원을 감상하는 사람이다. 침팬지를 바라보면서 흑인 노예를 생각하고 포로로 임진왜란에 잡혀갔던 우리 선조를 생각한다면, 그 사람은 분명 동물원을 효과적으로 즐기는 인물이 아니다.

그러나 우리는 이러한 사고와 삶에 대하여 성찰하는 기회를 갖는 것이 좋다. 침팬지나 원숭이, 그리고 포효하는 사자가 바로 자신일 수 있음을 생각할 때, 우리는 다른 삶을 살아가는 사람들에 대하여 애정을 지닐 수 있다. 진정한 평등은 강자가 약자에게 베푸는 은혜에서 이루어지지 않는다. 상대에 대한 사려 깊은 이해와 사랑을 통하여서만 평등한 삶은 이루어지는 것이다. 우리의 소설은 이러한 사람다운 삶을 지향하면서 출발하였다.

　그러나 사람다운 삶은 현실 어디에도 존재하지 않는다. 이러한 비극적 인식 때문에 초기 소설의 사건이나 인물 그리고 배경은 현실의 세계에서 멀리 떨어져 있다. 대부분의 작품에서 동물이 사람처럼 행동하고, 또 확인할 수 없는 꿈과 죽음의 세계가 그려지고 있는 것은 이 때문이다. 의인화의 세계, 꿈의 세계, 그리고 죽음의 세계란 무엇인가? 그것은 결국 현실을 살아가는 우리의 미진하고 부족한 부분, 있어야 하지만 현실에서는 인식할 수 없는 미지未知의 영역이다. 이러한 이유에서 초기 소설이 보여주고 있는 세계는 현실을 살아가는 우리의 또 다른 꿈이라고 할 수 있다. 장자莊子가 나비가 되어 비상하는 꿈을 꾸었을 때, 나비는 바로 장자이고 또 장자는 나비인 것이다. 전혀 다른 세계에 존재하는 그들이 언제인지 모르게 현실을 살아가는 우리와 동일한 인물로 겹쳐지는 것은 바로 이러한 이유에서이다.

　끊임없이 자신과 치환되는 꿈과 죽음의 세계 그리고 동물의 세계를 통하여 소설은 현실에서 이룰 수 없었던 더 큰 메시지를 전달하고 있다. 대나무와 술이 사유를 하고 경륜을 펼쳐 보이며, 호랑이는 인간을 꾸짖고 토끼는 용궁에 가서도 자신의 기지를 통하여 떳떳한 귀향을 한다.

　또 꿈과 죽음을 통하여 은밀하게 자신의 삶을 드러내 보이는 존재들은 한결같이 사랑에 목말라 있음을 하소연하고 있다. 자신의 감정을 당당하게 드러내고, 그것이 용인되는 세계- 그것은 사랑을 기반으로 하여서만 가능한 것이었다.

　꿈속에서도, 죽음의 세계에서도 가장 갈구하는 것은 결국 더불어 사는 사람다운 삶의 모색이었던 것이다.

『한국 대표 고전소설』2-3

(도서출판 빛샘, 1998 | 우한용 · 박인기 · 정병헌 · 최병우 기획 · 연구)

역사 현실과 영웅의 길

인천의 자유공원에는 맥아더의 동상이 세워져 있다. 맥아더가 살아 있을 때에, 그것도 미국인이 아닌 우리의 손으로 미군의 동상이 세워졌다. 그뿐인가! 맥아더를 주신으로 섬기는 무당까지 존재하고 있다. 맥아더가 누구이기에 그의 동상이 공원에 세워져 있는가? 우리에게 있어 그는 6·25와 관련되어 의미를 가지는 인물이다. 그는 남한이 유지될 수 있도록 도움을 주었던 미국의 제유적提喩的 표현인 것이다. 그 시대에 우리의 군인들은 어디에 있었는가? 우리의 영웅은 없었는가? 맥아더의 동상은 항상 그렇게 우리의 아픈 역사를 생각하게 하는 존재이다.

임진왜란이 끝났을 때, 우리는 또 맥아더와 같은 존재를 만나야 했었다. 〈삼국지연의〉에 등장하는 관우關羽가 바로 그 사람이다. 명明의 원병 사령관이었던 이여송이 관우의 화신이라고 하기도 하고, 또 신병神兵을 이끌고 왜군을 격파했던 존재라고 하여 관우는 지금도 관왕묘關王廟에서 흠숭 받고 있다. 이 또한 분명히 왜군의 격파를 위하여 원병을 보내준 명나라의 제유적 표현이다. 이 시기에 우리의 영웅은 어디에 있었는가? 관왕묘를 보면서 역사 현실에 대하여 깊이 있는 사고를 하는 사람이라면 또 당연히 물음을 제기할 것이다.

전쟁이 총력전이라는 사실은 현대에만 해당하는 것은 아니다. 전쟁에 패하면 모두가 노예가 되는 것인데, 어찌 남의 전쟁, 나의 전쟁이 있겠는가? 신분의 차이가 있을 수 없고, 남녀의 차이도 용인되지 않는다. 전쟁의 결과는 선택적으로 적용되는 것이 아니기 때문이다. 적어도 당위의 차원에서는 그러하다. 그러한 이유에서 전쟁을 소재로 하는 작품에서는 여성도 주인공이 되고, 서민도 영웅이 된다. 민족의 총체적 역량을 기울이기 위해서는 어떤 한 계층의 소외도 허용할 수 없기 때문이다. 신분이 어떠하다는 이유로 차별하고, 여성이기 때문에 전쟁과 관계없다는 발상은 허용되지 않는 것이다. 전쟁의 해결 방안으로 소설은 바로 평등을 통한 민중의 역량 집결을 제시하였던 것이다.

일찍이 허균은 「유재론」에서 "하늘이 낳아준 것을 사람이 버리니 이는 하늘을 거스르는 것이다. 하늘을 거스르면서 하늘에 기도하면 명수命數가 오래일 수 있겠는가" 하였다. 그는 서얼庶孼이라고 하여, 개가改嫁한 어머니의 소생이라고 하여 등용하지 않는 폐해를 고칠 것을 주장하였다. 그러나 소설은 이렇게 주장하지 않는다. 다만 임진왜란이나 병자호란에서 활약한 영웅들을 통하여 영웅의 길이 따로 있지 않음을 보여주고 있을 뿐이다. 그들은 평등의 대의를 거스르는 것이야말로 바로 더불어 살아야 하는 우리 모습에 역행하는 것이라는 점을 보여 주고 있다.

이러한 인물들은 다시 금방울로, 그리고 사정옥으로 변모한다. 또 유충렬로, 조웅으로 변모한다. 이들이 영웅의 길을 걷고 있다는 점에서는 모두 동일한 인물들이다. 시대와 장소를 달리하면서, 그리고 내세우는 이념을 달리하면서, 영웅들은 혹은 자신의 영웅성을 숨기기도 하고, 혹은 강력한 힘의 제시를 통하여 민중의 소망을 결집시키기도 하였던 것이다.

『한국 대표 고전소설』 4

(도서출판 빛샘, 1998 | 우한용·박인기·정병헌·최병우 기획·연구)

더불어 살며 사랑하며

소설 속의 삶은 다양하다. 집단의 이념을 자신의 푯대로 삼고 일생을 그 실현에 바치는 인물도 있고, 반대로 지극히 일상적이고 개인적인 것을 삶의 척도로 삼아 인생을 꾸려 나가는 인물도 있다.

소설은 그러한 인물의 행위를 보여주되, 결코 그들의 삶에 대한 평가를 목표로 하지 않는다. 그러한 주장이 직설적으로 제시된다 하더라도, 그것은 다만 작품의 일부로만 존재할 뿐, 주장을 담은 논설과는 구별되는 것이다. 그러한 삶의 모습을 보여주되 그 해석을 독자에게 맡김으로써, 일정한 거리를 유지하고 있는 것이 소설의 해법이라고 할 수 있다.

그렇다 하더라도 소설은 근대의식의 성장과 함께 나타난 문학형태이다. 뛰어난 자만이 주인공으로 발탁되는 그러한 시대를 벗어나, 이전이라면 감히 상상도 할 수 없었던 거지나 천한 기생이 주인공으로 등장하고, 그들의 삶 또한 여느 주인공의 삶과 다름없이 중요하다는 인식의 전환은 소설의 발생과 더불어 가능했던 것이다. 소설에 이르러 춘향이나 흥부의 삶은 연민이나 아량으로서가 아니라, 당연히 대접받아야 하는 평등한 인간의 모습으로 자리 잡을 수 있었다.

이러한 대변혁은 인간에 대한 자각이 있고서야 가능했다. 개인의식의 성장과 이를 뒷받침할 수 있는 부富를 획득할 수 있었던 조선 후기에 이르러 이러한 소설들이 나타나게 된 것은, 그러니 전혀 의외의 사태는 아닌 셈이다. 춘향은 천한 신분이었지만, 양반 자제인 이 도령과 사랑을 하고, 또 그의 아내가 된다. 미천한 맹인의 딸인 심청은 황후의 자리에 오른다. 가난했던 흥부는 부자가 되었고, 부자였던 놀부는 가난했던 흥부보다 더 열악한 상황에 빠졌다. 여기에 대하여 어느 누구도 그들을 차별하였던 과거의 문제를 이유로 해서, 새로이 변화된 상황을 시비하지 않는다. 만약 그러한 사람이 있다면, 그들은 새로운 시대의 이념 속에 합류하지 못하는 낙오자일 수밖에 없다.

그러면 새로운 시대의 삶을 주도하는 새 이념은 무엇인가? 그것은 인간은 평등하다는 사실, 그리고 평등한 인간으로서 더불어 살아야 한다는 메시지라고 할 수 있다. 판소리를 소설화한 작품에서, 그리고 세계를 호흡하면서 조선의 현실을 바라보았던 박지원의 소설에서 공통적으로 그려 보였던 새 시대의 모습은 바로 더불어 사는 모습이었던 것이다. 누구를 위하여 종속되는 삶이 아니라, 모든 사람이 주체가 되어 자신의 삶을 영위하고, 그것이 건전한 삶으로 인식되는 시대야말로 그들이 꿈꾸었던 새로운 시대였다.

전통 시대에 사람을 차별하였던 가장 주된 이유는 신분의 문제였다. 그러니 평등을 목표로 하는 소설들이 이 신분의 문제를 직접적으로 다루었던 것은 당연한 작가의식의 발로라고 할 수 있다. 신분이 문제되지 않는 우리 시대에는 또 무엇이 평등한 인간들의 더불어 사는 삶을 방해하는가? 그것은 남녀의 문제일 수도 있고, 신체일 수도 있고, 또 학벌일 수도 있다. 그것들은 전통 시대의 문제였던 신분이 다른 모습으로 탈을 쓴 것이라고 할 수 있다. 그러니 신분을 문제 삼은 전통 시대의 작품들은 지금도 살아 있는 주제로 우리 앞에 서 있는 것이다.

『고전문학의 향기를 찾아서』(돌베개, 1998 | 정병헌·이지영 지음)

문학에서 현장이 차지하는 의미는 무엇일까?

윤선도가 51세에 찾아낸 보길도는 그가 현실 정치를 벗어나 자연에 몸을 맡겨 살았던 곳이자 수많은 작품을 낳았던 창작의 터전이다. 그 섬에서 그는 정자를 짓고 정원을 가꾼 뒤 글을 읽고 시를 쓰면서 은거의 낙을 누렸다. 여름이면 많은 사람이 피서를 위해 찾아드는 보길도는 단지 바닷가의 풍광과 해수욕만을 즐기고 돌아오기엔 너무나 아쉬운 곳이다. 그곳에는 윤선도의 삶과 문학의 터전인 낙서재와 동천석실, 그리고 그가 〈어부사시사〉를 읊조리며 아침저녁으로 거닐고 또 사람들이 함께 노래했을 부용당이 있기 때문이다. 이렇게 귀한 답사처를 품에 간직하고 있는 보길도는 우리에게 역사와 문학의 향기를 느끼게 해주는 소중한 공간임에 틀림없다.

김시습이 전국을 방랑하는 길에 들러 잠시 머물렀던 남원의 만복사는 〈만복사저포기〉의 중요한 문학적 배경이다. 그러나 지금 그곳은 석등 하나만을 남긴 채 스산한 흔적으로만 남아 〈만복사저포기〉가 풍기는 쓸쓸한 정서를 가감 없이 전하고 있다. 또한 김시습이 말년을 보냈던 부여의 무량사에는 그의 부도와 자화상이 남아 있다. 여러 스님들의 것과 함께 서 있는 김시습의 부도는 그저 자연물로서 싸늘하기만 한 돌탑은 아니다. 그것은 김시습의 방랑과 아픔, 그리고 좌절이 각인되어 있는 하나의 윤기 있는 생명체로 변모되어 우리에게 그의 온기를 전해준다. 극락전 뒤편의 산신각에 모셔져 있는 그의 자화상은 또 어떠한가.

너의 형상은 지극히 작고 너의 말버릇은 지극히 어리석으니

너를 굴형 속에 두는 것이 마땅하도다.

그는 젊었을 때 모습과 나이 든 모습을 담은 자화상 두 점을 그린 뒤, 이렇게 스스로를 학대했다고 한다. 우리는 김시습의 자화상에 나타난 싸늘하고 텅 빈 듯한 이미지, 잔뜩 찌푸린 미간의 냉소적인 눈매, 그리고 얇게 다물어진 입술을 보면서, 세상을 잘못 만난 불우한 지식인의 모습과 함께 그의 작품인 『금오신화』에 등장하는 외로운 주인공들을 연상한다. 저승세계의 횡포에 아내를 빼앗겨 안타까워하는 〈만복사저포기〉·〈이생규장전〉의 양생과 이생, 꿈속에서 여인을 만난 뒤 그녀를 잊지 못해 병들어 죽은 〈취유부벽정기〉의 홍생 등은, 자신의 능력을 인정해주지 않는 세상과 결별하고 만 김시습의 모습과도 흡사하다. 이런 연유로 만복사나 무량사는 그저 평범한 일상의 공간이 아니라 김시습의 삶과 애환, 그리고 이를 승화시킨 문학을 함께 만날 수 있는 공간으로 변모하고 있다.

작가가 삶의 고통 속에서 문학작품을 창작해낸 공간으로는 유배지도 빼놓을 수 없다. 다산 정약용은 유배지 강진에서 18여 년을 머무는 동안, 굶주린 백성의 고통에 안타까워하고 탐욕스런 아전과 벼슬아치에 분노하면서 당대의 모습들을 수많은 한시로 남겼다. 그에게 강진이라는 공간은 18세기 말에서 19세기 초에 이르는 조선 후기의 사회적 실상을 극명하게 보여주는 삶의 현장이자 문학적 승화의 공간이었다. 그러므로 우리는 강진의 다산초당에 들러 다산이 겪었던 유배생활의 고통을 더듬으면서, 그 시대의 고난상을 함께 느껴볼 필요가 있다. 구강포 바다를 내려다보며 두고 온 처자식을 그리워하고 혹은 흑산도로 귀양 간 형의 안부를 걱

정하면서도, 또 한편으로는 벼슬아치들의 탐욕과 치부, 가혹한 세금과 거듭되는 가뭄으로 목숨을 부지하기조차 어려운 백성들의 삶을 동정했던 다산의 모습을 떠올려보는 것은 좋은 경험이 될 것이다. 이렇게 되면 강진의 다산초당은 그저 '경치 좋은 곳'으로서뿐 아니라, 위대한 사상가요 문학가인 다산을 만날 수 있는 역사적이며 문학적인 공간으로 우리에게 다가올 것이다.

고전 작가의 삶과 문학적 공간은 한 개인이 태어나고 자란 곳에서 시작하여 정치·사회적인 활동 공간을 거쳐 죽어서 묻힌 무덤까지를 포함한다. 탄생지는 개인이 생을 시작한 출발지이며 무덤은 육신이 묻힌 생의 종착점이자 안식처이다. 무수한 세월이 흐른 탓에 탄생지는 정확히 알 수 없으나 무덤은 대개 남아 있어, 우리는 한 작가의 육신과 영혼이 머무른 무덤 앞에서 그의 격렬했을 삶과 죽음을 반추하게 된다. 무덤 외에도 작가가 오래 머물렀던 자연의 공간, 곧 유배지 또는 정자나 누각, 계곡과 산야, 고향의 서재 등도 고전문학의 산실이라 할 소중한 공간들이다.

우리는 이 책과 함께 고전문학의 공간을 찾아가면서, 고전 작가들의 삶의 고통과 애환은 물론 문학적 노고의 흔적을 엿보는 계기가 마련되기를 기대한다. 고전문학의 현장을 확인하는 일은, '고전문학'이라는 단어를 낯선 고유명사가 아닌 일상의 일반명사로 바꾸는 일이기도 한다. 그리고 이러한 노력은 '가까우면 친해진다.'는 말처럼 우리 고전과 가깝고 긴밀한 관계를 맺을 수 있는 가능성의 단초가 될 것이다.

그러나 고전 작가의 문학적 진실과 깊이에 가까이 다가가는 일은 그들의 삶과 문학의 공간을 찾는 일만으로는 부족하다. 그것은 동시에 작가의 문학세계를 온전히 대할 때 비로소 가능해진다. 그 때문에 우리는 이 책에서 작가의 문학적 실상과 업적을 충분히 설명하면서 실제로 중요한 작품을 독자들에게 소개하려 하였다. 또한, 고전 작가들에 대한 학자들의 평가도 한쪽의 입장만을 반영하기보다 되도록 상대되는 견해까지 균형 있게 수용하였다. 작가 선정의 문제에는, 우리에게 널리 알려진 한문학과 국문문학의 대가들, 승려와 유학자 가운데 고전문학사에서 중요한 위치를 차지하는 인물들을 시대별로 고르게 안배하고자 하였다. 그리하여 이렇게 선정된 13인의 작가들을 각각의 성격에 따라 3부로 분류해 묶었는데 그 내용은 다음과 같다.

1부에서는 우리 한문학사에서 중요한 위치에 놓인 대가들을 시대별로 고려하여 선정하였다. 여기서는 이규보, 김시습, 허균, 허난설헌, 정약용 등이 다루어졌다. 해당 작가들의 삶과 문학적 공간이 현재 많이 남아 있어 직접 찾아가 볼 수 있는가 하는 점도 하나의 고려사항이었는데, 조선 후기의 연암 박지원이 이 책에서 빠진 것도 바로 이러한 이유 때문이었다.

2부에서는 승려 또는 유학자 가운데 고전문학사에서 중요한 업적을 남긴 인물들을 다루었다. 균여, 일연, 이황, 이이 등이 그들이다. 이들은 일찍부터 문학과 이념의 거리를 좁히면서, 문학의 외연을 넓히는 데 공헌을 했던 인물들이다.

3부에서는 국문문학의 작가를 위주로 다루되 시조와 가사, 그리고 판소리에서 주목되는 대가들을 거론하였다. 국문문학의 성격상 한글이 창제된 이후인 조선시대, 그것도 조선 중엽 이후의 인물들이 많이 선정되었다. 송순, 정철, 윤선도, 신재효 등이 그들이다.

이 책은 일반인과 청소년들이 고전문학을 쉽게 이해하고 가까이 대하게 하는 데 중점을 두고 쓰였다. 따라서 누구나 이해하기 쉽도록 서술하였고 각주는 달지 않았으며, 몇 군데를 제외하고는 대부분 국문학 연구자들의 이름이나 인용된 참고서적 등을 드러내지 않았다. 본문 가운데 해설이 필요하다고 여겨지는 인명·역사적 사건·서적·기타 중요한 용어들은 '인명·용어 해설'로 정리하고 이를 책의 뒤쪽에 실어 독자들이 쉽게 찾아볼 수 있도록 배려하였다.

또한 인용된 한시들은 한문 원전의 제시 없이 현대어로 번역된 글만 실었고, 고어로 된 시가도 뜻이 통하는 현대어로 바꾸었다. 이러한 방침은 '작품 감상'의 난에서도 그대로 적용되었다. 본문에는 작가들의 삶과 문학의 공간을 보여주는 현장 사진을 실었으며, 그 가운데 중요하다고 생각되는 한두 곳은 '안내도'와 함께 찾아가는 방법을 자세히 적어 고전문학의 현장을 답사할 때에도 충분한 안내서가 될 수 있도록 정성을 기울였다.

돌베개 출판사의 도움이 없었다면 아마 이 책은 나오지 못했을 것이다. 좋은 현장 사진과 안내도를 정성스레 마련해 주고, 편집과 교정을 비롯한 온갖 궂은일을 도맡아준 김혜형 편집장과 여러 편집자께 이 자리를 빌려 감사드린다. 또한, 필자와 직접 답사여행에 동행할 정도로 이 책에 관심과 호의를 베풀어준 한철희 사장님께도 깊은 감사의 말을 올린다.

1998년 11월 1일
정병헌·이지영

『한국의 여성영웅소설』 (태학사, 2000 | 정병헌 · 이유경 엮음)

　　우리의 고전소설 중에서 여성영웅소설 다섯 편을 모아 한 책으로 묶었다. 이 시기에 새삼 고전소설, 그중에서도 여성이 주인공인 소설을 다시 모아 읽히고자 한 의도는 소설이란 무엇인가, 문학이란 무엇인가라는 본질적 질문에 기초하고 있다.

　　문학이 우리의 문화 중에서 그래도 찬연한 가치를 발하는 까닭은 우리 삶의 보편적 향상에 기여한다는 것 외에 그 어디에도 있지 않다. 삶의 질을 향상시킨다는 명제에 부응한다는 면에서만 문학은, 소설은 그 존재 가치를 인정받고 있는 것이다. 셀 수 없이 많은 문화 현상 중에서 이런 정도의 일을 하지 않는다면, 어느 누가 문학을 존재하도록 놓아둘 것인가. 수많은 인간의 일이 시대에 따라 생기고 또 사라지는데, 문학이 화석처럼 인류의 초기부터 지금까지 존속할 수 있었던 것은 적어도 이러한 보편적 명제에 그 뿌리를 두었기 때문에 가능했던 것이다. 문학이 인류의 보편적 삶에 기여한다는 이 대원칙이 있어서 문학은 시대의 변화에도 불구하고 그 존재 의의를 확고하게 지니고 있다. 바꾸어 말한다면, 문학이 보편적 삶의 향상에 기여하지 못한다면, 그 문학은 존재의 이유를 상실하게 되는 것이다. 물론 그 보편적 가치에 대한 설명은 시대나 지역, 그리고 사람에 따라 달라질 수 있지만 말이다.

　　역사 현상에 발전의 개념을 도입할 수 없다고는 하지만, 그래도 인류의 역사가 보다 나은 방향으로 변화되었다고 한다면, 그것은 어디에서 찾을 수 있을까? 사람에 따라 이에 대한 답은 여러 가지로 말할 수 있을 것이다. 그러나 누구나 동의하는 것이 있다면, 그것은 역사가 평등을 향한 역사로 이어졌다는 점일 것이다. 그렇다. 인간의 역사는 바로 평등을 향한 역사였다. 똑같이 태어났는데도 누구는 어느 족속으로 태어났기 때문에 천사처럼 살고, 또 개처럼 살고, 그리고 또 어떤 사람은 상전으로 살고, 또 어떤 사람은 노예로서 인생을 마감하고. 이러한 개인과 개인의 불평등을 해소하기 위하여, 그리고 나라와 나라 사이의 불평등을 해소하기 위하여, 인간의 역사는 투쟁과 모색을 거듭하였던 것이다. 그리고 이러한 진통을 겪으면서 우리는 그나마 현재와 같은 삶을 누리게 되었던 것이다.

노예의 시대를 지나, 지금의 우리는 적어도 외면적으로는 만민이 평등한 것처럼 세계를 인식하고 있다. 그러나 자기 자신이 차별을 당한다고 생각하는 사람이나 집단이 있다면, 그것은 그 자체로 문학의, 소설의 존재 이유가 된다. 그런데 차별을 당한다고 생각하는 사람이 없는 사회가 가능한 것인가. 기득권을 누리는 사람들은, 능력의 차이가 있어 그 차별이 당연한 것이라고 주장할 것이다. 그러나 그렇게 주장하는 사람들이야말로 사실은 평등을 향한 역사의 가장 걸림돌이 되는 존재들이다. 어떠한 이유로도 인간이 차별받지 않고, 자신의 존재 의의를 드러내는 사회야말로 바로 우리가 소망하는 사회이기 때문이다. 적어도 이념상으로는 그렇다. 개미는 참 하찮아 보이지만, 무엇이 그러한가. 그것은 생명을 지닌 존재라는 것, 그래서 생명의 신비를 지닌 존재라고 인식했을 때, 그것은 얼마나 커 보이는 것인가. 하물며 같은 인간에 있어서랴.

이제 같은 인간이면서 참 별종인 듯 대해 왔던 여성에 대한 인식과 관심을, 그렇게 대했던 시대 속에서 조명할 필요가 있다. 여성에 대한 관심은 이제의 우리에 이르러서야 시작된 것 같지만, 사실은 그렇지 않다. 어찌 그 시대에 문학이, 소설이 없었겠는가. 그런데도 우리가 보지 못했던 것은 그 소설이 지니고 있는 비밀을 찾아내지 못했기 때문이라고 생각한다. 대상이란 보고자 하는 대로 보일 뿐이다. 대상은 자신을 설명하지 않으니까.

그래서 우리는 대상인 소설을 다시 읽기 위하여, 관심을 기울이지 않았던 관점으로 돌아가고자 한다. 여성이 사회적 활동을 하기 위하여 남장男裝을 한 것, 그것은 여성의 한계를 말하는 것이 아니라, 그렇게 여성성의 역동성을 표현할 수밖에 없었다는 것으로 보고자 한다. 그리고 혁혁한 성취를 이루고는 다시, 말없이 남성이 바란다고 생각하는 여성의 다소곳한 모습으로 돌아가는 것이 결코 패배가 아니라는 점을 상기하고자 한다. 다소곳한 모습으로 돌아가는 것이 어찌 모든 남성의 소망일 수 있는가?

그 불균형을 해소하기에는 자신의 힘이 너무 미약하다는 것에 절망한 남성이 얼마나 많았겠는가. 그리고 그 현실에 인종하는 여성을 바라보며, 얼마나 가슴 아파했겠는가. 그 엄청난 집단의 횡포 속에서 약하게 뒤로 물러섰던 사람들은 그 현실을 여성영웅처럼 풀 수밖에 없었을 것이다. 이것을 흥미나, 한갓 소일거리 삼아 쓴 것으로 바라보는 것은 너무 표면적인 이해에 머무는 것이라고 생각한다. 이율곡을, 김만중을 그래서 다시 읽자는 생각이 들었다.

그리고 소설은 결과로서 얘기하는 장르인가? 그렇게 주장하는 글인가? 그 엄청난 폭발력을 드러낸 과정 자체의 의의를 존중해야 하는 것은 아닐까? 그렇게 그 시대에 보이는 여성의 모습으로 돌아가지 않는다면, 그들은 계속 여장군으로 남아 싸움터를 전전해야 하는가? 그것이 얼마나 현실과 동떨어진 귀결이 될 것인가. 우리는 그들이 여성의 모습으로 이기는 것은 최상의 선택이고, 그리고 그 속에서 여성성의 무한한 잠재력을 파악하고, 드디어는 인간의 평등으로 확대하는 것이 이 소설들을 올바로 읽는 것이라고 생각한다.

이러한 몇 가지의 관점에서 이 소설들을 읽었으면 좋겠다는 우리의 생각을 드러내기 위하여, 우리는 본래의 작품을 이 시대의 안목에서 수정하였다. 이것은 오로지 작품은 읽혀야 한다는 것, 그리고 아마도 그것이 고전의 속에서 잠들어 있던 여성영웅들의 생각일 것이라는 합의 때문이었다. 그러나 그것이 결코 원전의 의미를 변화시키는 정도의 것은 아니다. 표기를 현대식으로 고치고, 지금 쓰이지 않는 고어는 그에 합당한 현대어로 고친 것, 뜻이 모호한 경우 문맥을 고려하여 적절한 현대어로 고친 것이 우리가 한 일이다. 더 자세한 사항은 죽 읽기를 방해하지 않게 하기 위하여 맨 뒤로 몰아붙인 미주를 참고하기 바란다. 또한, 뒤에 덧붙인 우리의 생각이 새로운 소설 읽기의 지침으로 활용되었으면 하는 마음이다.

우리의 이러한 바람을 책으로 묶어준 태학사의 후의에 감사드린다. 그것이 국문학에 대한 깊은 열정 때문이라는 것을 우리는 잘 알고 있다. 우리의 생각과 출판사의 열정이 조금이라도 가치 있는 것으로 인식되었으면 좋겠다.

『판소리와 한국 문화』(도서출판 역락, 2002)

수로부인은 점심을 마치고, 먼 하늘을 바라보았다. 그런데 벼랑 위에 아스라이 철쭉꽃이 피어 있었다. 수로부인의 입에서는 자신도 모르게 아름답다는 소리가 새 나왔다.

그렇다. 수로부인의 그 꽃에 대한 말이 있기 전에는, 그 꽃은 수많은 만상 중의 하나일 뿐이었다. 수로부인 말고도 그 행렬 속에는 엄청난 인원이 소속되어 있었다. 그러나 그 꽃의 아름다움을 알고 탄성을 지를 수 있는 사람은 오직 수로부인 하나였다. 이렇게 수로부인은 그 꽃의 아름다움을 수용할 수 있는 자질을 미리 가지고 있었지만, 그러나 그 말이 없었다면 누가 부인의 속내를 알 수 있었겠는가.

그 말이 있음으로써, 철쭉꽃은 수로부인과 만나고, 그리고 오랜 세월을 뛰어넘어 우리에게도 자신의 아름다움을 뽐낼 수 있게 되었다. 아름다운 꽃과 만난 부인의 즐거움은 얼마나 오질 것인가. 그리고 그 꽃은 자신을 알아줄 수 있는 부인을 만나 얼마나 행복하였을까. 그 꽃과 부인의 만남은 그래서 나에게는 퍽 아름다운 그림으로 남아 있다.

그렇다. 세상을 살아가면서 숱한 만남이 있지만, 이처럼 강렬한 만남이란 그렇게 쉽게 이루어질 수 없을 것이다. 우리의 일상 속에는 의미 없이 스쳐 지나가는 만남이 얼마나 많은가. 그 속에서 진실한 만남, 그리고 일생을 변화시키는 만남을 이룬다는 것은 그래서 퍽 소중한 경험이다. 그 소중한 경험 때문에, 그래서 세상은 살 만한 보람이 있는 것인지 모른다.

백영 정병욱 선생님의 강의에서 판소리와 만나기 전에는, 그것은 다만 하고많은 소리의 하나였다. 들을 파랗게 물들였던 보리밭을 스쳐 지나가는 바람 소리였다. 판소리가 자연의 소리를 닮아 노래가 아니라 '소리'일 수 있음을 알게 된 것은 퍽 오랜 뒤의 일이지만, 대상에 가만가만 접근해야 하는 소중한 포즈를 그때 배우게 된 것을 나는 퍽 고마운 일로 기억하고 있다. 문학의 깊이와 소리의 폭을 조금씩이나마 터득하게 된 것도 그런 경험이 있어서 가능한 것이었다고 생각한다.

이제 지명知命의 나이를 넘어가면서, 참 힘든 바람이 있다면, 그것은 아름다움을 보는 수로부인의 눈을 갖게 되기를, 더 욕심을 낸다면 나와 만나는 대상이 '그' 꽃처럼 행복해질 수 있기를.

도달하기 어려운 꿈일 수 있지만, 나는 항상 대상은 내가 보고자 하는 만큼만, 볼 수 있는 만큼만 보여준다는 생각을 가지고 있다. 그래서 겸손하게 대상에게 다가가는 자세를 견지하고자 노력했다. 그렇게 보니, 지금 이 정도라도 이루어지고 있는 판소리의 전승이 대원군의 덕이 아니고, 또 〈서편제〉라는 영화 흥행의 덕은 더더구나 아니라는 사실, 그것은 판소리 자체가 가지고 있는 경쟁력에서 이루어진 것이라는 것을 알게 되었다. 자신의 속내를 이만큼이나마 보여주어, 판소리는 나의 절친한 동반자이다. 그렇게 나타난 작은 결과를 선보인다. 별것은 없지만, '어디 볼까' 하는 오만함은 갖지 않으려 했다는 것만이라도 읽혔으면 한다.

한 책으로 묶다 보니 같은 내용이 여러 군데 반복되어 나타나기도 했다. 상황에 따라 쓰인 글을 모은 결과이지만, 그것은 또 마치 판소리에 나타난 관습적 표현처럼 나의 대상에 대한 의미 있는 강조로 읽혔으면 좋겠다. 외람된 일이지만, 많은 가르침이 있기를 고대한다.

일상에 쫓기고 게으르다 보니, 이나마 묶을 겨를을 갖지 못했었다. 그런데 고맙게도 학교는 충분한 방학 기간을 주었고, 학술진흥재단은 듀크대학교에서 한국학 강의를 할 수 있게 해 주었다. 참 오랜만에 안식의 기회를 준 학교와, 또 듀크의 확 트인 풍광 속에서 더 넓은 세계를 숨 쉴 수 있게 해준 학술진흥재단에게 고마운 마음을 전한다. 원고의 정리와 교정까지 꼼꼼히 챙겨준 이유경 선생에게도 감사함을 전한다. 그리고 이 감사의 말에 꼭 덧붙일 것은 책 엮어지기를 오래 기다리면서도, 재촉하지 않고 기다려준 출판사에 대한 것이다. 서늘한 담양의 대바람 속에서 이런 고마운 사람들과 함께 판소리의, 박동실의 한 판 소리에 빠져들었으면 좋겠다.

『글』(숙명여자대학교 출판국, 2002 | 숙명여자대학교 의사소통능력개발센터)

인간이 글을 사용하게 된 역사는 그렇게 오래지 않습니다. 아주 오랫동안 인간들은 글이 없는 시대를 살아왔습니다. 축적된 사고와 경험은 한 인간의 종말과 함께 사라질 수밖에 없었습니다. 그래서 한 지역에서 이루어진 문화는 그 공간을 결코 벗어날 수 없었습니다. 말을 통하여 협동하고 지혜를 공유하였지만, 그것은 언제나 당대적인 것에 머물러야 했습니다.

그런데 글을 사용하면서 인간의 삶은 엄청나게 변하였습니다. 개인이나 집단이 이룩한 사고와 경험은 지역과 시대를 뛰어넘어 전파할 수 있게 되었습니다. 후대의 사람은 앞의 사람들이 이룩한 문화를 시행착오 없이 이어받고, 이를 바탕으로 새로운 문화를 꽃피울 수 있게 되었습니다.

문자가 발명되기 이전의 인간들은 서로 평등한 관계를 유지할 수 있었습니다. 인간의 기억력이란 사람에 따라 다르기는 하지만, 그것이 어느 한계를 벗어나는 것은 아니기 때문입니다. 그런데 문자를 사용하게 되면서부터 그 사용 여부는 기억의 양이나 범위에 엄청난 차이를 초래하게 하였습니다. 문자를 사용하는 사람들에게는 과거의 기록을 통하여 분명히 존재하는 물상物象이, 문자를 사용하지 않는 사람들에게는 아무것도 없는 것과 같은 결과를 낳게 되었던 것입니다.

생각과 경험을 기록할 문자를 갖게 되면서 확실해진 것은 문자를 사용하는 집단과 그렇지 않은 집단의 구분이 더욱 명확하게 되었다는 점입니다. 문자 사용이 한 집단에 의하여 독점될 때, 이는 필연적으로 집단의 차별을 용인하게 됩니다. 문자를 사용하는 집단은 그렇지 않은 집단을 더욱 효과적으로 지배하는 수단으로 문자를 사용하기도 하였습니다. 그리고 자신과 다른 집단의 구별을 문자를 통하여 보다 명확히 하고자 하였습니다.

초기의 문자 사용은 제한된 소수의 집단에게만 허용될 수 있었습니다. 최근세까지도 기록 수단을 갖지 못한 문맹의 집단이 상당한 비율을 차지했던 것을 보면, 문자 사용 초기의 상황은 더 말할 필요가 없었을 것입니다. 문맹퇴치운동은 문자 사용의 보편화를 통하여 평등과 민주를 추구한 운동이었습니다.

이런 이유에서 글을 정확하게 읽고, 또 자신의 생각을 명쾌하게 다른 사람에게 전달하는 능력을 갖추는 것은 주체적으로 세상을 살아가는 바탕이 됩니다. 그것은 세상을 평등과 민주 속에서 살아가는 길일뿐만 아니라, 세상을 변화시키는 지도자의 필요충분조건이기 때문입니다. 세계가 변화하는 중요한 전환기마다 우리는 그런 능력을 가졌던 사람을 보았고, 그들의 지적 소산을 바라보면서 우리는 미래의 모습을 예측하기도 했습니다.

숙명여자대학교는 각자가 소속된 사회에서 지도자로서 성장할 수 있는 인재를 기르기 위한 야심 찬 계획을 추진하고 있습니다. 의사소통능력개발센터는 이러한 과정의 일환으로 설립되었고, 이를 통하여 학생들의 언어와 사고를 섬세하게 다듬어 주는 프로그램을 운영하고 있습니다.

이 책은 우리의 이러한 목적을 달성하기 위한 수단으로 제작되었습니다. 따라서 문학과 역사, 철학, 사회, 과학, 예술, 여성의 분야에서 지도자로서 당연히 읽어야 할 고전을 선정하고, 다양한 독해의 과정을 통하여 세계를 바라보는 안목을 기르도록 하였습니다. 고전에 대한 적절한 해설과 원전을 맛봄으로써, 지적 성숙의 보람을 기대하였습니다. 아울러 고전을 수용하는 위치에 머물지 않고, 이를 바탕으로 자신의 생각을 펼칠 수 있는 능력을 배양할 수 있도록 다양한 쓰기 활동을 구체적으로 제시하였습니다.

이 책이 제공하는 글의 세계를 지나가면서, 각자의 마음속에 '세상을 바꾸는 부드러운 힘'이 소록소록 담기기를 우리는 바라고 있습니다.

『말』(숙명여자대학교 출판국, 2002 | 숙명여자대학교 의사소통능력개발센터)

현대 사회와 말

이교도 철학자인 크산투스는 만찬을 함께 할 친구를 몇 명 초대한 다음, 하인 이솝에게 최고급 요리 재료를 사 오라고 일렀다. 그러나 이솝이 사 온 것은 온통 혀뿐이었다. 요리사는 이 혀들로 서로 양념만 다르게 하여 음식을 차려냈다. 혀 요리뿐인 식사가 베풀어지자, 화가 난 크산투스는 성난 목소리로 소리쳤다.

"시장에서 제일 좋은 요리 재료를 사 오라고 하지 않았느냐?"

"저는 명령하신 대로 했습니다. 혀보다 더 좋은 것이 어디 있겠습니까? 혀야말로 문명사회의 결속물이자 진실과 이성의 기관이며 신에 대한 저희들의 사랑과 찬미의 기구가 아니겠습니까?"

이렇게 이솝이 대답하자, 다음날 크산투스는 다시 시장에 가서 이번에는 가장 나쁜 요리 재료를 사 오라고 일렀다. 그러나 이번에도 이솝은 혀를 사 들고 왔다.

"뭐라고? 이번에도 혀를 사 왔어?"

"그렇습니다. 혀라는 것은 확실히 이 세상에서 가장 나쁜 것임이 틀림없습니다. 그것은 투쟁과 다툼의 기구이고 소송이라는 것의 발명자이며, 분규와 전쟁의 근원입니다. 또 그것은 실수와 거짓말과 비방과 신에 대한 불경스러운 말을 하게 하는 기관이기도 한 것이지요."

"세상을 바꾸는 부드러운 힘!" 우리 사회가 점차 민주화되고, 세계가 하나의 지구촌이 된 지금 우리 미래를 위해 이 명제보다 더 많은 것을 알려주는 말이 있을까? 그럼 이 말의 의미를 살펴보자. 동물들에게 세계와 자연은 주어진 환경이다. 여기에 적응하면 살 수 있고 그렇지 않으면 도태된다. 하지만 인간은 세상을 변화시키며 살아간다. 세상의 변화에 우리는 주체가 되어야 하고 또한 그 결과에 책임을 져야 한다. 환경 문제, 인간복제 등의 문제에 대해 인간 스스로 판단 내리고 그 올바른 판단에 따라 실천해야 한다. 위의 명제에서 '힘'은 바로 인간의 실천력을 말한다. 아무리 여성차별에 대한 올바른 생각을 갖고 있을지라도 그 생각을 실생활에서 실천하지 않는다면 아무런 실효성을 갖지 못하고 세상을 올바로 바꿀 수 없다.

그렇다면 세상을 바꾸되 '부드럽게' 바꾼다는 것은 무슨 말인가? 강한 실천력이 아니라 미소 짓는, 향기 나는 실천력을 말하는가? 그게 도대체 어떤 것이란 말인가? 여기에서 부드러움은 총칼에 의한 무력, 권위와 권력에 의한 억압, 전통이라는 이름 아래 여전히 칼자루를 쥐고 있는 각종 불합리한 제도에 대립되는 뜻을 갖는다. 그러한 부드러움은 궁극적으로 무엇인가? 그것은 바로 말이다.

말은 정당한 변화의 시작이다. 다른 사람에게 말을 건네지 않는 실천력은 독재일 뿐이다. 다른 사람에게 말을 한다는 것은 그 사람과 의사소통을 하고 그 사람의 동의에 의해서만 나의 실천력이 성냥성을 가실 수 있다는 민주 의식에서 출발한다. 말을 해야 다른 사람들이 나의 견해를 이해하고, 옳은 점에 대해서는 동의하고 잘못된 점을 비판하고 새로운 대안을 제시할 수 있기 때문이다.

"인간은 말하는 존재다."라는 명제는 인간은 언어를 통해 궁극적으로 인간이 되고, 언어를 통해 말하는 사람의 인격이 드러나고 언어를 통해 비로소 인간적 교류가 이루어진다는 말이다. 그만큼 말, 언어는 인간과 불가분의 관계에 있다. 언어에 대한 관심은 특히 현대에 와서 더욱 커졌다. 민주주의가 발달하여 모든 사회적 문제는 공적 논의 안에서만 해결 가능하게 되었다. 청문회, 방송토론회 등에서 정치인들은 논리정연하고도 설득력 있는 언변을 펼침으로써 선거권자의 신뢰와 지지를 얻어내게 되었다. 또한, 유권자들은 그 전엔 그들의 약력, 일방적 웅변으로 판단하던 것을 이제 그들의 정책토론을 통해 누가 가장 바람직한 후보인지를 가려낸다. 아직까지 지연, 혈연, 학연 등이 표심을 자극하기도 하지만, 민주주의가 발달함에 따라 이와 같은 불합리한 선택기준은 점차 줄어들 수밖에 없다.

대학을 졸업하고 기업에 취업시험을 볼 때도 개인의 능력을 잘 표출할 수 있어야 한다. 입사 동기, 약력을 쓰는 글에서 기존의 정형화된 이력서로는 개인의 능력을 정확하게 파악하기 힘들다. 그래서 요즈음 신세대들은 다양한 방식으로 이력서를 쓰고 기업에서도 그러한 독창성과 참신성을 높이 산다. 그리고 최근 입사 면접에서는 학력, 가족 사항, 입사 동기 등의 빤한 질문이 아니라 지원자의 능력과 인격을 테스트할 수 있는 심층면접을 한다. 평소 말하기 능력을 길러두지 않으면 아무리 뛰어난 지식을 가진 사람도 사회에서 필요한 일꾼으로 입문하기 힘들다. 입사 후 업무에 대한 정확한 파악과 함께 명쾌한 프레젠테이션 능력은 직장인의 필수 능력이다. 영업을 할 때, 이전에는 술, 뇌물, 지연, 학연, 뒷배경 등의 불합리한 능력과 전략을 이용했지만, 이제는 판매 제품에 대한 정확하고도 설득력 있는 설명 능력, 영업사원의 신뢰성 등이 구매력을 결정한다. 아무리 품질 좋은 생산품도 그 생산품의 뛰어난 점을 설명할 수 있어야 판매망이 열릴 수 있는 것이다. 통신과 교통이 발달하여 세계가 하나가 되면서, 의사소통의 능력은 현대인에게 가장 필요한 능력의 하나가 되었다.

교육에서도 더 이상 칠판에 의존한 판서 위주의 일방적 전달이 아니라 토론식 수업을 통해 학생들의 창의적인 사고력과 조리 있는 표현력을 키우고 있다. 학습은 교사에서 학생으로의 일방적 방향이 아니라 교사와 학생, 학생과 학생 사이의 쌍방적 논의를 통해 더 잘 이루어진다는 것을 이제야 깨달은 것이다. 하지만 교육에 있어 그렇게 중요한 토론식 교수법은 과연 어디에서 교육 훈련하고 있는가?

이와 같은 언어능력은 현대에 들어와 서구 문명이 들어오면서 강조된 것이 아니다. 물론 동양에서는 교언영색巧言令色이라고 하여 말보다는 마음과 실천을 강조함으로써 말을 간과한 경향이 없지 않다. 하지만 우리 선조들이 언어를 매우 중요시한 점은 여러 곳에서 발견된다. 우리말에서 "말 한마디가 천 냥 빚을 갚는다.", "아 다르고 어 다르다.", "비단 대단 곱다고 해도 말같이 고운 것은 없다."와 같은 속담이나, '촌철살인寸鐵殺人'과 같은 경구는 말이 사회생활에 얼마나 중요했는가를 잘 대변하고 있다. 또한 고려시대 거란의 침입에 맞서 벌인 서희의 담판은 언어능력이 국가도 구할 수 있음을 잘 보여주고 있다.

언어능력은 인간이면 누구나 가진 것이다. 그렇다고 해서 누구나가 다 설득력 있는 말을 하거나 조리 있는 말을 하는 것은 아니다. 특히 우리 경제가 어느 정도 선진국 대열에 들어섰지만, 정치가 아직도 후진성을 벗어나지 못하고 있는 원인으로 토론 문화의 부재를 들기도 한다. 이러한 문제점을 극복하기 위해 각 방송사에서는 토론 프로그램을 갖고 우리 사회의 여러 문제에 대해 토론하지만 아직도 미흡한 점이 많다. 토론 참여자들이 합리적인 토론 능력을 갖추지 못한 이유도 있겠지만, 토론하면서 제기하는 주장과 비판에서 그 문제점을 정확하게 지적할 수 있는 청취자가 많지 않음을 이용하여 국민을 기만하는 기회로 이용하는 발언자도 많기 때문이다.

대학은 사회에 나가 사회를 이끌어 나가는 지식인을 육성하는 곳이지만, 대학생들이 학문을 할 때 필요한 발표와 토론의 능력도 키워주어야 한다. 우리 사회를, 한 공동체를 바람직하게 이끌어 가기 위해서는 그 사회 구성원들에게 설득력 있는 말을 할 수 있어야 한다. 그래야만 그들의 동의와 지지 속에서 실천적 힘을 갖게 된다. 밀실 정치와 장막 속에서 몇몇 권력자들에 의하여 이루어지는 결정은 언론 자유와 개방적인 이 시대에서 더 이상 유지될 수 없다. 한마디로 남을 속이는 기교와 술수로는 대중을 속일 수도, 대중의 지지를 얻을 수도 없는 사회가 온 것이다.

2002년, 전 세계를 들뜨게 했던, 특히 우리 국민이 하나가 되게 했던 월드컵을 회상해 보자. 처음에는 '1승만', '16강만'이라며 스스로를 의심했던 국민도, 우리 선수들이 너무나 성실하고도 빼어난 실력으로 4강까지 오르자, 국가대표 감독이었던 히딩크를 단순히 축구감독이 아니라 뛰어난 리더십, 용병술, CEO의 능력을 지닌 리더로 보고, 그의 리더십을 다각적으로 분석하기 시작하였다. 히딩크에 대한 국민의 폭발적인 지지에는 그의 능력이 뛰어나기도 했지만, 다른 한편 그의 조리 있고도 빼어난 말이 이에 한몫 더하였다. 그는 인터뷰에서 짧지만 설득력 있고 재치 있는 말로 국민을 이해시키고 감동시켰다. 포르투칼과의 마지막 예선전에서 한국팀이 승리하고 난 뒤, 많은 외국인이 한국 선수들의 지치지 않는 체력에 감동하자, 그는 "한국 선수들은 폭주 기관차다. 나조차 우리 팀을 막을 수 없다."라고 하며, 체력과 승리의 질주를 통합해서 말했는가 하면, 처음의 목표였던 16강에 도달한 후 이탈리아와의 격전을 앞두고는 "나는 아직 배가 고프다."는 은유적인 표현을 통해 선수들의 킬러본능을 자극하였다. 4강에 도달하면서 그에 대한 국민의 열정적인 환호와 함께 그가 계속 국가대표팀의 감독을 맡기를 요청할 때, "한국은 내 마음을 훔쳤다. 내 마음은 한국을 영원히 떠나지 않을 것이다."라고 말하여 부드러운 거절의 의사를 표현하면서도 우리의 가슴을 흠뻑 젖게 만들었다. 하지만 그는 감동적인 말만이 아니라 냉철하고도 뼈있는 말도 많이 남겼다. 그가 월드컵을 시작하면서 했던 말은 우리 스스로를 되돌아보게 하였다.

"나는 한국 선수들을 대단히 사랑한다. 그들의 순수함은 나를 들뜨게 한다. 준비 과정에서 흘러나오는 어떠한 비판도 나는 수용할 자세가 되어 있다. 사람들은 조급한 마음을 가지고 비판의식에 사로잡혀 있을 때 나는 6월을 기다려 왔다. 지금 세계 유명 축구팀들이 우리를 비웃어도 반박할 필요는 없다. 우리는 월드컵에서 보여주면 되는 것이다."

우리는 언어를 통해 지식을 얻고, 언어를 통해 정보를 전달하며, 언어를 통해 다른 사람들과 공동체 속에서 더불어 살아간다. 언어는 인간이 만든 가장 과학적인 발명품이면서도 가장 아름다운 예술품이다. 내 이웃이 나의 말을 통해 사려가 깊어지고 올바른 판단을 할 수 있는가 하면, 나의 말에 의해 현혹되고 잘못된 판단을 내리거나 기만당하기도 한다. 내가 사랑하는 사람이 어려운 상황에 빠져 있을 때, 나의 말을 통해 그가 용기를 잃지 않고 감동하고 즐거워하고 살맛이 생긴다면 이보다 좋은 신비로운 것이 어디에 있을까? 하지만 그는 나의 말 한마디에 좌절하고 괴로워하고 적대감과 모멸감에 사로잡힐 수도 있다. 그렇다면 말을 해도 제대로 해야 하고 들어도 제대로 들어야 하지 않겠는가?

말은 사람과의 관계를 가능하게 하는 첫 단계의 행위이다. 말이 있기 전에는 다만 마음 속에 존재하는 생각만이 있을 뿐이다. 서로의 생각만이 존재하는 침묵의 상태는 말을 함으로써 드디어 구체적인 현실로 변화한다. 서로 다른 생각을 확인하고, 행동으로 나아갈 수 있기 때문이다. 그래서 말의 중요성은 단절된 관계 속에서 살아가는 현대에 이르러 더욱 강조되었다.

이 책은 말의 다양한 표현방식을 구체적으로 연습할 수 있도록 기획되었다. 이를 위하여 의사소통의 기초인 자신과의 대화를 시작으로 사적인 대화, 발표와 연설, 면접, 토의와 토론의 실례를 제시하고, 같이 논의할 수 있는 자리를 마련하였다. 이러한 과정을 통하여 말로 이루어지는 문화를 주체적으로 이끌어 갈 수 있기를 기대한다.

이 책은 완성을 기다리는 책이며, 하나의 도구이다. 말의 식탁에 놓여 있는 숟가락이고, 젓가락일 뿐이다. 이것을 가지고 음식을 집는 것은 이 책을 사용하는 사람들이 감당할 몫이다. 이 과정을 통하여 올바른 말의 문화를 이끌어가는 지도자가 배출되기를 우리는 충심으로 기대하고 있다. 그런 지도자를 통하여 우리가 사는 세상은 논리와 상식이 통하는 사회, 더불어 발전하는 사회가 될 수 있기 때문이다.

『한국고전문학의 교육적 성찰』 (숙명여자대학교 출판국, 2003)

    본래는 소설만으로 한정하여 교육 현장과 관련되는 이슈를 정리하려는 계획을 했었다. 그런데 소설 장르 하나로 묶는다는 것이 소설사적 안목의 확립을 전제해야 한다는 것을 알게 되었고, 그것은 보다 더 시간과 여유가 필요하다는 것을 깨달았다. 그런 인식만으로도 이 작업은 내게 있어 참 좋은 수행길이었다. 뒤에서 앞으로 정리해 가면서, 나의 생각이 문학 전반으로 확대되는 것은 불가피했다. 따라서 이러한 생각을 우선 일관되게나마 정리하는 것이 좋겠다는 생각을 한 것은, 그러므로 처음부터 가지고 있었던 것은 아니다. 그러나 이 작업을 하다 보니, 하나의 단행본에 묶일 나의 생각을 정리하는 것마저도 만만치 않음을 절감하게 되었다.

    오랜 세월이 지나오면서 과거에는 나름대로 나의 진실로서 존재했던 생각을 그대로 두는 것이 나을 것 같다는 생각을 하기도 했지만, 그것도 그렇게 큰 의미를 지니는 것 같지는 않았다. 문학이 본래 그러한 것처럼 과거는 현재와의 연관 속에서만 그 실상을 보여줄 것이기 때문이다. 그런 점에서 본다면 논문 한 편을 쓰면서도 단행본으로 묶을 계획을 세우고 쓰는 사람들은 참 행복한 사람이라는 생각이 들었다. 이것저것 손을 보다 보면 본래의 생각은 저리로 사라지니, 항상 암담하다는 생각민이 들 뿐이었다. 다행스러운 것은 이러한 과정에서 오랫동안 묵혀두었던 시가 관계의 논문들이 다시 새로운 조명을 통하여 햇빛을 볼 수 있었다는 사실이다. 각각의 논문으로 떠돌아다닐 수밖에 없었던 나의 한 시대, 사고의 편린들에게 가지고 있었던 부담을 조금이라도 덜 수 있어 즐겁다.

　이렇게 꾸려 놓고 보니 엮어진 논의의 많은 부분은 문학을 문학으로 보아야 한다는 당연한 명제의 확인에 놓여 있다는 것을 알게 되었다. 모든 존재는 자신의 얼굴을 가지고 있다. 그 얼굴은 자신의 자신임을 증명하면서 동시에 다른 존재에게 그 얼굴로 기억해 주길 요구한다. 문학도 한 존재라는 점에서는 여기에서 자유롭지 않다. 각각의 문학은 자신의 얼굴로 독자들에게 기억되기를 요구하고 있는 것이다. 이것을 우리는 장르로 부르거나 구체적 명칭으로 부르기도 한다. 어떻든 각 작품은 자신의 모습을 지니고, 그 모습으로 자신을 이해하여 주기를 요구하고 있다. 시를 소설의 관점에서 접근하였을 때, 그 시는 얼마나 황당한 것일까를 짐작하면 작품의 고민은 가히 짐작할 수 있을 것이다. 따라서 모든 논의의 기본은 문학의 편에 서서 보아주기를 바라는 모습의 확인이었다. 시대나 사회의 그물에서 문학을 자유롭게 하고자 한 것이 얼마나 성취를 이루었는지 모르겠다.

　다음으로 확인된 것은 나의 시선이 대체로 억압받고 고통받는 대상을 향하고 있었다는 점이다. 남성보다는 여성, 영웅이나 열사보다는 이름 없이 사라지는 설화 속의 인물들이 연구의 중심을 이루고 있는 것이다. 이것은 분명 한 개인의 취향으로 한정할 문제가 아니어서, 문학의 존재 이유가 바로 그에 있음을 확인하는 즐거움까지 느끼게 되었다. 문학이 우리 문화에 기여한 것이 있다면, 그것은 있는 자에 대한 아부가 아니라 결핍된 자에 대한 희망과 애틋함을 통하여 평등을 실현하였다는 점에 있을 것이다. 흥부가 지금도 읽히는 이유는 여전히 고난받는 〈흥부전〉이 떠돌고 있기 때문이고, 춘향이 지속하여 창조되는 이유는 또 그처럼 차별받는 존재가 피눈물을 토하며 항거하고 있기 때문이다. 더불어 사는 사회의 건설을 위해 던지는 메시지로서 이보다 더한 것이 어디에 있겠는가. 그래서 문학은 우리의 인생을 걸 만한 대상으로 앞에 서 있다.

이렇게 긴 궤적을 엮다 보니, 많은 분이 있어 오늘의 내가 있음을 새삼 알게 되었다. 청량대와 관악산에서 학문의 길로 들어서게 해주신 은사님과 긴 논의의 과정을 거치면서 서로 외로움을 덜어주던 많은 분, 그리고 이 자리를 빌려 처음으로 내 마음 깊이 간직하고 있던 남경南畊 박준규朴焌圭 선생님에 대한 사랑을 표하고자 한다. 감사를 표현하는 방식을 몰라 항상 끙끙댔지만, 지금이라고 하여 더 나아진 것 같지 않아 속이 상하는 일이 많다. 다만 그분들에 대한 감사와 사랑에서 좀 더 진전하는 업적이 있다면, 그것이 진정한 보답이 아니겠는가 생각하여 더 정진하고자 한다. 많은 질책을 바라는 소이所以이다.

2003년 6월 26일
청파 언덕에서
저자 씀

『선비의 소리를 엿듣다』(사군자, 2005 | 정병헌 · 이지영 엮음)

고전으로 알려진 옛글은 대부분 한자로 표기되어 있어서 우리가 쉽게 읽을 수 없으며, 읽더라도 쉽게 이해하기 어렵다. 이는 한문투의 문체가 가지는 특징뿐만 아니라, 당시의 글 쓰는 방식 곧 생각한 바를 표현하는 방식이 우리글인 한글과 차이가 있기 때문이다. 게다가 한자로 쓰인 글은 당대 최고의 지식인이 쓴 저술물이기 때문에 그 속에 담긴 내용이나 지향하는 바 수준이 매우 높다.

오늘날 일반 사람들이 접하는 이러한 옛글들은 온전한 모습을 드러내지 않는다. 그 양이 방대할 뿐만 아니라 설사 옛글 가운데 일부가 한글로 번역되었다고 하더라도 딱딱한 번역투의 글이어서 읽어도 쉽게 이해하지 못한다. 그러나 고전古典을 '고전' 그대로 마냥 묵혀둘 수는 없다. 우리 선인들이 느끼고 생각하는 것들이 무엇인지 알 필요가 있기 때문이다. 우리는 그 고전 속에서 당대의 사고와 문화 등을 살필 수 있을 뿐만 아니라, 오늘을 살아가는 지혜를 얻을 수 있다.

그런데 사정은 그리 밝지 못하다. 오늘의 눈으로 볼 때 옛글은 여전히 읽기 어려운, 낡고 죽은 글일 뿐이다. 낡고 죽은 글은 아무 가치가 없다. 고전은 오늘날에도 여전히 읽혀야 한다. 그러기 위해서는 그것을 현대화하여 되살려야 한다. 우리는 옛글을 온전히 정통적인 표현방식에 맞게 드러내지 못할 바에야, 이 시대의 글로 표현하고, 이해하기 어려운 부분은 오늘의 표현과 사고에 맞도록 재조정하는 것도 좋은 방법이라고 본다. 고전 원문의 자료 제공, 고증考證, 내용 자체에 대한 연구 등이 아니라면 더욱 그러하다.

우리는 이런 '고전의 현대화'라는 요구에 부응하기 위해, 이미 몇 가지 주제별로 구분하여 『우리 선비들은 ……』이라는 문고본을 펴낸 바 있다. 그런데 이들 옛글이 주제에 따라 일곱 권으로 나뉘다 보니, 독자들이 이것들을 한꺼번에 보려 할 때는 조금은 불편할 수 있다는 의견이 있었다. 이런 사정을 고려하여 우리는 이번 기회에 글을 좀 더 다듬어 한 권의 책으로 펴내어 보았다. 비교적 두꺼운 책이지만, 일곱 권을 모아서 글을 읽는 불편은 덜 수 있으리라고 본다. 독자들은 자신들의 관심과 기호, 혹은 사정에 따라 이 한 권의 책이나, 일곱 권의 문고본을 선택하여 보기를 바란다.

우리는 이 책을 통하여 옛글이 다시 오늘의 글로 읽히기를 바란다. 특히 이 책의 글들은 선비들의 목소리를 담고 있다. 선비들은 당대의 엘리트로서 문학인이요, 정치가며, 철학자며, 경륜가였다. 비록 오늘의 우리가 처세와 인간관계, 돈, 컴퓨터, 외국어 등에 관해서 관심을 기울이고 있지만, 미래를 전망하고 정신적 사고와 삶의 예지를 기르기 위해서는 선비들의 옛글에도 관심을 기울여야 할 것이다.

어려워 보이는 옛글을 이처럼 좋은 책으로 펴내준 도서출판 사군자와 유중 사장님께 감사 드린다.

2005년 2월
엮은이 씀

『한국 고전문학의 비평적 이해』 (제이앤씨, 2008)

이 책은 본래 『한국 고전문학의 교육적 성찰』이라는 이름으로 2003년 8월 숙명여자대학교 출판국에서 발간되었다. 5년이 지나는 동안 문화관광부에서 우수학술도서로 선정되는 등 독자의 요구에 부응하였지만, 재판을 앞두고 숙명여자대학교 출판국이 여러 사정으로 폐쇄되면서 이 책이 독자와 만나는 것이 불가능하게 되었다. 그러나 이 책이 갖는 의의는 사라지지 않은 것으로 생각하여 새로운 출판사와 함께 새로운 제목으로 독자와 마주하고자 하였다.

본래의 제목에서 쓰인 '교육'은 문화의 전수라는 넓은 의미로 사용한 것이었지만, 독자들은 제도권 내의 교육이라는 좁은 의미로 한정하여 이해하는 것을 알게 되었다. 물론 그런 측면의 글도 있지만, 대부분의 글이 문화 전반을 기하고 있다는 점에서 수정을 겸한 재판에서는 그 내용에 합당하다고 생각하는 제목으로 바꾸었다.

이 책에 실린 글들은 본래 여러 논문집에 게재되었던 것을 단행본의 성격에 맞게 고쳐 쓴 것이다. 참고로 바탕이 된 논문들의 출처를 여기에 밝혀둔다. 많은 수정을 거쳤기에 앞으로는 이 책의 것을 참고하여 주시기를 부탁드린다.

「처용가 연구」, 『논문집』 22, 한국국어교육연구회, 1982.
「청산별곡의 이미지 연구 서설」, 『국어교육』 49·50합집, 국어교육연구회, 1984.
「노계 박인로의 자연관」, 『어문논총』 7·8합집, 전남대학교 어문학연구회, 1985.

「고산 국문시가의 변모 양상」,『고산연구』2, 고산연구회, 1988.

「어부사시사의 배경과 성격」,『고산연구』3, 고산연구회, 1989.

「조선조 후기소설의 서사구조와 변이양상」,『용봉논총』17·18합집, 전남대학교 인문과학 연구소, 1989.

「이춘풍전 연구」,『한국고전소설작품론』, 집문당, 1990.

「쌍화점과 장소」,『국어국문학논총』, 여강출판사, 1990.

「도이장가의 제작 경위와 문학사적 의의」,『한국고전시가작품론』, 집문당, 1992.

「도리화가의 관습과 일탈」,『동리연구』1, 동리연구회, 1993.

「판소리의 인물과 이중적 평가」,『어문논총』14·15합집, 전남대학교 국어국문학연구 회, 1994.

「백제 용신 설화의 성격과 전개 양상」,『구비문학연구』1, 한국구비문학회, 1994.

「춘향전 교육의 몇 가지 전제」,『고전문학 어떻게 가르칠 것인가』, 집문당, 1994.

「판소리계소설의 형성과 전개」,『한국 서사문학사의 연구』중앙문화사, 1995.

「이생규장전의 만남과 이별」,『국어국문학연구』경인문화사, 1995.

「여성영웅소설의 서사 구조와 변이 양상 연구」,『한국언어문학』36, 한국언어문학회, 1996.

「배우자 선택 이야기의 유형적 성격」,『아세아여성연구』35, 숙명여자대학교 아세아여성연구소, 1996.

「고전시가의 상식에 대한 몇 가지 해명」,『고시가연구』5, 한국고시가문학회, 1998.

「공무도하가의 작자는 백수광부의 처인가」,『문학과 교육』4호, 주한국교육미디어, 1998.6.

「고전문학 연구의 위상과 지향」,『고전문학과 교육』1, 청관고전문학회, 1999.

「여성영웅소설의 서사방식과 소설교육적 자질」,『한국문학논총』24, 한국문학회, 1999.

「고전문학 교육의 본질과 시각」,『고전산문교육의 이론』집문당, 2000.

새로이 책을 내면서 보완되어야 할 부분을 찾아 수정하였다. 수정이 이루어지도록 지적해 주신 여러분에게 깊은 감사를 드린다. 특히 강의 시간을 통하여 내용의 심화를 기힐 수 있었던 점을 즐거운 보림으로 여기고 있다. 이러한 필자의 뜻을 이해해 주시고 선뜻 출판에 응해주신 제이앤씨 윤석원 사장님께 깊은 감사를 드린다.

『고전과 함께 떠나는 문학여행』 (태학사, 2009 | 정병헌 외)

학생들과의 긴 문학 여행길을 다녀왔다. 작품 속에 있는 여행이었지만, 그러나 그 길은 공간이 변하였고, 그리고 시간도 흘러가는 진정한 여행이었다. 무엇보다도 여행이 주는 변화의 기쁨을 맛볼 수 있어 고통 속에서도 뿌듯한 성취감을 느낄 수 있었다. 여행에서 돌아와 챙겼던 짐을 다시 풀고, 그리고 일상의 세계로 돌아가기 위한 준비를 하느라 퍽 바쁜 나날을 보냈다. 여행은 길을 따라 걷는 것보다 뒤의 추스르는 과정이 더 힘들다는 것을 우리 모두 깨달을 수 있어, 그것만으로도 이 여행은 참 값진 것이었다.

한국어문화연구소는 이런 과제를 주어 대학원생들과의 한 학기를 보람 있게 보낼 수 있게 하였다. 이 책의 앞에도 몇 권의 책이 연구소의 지원 속에서 발간되었고, 또 앞으로도 지속되어 우리의 문화를 더욱 풍요롭게 할 것이다. 그런 안온과 고통, 그리고 보람을 느끼게 해준 연구소에 깊은 감사를 드린다.

추스르는 과정이 더 힘들다고 하였다. 작품을 읽고 상상의 나래를 펴는 기간은 퍽 즐거웠지만, 그 결과를 책으로 묶어 내는 것은 또 다른 일일 수밖에 없었다. 결과의 정리는 과정도 다시 생각해보게 했고, 그 출발을 재점검하게 하기도 했다. 그래서 여행의 기간보다 그 정리의 기간이 무척 길어졌다. 묵묵히 기다려준 연구소에게 이런 변명으로 슬쩍 넘어가고자 하지만, 그 미안함을 상쇄할 수 없음은 잘 알고 있다.

이 작업에 참여한 모든 학생은 모두 여행의 출발과 과정, 그리고 마무리가 가지는 의미를 공유할 수 있었다. 목표를 정하고 출발은 하였지만, 끊임없는 수정 작업이 이어졌다. 그런 수정을 통하여 처음 계획했던 일들이 사라지고, 몇 차례나 새로운 모습으로 탈바꿈하였다. 사라진 것들은 학생들의 기억 속에서 다시 튀어나오는 날을 기다리고 있을 것이다. 그런 축적이 있어 정리의 기간은 과거를 반추하는 자리가 될 수 있었다. 사실은 이것이야말로 가장 값진 수확이라고 할 수 있다. 오로지 학생들의 성장을 위한 지원 프로그램이었으니까. 이런 수확을 바탕으로 우리는 모두 새로운 여행을 계획할 것이다. 그 여행이 더욱 힘들더라도, 우리는 그것과 비례하는 보람을 알았기에 서슴없이 도전할 수 있을 것으로 기대하고 있다.

집단이 되어 가는 여행이 힘들고, 그리고 풋내기들의 여행이기에 별로 볼 것은 없을 것이다. 그러나 초보들이 보여주는 풋풋함은 이곳저곳에서 찾을 수 있을 것이다. 그런 풋내음을 맡으며 더 나은 여행을 계획할 수 있다는 자신감도 갖게 될 것이다. 나이 들면서 더 성숙해지는 작품 속 인물들처럼, 이 글을 읽는 분들도 더 성숙해질 수 있기를 기대한다.

김병국 교수님의 현대역 『구운몽』(서울대학교출판부, 2007)과 최강현 교수님의 역주 『일동장유가』(보고사, 2007) 등 많은 선학이 애써 역주한 자료가 있어 손쉽게 사용할 수 있었다. 현대의 독자에게 맞는 역주 작업의 중요성은 아무리 강조하여도 지나친 것이 아님을 이 과정 속에서 깨달을 수 있었다. 많은 분의 선행 업적을 참고하는 것 또한 즐거운 문학 여행이었음을 밝힘으로써 그분들에게 고마움을 남긴다.

『세계화시대의 국어국문학』 (보고사, 2012 | 국어국문학회 편)

간행사

올해는 국어국문학회가 창립된 지 60년을 맞이하는 해입니다. 참으로 긴 세월 동안 우리 학회는 국어국문학회의 모학회로서의 역할을 성실하게 수행하였습니다. 국어국문학 연구와 보급을 통한 사회와 국가에 대한 기여를 위해 1952년 전쟁의 상황에서 고고의 창립을 선언하면서 국어국문인의 연구와 활동을 위한 장으로서의 역할을 충실하게 수행하여 왔던 것입니다.

국어, 국문학에 대한 관심과 보급의 중요성은 모든 나라의 역사가 증명하고 있습니다. 모진 일제의 식민지하에서도 우리 국어와 국문학을 지켜온 선학들이 있었기에 우리는 떳떳한 현재의 언어생활을 영위하고 있습니다. 자국의 말과 문자를 잃어버림으로써 어쩔 수 없는 문화의 예속상태를 지속하고 있는 나라의 현재를 우리는 잘 알고 있습니다. 소중하게 지켜온 우리의 언어가 있기에 우리는 우리의 생각과 정서를 영롱하게 펴 나갈 수 있게 된 것입니다. 이러한 소중한 전통을 계승하고, 이를 미래의 바람직한 언어생활과 연결시키는 것이야말로 우리 국어국문인들이 해야 할 가장 큰 과업일 것입니다. 이런 일이 체계적이고 조직적으로 이루어질 수 있도록 논의의 터전을 마련한 것이 바로 우리 학회였습니다.

이러한 역할과 기대는 현재에 이르러서도 결코 지나칠 수 없는 소중한 푯대입니다. 이를 지키고 키우고자 노력한 것이 우리 학회가 수행해 온 역사라고 할 수 있습니다. 이 역사의 흐름 속에서 많은 학회가 탄생하여 국어국문학 연구의 폭을 넓히고, 깊이를 더해 왔습니다. 특정 분야 학문을 위한 학회나 현실과의 관련성을 중시한 응용학회도 많이 나타나, 지금은 오히려 학회의 난립을 우려할 만한 상황이라고 말할 수도 있습니다. 이러한 상황에서 모학회인 국어국문학회의 역할과 기대는 더욱 커지고 있습니다. 학회가 나아가야 할 지향과 본분을 굳건히 지키고, 모범적인 모습을 제시해야 할 책무가 부과되기 때문입니다. 이런 기대에 부응하기 위한 활동을 더욱 강구하고자 합니다.

이런 이유에서 우리는 국어국문학회의 지난 60년 학회 활동을 정리하고, 이를 바탕으로 미래의 학문 활동을 위한 비전을 제시하는 일을 기획하였습니다. 지난 60년 중 우리 학회지에 발표된 연구물 중 '세계화 시대의 국어국문학', '국어국문학과 융합학문'에 해당하는 논문을 따로 뽑아 학계에 제공하기로 하였습니다. 또한, 60년을 회고하는 원로 평의원들의 말씀을 모아, 60년을 기념하는 학회지의 서두에 싣기로 하였습니다. 이 책은 이 중 국어국문학의 세계화와 관련된 업적을 국어학, 고전문학, 현대문학, 어문교육 분야로 나누어 정리한 것입니다. 국어국문학이 나아가야 할 먼 미래와 광활한 세계를 위해 소중한 업적을 남겨주신 필자 여러분에게 깊은 감사를 드립니다. 미리 말씀드릴 것은 보다 많은 분에게 이 업적을 소개하고 전달하기 위해 필자에게 보다 평이한 글로 '다시 쓰기'를 부탁하였고, 필자들께서는 이러한 학회의 뜻에 흔쾌히 부응해 수셨다는 점입니다. 따라서 원문의 깊이와 맛을 느끼고자 하는 분들은 해당 논문과 필자의 이후 후속된 업적을 참고하실 수 있을 것입니다.

지금은 60년을 지난 학회가 어떤 모습으로 굳건하게 서야 할 것인지에 대한 논의가 활발하게 이루어질 때입니다. 수많은 국어국문학 관련 학회를 꾸려 가시느라 모두 고생이 많으신 줄 압니다. 그러나 가장 먼저 만들어져 우리의 나갈 길을 제시한 국어국문학회의 융성은 우리가 모두 소중하게 지켜야 할 공동 자산이라고 할 수 있습니다. 더욱 지켜 주시고, 방향과 건실한 운영에 대한 말씀을 많이 해주시기를 부탁드립니다.

지금까지 국어국문학회를 이끌어주시고 키워 오신 역대 임원진과 회원 여러분의 노고에 깊이 감사드립니다. 그런 헌신이 있어 현재의 학회가 있고, 미래를 지향할 수 있는 기반이 형성되었기에 감사의 말씀과 함께 지속적인 사랑을 더욱 부탁드립니다. 또한, 보고사는 국어국문학회의 업적을 소개하고 펼쳐 나가는 데 있어 든든한 동반자로서의 역할을 다하고 있습니다. 앞으로도 소중한 뜻을 우리와 함께 해나가실 것으로 믿으며 깊은 감사를 드립니다.

2012. 5.
국어국문학회 대표이사 정병헌

『교주 조선창극사』 (태학사, 2015)

교주자 후기

정노식의 『조선창극사』가 세상에 나온 지 75년의 세월이 흘렀다. 그 동안 참 많은 사건이 있었다. 일제의 사슬에서 풀려났고, 극심한 이념 투쟁이 지속되어 동족상잔의 비극이 일어났으며, 분단 상태는 지금도 계속되고 있다. 이 책의 저자는 북으로 넘어갔고, 그래서 상당 기간 이 책은 불온서적으로 치부되기도 하였다.

이 책은 판소리에 접하는 모든 사람이 반드시 언급하고 지나가야 할 통과의례로 인식되고 있다. 판소리에 관한 집중적인 조명은 이 책 이전에 없었고, 후속되는 연구의 출발점이 되었기 때문이다. 특히 이 책의 서문에서 언급한 판소리 인식은 지금의 실정에서도 여전히 유의미한 것으로 판단된다.

교주자가 이 책을 접하게 된 것은 석사논문을 작성하던 1978년 무렵이다. 신재효에 대한 자료를 찾으면서, 그에 대한 체계적인 논의가 이루어진 이 책과 접할 수 있었던 것이다. 이렇게 40년 가까이 이 책을 벗하면서 우리 둘 사이는 떼려야 뗄 수 없는 관계가 된 것 같다. 이 책에 실린 잘못까지도 그 수정을 기나리는 보습이라는 애착이 생겼던 것이다.

그래서 그 수정과 나의 견해를 이 책에 반영하고자 하는 생각은 오래 전부터 가지고 있었지만, 구체적인 실행은 15년 전 이 책을 입력하면서부터라고 할 수 있다. 직접 입력한 결과와 본문을 대조하면서 이 책이 나에게 요구하는 사명을 인식할 수 있었기 때문이다. 최초의 '창극사'에 대한 엄정한 평가를 위해서도 이러한 작업은 반드시 필요하다고 생각하였다.

이 책의 교주를 하면서, 현대 활자로 복각한 동문선의『조선창극사』는 원저의 마모된 부분을 재구하는 데 많은 도움을 주었다. 특히 이 책에 대한 자세한 검토를 통하여 잘못된 점 등을 꼼꼼하게 밝힌 김석배 교수, 장석규 교수의 업적은 이 책에 소개된 더늠의 실상을 분명하게 밝혀 이 책을 참고하는 분들에게 원저의 잘못을 그대로 인용하는 잘못을 피하게 할 것으로 본다. 또한 이 책에 소개된 한시문을 매끄럽게 번역하여 교주본의 품격을 높여주신 김균태 교수님께도 특별히 감사를 드린다. 김선현 박사는 까다로운 원본의 입력 작업을 해주었고, 이유경 박사는 교주 작업에 도움을 주었다. 태학사의 지헌구 사장님께서 오래 기다려주신 것도 나에게는 고마운 재촉이었음을 기억한다. 이 모든 분의 도움이 있어 이나마의 작업이 이루어질 수 있었기에 여기에 적어 고마움을 표하고자 한다.

교주 작업은 정노식이 이룬 업적을 현대의 사람들에게 가감 없이 전하고자 하는 의도에서 이루어졌다. 정노식은 75년 전의 판소리 인식을 반영하여 이 책을 썼지만, 그의 판소리에 대한 생각은 지금도 여전히 유효한 것으로 보이기 때문이다. 지루하지만 보람 있는 이 작업을 끝내면서 정노식에 졌던 오래 된 빚을 일부는 갚았다는 생각을 한다. 그리고 나머지 빚은 이의 후속이 될 이 시대의 판소리사 집필이라는 것을 확인하게 된다. 이러한 작업을 통하여 우리 전통예술에 대한 체계적인 정리가 이루어질 수 있기를 기대한다.

『한국문학의 만남과 성찰』 (도서출판 역락, 2016)

내가 문학과 관련을 맺은 것은 오래전부터이다. 어려서 할머니로부터 옛날이야기를 들었을 때도 알게 모르게 문학에 접하였을 것이기 때문이다. 그러나 앞에 놓인 현상을 관찰과 해석의 대상으로 바라보게 된 것은, 대학에 입학하고부터라고 할 수 있을 것이다. 그래도 그 기간이 벌써 50년이 가까워진다. 그 기간은 방대하면서도 정치한 저작을 남겼던 이율곡과 정조, 그리고 조지훈의 삶과 일치한다. 그들을 바라보면서 나름대로는 열심히 살아왔다고는 하지만, 지나고 보니, 하잘것없는 것들만 선보인 것 같아 참 부끄럽다.

그런 모습이지만, 그대로 방치하기는 아까워 이렇게 묶어 보았다. 문학 일반에 관한 글, 고전과 현대를 아우르며 그 일관성을 찾아보고자 한 글, 고전소설의 지향을 살피고자 한 글, 작가의 면모를 살핀 글 등을 한군데 엮어보니 마땅하게 한 방향으로 설정되지 않은 것 같아 보인다. 그러나 본래 문학이라는 것이 그렇게 인생의 요모조모한 것을 드러내는 것이라 위안하며 하나의 책 속에 넣었다.

오랜 기간 학생들과 문학을 이야기하였다. 이 책에 쓴 글은 그런 과정에서 얻어진 낙수落穗와 같은 것이다. 학교의 구성원으로서 요구받았던 논문의 형식으로 발표된 것이지만, 작가가 아닌 바에야 우리는 그렇게 논문으로 말할 수밖에 없지 않은가. 그래서 여기 실린 글은 하나같이 나의 생각과 세상을 바라보는 시각을 반영한 것이라고 할 수 있다. 학생과 이야기한 결과의 낙수와 같은 것이라고 말한 이유가 여기에 있다.

이제 이야기 상대였던 학생들과의 공식적인 자리가 조금 지나면 사라지게 된다. 과거를 되씹으며, 나와의 대화를 해야 할 준비를 하기 위해서는 지난날의 것을 묶을 이유는 있다고 본다. 정년을 맞이하며 전에 썼던 글을 읽으니, 이런저런 소회가 가득하다. 그리고 보다 자유로운 시간이 주어지니, 그리고 나와의 대화를 소중하게 여기는 시간이 되니, 형식에 매였던 글에서는 벗어날 수 있을 것이라고 생각하였다.

이런 나의 생각을 반영하기 위해 논문으로 발표하였을 때는 필수적이었던 각주를 본문 속에서 처리하였다. 그렇게 하고 보니 본문만 읽고 지나쳤던 각주 부분이 새로운 생명을 획득한 것처럼 보이기도 한다. 자유로운 형식으로 말하면서 자유로운 마음을 거기에 담을 수 있는 하나의 실험인데, 어떨지는 좀 더 두고 바라보아야겠다.

여러 가지 기대와 설렘이 나의 앞에 놓여 있다. 문학의 길에는 이런 길도 있구나 생각하고 너그럽게 보아주시기 부탁드린다.

2016. 9. 1.

『판소리사의 재인식』 (문학과교양, 2016 | 정병헌 외)

판소리의 역사를 위하여

판소리의 역사는 험난하였다. 손에는 부채를 든 채로 북을 지게에 진 고수와 함께 석양의 시골길을 걷는 소리꾼의 모습은 멀리서 보면 평화로운 한 폭의 동양화처럼 보인다. 그러나 허위허위 걸어가는 그의 어깨를 짓누르고 있는 삶의 무게와 고수의 지게에 얹힌 북만큼이나 텅 빈 그들의 허무虛無는 가까이 가면 바로 알 수 있는 일이다. 그리고 그들의 가슴에 켜켜이 쌓여 있는 한恨의 응어리는 그들과 마주하여도 보이지 않는 그늘이다.

저 먼 옛날, 그들의 선조先祖는 아마도 하늘과 땅을 이어주는 거룩한 존재였을지 모른다. 하늘과 땅의 교통交通이 어찌 사람들끼리 이루어지는 말로 가능할 것인가. 그래서 근본 노래하는 사람들인 그들의 존재가 있어야만 하늘은 사람들에게 자신의 뜻을 전달하고, 사람들은 또 희구希求의 마음을 높은 곳에 올릴 수 있었을 것이다. 그때에야 사람들은 하늘과 소통하였으니, 참 행복한 시기였을 것이다. 중개자인 그들은 노래하는 사람들이었으니, 또 세상을 한 꺼풀이 벗어나 아름다움으로 치장하였을 것이다.

그런데 하늘과 땅이 단절되고, 사람과 사람 사이에 차별이 당연시되면서 그들은 설 자리를 잃게 되었다. 이유 없이 사람을 차별하고, 군림했던 사람들은 노래가 필요 없었다. 필요하면 노래 부르는 사람들을 노예처럼 부리면 되었다. 스스로 권위를 만들고, 이를 강압적으로 인정하게 했던 사람들은 자신들의 권위를 돋보이게 하는 이질적인 것을 강요하기도 하였다. 자신들이 더 쉽게 접할 수 있었던 외래적인 것, 이념적이고 잘 짜인 것들이 생활과 일체가 되었던 그들의 소리를 변방으로 몰아내게 되었다. 그래도 가끔은 저들 깊숙이 잠겨있는 저변의 소리가 듣고 싶을 때면 불러내기도 하였다. 그렇게 우리의 노래는 저 깊은 곳에 보관했다가 필요할 때만 꺼내 쓰는 존재가 되었다. 당연히 노래를 자신의 한 부분으로 여기며 살아오던 사람들도 그 소중한 자리를 잃게 되었다.

벼슬한 사람들은 머리에 관冠을 써서 검은 머리가 드러나지 않았다. 관 속에 머리는 곱게 빗어 그들의 위엄과 정결을 표상하였다. 어쩌다 백성으로 내던져진 사람들은 헝클어진 검은 머리를 잘 다듬지도 못하고 내보여야만 했다. 그래서 머리털 그대로 내보인다 하여 여민黎民이라 하였고, 검수黔首라 하였다. 민머리 그대로 드러낸 채 살아가는 백성 중에서도 그들은 가장 미천한 부류에 소속되었다. 하늘과 소통하는 능력은 인간의 권위와 질서를 존중하는 시대에는 그렇게 밟아도 괜찮은 존재의 징표였던 것이다. 죽어 봉분封墳 하나 제대로 남길 수 없는 험난한 시대였다.

그들의 한과 아픔이 예술로 승화하고 면면히 전승된 것이 판소리라고 할 수 있다. 춘향이처럼 이유 없이 차별받았고, 또 토끼처럼 어찌할 수 없는 막강한 제도에 의하여 가진 자의 먹이로 치부되는 환경 속에서, 그들은 이런 보옥 같은 존재를 만들어 냈다. 이것이 그들만이 아니라, 그들을 억압했던 사람들의 것으로까지 승화될 수 있었던 것은 그들 또한 새로운 환경에 의하여 억압받고, 수모를 받는 상황 속에 놓였기 때문이다. 세상은 그런 것이다. 강자强者라고 하여 그 영화가 영원히 계속되는 것이 아니고, 또 약한 자라 하여 그 수모와 처절함이 대代를 이어 계속되는 것도 아니다. 그런 미래를 꿈꾸게 하는 것이 판소리였기에 판소리는 모두를 포용하는 장르로 성장할 수 있었다.

판소리의 역사가 험난하다 하였지만, 그것은 판소리를 둘러싼 우리의 역사가 위태위태했기 때문에 나타난 것이기도 했다. 되지도 않은 신분을 만들어 놓고 사람의 능력을 팽개쳐 놓은 것이 수백 년이었으니, 어찌 보석처럼 빛나는 영민한 능력을 써먹을 수 있었겠는가. 그나마 판소리의 가치가 드러날 만하니 외세의 물결 속에 휩쓸려간 것이 근세의 우리 모습이었다. 식민지의 땅 어디에서도 우리의 것은 찾을 수 없었다. 땅을 다 떼 가도 할 수 없었는데, 어느 사이에 우리의 것, 우리의 문화를 보존할 수 있었겠는가. 그런 험난함을 벗어나니 우리는 어느새 서구의 것으로 온통 치장하고 있는 자신을 발견하였다. 정치도 그러하고, 경제도 그러하고, 당연히 문화도 그러하였다.

배 속에 있을 때부터 태교 음악으로 모차르트를 들었고, 서양 음악만이 음악이 되어버린 제도권의 교육 환경 속에 우리의 음악, 판소리가 서 있을 자리는 어느 곳에도 없었다. 땅을 되찾고 사람은 이곳 사람이었지만, 그들의 가슴과 머리는 이미 서양의 것이 되어버린 것이다. 배울 수 있는 것이라곤 서양의 것밖에 없는 환경 속에서, 서양을 열심히 따라 하여 그들의 세계에서 공부하고 온 사람들의 공연장이 되어버린 현실에서, 그리고 라디오와 티브이는 하루 종일 서양의 것으로 치장하여 우리의 것으로 착각하게 되어버린 상황에서, 판소리가 설 자리는 어디에도 없었던 것이다.

이제 다시 그 역사를 기우려고 해도 어디에서 시작할지, 어떻게 엮어야 할지를 알 수 없게 되었다. 그래서 외롭게 지켜온 사람들의 흔적이나마 모아보고자 한 것이 정노식의 『조선창극사』였다. 1940년에 나왔지만 사실 그 이후의 상황은 우리가 잘 알고 있는 것처럼, 음악의 보통명사를 서양의 것에 주고 우리의 음악은 국악이라는 작은 상자 속에 웅크리고 있어야 했다. 정노식의 저작 이래 더 이상의 깊이와 넓이를 더하지 못한 까닭을 여기에서 찾을 수 있다. 당연히 활자화되어 있는 문학 자료에 관심을 쏟을 수밖에 없었던 것이다.

판소리를 구성하는 이야기의 의미와 지향을 밝히는 연구는 판소리의 연구가 그 불씨를 꺼뜨리지 않고 지속될 수 있게 하였다. 이후 음악 연구자들이 판소리 연구에 참여하면서 보다 폭넓은 시야가 개척될 수 있었다. 판소리에서 문학과 음악의 거리는 좁혀지기도 하고, 또 멀어지기도 한다. 서로 대척점에 서기도 하지만 어느 순간 화해를 이루는 것은 판소리 자체가 그렇기 때문이라고 할 수 있다. 그리고 여기에 공연 측면의 연구가 가세하면서 판소리의 통합적 연구가 가능한 것처럼 보인다.

우리의 연구는 이러한 기존 연구를 바탕으로 하면서 판소리사를 새롭게 보자는 취지에서 출발하였다. 판소리사의 주축을 이루었던 연창자나 향유자의 사회적 성격을 중심으로 판소리를 바라보게 될 때, 판소리는 그러한 역사를 거쳤던 여타 예술과의 동질성만이 너무 부각되게 된다. 미술이나 가면극 등 조선 후기에 성장하고 발전한 예술 장르와의 차별성이 드러나지 못한 것은 이 때문이라고 할 수 있다. 그러한 인식 아래 우리는 역사나 사회 상황을 바탕으로 하면서도 판소리가 이동하고 정착하는 지역성을 아울러 중시하고자 하였다. 그렇게 보니 판소리가 왜 어느 지역에서는 전승의 맥이 끊어지고, 심지어는 판소리를 향유하였다는 흔적마저 지워지게 되었는가를 설명할 수 있었다. 이러한 우리의 시각을 1장에서 드러내고자 하였다.

2장은 1장에서 정리한 인식을 바탕으로 판소리가 사설과 음악, 공연의 측면이 결합하면서 나타나는 성격을 정리한 것이다. 지역과 명창, 그리고 청중에 대한 고찰을 통하여 우리가 추구하고자 한 판소리 형성의 실마리가 어느 정도 드러나게 되었다.

판소리는 관객에게 보여줄 많은 작품을 보유하고 있었을 것이다. 어느 인물이나 장소, 그리고 상황도 판소리는 받아들이고 이를 자기화할 수 있는 능력을 가지고 있기 때문이다. 그렇지만 우리가 알고 있는 것은 열두 작품에 국한된다. 관객이 열광하는 작품들로 단순화하고, 이를 세련화하는 작업이 보다 경제적이라고 생각했을 것이다. 그런 점에서 현재 남아 있는 작품들은 관객의 선택을 통하여 그 맥을 이어온 것이라고 할 수 있다. 3장과 4장은 사설과 창이 결합한 방식으로 온전히 살아남은 다섯 작품과, 사설은 있지만 창을 잃은 일곱 작품에 대하여 면밀하게 고찰한 결과이다.

창과 사설이 결합하여 온전한 모습으로 전승되고 있는 작품들은 특정한 인물이나 장소, 그리고 사건이 개별성을 벗어나 보편성을 획득하였다는 특성을 가지고 있다. 춘향이와 같이 이유 없이 차별받는다고 생각하는 사람은 지금도 여전히 우리 곁에 부지기수로 있고, 용왕 앞에 선 토끼의 상황 또한 약자라고 생각하는 사람들이 항상 느끼는 모습일 것이다. 그런 사람들의 동조와 열광 속에 다섯 작품은 예술적인 완성을 향하여 나갔고, 그래서 판소리의 전범으로 인식될 수 있었던 것이다.

관객의 선택에서 벗어나 창을 잃은 일곱 작품은, 그러나 시대의 변화에 의하여 새로운 조명을 받을 수도 있다. 세상은 더욱 복잡해졌고, 사람들의 생각도 다양한 방식으로 표출되고 있기 때문이다. 변강쇠나 배비장이 새로운 모습으로 관객과 만나고 대화를 하는 장면은 우리가 쉽게 목도할 수 있게 되었다. 과거 묵혀두었던 이런 작품들의 검토를 통하여 새로운 판소리의 활로를 개척할 수 있을 것이다. 일곱 작품 중 〈숙영낭자전〉은 〈가짜신선타령〉에 대치되어 들어간 작품이다. 그러나 현재 〈왈짜타령〉은 사설마저도 확인할 수 없기 때문에 제외하고, 〈숙영낭자전〉을 일곱 작품에 포함하여 논의하였다.

판소리는 과거 어느 한 지점에서 멈춘 것이 아니라 현재에도 땅 밑을 흐르고 있고, 또 미래에는 도도한 물결을 이루어 나갈 것이다. 따라서 판소리의 현재와 미래를 같이 논의하여야 전반적인 흐름을 개관하였다고 할 것이다. 그런 점에서 지금의 시대를 반영하여 나타나고, 관객을 열광하게 하는 창작 판소리를 우리가 같이 논의하지 못한 것은 유감이다. 이것이야말로 우리의 논의를 바탕으로 더욱 힘을 기울여 개척해야 할 분야라는 생각을 다지는 계기로 삼고자 한다.

이런 방향으로 연구를 진행하고, 이를 정리하고자 한 우리의 생각은 오로지 한국연구재단의 지원에 힘입어 마무리될 수 있었다. 재단은 3년에 걸친 지원을 통하여 우리의 연구가 결실을 맺을 수 있게 해준 것이다. 이 자리를 통하여 재단의 사업 지원에 대하여 깊은 감사를 전하고자 한다. 또한 우리 전통문화연구의 결실을 출판하여 널리 확산하고 있는 출판사 인문과교양에도 고마운 마음을 전한다. 우리가 생각했던 미래의 연구를 꾸준한 마음으로 지속함으로써 그에 보답하고자 한다.

2016. 12. 책임연구원 정병헌

『구비문학론』 (한국방송통신대학교, 1993 | 최래옥)

한때 우리 문학의 범위를 한글로 기록된 것에 한정하였던 시대가 있었다. 그 시대는 적은 분량의 연구 대상에 의미를 부여하고, 또 기록된 자료의 발굴만으로도 문학 연구의 훌륭한 몫을 할 수 있었던 행복한 시대였다. 이 시대의 문학 연구는 선발된 소수의 학자에 의하여 독점적 배타적으로 이루어졌다고 할 수 있다. 한문학과 구비문학에 대한 관심은 이러한 반성 위에서 자연스럽게 도출될 수 있었다.

이로 인해 우리 문학 연구는 그 깊이에 있어 이전과는 구별되는 시대를 맞이하였다. 국문학자의 자리가 도서관과 연구실에서 벗어날 수 있다는 것을 보여주는 획기적인 일이 일어났다. 그 깊이를 모르는 냄새로 우리를 끌어당기던 고서의 두루마리만이 우리 연구의 대상이 아니라는 것도 알게 되었다. 기록문학만의 그 허허로웠던 자리와 대상은 현장을 방문하여 생활 속의 이야기와 살아 숨 쉬는 노래를 채록함으로써 충분히 메울 수 있게 되었다. 대상의 이러함과 연구 태도의 이러함이야말로, 국문학 연구가 소수의 독점에서 벗어나 민주화되었음을 의미하는 것이라고 할 수 있다.

우리는 조금이라도 이상한 이야기나 노래를 접하면 시간 장소를 가리지 않고 녹음기를 들이대던 구비문학도를 전설처럼 기억하고 있다. 농사일에 바쁜 농부의 흥얼거림이나, 한창 흥이 나 구성진 노래가 있을 때 녹음기를 작동하던 그 모습을 우리는 정말 전설처럼 기억하고 있다. 그 전승의 요체가 무엇인가를 체험으로 터득하여 항상 우리로 하여금 눈물 속의 웃음과 웃음 속의 눈물을 느끼게 하였던 전설적 인물이 이 책의 저자인 최래옥 교수이다.

'이야기 주머니'라는 이야기가 있다. 이야기를 듣기만 하고 전파하지 않으면 해를 입게 된다는 이야기 자체의 성격을 잘 보여주는 이야기이다. 항상 부지런하게 구비문학의 현장을 지키는 사람이니, 자신의 들은 바를 다시 전파하는 것은 당연한 일이다. 자료집으로, 이론의 확립을 위한 방편으로 정말 부지런히 구비문학의 승화된 전파를 위해 노력하는 모습을 우리는 잘 알고 있다.

이 책은 이러한 노력을 개설적으로 평이하게 구성하여 구비문학 전반에 관한 체계화를 기도한 노작이다. 자료의 수집이나 정리 체계화도 어려운 일이지만, 구비문학의 전 분야를 균형과 조화 속에서 서술하는 일은 또 다른 방면의 또 다른 일이다. 그래서 구비문학 개설서는 각 분야의 전공자가 자신의 분야를 맡아 쓰는 것으로 인식되었던 것이다. 그러나 이는 깊이는 있되, 조화와 균형을 갖추지 못하는 아쉬움이 있었다.

그런 점에서 이 책은 일관된 시각으로 구비문학 전 분야의 조화와 균형을 도모하였다는 장점을 가지고 출발한다. 한 개인에 의한 저술일 때 생기는 당연한 우려는 그 개인이 각 구성 요소에 대한 요체를 정확하게 파악하고 진술할 수 있는가 하는 점일 것이다. 이 책은 각 분야의 깊이 있는 접근이 이루어졌는가 하는 우리의 우려를 뛰어넘고 있어 '구비문학론' 저술의 한 전기를 이루고 있다.

한국국어교육연구회보 63·64호, 한국국어교육연구회, 1993. 12. 20.

『판소리 사설의 연구- 신재효본을 중심으로 -』

(국학자료원, 1994 | 설중환)

　　잘 알려진 바와 같이 판소리는 구비 전승의 예술 형태이다. 그것은 고착화固着化, 정태화靜態化를 본질적으로 거부하며, 끊임없이 성숙하고 변화하여 왔다. 따라서 그에 대한 접근은 완성의 형태를 대하는 것과는 다른 각도에서 이루어져야 한다. 이러한 시각이 판소리를 대하는 우리들의 전제가 되었던 것으로 보인다. 판소리가 음악으로 실현된다는 사실에 주목하거나, 현장성을 중시하여 고정된 사설을 사물화死物化 하여 바라보는 연구 태도는 이러한 견해에 입각한 것이었다. 이러한 태도가 변화하는 대상을 연구하는 데 있어 효과적인 기여를 한 것은 물론이다.

　　그러나 구비 전승되는 예술 형태는 변화의 가능성만을 추구하는 것이 아니라, 정태화도 아울러 추구하는 존재이다. 이는 구비문학과 기록문학이 상호보완하며 진행한다는 사실과도 무관하지 않다. 기록문학의 완결성과 구비문학의 변화 추구는 각각 상대방을 보완하며 우리의 문학을 살찌워 왔던 것이다. 따라서 그에 대한 연구도 이러한 원칙 위에서 진행되어야 할 것은 물론이다. 현장성만을 강조할 때, 그것은 개별성의 탐색으로, 정태성만을 강조할 때 그것은 극단적인 유형화 또는 도식화로 치닫게 될 것이기 때문이디.

　　본격적인 논의에 앞서 새삼스럽게 구비문학과 기록문학의 관계를 언급한 것은 현존 판소리 연구의 중요한 한 경향이 판소리의 현장성을 지나치게 강조하거나, 또는 사설의 정리라는 측면을 지나치게 미화하는 경우로 대별하여 첨예한 대립을 드러내고 있었기 때문이다. 이의 핵심에 선 인물이 신재효인 것은 물론이다.

신재효의 업적과 자료를 어떻게 해석하는가에 따라 그에 대한 평가는 양분兩分될 수 있다. 그리고 이러한 첨예한 대립과 논의는 역설적으로 판소리에 대한 이해의 심화와 연구의 질적인 변모를 촉진시켰다. 판소리의 원리와 사회사적 배경을 연관시켜 이해한 논의의 출발이 신재효에 관한 견해의 표명을 통하여 이루어진 것도 이러한 이유에서 설명될 수 있다.

지금까지의 논의는 그가 남긴 자료 전체를 연구의 대상으로 하는 경우와 어느 한 작품 또는 그의 역할 중 한 영역만을 대상으로 하는 경우로 구별된다. 대체로 신재효에 대한 긍정적 평가는 전자前者에 그 기반을 두고 있고, 부정적인 평가는 후자後者의 입장 위에서 나타나고 있다.

설중환 교수가 펴낸 『판소리사설연구』는 신재효의 개작 사설 전반을 그 대상으로 하고 있고, 당연한 결과이지만 신재효의 문화 사업에 대하여 긍정적인 입장을 견지하고 있다. 이 연구를 통하여 그는 '신재효가 중세적 질서를 벗어나 근대 사회를 희구하던 철저한 작가의식'을 반영하였고, '나아가 종래의 판소리를 정리하여 완성시키는 한편 후대의 판소리계 소설, 창극, 마당극으로까지 연결시켜 준 가교적 존재임을 증명'하였다. 그는 신재효의 판소리에 관한 성과를 개작改作으로 보지 않고, '완성完成'의 관점으로 보고자 한다. 이러한 논의의 결과 '동리에 와서야 비로소 판소리가 완성되었다'고 말할 수 있었던 것이다.

그의 논의가 신재효의 업적 전반을 총괄하고 있고, 그것이 대단히 논리적 순서에 기반을 두고 있음은 다음과 같은 목차에서 잘 확인되고 있다.

그런데 설교수의 논의는 단순히 신재효 판소리 사설의 구조를 해명하고 그 의미를 드러내는 것만으로 끝나지 않고 있다. 이를 통하여 문학, 나아가 예술 현상 일반을 이해하는 하나의 준거를 제시하고자 하는 의도를 그 속에 내포하고 있는 것이다. IV장 1절에서 '작품의 구조와 의미'를 살피기 위한 전제로 고전 작품의 주제를 새삼스레 언급한 것은 그의 이러한 의도를 보여주는 예이다. 여기에서 논의한 주제는 작품이 드러내고자 하는 의미만으로 한정되지 않고, 그 작품의 전승과도 연관시켜 이해하여야 하는 역동적 성격의 것으로 확대되고 있다. 주제에 대한 그의 견해는 각 작품을 분석하고 이해하는 과정에서 보다 심화되고 확충되어 인간 심리 현상 전반을 설명하는 순거로까지 확산되고 있는 것이다. 그의 연구가 대부분 이러한 주제 논의를 통하여 진행되고 있기 때문에, 이 책에 대한 논의는 이 주제 논의에 한정하여도 무방하리라고 본다.

그는 작품의 주제를 '생성주제生成主題'와 '고전주제古典主題'로 구별하여 설명하고 있다. 그에 의하면 '작품은 어떤 것이나 생성될 당시의 시대 사회적 욕구를 충족시켜 주는 산물이라고 할 수 있'고, '따라서 각 작품은 생성될 때 반드시 각각의 주제를 가지고 태어'나는데, 이를 '생성주제'라고 명명하고 있다. 타고난 생성주제는 그 작품이 태어날 당시의 시대 사회적 욕구를 충실히 반영하고 대체로는 사라진다. 그러나 어떤 작품은 그 생성주제가 확대되어 보편성을 획득하게 되고, 이에 따라 그 작품은 영원히 살아남게 되는데, 이에 간여하는 것이 '고전주제'라는 것이다.

　이러한 논의를 통하여 그는 고전은 왜 고전이 되고, 고전 아닌 것은 왜 고전이 되지 못했는지를 주제와 연관시켜 해명하고 있다. 이러한 논의의 연장선상에서 그는 '모든 작품의 생성주제에서 고전주제를 찾아주는' 것을 고전 연구의 중요한 목적으로 말하기도 한다. 나아가 이것이 연구의 궁극적인 것은 아니라 할지라도 작품의 심화된 이해나 문학사적 의미를 드러내는 데 대단히 중요한 기능을 하고 있다는 인식을 그는 가지고 있는 듯이 보인다.

　주제를 이렇게 생성 당시의 주제와 그 이후 획득된 보편성으로 분리하여 파악함으로써, 신재효의 판소리 사설에 대한 이해는 보다 심화될 수 있었다. 〈심청가〉가 '맹인들의 눈을 뜨게 하는 것'에서 '인간 의식의 각성'이라는 보편성으로 확대되었기 때문에, 그 고전으로서의 생명력을 누리고 있다는 것은 충분히 설득력을 지니기 때문이다. 〈춘향가〉가 '양반의 부인이 되는 꿈의 실현'에서 '꿈의 실현'으로 확대되는 것도 이러한 이유에서 이해할 수 있다.

　주제를 이렇게 분리함으로써 작품의 이해를 심화하는 연구 태도는 이전에도 있었다. 조동일교수는 판소리의 구조를 해명하고자 하는 논의를 통하여 이른바 '고정체계면'과 '비고정체계면'의 개념을 설정하고, 이의 연속선상에 '표면적주제'와 '이면적주제'를 위치시켰다. 그런데 표면적주제나 이면적주제가 한 작품이 동시에 드러내는 양면적 성격을 가리키는 것이라면, 생성주제와 고전주제는 작품의 생성과 변화 속에서 그 의미를 포착한 것이라고 할 수 있다. 따라서 표면적주제와 이면적주제는 대상이 되는 작품이라면 당연히 갖게 되는 양 측면인데 반하여, 생성주제와 고전주제는 일치하기도 하고 또 있다가 없어지기도 하는 복잡한 양상을 지닌다.

표면적주제나 이면적주제에 관한 논의가 판소리 전반을 포괄하지는 못하였지만, 그 중요한 한 측면을 드러내는 데 기여하였음은 물론이다. 이본의 변화나 작가의식의 변모 등이 이를 통하여 유형화될 수 있었던 것이다. 이러한 성과가 이루어질 수 있었던 까닭은 그 논의의 출발이 자료에 대한 체계적 접근 위에서 이루어졌기 때문이었다. 따라서 생성주제, 고전주제의 개념도 엄정한 자료의 분석 위에서 출발되어야 하고, 다른 작품에까지 적용될 수 있을 때, 그 연구사적 의의를 획득할 수 있을 것으로 본다.

생성주제와 고전주제에 의한 논의가 작품의 보다 심화된 이해에 기여한 것은 물론이지만, 그 출발과 적용에 대하여는 보다 객관적인 장치가 필요하리라고 본다. 예컨대 고전주제에 대한 작자의 견해에 기초하면 〈조웅전〉이나 〈임진록〉은 당시 시대 사회에서 국민적 자존심을 살리기 위해 필요했지만, 지금은 그런 시대 사회가 아니기 때문에 그런 작품들은 잊혀진다. 따라서 이들 역시 고전으로 살아남지 못한다.' 또 '〈등하미인전燈下美人傳〉, 〈단장록斷腸錄〉, 〈전수재전錢秀才傳〉, 또 〈혈의 누〉, 〈자유부인〉들은 화려하게 태어났을지는 모르지만 모두 얼마 되지 않아 그 수명을 다하고 말았다.'

그런데 〈변강쇠가〉의 생성주제가 '개가 금지'이고, 이러한 '생성주제적 기능은 갑오개혁과 함께 사라졌'으며, 이것이 현재의 우리에게 고전으로 인식되는 것은 '일부일처의 주장'이라는 고전주제를 획득하였기 때문이라고 설명하는데, 이로 본다면 고전주제란 대단히 다의적인 의미를 지니는 것처럼 보인다. 생성주제가 시대사회적 제약 위에 나타난 한정된 주제라면 고전주제는 이러한 제약을 벗어날 수 있도록 추상화한 것이라는 생각을 갖게 하는 것이다. 어떠한 '생성주제'도 이러한 정도의 추상화는 가능하다. 예컨대 〈조웅전〉이나 〈임진록〉의 전쟁 상황은 얼마든지 현대의 독자에게도 '국민적 자존심'을 저해한 요소로 추상화될 수 있는 것이고, 그러니 '일치단결하여 국력을 기르자'라는 고전주제를 지닐 수 있다고 볼 수 있는 것이다. 그러면 '고전으로 살아남지 못하'였다고 본 이러한 작품도 고전으로 살아남아 우리에게 계속 읽혀진다고 볼 수 있다.

일견 무질서한 듯이 보이는 세계는 작가의 시각에 의하여 질서가 부여된다. 작품 속의 사건이 필연적인 관계로 맺어져 있는 까닭이 여기에 있다. 그러나 독자에게 있어 이것은 또 하나의 세계이다. 그 세계는 또다시 독자에 의하여 질서화된 하나의 체계로 받아들여져야 하는 것이다. 고전은 어떤 의미에서 독자에 의한 질서화가 시대나 사회, 그리고 각 개인을 초월하여 보편성을 획득할 수 있는 다면성을 지닌 존재로 볼 수도 있다.

어떤 작품이 고전으로 살아남는 이유를 규명하는 것은 대단히 필요한 일이고, 또 의미 있는 일이다. 그러나 어떤 작품이 고전이냐 아니냐 하는 판단은 대단히 섬세하게 이루어져야 하는 것이고, 또 고전 연구의 중요한 목적은 '고전주제를 찾아주는 것'과 함께 그 작품이 드러내는 질서를 탐색함에도 있음이 강조되어야 하리라고 본다.

이 책에서 이루어진 성과와 의의는 아무리 강조되어도 지나침이 없다고 본다. 마치 신재효에 대한 논의가 판소리 연구의 질적 상승을 가져온 것처럼 저자의 논의는 우리의 판소리 연구에 대한 방법의 반성과 성찰을 강요하고 있기 때문이다. 판소리 연구의 판을 조망眺望할 수 있는 거리를 이루었을 때, 판소리의 실체는 보다 분명한 모습으로 드러날 수 있을 것이다. 그 안에 들어 있을 때, 그 실체는 영원히 규명될 수 없기 때문이다.

저자는 이러한 상황을 인식하고 그 외연과 내포를 살피기 위하여 '판소리 연구의 판을 떠나'고자 한다. 그것은 보다 객관적인 준거로 자리 잡아 우리의 앞에 놓일 수 있을 것으로 확신한다. 이 책을 포함하여 설 교수가 진행하는 연구의 현재와 미래가 판소리 연구의 획기적 전환을 이루는 계기가 될 것을 기대하는 이유가 여기에 있다.

『국어국문학』 112, 국어국문학회, 1994. 12.

『유배지에서 부르는 노래』 (중앙 M&B, 1997 | 박준규)

우리 앞에 다가선 윤선도의 멋과 향기

고산연구회孤山研究會 회장인 박준규 교수의 『유배지에서 부르는 노래』가 출간되었다. 이 책은 단순히 그간 발표된 연구 결과를 모은 것이 아니라, 고산 윤선도의 삶과 문학을 오롯이 연결하여 우리에게 고산을 현재형으로 보여준 저작집이라는 점에서 그 의의가 크다. 고전이란 항상 과거를 장식했던 역사적 존재가 아니라, 우리의 곁에 서서 그 삶을 풍요롭게 할 때, 그 의미를 가지는 것이다. 그런 점에서 고전은 항상 현재의 독자와 만나기를 고대하고 있는 존재이다. 그러나 이러한 만남은 항상 뛰어난 중개자를 필요로 한다. 훌륭한 고전으로서의 대상이 있어야 할 뿐만 아니라, 이를 현재의 독자에게 연결시켜 주는 중간자가 반드시 필요한 것이다. 그런 점에서 고전과 독자, 그리고 이를 연결해 주는 통찰력을 지닌 연구자의 만남은 우리 문화의 행운이라고 할 수 있다.

약력에서 보듯이 저자는 우리의 시가로부터 학문의 첫발을 디뎠고, 그리고 외도하지 않고 시가詩歌의 맛과 깊이를 드러내는 이론의 탐색에 주력하여 왔다. 한 길을 걸어 온 삶은 그의 저작을 단아하고 중후하게 하였고, 또 그가 대상으로 하여 침잠하였던 우리 시가는 그의 글을 흥과 멋이 어우러지는 향연으로 만들었다. 그의 글이 깊이와 함께 시적 흥취를 물씬 풍겨주는 것은 이러한 그의 삶 때문이다. 시의 번역 하나하나, 문장의 단위 하나하나에서 독자는 흐드러지고 멋스러운 감칠맛을 바로 느끼게 될 것이다. 이러한 연구자와 그 대상과의 깊이 있는 만남으로 하여 고산 윤선도는 우리 앞에 현재형으로 설 수 있게 되었다.

우리의 국문학에서 차지하는 고산 윤선도의 위치란 확고하다. 우리 한국문학의 수준을 한 단계 끌어올린 인물로 평가되고 있고, 그래서 그의 작품은 중·고등학교 교과서의 단골 메뉴이고, 학생들은 입시 공부의 중요한 한 원천으로 윤선도를 대하고 있다. 그러나 그 이후 어떤가? 입시로서의 필요성이 끝난 뒤, 윤선도는 저 역사의 시렁 위에 올려 있지 않은가? 앞에서 고산 윤선도를 현재형으로 우리 앞에 서게 하였다는 것은 바로 고산 윤선도를 저 학문과 입시의 창고에서 끌어내, 우리 옆에 살아 숨 쉬는 고전으로서의 체취를 불어 넣었다는 의미이다. 피와 살을 가진 구조물로 만들기 위하여 저자는 그와의 시간을 뛰어넘는 대화를 끊임없이 나누고 있다. 그가 있던 곳이면 어느 곳이나 마다 않고 가서, 그와 대화하기를 게을리하지 않았다.

윤선도가 태어난 종로 연화방蓮花坊과 그의 선조로부터 터를 잡아 대를 계승하며 살아온 해남의 연동蓮洞, 그리고 말년의 생을 의탁하며 예술가로서의 삶을 견지했던 보길도의 부용동芙蓉洞은 모두 연꽃과 관련되는 이름을 가지고 있다. 군자로서의 함의를 가지고 있는 연꽃은 어쩔 수 없는 그의 지향이었고, 운명이었던 것처럼 보인다. 도저한 군자로서의 모습을 구현하기 위하여 그의 삶은 그렇게 파란만장할 수밖에 없었다. 꼿꼿하게 대상을 대하고, 조금의 착오도 없으려는 긴장된 삶이 그의 앞에 놓인 길이었다. 그러나 그렇게만 갔다면, 우리는 그에게서 한 시대를 성실하게 살다 간 궤적만을 발견할 것이다. 그러나 그는 그러한 긴장과 함께 대상을 멀리 떼어 놓고 바라보는 여유를 동시에 지니고 있었다. 긴장된 생활이 경세

가로서의 고산을 만들었다면, 거리와 여유는 그를 예술가로 만들었다. 어느 하나 버릴 것 없는 그의 삶의 편린을 저자는 소중하게 안고, 그 의미를 오늘과 연결시키고 있다. 이것은 그의 고전에 대한 진정한 애정에서 비롯되는 태도라고 할 수 있다.

그렇다. 애정이다. 대상에 대한 애정이야말로 존재의 실상을 오롯이 드러낸다는 것을 저자만큼 잘 보여준 사람도 없다고 본다. 오만한 시선으로 평가하려 달려드는 차가운 방관자의 태도에서 저자는 멀찌감치 벗어나 있다. 자신을 한없이 낮추고 대상에 겸손하게 접근하는 어른다움, 그것이 결코 왜소해 보이지 않는 것은 저자의 오랜 경력과 저력 때문일 것이다. 이러한 이유에서 독자들은 기존의 개념적이고 설명적인 문화 기행이 아니라, 고전의 깊이를 흠뻑 맛보는 진지한 여행에 동참하게 될 것이다.

출판저널 219호, 출판문화회관, 1997. 8. 20.

『판소리 사설의 연원과 변모』 (다운샘, 2001 | 정충권)

끈기와 성실성의 노작

판소리의 '무가기원설'은 오래전부터 익히 알려져 왔던 논의이다. 그런데 새삼스레 저자는 이 논의에 대한 확고한 신념을 토로하면서, 방대한 저작을 우리의 앞에 놓았다. 이미 이루어져 있던 논의를 확인하는 것인가 하고 간단히 넘길 저작이 아니라는 것은 그 저서의 중후함에서 알 수 있다. 그것은 박사 학위의 논문과 부속되는 두 편의 논문으로 이루어져 있는데, 부속되는 두 편의 논문은 앞에서 충실하게 다져 놓은 이론의 양 날개처럼 퍽 날렵하다. 두 논문은 〈춘향가〉의 결연 대목과 〈흥보가〉 박사설 대목의 연원을 밝히고, 그것이 어떻게 변모되었는가를 밝히고 있다. 그런데 그 과정이 바로 앞에서 논의한 이론의 연장선상에 놓이면서, 그 적용이라는 점에서 앞에서 제시한 이론적 틀이 이론만으로 끝나지 않음을 증명해 보이고 있는 듯하다. 이런 점에서 우리의 논의는 앞의 본격적인 논문으로 한정하여 진행해도 무방할 것으로 보인다.

이 책은 판소리가 무가에서 기원하였음을 실증적으로 보여주기 위하여 판소리에 반영된 무가 계통의 사설을 추출하는 지루한 작업을 선행하였다. 그 전제가 무가 계통의 사설이란 무엇인가 하는 논의에서 시작되어야 함은 물론이다. 저자에 의하면 무가계 사설은 "무가에 연원을 둔 것이면서 판소리 사설에서 작시상의 단위의 역할을 하는 일군의 사설을 지칭한다."

판소리에 수용된 시가의 다양한 모습에 대하여는 이미 많은 논의가 있어 왔다. 판소리 연구의 초기를 화려하게 장식했던 김동욱 교수의 호한한 연구의 대부분도 바로 이 삽입 시가에 대한 것으로 채워졌다. 요컨대 시가에 대한 주목은 판소리가 음악으로 실현된다는 점에서 당연한 현상이었다.

그러나 이 시기의 삽입 시가에 대한 조명은 판소리를 구성하는 요소만으로 인식하는 평면적 수준에 머물렀다고 할 수 있다. 각 시가의 이름 붙이기 작업은 이러한 당시의 연구 시각을 잘 보여주는 예이다. 물론 이런 연구가 판소리를 문학 쪽에서 접근한다 하더라도 판소리의 음악성에 대한 깊은 관심을 전제해야 한다는 인식을 고양시켰다는 점에서는 중요한 의미를 갖는다.

판소리에 사용된 시가의 연원을 따지는 문제가 판소리의 연원을 밝히는 중요한 요소가 된다는 것을 밝힌 것은 그리 오래된 일이 아니다. 삽입된 시가의 경향이 판소리의 연원과 관련된다는 사실은, 인간이란 자신에게 익숙한 대상을 사용할 수밖에 없다는 보편적인 상식에서 출발한다. 새로운 예술 장르를 개발하는 데 있어 가장 큰 자산은 바로 자신들의 역량 속에서 찾아야 하기 때문이다. 그래서 판소리 〈춘향가〉에 나타난 삽입 가요가 시조 12편, 십이 가사 8편, 잡가 13편, 가면극 21편, 민요 20편, 무가 18편, 그리고 다른 판소리에서 형성된 가요가 26편이라는 전경욱 교수의 조사는 판소리의 연원에 대한 연구에 중요한 자료를 제공해 주었다고 할 수 있다. 이 결과는 판소리 향유층이 어떤 음악과 관련을 맺고 있는지를 단적으로 보여주고 있다. 다른 판소리에서 차용되었다고 보여지는 작품을 제외하면, 〈농부가〉나 〈창부타령〉과 같은 민요가 가장 많은 비율을 차지하고 있기 때문이다.

그런데 이 책은 잡가나 민요 등이 본래부터 잡가나 민요가 아니라, 무가로부터 파생된 것이라는 점을 면밀한 분석을 통하여 드러내고 있다. 그래서 판소리에 삽입된 대부분의 시가는 무가에 연원을 둔 것으로 확인되었던 것이다. 저자가 밝힌 무가계 사설은 축원류 사설, 성조류 사설, 청배류 사설의 세 가지로 나뉜다. 축원류 사설에는 점복사설, 고사, 각종 축원, 제물사설, 제물준비사설이 있고, 성조류 사설에는 집치레, 정원사설, 화초치레, 집고사, 명당풀이, 사벽도사설, 안방세간치레, 담배치레, 사랑세간치레, 비단치레, 지물치레, 피륙치레, 부엌세간치레, 기타 세간치레, 제물사설 등이 있다. 또한, 청배류 사설에는 각종 복색치레, 중타령, 노정기, 산천경개사설, 청도기사설, 상여치레, 제물사설 등이 있다. 이 정도의 관련이 확인되었다면, 판소리의 연원을 무가에서 찾는 것은 당연하다는 인식에 도달하게 된다.

춘향이야기나 심청이야기 등에 이러한 무가계 가요가 차용되면서, 그 노래는 단순히 자신의 위치에 머물지 않고, 그 앞뒤의 이야기들을 변화시킨다. 따라서 그 가요들이 어떤 양상으로 전체와 연관 짓고 있는가를 따지는 것은 연구의 과정에서 필수적으로 요구되는 사항이라고 할 수 있다. 저자는 이를 '각 편 별 존재양상'이라는 이름으로 고찰하고 있는데, 그 결과 또한 우리가 기대했던 수준을 훨씬 뛰어넘고 있다.

각 창본에 나타난 양상을 세밀하게 검토하고, 그 변모 양상을 고찰하는 과정은 참을 수 없을 만큼 지루한 작업이다. 그런데, 저자는 그 과정을 끈기 있게 추적하고 있다. 사실 이 책이 보여주는 가장 가치 있는 덕목은 지루할 수밖에 없는 작업을 성실하게 추진하고 있다는 점이다. 그 성과야 결론에서 보이는 몇 가지로 요약되지만, 그 과정에 들인 노력은 정말 값진 것이라고 할 수 있다. 아무나 그런 노력을 기울이지는 못한다는 점에서 이 책이 밝힌 성과는 비판의 경계를 뛰어넘는다고 할 수 있다.

적절성과 중립성의 미덕

무가 사설이 어떤 양상으로 판소리 사설 속에 수용되었는가 하는 문제는 각 편의 존재양상과 관련되는 것인데, 저자는 이를 무가 사설의 수용에 의한 운용, 무가계 사설의 확대 운용, 무가계 사설의 축소 운용이라는 세 측면에서 검토하고 있다. 이 작업 또한 연구의 대상으로 삼은 수많은 이본의 검토로 이루어졌음은 물론이다. 엄청난 분석 결과는 다시 정치한 논리로 정리되어 우리 앞에 제시된다. 무가계 사설의 수용에 의한 운용은 제의적 맥락의 수용, 서사단락의 대체, 사설의 연쇄에 의한 서사의 병행이란 세 유형으로 구분되어 고찰하고 있고, 무가계 사설의 확대 운용은 운용대상의 확대, 서술량의 확장, 확대 운용의 동인으로 나뉘어 고찰된다. 무가계 사설의 축소 운용은 축소 운용의 양상과 축소 운용의 동인으로 나뉘어 있다. 이 정리 과정에서는 무가가 본래 존재했던 모습을 검토하고, 이것이 판소리에 차용되면서 그 성격 또한 같이 받아들여졌을 것이라는 중요한 이론을 추출하였다. 이에 의해 판소리 사설에서 제 각각 존재하여 그 의미가 모호했던 부분들이 무가적 연원 속에서 자세히 설명될 수 있었다.

하나의 예를 들어 살펴보자. 본래 무가에서 복색치레는 신을 그 대상으로 하여 운용된다. 그런데 〈춘향가〉에서 이 복색치레가 평범한 인물인 이 도령에게 적용되어 나타났다. 필요하니 그저 끌어다 썼다고 치부할 수도 있다. 그런데 저자는 "인간들에게 복색치레가 운용될 때, 그 '대상의 신성'은 '인물의 고귀함' 또는 '작품상의 비중 또는 중요성' 등으로 변화하였을 것"이라는 추정을 제시한다. 복색치레의 적용을 통하여 이 도령은 그러한 조건을 충족시키는 신적인 인물로의 격상을 가져올 수 있었다는 것이다.

정원사설은 본래 〈제석본풀이〉에서 제석이 바라보는 당금애기의 집 정원 풍경 묘사로 이루어졌다. 그 풍경 묘사를 통하여 〈제석본풀이〉에서 보여주고자 하는 것은 그 곳이 신들의 결연이라는 신화적 사건이 구체화되는 장소라는 점이다. 그렇게 되면 춘향의 집에 정원사설이 차용된 것은 두 사람의 결연이 예사의 사건이 아니라는 점을 보여주는 의미 있는 차용이 될 것이다. 이렇게 되면 무가의 판소리적 수용은 대단히 입체적이고, 역동적인 의미를 지닌 것이라는 평가를 받을 수 있다. 이러한 결과에 이르게 된 것 또한 성실한 분석 위에서 가능한 것임은 말할 필요가 없다.

이 책에서 분석의 대상으로 삼은 것은 아주 많다. 그러나 그 많은 대상은 전체적인 정보를 얻는 데 이용될 뿐, 그 모두가 구체적인 설명의 자료로 사용되지는 않는다. 그 설명의 자료로 자주 이용된 것 중에서 특히 관심을 끄는 것은, 이선유의 창본이 적극적으로 사용되고 있다는 점이다. 현재 동편제의 소리로 거론되는 것은 송만갑으로부터 비롯되는 것이다. 그런데 송만갑은 자신에게 주어졌던 판소리의 변화를 기도하였고, 이로 인해 송흥록에서 비롯된 송문宋門 판소리에서 축출되었던 인물이다. 그래서 송만갑이 남겨준 소리를 동편제의 전통과 연관 지을 수는 없는 것이다. 송만갑의 변화 의지가 있어 동편제가 전승되었다는 것은 참 의미심장하다. 송만갑이 없었다면 동편제의 소리는 그 흔적조차 찾을 수 없었을 것이기 때문이다. 변화만이 존속할 수 있다는 평범한 진리는 판소리의 전승에서도 확인된다.

송민갑 이진의 동펀세 판소리의 흔적은 그렇다면 어디에서고 찾을 수 없는 것일까? 지금까지의 연구는 대체로 이선유의 판소리가 동편제의 고형을 유지하고 있는 것으로 평가한다. 송흥록과 송광록, 송우룡에서 이선유로 이어지고, 이선유는 자신의 소리를 변화시키려는 욕구를 드러내지 않았기 때문이다. 결국, 서편제와의 융합을 꾀한 송만갑의 소리보다 이선유를 선택하는 것이 동편제의 실상에 보다 근접할 수 있는 것이다.

이렇게 동편제를 거론하는 이유는 동편제가 무속적인 요소의 제거를 통하여 이루어졌다는 이유 때문이다. 송흥록이 기존의 판소리와는 다른 새로운 판소리를 전승시켰기 때문에, 그를 판소리의 중시조 또는 가왕이라고 불렀다는 것은 주지의 사실이다. 이때 기존의 판소리는 서편제의 소리일 것으로 생각한다. 이 서편제의 판소리에서 무속적 요소를 제거하고, 예술적 승화를 기한 것이 송흥록의 동편제 소리인 것이다. 따라서 동편제 판소리에서마저 엄청난 무가적 영향을 확인할 수 있다면, 판소리의 무가 연원설은 확실한 기반을 가질 수 있게 된다. 설명과 분석의 중요한 자료로 동편제의 모습을 가장 잘 보유하고 있는 이선유 창본을 선택한 것은 이러한 이유에서 매우 적절한 태도라고 할 수 있는 것이다.

문제는 끝났는가

이 노작을 통하여 판소리 연원에 대한 논의는 끝났는가? 이 연구가 가지는 가장 큰 장점은 판소리의 연원을 밝힘에 있어 평면적인 시각을 벗어났다는 점이라고 할 수 있다. 그래서 대단히 긴밀하고 역동적인 무가의 의미 추적이 이어졌으며, 이러한 논의가 기존의 판소리를 재해석하는 정도로까지 나아가게 되었음은 부정할 수 없다. 그러나 다시 생각하면, 판소리의 연원에 대한 논의는 과거지향적 태도를 벗어남으로써 그 생명력을 지닐 수 있다. 그래, 판소리의 연원이 무가라고 하자, 그것이 무슨 문제인가? 사실을 밝힌 것은 대단히 중요한 업적이고, 또 학자로서 당연히 해야 할 의무이다.

　그러나 모든 문화 현상은 우리의 풍요로운 미래와 관련되었을 때 그 의미가 배가된다. 과거에 봉사하고, 현재의 모습에 만족하는 태도는 학문의 자위 현상에 불과한 것이다. 기왕에 이루어졌던 무가기원설을 다시 확고하게 한 것만으로 이 연구의 성과를 좁히는 것은 대단히 안타까운 일이다. 이 논의를 통하여 판소리를 중심으로 하는 문화를 아우를 수 있는 이론을 기대하는 것은 이러한 이유 때문이다. 그리고 이러한 기대는 앞에서 제시한 바와 같이 저자의 성실한 태도와 끈질긴 자세가 전제되어 있기 때문에 충분히 가질 수 있는 것이라고 본다. 그래서 우리는 이 책의 결론에서 저자가 제시한 차후의 과제가 적절하게 이루어지는 날을 고대하고 있다.

『고전문학과교육』 4, 청관고전문학회, 2002. 6. 30.

『판소리 창자와 실전 사설 연구』(집문당, 2002 | 인권환)

판소리 보는 새로운 시각 제시

명창 김소희 선생은 "판소리란 참 묘한 것이다. 밟아도 밟아도 풀이 살아나는 것처럼 판소리에는 마력 같은 것이 남아 있다."고 말했다. 그러나 판소리는 아무에게나 자신의 마력을 보여주지는 않는 것 같다. 그것에 젖어 들고, 그 깊이에 동참하는 자에게만 판소리는 자신의 진수眞髓를 살짝 드러내 보이기 때문이다. 사실은 세상 모든 것이 다 그럴 것이다. 한 존재나 세계에 진지하게 들어가고자 할 때, 그것은 자신과 대화할 수 있는 문을 열어주는 것이다. 우리는 모두 그렇게 들어가는 존재이고 싶지만, 그것이 그렇게 쉽사리 이루어지지 않는다는 것 또한 잘 알고 있다.

판소리가 인권환 교수에게 자신의 문을 열어준 이유는 현대와 고전, 그리고 장르를 넘나드는 해박한 시야와 경륜을 지닌 저자의 다양한 지적 편력 때문으로 보인다. 우리 모두 알고 있는 사실이지만, 그가 펴낸 업적들은 하나같이 당시 학문의 새로운 시야를 열어준 것이었다. 그리고 〈토끼전〉에 대한 집중적인 연구를 하려니 〈수궁가〉가 앞에 놓이고, 그래서 〈수궁가〉를 포함하는 판소리로 시야를 넓히는 것은 너무도 당연한 순서일 것이다. 때로는 넓게, 때로는 좁게 연구의 시각을 조정할 줄 아는 그와 판소리의 만남은 그래서 즐거운 잔치처럼 느껴진다. 판소리가 자신의 속내를 이처럼 선명하게 보여주는 예를 찾기는 그렇게 쉽지 않다.

이 책은 판소리 총론과 창자론, 그리고 실전失傳 판소리의 실상과 원인의 세 부분으로 이루어져 있다. 총론에서 다져진 그의 진면목은 판소리 창자[이 용어에 대하여는 불만이 있다. 우선 그 어감이 뱃속의 장기를 연상시킨다는 점, 그리고 놀이를 위주로 하는 연예인을 '희자戱者'가 아니라 '연희자'로 부르는 것처럼, 필자는 창을 위주로 하는 연예인은 '연창자演唱者'로 부르는 것이 좋다고 생각한다.]에 대한 다각도의 접근과 실전失傳 사설에 대한 고찰을 통하여 잘 드러나고 있다. 특히 판소리 창자의 장인 정신과 예술성은 고금을 넘나든 넓이와 지적인 깊이가 전제되지 않고는 서술되기 어려운 부분으로 생각된다. 일곱 가지의 미적 범주에 신명미를 포함시키는 과감성도 민속학에 대한 풍부한 조예가 있어 가능하다. 이를 통하여 서구적 시각에 바탕을 둔 미학으로 드러날 수 없었던 판소리의 섬세함이 포착될 수 있었다.

또한, 열두 마당 중 음악이나 사설을 잃은 판소리에 대한 다각도의 접근은 저자의 실증적이고 분석적인 학문 태도를 잘 보여주고 있다. 저자는 실전의 원인에 대한 기존의 논의를 정리하고, 그것이 가지고 있는 한계를 타개할 수 있는 방안을 제시하고 있다. 그 일례로 음악에 대한 중요성을 새삼 강조한 것은 판소리에 대한 연구가 음악과의 긴밀한 연관 속에서 이루어져야 한다는 점에서 중요한 지적이라고 할 수 있다.

우리는 이 책을 통하여 판소리를 바라보는 새로운 시각과 학문적 태도를 느끼는 즐거움을 갖는다. 아, 대상은 이렇게 보니 갑자기 넓어질 수 있구나 하는 깨우침과, 기존의 논의를 날카롭게 재단하지 않고 너그럽게 포용하는 넓은 가슴을 이 책에서 발견한다. 많은 독자가 이 즐거움에 동참하였으면 하는 바람을 가지는 이유가 여기에 있다.

고대신문 1440호, 2002. 11. 18.

『판소리의 전승과 연행자』 <small>(도서출판 역락, 2003 | 최혜진)</small>

판소리 중흥의 주역들, 여성명창열전

최혜진 박사의 역저 『판소리의 전승과 연행자』가 새로이 출간되었다. 이 책은 판소리 사설의 전승 양상과 그 내면 세계를 탐구한 구체적 성과물들을 집성한 것이다. 특히 근대사에서 우리 판소리를 중흥시킨 여성 연행자들의 생애와 예술을 집중 조명하여 판소리사적 위상을 정립한 여성 명창 열전이라고도 할 수 있다. 판소리가 지니는 우리 민족의 문화적 창조력과 응전력이 거시적 혹은 미시적 측면에서 이들에 의하여 어떻게 실현되어 갔는지 그 구체적인 양상이 소상히 밝혀져 있는 것이다.

저자인 최혜진 박사는 일찍부터 우리 판소리에 대한 각별한 애정과 관심을 기울여 왔으며 또한 판소리 연구에 매우 열정적으로 정진하여 왔다. 그리하여 이미 『판소리계 소설의 미학』(2000)을 통하여 이 방면의 연구에 새로운 경지를 개척한 바 있으며, 이어 여기 또 하나의 새로운 업적을 내놓게 된 것이다.

그동안 저자가 발표한 논저들을 살펴보면 저자는 판소리 연구에 있어 독자적인 시각과 방법론을 견지하고 있음을 알 수가 있다. 즉 판소리를 제대로 이해하고 감상하기 위해서는 판소리의 문학적인 측면과 음악적인 측면을 아울러 동시적으로 다루어야 한다는 것이다. 말하자면 총체적인 연구 방법론을 지향하고 있는 것이다. 그러기 위해서는 물론 저자와 같이 사설(문학)과 창(음악)의 양면에 정통한 경우라야 그것이 가능할 것이다. 쉬운 일은 아니지만 분명 한 단계 진전된 바람직한 연구 방법으로 평가하고자 한다. 지금까지의 판소리 연구가 대체로 문학의 영역과 음악의 영역으로 분리되어 각각 일면적으로 진행된 것이 통례였던 점에 비추어 이는 분명 판소리에 대한 연구자의 새로운 시각을 보여 주는 것이라고 하겠다. 판소리가 독특한 종합예술 양식이란 점을 전제한다면 판소리는 어디까지나 판소리로서 연구되어야 한다는 당연한 명제를 우리는 이 책을 통해서 새삼 확인해 볼 수 있는 것이다.

이 책의 내용은 크게 두 부분으로 나뉘어 있는데 그 목차를 보면 다음과 같다.

제 I 부 : 판소리 사설의 전승 양상과 의미

　　1. 〈심청가〉 전승 창본 연구

　　2. 〈심청가〉 중 뺑덕어미 삽화의 기능과 의미

　　3. 〈도상 옥중화〉의 사설 특성과 판소리적 위상

　　4. 신재효의 〈허두가〉에 나타난 세계인식과 그 의미

　　5. 일제강점기 판소리의 행방과 사설의 변모

제 II 부 : 판소리의 연행자, 그 예술 세계

　　1. 여성 명창의 계보와 판소리사

　　2. 진채선의 등장과 판소리사의 변모

　　3. 이화중신의 생애와 예술

　　4. 명창 안향련의 생애와 예술적 성과

제 I 부는 판소리의 전승과 관련된 5편의 논문으로 구성되어 있다. 이

들 논문에서는 판소리 사설의 변화 양상 및 그 사설에 나타난 세계관의 문제를 집중적으로 논의하고 있다. 여기서 저자는 각 작품의 이본에 대한 관심뿐 아니라 유성기 음반 사설에 대한 논의 등, 보다 확충된 자료를 대상으로 심도 있는 분석과 고찰을 하였으며 새로운 해석과 평가를 내리고 있다.

제Ⅱ부는 판소리 여성 연창자와 관련하여 논의한 4편의 논문으로 구성되어 있다. 여기서는 특히 20세기 여성 명창들의 활약과 그 의의에 대한 논의가 중심이 되어 있다. 이들 연구의 과정에서는 광범한 자료의 섭렵과 현지 답사를 통하여 철저한 고증을 기하고자 하였으며 이러한 실증적 연구의 바탕 위에서 여성 명창들의 판소리사적 위상을 확고히 정립해 놓고 있다.

다음에는 이 책에 실린 내용에 대하여 좀 더 구체적으로 살펴보기로 하겠다. 우선 제Ⅰ부에서는 판소리 사설의 전승 양상과 의미에 대하여 고찰하고 있다. 〈심청가〉의 유파별 창본의 특징, 〈심청가〉에서 뺑덕어미 삽화의 기능과 의미, 〈도상 옥중화〉의 특성, 신재효의 〈허두가〉, 그리고 일제강점기 판소리 사설의 전승과 변이 등을 차례로 살펴 나간 것이다.

「심청가 전승 창본 연구」는 현대에 전승, 연행되고 있는 대표 창본을 중심으로 미학적 구현 양상이 어떻게 달라지는지를 연구한 논문이다. 서편제의 한애순 창본, 강산제의 정권진 창본, 동편제 김연수 창본 등 세 가지 창본들을 비교 대조하면서 인물과 구조, 미학을 살핌으로써 서로 다른 미학적 지향을 하고 있음을 살폈다. 서편제가 비장미적 사설 전개가 우세하고 사설과 인물의 표현이 간략한 반면, 강산제는 전후반의 비장과 골계의 교차로 극적 전개가 강화되었으며, 동편제의 경우 사설이 지나치게 부연되고 골계적 언술이 강화되고 있다는 점이 지적되었다. 이 논문은 판소리에 대한 문학적 연구의 한계를 극복하고자 사설과 장단, 조의 결합 양상을 함께 살펴봄으로써 판소리 미학 구현의 총체적인 양상을 살폈다는 데 의의가 있다고 하겠다.

「심청가 중 뺑덕어미 삽화의 기능과 의미」는 뺑덕어미의 인물 형상이 주변적 인물에 대하여 핍진한 구체성과 현실감을 부여하였다는 점을 드러내었다. 판소리 전개사에 따른 뺑덕어미의 확대 부연 양상도 이러한 문학적 리얼리즘의 발전사와 맥을 같이 한다는 것이다. 따라서 뺑덕어미의 작중 기능을 중심으로 그녀의 역할이 확대되면서 구체적인 묘사를 구현했다는 것은 이와 같은 문학적 리얼리즘이 태동하고 있었음을 알려 준다. 특히 그녀의 인물이 왜곡되고 과장된 수법으로 묘사된 것은 그 추악한 가면의 형상 속에 뒤틀린 세계상을 적극적으로 반영하기 위한 것이며, 그로 인한 그로테스크 리얼리즘을 구현했다고 하였다. 그리고 이러한 형태는 탈춤이나 가면극의 미학으로 더욱 발전하게 되었다고 보았다. 카니발화된 문학은 욕설이나 악담, 조롱 등과 같은 상소리 구어체로써 공식적인 언어규범을 파괴하기 때문에, 구어체가 지향하는 보다 평등한 사회, 보다 행복하고 공정한 사회상을 반영할 수 있다는 점에서 근대적 문학 양식으로 계승시킬 여지가 있다는 것이다. 이러한 판소리적 세계관이 〈심청가〉에서는 뺑덕어미를 중심으로 실현되고 있다는 것을 밝히고 있는 점에서 이 논문의 의의를 찾을 수 있다.

「〈도상 옥중회〉의 사설 특성과 판소리적 위상」에서는 〈옥중화〉 계열본인 〈도상옥중화〉의 위상을 찾고 있다. 구조적인 면에서 보면 춘향은 이도령과 신분갈등 구조를 가지면서 춘향의 신분이 창녀로까지 격하되며, 이러한 신분적 차이를 양자가 어떻게 노력하여 극복하는가의 과정을 보여준다고 하였다. 또한, 춘향과 변학도는 정의를 실천하고자 하는 인물과 탐관 오리의 전형적인 부패상을 보여줌으로써 관과 민의 대립 양상으로까지 확대되고 있다고 하였다. 특별히 춘향과 월매와의 관계는 월매가 탐욕적이고 물욕적인 모습을 지니고 있음으로 해서 벌어지는 순수 이상의 지향과 세속적 현실주의의 갈등이 일어나고 있음을 지적하였다. 특히 이 텍스트는 이국창 창본임을 표기한 것으로 당시 창극 활동에 적극적이었던 이동백 명창의 창본임을 추론하고 있다.

「신재효의 허두가에 나타난 세계인식과 그 의미」에서는 〈허두가〉에 나타난 신재효의 작가 의식을 살펴보고자 하였다. 신재효는 대원군 시대 판소리 패트런의 역할을 하였던 판소리 운동가이자 이론가이며 작가였다. 우리 판소리사에서 신재효가 지니는 위치는 새삼 거론할 필요가 없다. 그러나 그간 그가 남긴 단가에 대한 인식은 미흡하였던 바, 저자는 전승 가사나 잡가와의 면밀한 대조를 통하여 그의 허두가)를 '민족자존의식의 회복'이라는 관점에서 새롭게 해석하고 있다. 신재효는 열세 편의 서로 다른 작품들을 그의 〈허두가〉 사설 속에 묶어 넣으면서 중국과 대비되는 우리의 희망적이고 낙관적인 모습을 그려 놓았는데, 이는 곧 민족 자존의식의 고취라는 것이다. 그리고 그러한 바탕에는 우리 문화에 대한 우월성, 자부심이 자리하고 있으며 우리 세계의 것을 확보하기 위한 수단으로 유가적 사상을 강조하였음을 확인하였다. 따라서 우리의 것을 묘사하는 데에도 현실적인 것을 문제 삼기보다는 희망적이고 낙관적인 미래지향적 모습을 견지하고 있다고 하였다.

「일제강점기 판소리의 행방과 사설의 변모」에서는 식민지 시대 판소리의 역사적 추이를 살펴보고자 하였다. 저자는 이 시기가 근대 명창들의 필사적인 판소리 교육과 단체의 설립, 여성 명창들의 대거 활약 등을 통해 당대가 요구하는 판소리의 창조적인 모습이 다방면으로 실험됨으로써 오히려 판소리의 중흥기를 이루었다고 보았다. 따라서 일제강점기 판소리의 행보를 정밀하게 고증 발굴하고 체계화하려는 노력이 필요하다고 전제하고, 첫째 일제의 통치정책과 관련한 판소리 문화의 변동, 둘째 공연문화의 시대적 변화와 이에 대한 대응 자세, 셋째 향유층의 인식과 그에 따른 판소리관 등을 고찰하였다. 그리하여 당시의 신문 자료들을 새로이 발굴 소개하고 오늘날 쉽게 접할 수 없는 유성기 음반 자료의 분석을 통해 이 시대 판소리사설의 전승과 변이가 어떻게 이루어졌는지를 논하고 있는 것이다.

제Ⅱ부에서는 여성 명창의 활약과 예술성을 논의하고 있다. 그간 연구자들에게 소홀히 취급되거나 역사의 뒷켠으로 그림자처럼 사라진 여성 명창들을 발굴 조명한 새로운 성과를 소개하였다. 판소리의 역사에서 여성이 차지하는 역할은 근대 이후 두드러지게 나타나고 있다. 그러나 그간 이 분야에 대한 체계적인 연구는 전무한 실정이었고, 산발적인 일화들만이 전해지고 있었다. 저자는 여기에서 우선 우리 여성 명창의 계보를 정리하고, 판소리사적 의의를 드러내었으며, 최초의 여성 명창인 진채선, 일제강점기 최고의 여성 명창 이화중선, 천재적 예술혼을 불사르다 요절한 안향련 명창을 집중 조명함으로써 여성명창사의 큰 줄기를 이어 놓았다.

「여성 명창의 계보와 판소리사」에서는 최초의 여성 명창인 진채선으로부터 최근 타계한 김소희 명창까지의 계보를 시기별로 살피면서, 각 시기 명창의 반열에 오른 연창자들을 소개하고 그들이 남긴 업적과 예술성을 심도 있게 고찰하였다. 우선 저자는 전환시대 판소리의 주역이었던 여성 명창들에 대하여 학술적인 조명과 함께 그들의 업적에 대한 합당한 평가가 이루어져야 한다고 강조하고 있다. 그리하여 진채선, 허금파, 강소춘이 여성 명창들이 활약할 수 있는 터전을 제공한 제1세대 명창이라면, 이화중선, 김녹주, 배설향, 심정순, 김초향, 김추월, 신금홍, 오비취, 권금주 등은 한 세대를 풍미하며 인기와 명성을 누린 제2세대 명창들이었고, 박록주, 박초월, 김여란, 김소희는 전 생애를 통해 전승과 교육을 담당하는 동시에 현대 판소리를 가능케 한 견인차 역할을 한 제3세대 명창이었다고 정리해 놓았다. 이로써 판소리사의 시대적 변이와 추이 속에서 어떠한 여성 명창들이 활약하고, 또 사라져 갔는지에 대한 체계적인 정리가 이루어지게 된 것이다.

「진채선의 등장과 판소리사의 변모」에서는 우리 역사상 최초의 여성 명창으로 공식적인 무대에 섰던 진채선의 생애와 활동상황을 종합적으로 고찰하였다. 신재효의 가르침으로 연창자가 된 진채선의 가계 내력과 대원군의 총애를 입어 운현궁에 머물게 된 사연들을 체계적으로 정리하고, 신재효가 그녀를 연모하여 부른 〈도리화가〉를 통해 운현궁 이후의 활동과 행적을 탐색하여 보았으며, 판소리사적 위상과 의의를 밝혀 놓았다.

「이화중선의 생애와 예술」에서는 일제강점기 최고의 인기 명창이었던 이화중선의 생애와 활동, 그 예술적 의의를 살피고 있다. 그간 이화중선에 대한 생애는 다분히 신화적으로 윤색되어 있었는데, 현지조사와 관련자의 증언, 신문기사, 호적의 면밀한 탐색을 통해 이화중선의 생애를 재구하고 그녀의 소리와 사설의 특징을 검토하였는데, 본 논문을 통해 새롭게 알려진 사실은 다음과 같다. 즉 이화중선의 출생지가 목포라는 점, 남원 권번에 있었다는 점, 홈실 출가설에 대한 정정, 당시 협률사 공연 내용, 이화중선의 소리 선생 장득진의 가계와 내력, 김정문과의 관계, 이재삼과의 혼인 내력과 후견인으로서의 역할, 사망 상황의 확정 등이다. 그리고 이화중선 판소리의 소리와 사설을 통해 그 특징을 추출하였는데, 즉 그녀는 당시의 신식 소리를 자유롭게 받아들이면서도 고제의 특징적인 소리를 장기로 수용했으며, 사설 내용에 있어서도 적극적인 재창조의 모습을 보였음을 밝히고 있다. 그리하여 저자는 이화중선을 당시의 새로운 음악 환경에 적절히 적응하면서 자신의 소리를 겸허하게 어디서든 내놓을 줄 아는 소리의 전도사였다고 평가하였다.

「명창 안향련의 생애와 예술적 성과」에서는 1980년에 요절한 천재 명창 안향련을 조명하고 있다. 안향련과 관련한 증언자의 제보와 그녀가 남긴 사설과 음반을 중심으로 예술적 특색을 정리하였다. 안향련은 여러 스승에게서 배운 뛰어난 장점들을 자기 것으로 소화하고 이를 창조적으로 계승하려고 노력했다는 점에서 명창으로서의 조건을 충분히 충족시키고 있다고 하였다. 그녀의 소리를 들었을 때 청중이 압도당하게 되는 것은 타고난 성음에 시김새, 부침새 등의 정교한 기량을 갖추고 있었기 때문이라고 분석하였다. 그리하여 저자는 안향련의 소리가 그동안의 여성 명창들에게서는 들어보지 못한 격정적이고 쭉 뻗어 오르는 힘 있는 통성이며 자유로이 구사하는 넓은 음역과 강한 힘에 있다는 점을 예리하게 지적하면서, 그녀의 소리가 우리 시대 여성 명창들의 새로운 전범을 제시해 주고 있다고 하였다.

이 책에 실린 논문들은 모두가 저자의 열정적이면서도 진지한 연구 업적들을 모은 것이다. 그러나 그중에서도 제 II 부의 여성 명창들에 관한 내용이 특히 두드러진 업적으로 돋보인다고 하겠다.

　　그동안 저자는 특히 20세기 전반 근대 판소리의 전승 양상과 연행 상황에 관심을 가지고 지속적인 연구를 수행하여 왔다. 이는 판소리의 패러다임이 이 시기를 전후하여 새로운 전환기를 맞이한 것으로 보았기 때문이다. 그리하여 일제의 민족문화 말살 정책이 계속되는 혹독한 국난 속에서도 우리 판소리는 끈질긴 자생력을 가지고 창조적 전승을 해 왔으며, 그러한 점은 근대 판소리의 발전 과정에서 특히 여성 명창들을 통하여 그 영롱한 빛을 발하고 있다고 하였다. 또한, 판소리가 민족 예술의 혼을 지닌 구비서사시로서의 역할을 해낸 데는 연행자들에게 판소리가 우리 민중의 정서와 소망을 가장 포괄적으로 대변하고 있다는 확고한 믿음이 있었기 때문이었다는 점도 저자는 이 책에서 밝히고 있다. 과연 이른 시기 판소리의 명창들은 열악한 시대적 환경에도 불구하고 그러한 예술사적 사명을 다하였다고 할 것이다. 따라서 일제 강점기와 그 전후의 시대를 일관하여 판소리 전승 과정을 학술적으로 탐색 정리하는 일이 우리 판소리 연구사에서 매우 긴요한 작업이었다. 그러나 이는 지금껏 아쉬운 과제로 남아 있었던 것이다.

　　또한, 저자가 지적한 대로 당시 판소리계에서 추구하고 있던 역사적 사명과 역할은 희망과 눈물이 교차하던 우리 국난기의 상황과 행보를 같이 하고 있었다. 그런 열악하고 험난한 과정에서 우리 문화를 지키려는 노력은 새로운 방법론의 모색으로 이어졌고 이의 결과로 여창이 등장하고 창극이 실험되었던 것이다. 특히 19세기말 이후 여창의 등장은 우리 판소리의 획기적인 변화를 가져왔으며 보다 다양하고 풍부한 판소리 체험을 가능하게 해주었다. 더구나 현대의 판소리는 곧 이 시대부터 등장한 여창의 성과가 기반이 되었다는 점에서도 그 의의는 실로 큰 것이었다. 따라서 여성 명창에 대한 판소리사적 조명이 있어야 할 것은 너무도 당연한 일이다. 그러나 그간의 판소리 연구에서 여성 명창들의 활약상은 남성 명창들의 그늘에 가리어 실제보다 폄하되거나 소략하게 다루어져 온 것이 사실이었다.

이 책은 이러한 과제들을 상당 부분 해결해 준 업적으로 평가할 만한 것이다. 특히 여성 명창들에 대한 학술적 조명을 통하여 그들의 판소리사적 위상을 정립하고 우리 여성명창사의 맥을 정리하여 체계화한 것은 이 책의 가장 큰 장점이라고 하겠다. 이러한 점에서 이 책은 우리 판소리 연구사에서 거둔 알찬 성과의 하나로 평가되며 앞으로 판소리학계에 기여하는 바가 클 것으로 기대된다.

그러나 이 책의 많은 장점에도 불구하고 아쉬운 점들이 없는 것은 물론 아니다. 열전에 오를 만한 더 많은 명창을 발굴하여 이를 학술적으로 조명하는 작업이 계속되어야 할 것이다. 이 책은 서문에서 밝히고 있는 것처럼 하나의 중간 보고서라고 할 수 있다. 앞으로 더욱 풍성하게 완비된 '판소리 여성 명창 열전'이 나오기를 기대해 본다.

『고전문학과 교육』 7, 한국고전문학교육학회, 2004. 2. 28.

『신재효 판소리 사설의 연구』 (평민사, 1986 | 정병헌)

제 11회 도남陶南 학술상 시상식에 부쳐

오늘 제가 제 11회 '도남국문학상陶南國文學賞'을 수상한 정병헌 교수의 시상식에 참여하여 축하의 말씀을 드리게 된 것을 기쁘게 생각합니다.

도남학회陶南學會는 아시는 바와 같이 평생을 국문학 연구와 발전에 심혈을 기울이셨던 도남陶南 조윤제趙潤濟 선생의 학덕을 기리기 위하여 창설된 순수 학술단체로서, 그동안 학계에 새로운 연구 업적을 발표한 유능하고 촉망되는 여러 신진 학자들을 선발하여 포상해 왔습니다. 따라서 도남 학술상은 어느 단체, 어느 상보다도 가장 순수하고 권위 있는 상이기 때문에 학자라면 누구나 한번 받아보고 싶어 하는 영예로운 상입니다. 제 11회 '도남국문학상'을 받게 된 정병헌 교수는 이런 의미에서 본인은 물론 전남대학교 국어국문학과와 국어교육학과, 나아가서는 우리 국문학계를 위해서도 얼마나 자랑스러운 일인지 모르겠습니다.

저는 우선 이런 점에서 오늘 정병헌 교수의 도남학술상 수상을 충심으로 축하하여 마지않는 것입니다.

다음 또 하나 축하해 드려야 할 것은 이번 수상의 대상이 된 저서 『신재효 판소리 사설의 연구』의 창의의 입론 정리입니다. 다 아시는 바와 같이 신재효申在孝는 조선조 말기의 대 판소리 작가로서 〈춘향전〉〈박타령〉〈토끼타령〉〈심청전〉 등을 개작하여 창극화했고, 서민적인 해학성과 사실성을 십분 발휘하여 창극 본래의 묘미를 크게 선양함은 물론, 종래 자의적으로 불러오던 광대소리를 여섯 마당으로 정리 구성하고, 대사와 어구를 실감 나게 고쳤을 뿐만 아니라, 장단과 가락의 불합리한 점과 창법의 모순된 것, 너름새와 발림의 잘못된 곳을 하나하나 교정하여 창극의 면모를 일신시킨 창극의 대 연구가이기도 했습니다. 그리하여 신재효에 대한 연구는 지금까지 활발하게 진행되어 왔고 그 업적도 주목할 만한 것이 많았습니다.

그러나 정병헌 교수가 지적한 대로 지금까지의 연구는 신재효의 사설과 다른 창본唱本 또는 판소리계 소설과의 비교를 통하여 그의 의식을 추출하고, 그 문학사적文學史的 위치를 정립해 보려는 데에 치중한 나머지, 신재효의 사설을 완결된 작품으로 보는 시각에서 출발한 연구는 아직까지 나타나지 않았던 것입니다. 그 때문에 정병헌 교수는 이에 착안하여 신재효의 사설에 대한 전반적인 검토를 선행하고 그 결과에 의거하여 이본異本과의 차이를 추출해 보려고 했던 것입니다. 좀 더 구체적으로 말씀드리자면, 이본의 전제 없이 신재효의 사설을 볼 수 없는가? 신재효의 의도 표시 등의 부분적인 문제에 국한하지 않고, 그의 작품을 완결된 대상으로 볼 수는 없는가? 이와 같은 문제점에 착안하여 정병헌 교수는 과거의 타성을 탈피, 나름의 새로운 시각에서 신재효를 분석 검토해 보려고 했던 것입니다. 말하자면 신재효 판소리 사설의 종합적 연구 분석이라고나 할까요.

이 결과 정병헌 교수는 신재효 판소리 사설의 싱격을 의식적인 면, 기법적인 면, 구조적인 면으로 분류하여 각기 그 특성을 제시했고, 전 작품의 유형을 (1) 현실적 세계의 이상적 투영, (2) 세속적 욕망의 환상적 실현, (3) 관념적 세계의 견고한 자기 방어, (4) 현실적 세계와 관념적 세계의 대결 양상으로 구분하여 작품의 유형적 특성까지도 제시했던 것입니다.

따라서 이와 같은 연구 결과는 이제까지 없었던 새로운 성과라고 할 수 있고, 이것은 그동안 정병헌 교수의 각고의 노력의 결실이라는 점에서 뜨거운 박수를 보내지 않을 수 없는 것입니다.

바라기는 앞으로도 더욱 정진하셔서 더 좋고 더 많은 연구 결실들을 얻어 이 나라 국문학계를 더욱 빛내 주시기를 바랍니다.

두서없는 몇 마디 말씀으로 정병헌 교수의 오늘의 도남 학술상 수상을 축하하는 바입니다. [필자는 1987년 11월 7일 『신재효 판소리 사설의 연구』 발간으로 제 11회 '도남국문학상'을 받았는데, 정익섭丁益燮 교수께서 수상을 축하하는 말씀을 해주셨다. 전문은 『도남학보』 10(도남학회, 1987)에 실려 있는데, 여기에는 정규복丁奎福 교수의 '심사보고'와 필자의 수상 기념 발표문인 「문청공유사에 나타난 송강시의 한역양상」도 같이 실려 있다.]

『판소리문학론』 (새문사, 1993 | 정병헌)

이 책은 판소리문학에 대한 정병헌 교수의 두 번 째 연구저서이다. 저자는 오랫동안 판소리문학을 연구해 왔고, 특히 신재효를 집중적으로 탐구해 왔다. 저자의 첫 저서는 『신재효 판소리 사설의 연구』(1986)였는데, 이번의 저서는 기왕의 신재효에 대한 관심과 함께 시각을 확대하여 판소리를 통시적으로, 종합적으로 그리고 현장론적으로 접근한 새로운 연구 결과를 묶어 낸 것이라고 하겠다.

이 책은 모두 3부로 되어 있다. 제 1부는 '판소리의 변모와 구성'이라는 제목으로 판소리의 형성과 변모 양상 및 판소리의 구성을 검토함으로써 판소리에 대한 통시적·공시적 접근을 꾀하고 있다. 이 중에서 특히 주목되는 것은 판소리사의 시대구분이라고 할 수 있다. 저자는 판소리사를 형성시대·전성시대·전환시대·부흥시대로 나누고, 그 시기 구분의 기준으로는 판소리 창자 쪽을 중시했다. 이것은 대부분의 판소리사 인식이 향유층 중심으로 이루어지고 있는 것과 대조적이다.

그리하여 양반층이 판소리 향유의 중심으로 자리잡은 19C 후반기부터 판소리가 변모·굴절된다는 일반적인 인식과는 달리 저자는 19C를 전체적으로 전성시대로 보고 있는 것이다. 판수리 향유층의 학대에 따른 창자들의 활발한 활동이 이 시기의 역사적 현상인데, 당시 주요한 향유층을 형성했던 양반층의 향유의식이나 그에 따른 판소리의 변모가 역사적으로 더 유의미한 것인지, 민중층만이 아니라 양반층까지 향유층으로 아우른 판소리의 예술적 지위 상승이 더 유의미한 것인지는 좀 더 세밀한 검토가 요청되는 것이다. 그러나, 지금까지 판소리 담당층의 주요한 하나의 축인 창자 측을 지금까지 연구에서 크게 주목하지 않았는데 비해 판소리사를 판소리 창자 측에서 바라보는 시각이 주요하다는 것을 저자의 시기 구분을 통해 충분히 인식할 수 있는 것은 중요한 성과라 할 것이다.

제 2부는 '판소리와 문학'이라는 제목 하에 구체적인 작품론을 전개하고 있다. 이 중 「이날치판 심청가의 성격과 판소리사적 위치」는 저자가 주장하는 바, 서편제가 동편제보다 앞선다는 것에 대한 일종의 실증적 연구로서 의의가 있다. 물론 서편제가 박유전부터라는 통설의 당·부당 문제는 좀 더 논의해야 할 성질의 것이라고 본다. 제 2부의 다른 네 편의 논문은 모두 신재효의 개작 판소리 작품론이거나 신재효 연구에 대한 연구사적 반성에 해당한다. 여기서 특별히 주목되는 것은 저자의 연구시각이라고 할 수 있다. 주지하다시피 신재효에 대한 평가는 긍·부정이 첨예하게 대립되어 있는데, 저자는 신재효, 나아가 판소리문학을 대단히 객관적인 입장에서 접근하고자 노력하고 있는 것이다. 즉 70년대 이래 판소리문학에 대한 민중적 시각에 대해서도 저자는 일정한 거리를 두고 있고, 어떤 면에서는 민중적 시각의 지평을 일찌감치 초극하는 입장을 견지하고 있다고 할 수 있다. 그리하여 저자는 판소리문학을 하나의 문학예술로서 평가하려는 강한 의지를 드러내고 있다. 이러한 시각이 간혹 문제의 예각화를 놓치는 아쉬움을 낳기는 하지만, 문학예술로서의 판소리문학의 정당한 평가에 이르는 바람직한 길이라고 하는 데는 이론의 여지가 없다고 할 것이다.

제 3부는 '판소리의 지향과 전승'이라는 제목으로 판소리의 현재적 의

미를 되새기고 있다. 고전문학 중 당대적 비평이나 예술정책의 대상이 되는 것으로는 판소리가 거의 유일한데, 저자는 여기서 고전의 현대적 의의와 전통예술의 보존과 전승에 대한 비평적 안목의 유지와 정책적 대안의 제시에도 유의하는 바람직한 면모를 보여주고 있다. 고전의 연구가 과거에 대한 연구로만 끝나지 않음을 재확인할 수 있다.

끝으로 저자는 동편제의 진수를 보이고 있는 송순섭본 〈적벽가〉를 부록으로 실어, 연구자가 자료를 소홀히 해서는 안 됨을 잘 보여주고 있다.

이 책을 통하여 판소리 및 판소리문학에 대한 연구가 보다 종합적인 시각에서 진전된 수준으로 나아갈 수 있기를 기대한다.

김종철, 「판소리문학론」, 『한국학연구』 2, 숙명여자대학교 한국학연구소, 1992

『고전문학의 향기를 찾아서』(돌베개, 1998 | 정병헌 · 이지영)

대표 작가를 중심으로 읽는 고전문학사 산책

이규보에서 신재효까지 어렵사리 찾은 '위대한 유산'의 현장. 사제 간의 돈독한 정은 15년의 세월이 흐른 뒤 한 권의 책으로 열매를 맺었다. 숙명여대 정병헌 교수와 제자 이지영 씨가 그 주인공. 두 사람은 고전문학의 현장을 소개하는 『고전문학의 향기를 찾아서』를 공저로 내놓았다. 정교수는 전남대 국문과에 재직하던 83년 국문과 학생 이 씨를 만났다. 고전문학에 대한 관심이 남달라 많은 제자 중에 유별나게 정이 갔다. 이 씨는 "서울대 대학원에서 문학박사 학위를 받기까지 선생님의 격려와 지도가 많은 힘이 됐다."고 말했다.

두 사람은 3년 전 어느 날 문학에서 현장이 차지하는 비중을 연구해 보자는 데 뜻을 같이했고, 고전문학을 테마로 한 답사기를 쓰기로 정했다. 정교수는 "이런저런 대화를 하다 문화재에 대한 답사기는 많아도 문학, 특히 고전문학에 대한 답사기가 사실상 없다는 데 공감하고 그 문학의 공간을 묶어 보기로 했다."고 말했다. 그렇지만 고전문학의 현장을 찾는다는 것이 간단치 않은 일임을 실감해야 했다. "김시습, 허균, 정철 등 한국문학 대가들의 체취가 묻어 있는 현장은 숲속에 초라하게 방치되어 있거나 훼손되어 찾기가 힘들었다."는 게 이 씨의 얘기.

동행한 사제는 표지판 하나 서 있지 않은 산길을 몇 시간 씩 헤맨 끝에 창작의 터전을 만났다. 대표적인 경우가 허균1569-1618으로, 경기도 용인시 원삼면 맹리에 있는 그의 묘소를 찾기란 미로 탐험과 같았다. 국문소설 〈홍길동전〉으로 우리 소설문학사에 뚜렷한 획을 긋고 있는 작가인데도 묘를 가리키는 팻말 하나 서 있지 않았다. 용인시나 용인문화원조차 제대로 몰라 결국 허 씨 집안 사람들을 통해서야 찾을 수 있었다. 허균을 비롯해 이 책에 거론된 문장가들의 묘나 문학 산실의 터를 약도에 꼼꼼히 첨부한 것도 자신들이 겪은 어려움을 되풀이하지 않기 바라는 마음에서다.

두 사람이 책을 쓰면서 가장 감명을 받았던 인물은 『금오신화』의 김시습1435-1493이다. 생육신의 한 사람으로 시대적 모순에 저항해 방랑을 거듭하며 서사 문학을 탄생시킨 그는 자화상 두 점을 남겼다. 세상을 잘못 만난 지식인의 모습은 그가 말년을 보낸 부여 무량사에서 볼 수 있는데, 그는 자신의 얼굴을 그리고 난 후 이렇게 적었다. "너의 형상은 지극히 작고 너의 말버릇은 지극히 어리석으니, 너를 굴형 속에 두는 것이 마땅하도다."

두어 차례 무량사를 방문한 정 교수는 이 책에서 "자화상에 나타난 싸늘하고 텅 빈 듯한 이미지, 잔뜩 찌푸린 미간의 냉소적인 눈매, 그리고 얇게 다물어진 입술 등을 보면서 『금오신화』에 나오는 외로운 주인공들을 연상했다."고 적었다. 그러나 "이러한 즐거움마저도 최근 사찰측이 화상각을 따로 만들어 전시하는 바람에 그 오래 묵은 맛을 잃게 됐다."고 아쉬워했다.

이들 인물 외에도 이규보, 허난설헌, 정약용, 균여대사, 일연, 이황, 이이, 송순, 윤선도, 신재효의 문학적 공간이 그들의 업적과 함께 소개된다. 숙명여대에서 자리를 같이 한두 사람은 "문학을 좋아하는 사람들이라면 옛 문인들의 향기를 진하게 맡을 수 있도록 다른 어느 답사기보다 깊이를 더

해 썼다."고 소개했다. 우리 고전문학을 좀 더 알기 쉽게 독자에게 전하고
자 하는 사제는 이제 한 우물을 파는 국문학자로서 같은 길을 가고 있다.

전정희 기자, 국민일보, 1998. 12. 2.

『한국고전문학의 교육적 성찰』(숙명여대 출판국, 2003 | 정병헌)

'고전', '문학', '교육'에 대한 인문적 고찰

책의 겉 얼굴

모든 존재는 자신의 얼굴을 가지고 있다. 그 얼굴은 자신의 자신임을 증명하면서 동시에 다른 존재에게 그 얼굴로 기억해 주길 요구한다. (머리말 중에서)

한 권의 책 역시 하나의 얼굴이다. 글쓴이에게는 자신의 정체성을 확인하게 해주는 얼굴이요, 독자인 우리들에게는 저자의 은밀한 생각과 주장까지 여실히 보여주는 얼굴이다. 그런 까닭에 책은 저자에게는 가슴 설레지만 두려운 얼굴이요, 독자에게는 일단 반갑고 즐거운 얼굴이 아닐 수 없다.

이 책은 전체 5부로 구성되어 있는데, 이를 다시 크게 3부분으로 나눌 수 있다. '고전문학' 및 '고전문학교육'에 대한 저자의 관점이 드러나 있는, 원론의 성격을 지니는 1부와, 그러한 관점에 따라 고전문학의 여러 장르 혹은 작품들에 대해 면밀한 고찰을 시도하고 있는 2~4부, 마지막으로 논의를 보다 구체화하여 교육 현장에 직접적인 제언을 시도하고 있는 5부로 나눠볼 수 있다. 언뜻 보면, 제목을 통해 표방된 '교육적 성찰'이 집중적으로 이뤄지고 있는 부분은 아무래도 처음 부분인 1부와 마지막 부분인 5부처럼 보인다. 물론 이 부분에 드러난 저자의 관점이나 주장을 집중적으로 살펴보는 것만으로도 '교육적 성찰'을 가능하게 하는 저자의 '눈'과 그 성찰을 통해 도달한 '인식의 수준'을 엿볼 수는 있다. 그러나 2~4부에 수록된 12편의 논문들 역시 '교육적 성찰'의 구체적인 면을 파악하는 데 꼭 필요하다. 개별 작가론이나 작품론, 장르론 등에 해당하는 논문들이기는 하지만, 1부에서 표방한 저자의 관점이 구체적으로 적용된 것이라는 점에서 아울러 살펴볼 필요가 있다.

본질론의 힘과 한계

평가받는 대상은 영원히 평가받는 위치에 머무를 수밖에 없다. 이상 理想의 자[尺]로 잴 때, 현실은 영원히 불완전한 존재일 수밖에 없기 때문이다.(본문 30쪽에서)

1부는 그 중요성에 비해 매우 소략해 보인다. 저자의 고민을 촉발하고 '교육적 성찰'을 시도하게 한 배경은 물론이고 저자의 관점과 비전이 제시된 부분임에도 불구하고, 전체적인 분량을 고려해볼 때 가볍게 다뤄진 듯한 혐의를 갖게 한다. 1부의 내용은 저자가 이미 시도한 것처럼, 몇 개의 문장 혹은 주장으로 간단하게 요약할 수 있다. 문장의 수가 많지 않을 뿐 아니라 그 의미 또한 분명한데, 그래서 쉽게 이해했다고 생각하고 다음 장으로 넘어갈 수도 있다. 그러나 저자의 관점과 주장, 제안을 제대로 이해하려면 그 하나하나의 문장에 실린 무게가 가볍지 않다는 점과, 그 안에 고전문학교육의 지난至難한 역사와 현실이 살아 퍼덕거리고 있다는 점까지 간파할 수 있어야 한다. 그리고 그 각각의 명제를 앞에 두고 고전문학교육의 역사와 현실, 나아가 그에 대한, 혹은 그로부터 형성된 저자의 관점이나 주장이 지닌 맥락적 의미까지 파악할 수 있어야 한다.

첫 번째 주장 ; 고전문학은 평가의 대상이 아니다.

지금까지 고전문학은 평가의 대상으로 존재함으로써 그것이 지닌 진정한 가치를 제대로 인정받을 수 없었다는 것이 저자의 첫 번째 생각이다. 평가의 대상이 아닌, 감상의 대상이 될 때, 또 감상하고자 하는 마음 — 저자는 이를 '작품 세계에 들어가고자 하는 사랑의 마음'이라고 했다 — 을 지니고 접근했을 때, 고전문학의 교육적 가치나 의미가 살아난다는 것이다. 이러한 생각은 매우 낭만적이고 그래서 현실과는 거리가 먼 원론처럼 들릴지도 모른다. 그러나 사랑하지 않는 대상에 대해 연구하고 나아가 가르친다는 것은 어불성설語不成說임을 우리는 잘 알고 있다. 고전문학의 가치를 발견하고 느끼지 못한 교육연구자나 교육실천가가 어떻게 고전문학을 교육 내용으로 구성하고 조직할 수 있으며 가르칠 수 있단 말인가. 학생들이, 가르칠 내용을 다루는 교사의 독특한 방식이나 그 내용에 대한 정서적 밀착 정도 등 언어화할 수 없는 차원의 지식들tacit knowledge에 더 큰 영향을 받는다는 사실을 기억한다면, 고전문학을 감상의 대상으로 보는 것, 나아가 그것의 가치를 제대로 읽어낼 줄 아는 능력은 연구자나 실천가의 기본 능력이자 자세요, 학습자들이 도달해야 할 목표로서의 의미를 지닌다고 할 수 있다.

　여기서 우리는 지금까지 고전문학을 평가하던 '눈[眼目]' 내지 기준에 대해서도 생각해 볼 필요가 있다. 저자는 지금까지 우리가 서구문학을 바라보는 눈, 현대문학을 바라보는 눈으로 고전문학을 평가함으로써 고전문학의 의미를 읽어낼 수 없었을 뿐 아니라, 그런 눈을 교육함으로써 고전문학을 읽어내는 코드마저 잃어버리게 했다는 점을 분명하게 지적하고 있다. 또한, 친절하게도 사랑하는 마음을 지닌 사람이 고전문학을 감상의 대상으로 바라보았을 때, 고전문학이 얼마나 풍부한 의미를 드러내는지에 대해서도 구체적인 예를 보여주고 있다. 우리는 2~4부에서 작가의 따뜻한 시선과 진지한 비평의 태도를 여실히 볼 수 있는데, 고백하자면 나는 2~4부의 논문들을 읽으면서 용신설화나 강호가도, 여성영웅소설 등에 대해 새삼스러운 흥미를 느낄 수 있었고, 그 흥미와 재미를 학생들에게 나눠주고 싶은 욕구를 느끼기도 했다. 이른바 '설득에의 열정'이 생겨난 것이다. '설득에의 열정'이 있어야만 가르침, 즉 하화下化가 가능하다는 점은 두 말할 필요가 없을 줄 안다.

　이런 점에서 볼 때 고전문학 연구와 교육을 가능하게 하는 첫 단계는 바로, 고전문학을 감상의 대상으로 봄으로써 그것의 가치를 발견하는 일이라 할 수 있으며, 우리는 이러한 저자의 생각에 자연스럽게 동의하게 된다.

두 번째 주장 ; 고전문학은 문학이다.

고전문학이 문학이라는 주장은, 새로운 것이 아니다. 오히려 상식에 가까워서 이에 대해 이의를 제기할 사람도 없을 것이다. 그런데 저자가 이런 상식을 일관되게 강조한 까닭은 무엇인가. 우리는 이 슬로건의 의미를, 고전문학교육의 역사와 현실 속에서 파악할 필요가 있다. 잠깐 언급하고 말았지만, 저자는 '고전문학이 언어 현상을 규명하기 위한 자료나 시대 배경을 알기 위한 자료로 사용되는 것'에 대해 비판하고 있다. 구체적인 비판의 내용이 제시되지는 않았지만, 이러한 비판은 첫 번째 주장과 연결되는바, 고전문학이 문학 작품으로, 즉 예술 작품으로 이해되고 감상되어야 한다는 주장에 다름 아니다.

고전문학'의' 교육이 제대로 이뤄지지 않고 있고 그에 대한 연구 역시 미진하다는 점은 충분히 인정하지만, 문제는 고전문학'을 통한' 교육의 필요성이나 고전문학의 '국어활동으로서의 가치'는 여전히 간과할 수 없다는 점이다. 고전문학은 문학, 혹은 예술로서 이해하고 감상되어야 할 뿐 아니라, 동시에 특정 시대를 이해하게 해주는 자료이자 국어 활동의 중요한 본질을 이해하게 해 주는 자료일 수도 있는 것이다. 이밖에도 여러 가지 다른 가치를 지닐 수 있음을 물론이다.

이런 점에서 볼 때 고전문학이 문학임을 강조하는 논리는, 자칫 고전문학을 신비화하거나, 의도하지 않았다 하더라도 배제의 논리로 나아가 고전문학의 가치나 효용을 제한할 위험조차 있는 것이다. 시급한 것은 어쩌면 그러한 다양한 가치 간의 위계를 정하고 비중을 정하는 일일지도 모른다. 사족을 붙이자면 문학을 국어활동으로 파악하는 관점조차 고전문학이 문학이라는 명제를 부정하는 것은 아니라는 점이다. 국어 현상을 규명하기 위한 자료로 고전문학을 사용하는 경우에도 고전문학이 일상 대화가 아니라 '문학'이기 때문에 자료로 선택되었다는 점이 중요한 것이다.

그럼에도 불구하고 고전문학이 문학이라는 저자의 주장은 여전히 매력적이며 유용하다. 그 주장이 우리의 생각을 자극하고 우리가 해야 할 과제들의 목록을 구체화하는 데 도움을 주기 때문이다. 고전문학을 문학으로 감상하고 이해한다는 것은 어떻게 가능한가. 어떤 시기에 어떤 작품 혹은 갈래들을 어떻게 이해하고 감상하게 할 것인가. 또 그렇게 해야 하는 이유는 무엇인가. 그 근거를 찾기 위해 우리는 무엇을 해야 하는가. 저자와 같은 이해·감상 수준에 도달하게 하기 위한 효과적인 방법은 무엇인가. 그 방법은 없는 것인가. 고전문학연구와 고전문학교육연구의 차이는 무엇인가. 이밖에도 많은 의문들이 꼬리를 물고 제기된다. 어쩌면 이러한 물음 자체가, 그리고 성실하게 그 답을 구해보라는 무언의 압력이 이 책이 우리에게 주는 최고의 의미가 아닐까.

세 번째 주장 ; 고전문학은 고전이다.

시간적인 거리나 공간적 거리를 둔 대상은 타자임에 틀림이 없다. 그런 점에서 고전문학도 타자라 할 수 있을 것이다. 그런데 지금도 우리는 고전을 고전으로, 타자로 바라보는 데 주저하게 된다. 불행한 역사로 인해 과거와 현재와의 단절을 심각하게 경험한 까닭에, 우리는 과거와 현재의 연결을 입증해야 할 것 같은 강박, 나아가 고전문학을 타자로 인정하면 안 될 것 같은 강박을 갖고 있었던 것이 사실이다. 그런 강박은 뭔가 이어지는 지점, 현대문학과 유사한 고전문학의 상황이나 맥락, 나아가 고전문학과 현대문학의 공통점을 찾기에 골몰하게 하기도 했다. 그러나 이미 지적된 것처럼 전통이나 계승의 문제가 그렇게 외연적이고 단선적인 차원의 문제는 아니며, 그와 같은 접근을 넘어서지 않으면, 오히려, 굳이 해독의 어려움을 무릅쓰고 고전문학을 학습해야 할 근거가 무엇이냐는 뿌리 깊은 의문에 봉착할 수도 있다. 이런 점에서 보면, 고전문학을 현대문학과는 다른 코드를 지닌 타자로, 적극 인정할 필요가 있다.

어쩌면 가르치고 배우는 행위는 대상을 타자로 인정했을 때 가능한 행위이다. 현대문학이든 고전문학이든 간에 타자임을 인정하고 그 타자의 특수성을 그 타자가 놓인 맥락 안에서 충분히 이해하는 것, 나아가 그 특수성을 보편성으로 편입시키거나, 내 안의 타자성을 발견하는 것으로 나아가게 하는 것, 이것이 바로 배움의 과정인 것이다.

이렇게 보면 고전문학을 과거의 문학으로 보는 관점은 고전의 현재적 의미를 발견하기 위해 반드시 전제해야 할 관점이 된다. 고전문학이 우리를 풍성하게 해 줄 수 있는 것은 바로 고전으로서의 특수성에서 기인하는 것이고 교육이란 결국 그 특수성을 이해함으로써 인식의 지평을 넓게 하는 일인 것이다. 저자는 이 점을 충분히 인식하고 있다. 있은 그대로, 존재하는 그대로의 고전문학을 인정하고 읽어낼 때 고전문학이 우리에게 줄 수 있는 즐거움과 깨달음을 누릴 수 있다고 말한다. 이는 매우 소중한 인식이 아닐 수 없다.

그러나 문제는 그다음에 있다. 고전문학을 고전으로 보는 것은 어떻게 가능한가. '역사적 원근법' 등의 개념이 제안되기도 했고, 고전문학의 코드를 복원하려는 여러 움직임이 있기는 하지만, 고전문학을 고전문학으로 이해하고 감상하는 방법에 대해 우리는 여전히 익숙하지 않다. 어떤 작품 혹은 장르를 학습할 때는 어떤 개념적 도구를 사용하여 어떤 절차로 감상하는 것이 효과적인가는 물론이고, 어느 작품을 먼저 감상하게 하고 어떤 것을 나중에 감상하게 할 것인가조차 분명하게 논의된 것이 없다. 고전문학감상론을 구체화하는 일 등 많은 과제가 여전히 우리 앞에 놓여있는 것이다.

연구자이자 실천가의 진실한 목소리

독자의 한 사람으로, 지난 30여 년 동안 고전문학을 연구하고 가르쳐온 학자의 얼굴을 정면에서 보는 것은 분명 행운이다. 그간 저자가 스스로에게 던졌을 허다한 물음과 그 답을 찾기 위해 기울였을 노력의 양과 질. 이를 헤아려볼 때 이 책은 독자인 우리들의 마음을 설레게 하기에 충분하다. 더군다나 저자가 고전문학연구자이자 교육실천가로서 고전문학교육연구 및 교육의 중심에 있는 인물이라는 점을 안다면, 이 책에 대한 기대는 클 수밖에 없다.

저자는 우리의 기대를 저버리지 않는다. 저자가 의도했든 의도하지 않았던 간에, 우리는 이 저서에서 우리 학계 및 교육계, 나아가 사회가 도달한 인식의 수준과 지향점을 확인할 수 있고, 동시에 학문이 자신의 실용적 가치를 증명해야만 살아남는 작금의 분위기 속에서 고전문학의 진정한 즐거움과 가치를 발견하는 방법에 대해서도 시사 받을 수 있다. 또 보다 적극적인 고전문학교육연구자나 실천가라면 이 책을 읽으며 해결해야 할 문제의 목록을 작성할 수도 있을 것이다. 혹은 고전문학교육연구자 혹은 실천가로서 고전문학을 어떻게 바라볼 것인가에 대한 진지한 탐색을 다시 하게 될지도 모른다. 이 모든 자극들이 바로 이 책의 미덕이며, 그 미덕은 중견 연구자이자 실천가로서의 삶에서 우러나온 것이다.

서평을 마무리하며 빼놓을 수 없는 것은, 이 책이 유려한 문장과 치밀한 논지 전개로 읽는 재미까지 제공해준다는 점이다. 또 어떻게 글을 써야 하는지에 대해서도 시사하는 바 크다는 점이다. 이런 즐거움까지 덤으로 준 저자에게 감사드린다.

염은열, 『고전문학과 교육』, 한국고전문학교육학회, 2004.

『선비의 소리를 엿듣다』(사군자, 2005 | 정병헌 외 엮음)

가볍게 읽고 깊이 생각하기

사람들은 마음속에 각각 자기의 우상偶像을 지니고 살게 마련이다. 그런데 우상과 신神의 거리는 참으로 가깝다. 진정한 신에 대한 경배가 상실되었을 때 우상숭배idolatria가 시작된다고 하지만, 마음속에 스스로 자리잡는 우상은 삶의 지표 역할을 한다. 그런 점에서 우리가 책에서 발견하는 우상들은 오히려 우리들 마음의 행로를 인도해 주고, 때로는 구원의 길을 열어 줄 수도 있는 존재들이다.

책에서 만나는 우상은 복수로 존재한다. 그리스어에서 우상은 단수가 에이돌론eidolon, 복수가 에이돌라eidola인데, 마음속에 하나의 우상이 너무 완강하게 버티고 들어앉으면 자아는 그 우상의 지배를 받을 위험이 있다. 그보다는 몇몇 우뚝한 우상이 마음에 자리 잡고 있어 그를 삶의 지표로 삼아 내 생애를 마름질하고 이끌어 간다면 그 또한 바람직한 삶이 아닌가 싶다.

내 우상 가운데 하나는 막연하기는 하지만 '선비'라는 것이었다. 선비는 우선 공부를 하는 사람이라야 하고, 공부 결과 학식을 갖추어야 한다. 요즘 말로 하자면 교양인이라 할 수 있다. 예절이 바르고 의리와 원칙을 지키는 사람이라야 한다. 무례하고 의리를 지키지 못하고 변칙이 횡행하는 곳에서는 선비가 노닐 일이 아니다. 관직이나 재물을 탐하는 일은 금물이다. 직위에 연연하거나 경제적 이득을 좇아 사는 이를 선비라 할 수 없다. 자연 선비는 벼슬살이를 오래 할 수 없다. 요즘 개념으로는 현실감이 좀 떨어지는 인물일지도 모른다. 그런데도 선비가 내 우상이 되었던 것은 교육에 뜻을 둔 이후의 일이다. 가르치는 사람은 모름지기 선비의 조건을 갖추어야 하기 때문이다.

　얼마 전에 고전문학을 공부하는 외우畏友 정병헌鄭炳憲 교수가, 손에 딱 들어가는 책을 몇 권 전해 주면서, 가볍게 읽어 보라고 했다. 참 부지런도 한 양반이라면서 그저 고맙다고 하고 받았는데, 그야말로 가볍게 펼쳐볼 때마다 감칠맛이 나는 책이라는 생각을 거듭하게 하는 글들이 실려 있었다. 그 작은 책들을 한데 묶어 체계적으로 볼 수 있게 한 것이 『선비의 소리를 엿듣다』이다. 이 책은 '선비들은 어떤 정치를 원하였을까', '선비들은 어떤 삶을 생각했을까', '선비들은 자연에서 무엇을 깨달았을까', '선비들은 왜 노래하고 글을 썼을까', '선비들은 여행에서 무엇을 느꼈을까', '선비들은 역사와 전통을 어떻게 이해했을까', '선비들은 사랑과 우정을 어떻게 나누었을까' 등 7개 큰 주제를 배설排設하고 있다. 내 우상인 선비들의 삶과 감수성과 자연관이며 인생관 등이 두루 책 속에 나타나 있어서, 어디를 펼쳐 읽어도 좋은 그런 책이었다.

　우리 선인들이 남긴 글들은 대체로 형식이 정제되어 있고 언어가 간결하여 감칠맛이 있다. 이 책에 실린 글들은 그런 고전적 향기를 전범으로 보여준다. 그러나 간결하다고 내용이 공소空疎하거나 허술한 구석은 없다. 그리고 주제로 삼고 있는 항목 또한 읽기는 가볍게 하더라도 깊이 생각하도록 하는 힘이 있는 것들이다. 인생은 물론이요 자연과 역사와 정치 등 중후한 무게를 지닌 주제들을 담고 있다. 또한, 여행과 사랑과 우정 등은 우리들 일상과 얼마나 가까운 주제들인가. 노래하고 글을 쓰는 것은 선비들이 늘 하는 일들인데, 이를 자성적으로 성찰한다는 것은 그 성실성이 지극히 돋보이는 삶의 방식이다.

〈작문의 비결〉이란 제목이 붙은 이건창의 글을 읽어 보았다. 내가 하는 일이 글을 읽는 일과 글을 쓰는 일이매, 내가 우상으로 삼는 선비들의 글쓰기를 통해 내가 하는 일을 되돌아볼 겸해서 읽은 것인데, 나는 아래 인용하는 구절에 밑줄을 쳐 두었다.

> "무릇 글을 지을 때 먼저 구상을 해야 하며, 뜻을 구상하는 데는 앞과 뒤가 있어야 하며, 문장을 구성하는 데도 넓게 혹은 좁게 하는 것이 있어야 합니다. 앞과 뒤의 구성상의 문제가 대략 생각되고 선택되면 빨리 쓰되 전후 연결과 의미가 상통하게 하고 쉽게 알 수 있게 해야 하며, 조사들은 가능하면 피하는 것이 좋을 것입니다. 그것은 바른 의미와 하고자 하는 말이 실리지 않을까 염려되기 때문입니다." (364쪽)

밑줄을 쳐 놓고는 문득 글을 짓는 것과 인생을 살아가는 것이 닮았다면, 나는 내 삶을 어떻게 구상하고, 앞뒤를 어떻게 가렸으며, 실천에 망설임이 없어야 하는데 너무 망설인 일들은 없었던가 되돌아보게 된다. 그리고 번쇄한 수사에 매달려 본 줄기를 놓친 적은 없던가 하는 자성도 해 보았다.

글을 읽고 글을 쓰는 일은 우리 언어문화의 층을 두텁게 하는 실천이다. 내가 주체가 되어 우리 언어문화를 형성해 간다는 이 사실은, 글을 읽는 중에 그리고 글을 쓰는 가운데 실감으로 다가오게 마련이다. 아무 전제 없이, 우선 책을 펼쳐 가볍게 읽어 나가기 시작하시라. 그리고 깊은 생각은 뒤에 해도 늦지 않을 터.

우한용, 우공통신 홈페이지, 2006.

단호함에 대하여

초판 1쇄 발행 2017년 1월 23일

지 은 이 정병헌
펴 낸 이 이대현

책임편집 고나희 | **표지 · 내지디자인** 홍성권
편   집 이태곤 권분옥 홍혜정 박윤정
디 자 인 안혜진 최기윤
기   획 고나희 이승혜
마 케 팅 박태훈 안현진

펴낸곳 **도서출판 역락**
　　　　등록　　1999년 4월 19일 제303-2002-000014호
　　　　주소　　서울시 서초구 동광로46길 6-6(반포4동 577-25) 문창빌딩 2층 (우06589)
　　　　전화　　02-3409-2060(편집부), 2058(영업부) | FAX 02-3409-2059
　　　　E-mail　youkrack@hanmail.net
　　　　블로그　http://blog.naver.com/youkrack3888

ISBN 979-11-5686-743-2 03810
정가는 뒤표지에 있습니다.

*잘못된 책은 바꿔 드립니다.

*이 도서의 국립중앙도서관 출판예정도서목록(CIP)은 서지정보유통지원시스템 홈페이지(http://seoji.nl.go.kr)와 국가자료공동목록시스템(http://www.nl.go.kr/kolisnet)에서 이용하실 수 있습니다. (CIP제어번호: CIP2017003641)